AF282322

Robert Hubrich

Die Ironie des Verbrechens

Roman

Bibliografische Information der Deutschen Nationalbibliothek:
Die Deutsche Nationalbibliothek verzeichnet diese Publikation
in der Deutschen Nationalbibliografie;
detaillierte bibliografische Daten sind im Internet über
http://dnb.dnb.de abrufbar

Verlag: BoD · Books on Demand GmbH, In de Tarpen 42,
22848 Norderstedt, bod@bod.de
Druck: Libri Plureos GmbH, Friedensallee 273,
22763 Hamburg
ISBN: 978-3-7693-5835-3

Robert Hubrich

Die Ironie des Verbrechens

Eine fast schon geheimnisvolle Ruhe hatte sich wie eine unsichtbare Decke sanft und weich über das Land gelegt. Es war dunkel. Es war absolut geräuschlos. So musste sich ein schalldichter Raum anfühlen. Und es herrschte eine Temperatur wie auf einem Eisplaneten. Die gnadenlose Kälte in der einsamen Stille kroch unbarmherzig in den Schlafsack und verursachte bei dem noch schlafenden Mann ein beginnendes Zittern am ganzen Körper. Es dauerte nicht lange, da erwachte er und nahm gleichzeitig diese mörderische Kälte wahr, die sich wie ein hungriger Wurm über die Zehen und Finger in seinen Körper fraß und keinen noch so winzigen Bereich verschonte. Den Zustand des bloßen Fröstelns hatte der Körper längst hinter sich gelassen und war nun in das heftige Zittern übergegangen, das dazu diente, die Körpertemperatur nicht absinken zu lassen. Mit klappernden Zähnen und erbärmlich zitternd öffnete der Mann die Augen und drehte heftig den Kopf. Trotz der noch herrschenden Dunkelheit war es eigenartig hell auf der Ebene. Instinktiv wollte er sich gerade noch kleiner zusammen rollen, aber ihm wurde schnell klar, dass auch die embryonale Position die alles einnehmende Kälte nicht mehr davon abhalten konnte, jeden noch so kleinen Winkel an ihm ohne viel Widerstand zu durchdringen. Er schälte sich zitternd aus dem Schlafsack und stöhnte schmerzerfüllt auf. Seine Hand mit den dicken Handschuhen tastete behutsam nach der Wunde an der Hüfte. Sie verursachte bei manchen schnellen Bewegungen noch heftig stechende Schmerzen. Vorsichtig erhob er sich und begann, sich langsam zu bewegen. Er lief hin und her, schlug sich mit den Armen auf den heftig zitternden Körper und zog die Mütze noch tiefer ins Gesicht. Den Schlafsack öffnete er ganz und legte ihn sich wie eine Decke um die Schultern. Erst nach fünfzehn Minuten intensiver Bewegung wurde es langsam besser. Sein unkontrolliertes Zähneklappern beruhigte sich und das Zittern ließ nach. Das Frösteln setzte in wellenartigen Bewegungen wieder ein, aber es war nicht mehr so schlimm wie das intensive Fühlen der beißenden Kälte während des Erwachens. Er sah sich um. Die funkelnden Sterne beleuchteten die weiße Ebene und schienen sich darin zu spiegeln. Die Luft war klar wie eine blank geputzte Glasscheibe. Vollkommen unwirklich strahlte und funkelte der Sternenhimmel auf die Erde und erlaubte einen seltenen Blick in die Tiefen des unendlichen Raumes. Die riesige Ebene glich einem zugefrorenen See und mit dem blinkenden klaren Sternenhimmel hätte man leicht auf den Gedanken kommen können, entweder in der Arktis zu sein oder gar nicht mehr auf der Erde. Nur sehr weit in der Ferne war eine dunkle Silhouette wahrzunehmen, die sich wie ein gigantisches Ungetüm gegen den Nachthimmel und die weiße Ebene abhob. Eine Gebirgskette. Es war bitterkalt. Er sehnte den Morgen herbei. Die Sonne. Dann würde es schnell wärmer werden in dieser riesigen Salzwüste.

Er stand mutterseelenallein mitten in der Salar de Uyuni, der größten Salzpfanne der Erde. Im Südwesten Boliviens in den Anden. Einst befand sich hier ein prähistorischer See, der vor zehntausend Jahren austrocknete und eine Landschaft mit schneeweißem Salz hinterließ, nur geprägt von Kakteen bewachsenen Inseln, mancher Felsformationen und eben dieser riesigen Salzebene. Eine unwirtliche Mondlandschaft, deren Anblick jetzt in der noch herrschenden Nacht atemberaubend war - trotz der beißenden Kälte und der damit einhergehenden fast schmerzvollen Empfindung. Trotz der extremen Tag- und Nachtbedingungen und trotz der vielen Gründe, warum er sich überhaupt hier befand.

Seine Hand tastete wieder an die rechte Hüfte. Die tiefe Schusswunde hatte sich zwar schon geschlossen und einen schützenden Schorf gebildet, aber bei der kleinsten Dehnung meldete sich sofort ein ziehender Schmerz, der ihn darauf hinweisen wollte, noch eine ganze Weile vorsichtig damit umzugehen, bis die Narbe vollständig verheilt war. Seine Hand zog das Handy aus der Tasche und er sah auf die Uhr. Es war frühmorgens - 5:20 Uhr. Die Temperatur zeigte -11°. Mit einem Kopfschütteln ging er zu seinem kleinen Offroader und öffnete die Hecktüre, die herunterklappte. Dann nahm er den Gasbrenner heraus und entzündete eine blaue Flamme. In einem Topf erwärmte er Wasser für den Kaffee. Sein Blick verweilte im Osten, wo er schon den beginnenden Tag erahnen konnte. Ein ganz schmaler schwacher heller Streifen zog sich über den östlichen Horizont und verkündete den kommenden Morgen. Keine einzige Wolke trübte den klaren Himmel. Es war ausgesprochen wunderschön, dieser selten bizarre Anblick in dieser lautlosen Einöde, in der man dem beruhigenden Klang der Stille lauschen konnte. Er drehte sich um seine eigene Achse und beobachtete die unglaubliche Weite und Größe der Salzpfanne mit einer tief in sich wahrnehmenden Inbrunst. Das Auge tat sich schwer, diese Größe zu erfassen und die Entfernungen real abschätzen zu können. Die meisten Menschen hatten ihren Blick längst an die visuellen Begrenzungen einer Stadt und den Bebauungen angepasst. Sich an die ungewohnten Weiten zu gewöhnen, dauerte seine Zeit. Dann holte er das Fernglas hervor und suchte den Horizont ab. Langsam drehte er sich um seine eigene Achse mit einem konzentrierten Blick durch das Okular. Aber nichts und niemand befand sich in der näheren Umgebung. Ihn umgaben fast 11.000 km² einer Salz belegten Ebene. 140 km lang und 110 km breit. Die Salzpfanne lag auf einer Höhe über 3600m und es wurde geschätzt, dass sie mehr als 120m dick sein würde. Hoffnungsvoll erwartete er die Sonne, die das Land wieder auf über 10° aufheizen würde. Er beobachtete noch einmal den weiten Horizont. Sollte sich jemand nähern, konnte er ihn schon von Weitem erkennen. Bei Tageslicht sowieso. Er war immer bereit, innerhalb von Minuten von hier zu verschwinden.

Ein leises Blubbern erreichte sein Ohr. Das Wasser begann zu sprudeln und er schaltete den Kocher ab. Dann schüttete er das heiße Wasser in den Filter mit dem Kaffee und sah zu, wie die schwarze Brühe langsam in den verbeulten Becher tropfte. Die dicken Handschuhe wurden beiseite gelegt und mit den dünnen Stoffhandschuhen ergriff er den heißen Becher. Nach den ersten Schlucken fühlte er sich immer besser, die innere Wärme breitete sich aus und die Kälte zog sich langsam aus ihm zurück, hinterließ durch das temperierte Getränk ein wärmendes, leichtes Gefühl einer seltenen Zufriedenheit. Ein kleiner stoffbespannter Klappstuhl wurde ausgeklappt und mit dem Schlafsack um die Schultern setzte er sich hin, schlürfte langsam den heißen Kaffee und wartete geduldig auf den Sonnenaufgang. Er versuchte, an nichts zu denken, aber es gelang nur wenige Augenblicke. Seine Gedanken schweiften immer wieder ab, flogen zurück in eine Vergangenheit, die sich ganz anders entwickelt hatte, als es ursprünglich geplant war oder gar einer abstrusen Vorstellung entsprach. Sein ehemals zugegebenermaßen nicht unangenehmes Leben hatte sich von Grund auf verändert – er hatte ein geheimes Spiel gespielt, das er anfangs lediglich als etwas Prickelndes und Herausforderndes angesehen hatte. Dann wurde er überheblich und gierig und konnte das nicht mehr stoppen. Warum nicht, war auch heute nicht mehr exakt zu sagen. Er trug eigentlich keinerlei Arroganz in sich und er würde sich auch niemals als gierig bezeichnen. Trotzdem war er dem Primat des „Immer-mehr" gefolgt, hatte sich hinreißen lassen und die warnenden erhobenen Zeigefinger ignoriert, die sich natürlich ab und an zeigten. Vielleicht war er von seinem Können und Wissen zu überzeugt gewesen, konnte sich nicht vorstellen, dass auch seine Mitmenschen clever und intelligent waren. Vielleicht war er wirklich hochmütig geworden...er wusste es nicht und jetzt spielte das keine Rolle mehr. Er hatte hoch gepokert – und verloren. Nein, nicht ganz - er hatte schon gewonnen, aber trotzdem verloren. Das Ziel war erreicht worden, aber zu einem Preis, der es niemals wert gewesen war. Seit seiner Flucht von Zuhause war er von Ort zu Ort gehetzt, von Land zu Land, von Kontinent zu Kontinent. Sein Zuhause existierte längst nicht mehr. Er wusste nicht, wie viele Grenzen er bis jetzt passiert hatte. Hinter ihm lag eine bodenlose Spirale des Kampfes, der längst zur Gewohnheit werdenden Gewalt, der subtilen Angst, der dauernden Flucht und auch dieser stets größer werdenden Sehnsucht nach Ruhe und Frieden. Er hatte gewusst, dass er niemals in Sicherheit sein konnte, weil ihr Kodex es nicht erlauben würde, ihn zu verschonen. Manchmal kam er sich vor wie ein einsamer Wolf, der immer weiterziehen musste, weil man ihn töten wollte. Deswegen war er auch hier, an einem unbestimmten Ende der Welt. Der Salar de Uyuni war ein seltsamer Ort, um sich zu verbergen. Wunderschön und lebensfeindlich, aber offen und ohne irgendwelche Versteckmöglichkeiten. Nur die Salzarbeiter und die Lithiumschürfer waren hier anzutreffen und natürlich die Touristengruppen. Die Salzwüste war eine

Touristenattraktion. Wohlweislich wurde von ihm eine Route abseits der Touristenpfade gewählt. Irgendwie war er total fasziniert von dieser schier endlosen weißen Weite und irgendwie war es ja auch kein Versteck. Es war eher ein riesiger Präsentierteller, auf dem er sich aufhielt. Eine plötzlich aufkommende Intuition hatte ihn bewogen, die Straßen und Orte zu verlassen und in diese Wüste zu fahren. Niemand würde wohl auf den Gedanken kommen, dass er ausgerechnet hierher fahren würde, um sich zu verbergen. Er musste sich dringend regenerieren und er musste wieder zur Ruhe finden, um eine nahe Zukunft planen zu können. Er musste dringend einen Ausweg finden, um aus diesem ständigen Kampf um Leben und Tod endlich auszubrechen. Längst hatte sich eine ständige Aufmerksamkeit, permanentes Misstrauen und etwaige Fluchtpläne zur täglichen Routine entwickelt. Sie waren in ihn übergegangen wie das Atmen. Langsam, unbemerkt und schleichend. Ein starker Überlebenswille ließ ihn immer bereit sein, schnellstens zu verschwinden und er ließ auch nicht zu, dass er irgendwie aufgab. Aber sollte so sein weiteres Leben aussehen? Immer bereit zu sein, es zu verteidigen und immer auf der Hut sein zu müssen? Niemals hätte er sich vorstellen können, einen Menschen zu töten. Niemals wurde er darauf vorbereitet, um sein Leben kämpfen zu müssen, weil er sonst sterben musste. Er selbst hatte etwas in Gang gesetzt, das er doch niemals beabsichtigt hatte, aber das ab einem bestimmten Punkt nicht mehr aufzuhalten war. In seiner grenzenlosen Naivität wurde ihm das alles vor die Füße geschleudert mit der einfachen Mitteilung, dass er diesen ganzen Mist selbst verursacht hatte und jetzt sehen konnte, wieder daraus herauszukommen – im Idealfall lebend.

Er beugte sich nach vorne und starrte in den Kaffeebecher. Die Wunde zog und schmerzte leicht, aber er ignorierte es.

Selbst das Wegschieben von Schmerzen hatte er lernen müssen. Er war sich über diese vielen vergangenen Monate vorgekommen wie ein Novize, der einst vollkommen unbedarft nun ein gänzlich neues Leben einschlagen musste, von dem er nicht den Hauch einer Ahnung hatte. Sein eigener Intellekt war ihm zum Verhängnis geworden und hatte ihn paradoxerweise aller Rationalität und Vorsicht beraubt. Schneller als es nötig gewesen wäre, war aus dem Novizen ein Profi geworden, der bereits ein inneres Gespür für Gefahr entwickelt hatte. Ein Gespür, das ihn intuitiv aufmerksamer werden ließ, der die Ahnung etablierte, bevor etwas passierte. Ein Automatismus, über den nicht mehr nachgedacht werden musste, weil er fast wie das Atmen zur Selbstverständlichkeit mutierte. Ein inneres Alarmsystem, das sich zu einer seltenen Gabe entwickelt hatte.

Er brannte förmlich seinen Blick in den Becher, so als ob er auf dem schwarzen Bodengrund erkennen konnte, wie ein letzter ultimativer Ausweg aussehen könnte - der aber genauso vage blieb wie seine Hoffnung auf das Ende einer gnadenlosen Jagd. Noch ein Schluck des heißen Kaffees jagte die Wärme durch den Körper und in Gedanken versunken blickte er in die Weite der Salzpfanne, ohne sie in diesem Moment wirklich zu sehen. Seine Erinnerungen rasten zurück an den Tag, als die Deadline ihn mit sich riss, ohne dass er in der Lage gewesen wäre, es noch zu verhindern…

*

Der tiefe Bass vibrierte bis unter die Haarspitzen. Zitternde sanfte Wellen durchströmten seinen Körper von unten nach oben, bis der Eindruck entstand, die letzte Welle würde die Haarspitzen anheben, um sie sofort wieder sachte fallen zu lassen. Die stampfende Musik war klirrend und laut. Zu laut für seinen Geschmack, aber die tanzenden Körper vor ihm kümmerte das nicht. Je lauter, desto besser, schien das Motto zu sein. Das hier war eine Discothek, kein Klavierkonzert. Er drehte sich auf dem Barhocker um und griff nach seinem Caipirinha. Es war mehr zerstoßenes Eis als sonst was drin, der Strohhalm steckte fest wie in getrocknetem Lehm. Er störte sich nicht sonderlich daran, auch nicht an den unverschämten fünfzehn Euro, die die Eispfütze kostete. Seine Gedanken waren nicht im Augenblick – nicht hier an diesem lauten Ort. Warum er überhaupt heute in die Disco gegangen war, konnte er nicht mehr sagen. Eigentlich war ihm dieses monotone Bum-Bum-Bum zuwider, das nur von ein, zwei oder manchmal drei verschiedenen Akkorden unterlegt wurde. Er war doch längst über die Jahre der Discotheken hinweg, hatte nur einem aufkommenden Drang nachgegeben, der ihn hierher kommen ließ. Wahrscheinlich wollte er nur mal wieder ausprobieren, ob er noch eines der Mädchen aufreißen konnte. Rainer Noldau war ein ziemlich gut aussehender Mann, dem man den Erfolg durchaus ansehen konnte. Mit fast vierunddreißig Jahren war er als Banker und Broker nicht unvermögend. Er legte sehr viel Wert auf sein Äußeres und auf seine extravagante Kleidung, die in ihrer Qualität und Mode einen höheren Anspruch erkennen ließ. Die Blicke vieler Frauen blieben oft länger als fünf Sekunden an ihm haften. Rainer hatte wohl das, was viele Frauen als dieses gewisse Etwas bezeichnen würden. Nicht alle Frauen, aber zumindest so viele, dass er es bis jetzt vermieden hatte, sich allzu fest zu binden. Dazu war das weibliche Geschlecht einfach zu reizvoll, als dass er sich vorstellen könnte, nur noch eine einzige anzusehen. Und außerdem war bis jetzt auch noch keine dabei, bei der er sagen würde, nur diese möge es sein. Zumindest war er davon überzeugt, dass ihm die perfekte Frau noch nicht über den Weg gelaufen war. Wobei er wahrscheinlich nicht einmal definieren konnte, was eigentlich perfekt sein sollte.

Während er den türkisblauen Strohhalm aus dem Glas zog, ihn daneben legte und das Glas an die Lippen führte, dachte er an das, was ihn schon lange antrieb. Seine Gedanken schweiften ständig ab und einen Moment überlegte er, diesen Ort wieder zu verlassen. Er war kontraproduktiv in dem, was ihm durch den Kopf ging. Was ihn eben antrieb, über so viele Jahre immer wieder Gelder veruntreut zu haben. Gelder, die ihm nicht gehörten. Gelder, die ihm anvertraut worden waren, mit denen er zu arbeiten hatte. Ob diese immensen Beträge immer sauber waren, konnte er nicht beurteilen und es ging ihn auch nichts an. Ob es Erspartes war oder Verdientes, ob Schwarzgeld oder Blutgeld – es war ihm ziemlich egal. Er hatte keinerlei persönlichen Bezug zu diesen Kunden. Es waren reine geschäftliche Verbindungen und die Leute hatten nicht die geringste Ahnung, was ihnen buchstäblich durch die Finger rann. Rainer Noldau war schlau und clever und ließ sich von der ganz großen Versuchung nicht verführen. Niemals ließ er große Beträge verschwinden, immer nur kleinere, die gar nicht auffallen konnten. So klein, dass man wirklich genau hinschauen musste, um Ungereimtheiten auch nur ahnen zu können. Aber in der Summe von so vielen Transaktionen, dass es kein Misstrauen erregen würde und andererseits diese immense Vielfalt eine Endsumme ausmachte, die manchen außenstehenden Betrachter zu großem Erstaunen bringen würde. Er hatte dutzende Auslandskonten angelegt, auf denen immer verschiedene Beträge ein- und ausgingen. Permanent. Ein Algorithmus, den er selbst entwickelt hatte, war nur damit beschäftigt, Gelder hin- und her zu transferieren. So lange und so oft, bis es so gut wie nicht mehr möglich war, den wirklichen Ursprung definieren zu können. Irgendwann landeten sie gesammelt in der Schweiz, auf den Bahamas, den Virgin Islands und sogar auf einem isländischen Konto. Im Ergebnis war es Geldwäsche im großen Stil mit tausenden kleinen Werten. Wobei er sich auch niemals als realer Mensch personifizierte. Genau genommen war er einfach ein genialer Hacker, ein Trickser, fast schon ein Magier mit durchaus kriminellen Energien, die ihn unauffällig, verborgen und vor allem unerkannt bleiben ließen. Sein ursprünglicher Antrieb war wahrscheinlich nur der gewesen, dass er´s konnte. Die Herausforderung war groß und anfangs war es auch prickelnd und aufregend. Später bestätigten ihm die schnellen und leichten Erfolge, dass die Transaktionen im Universum des Weltkapitals einfach still und heimlich verschwanden, ohne eine offensichtliche Spur zu hinterlassen. Er hatte eine Lücke im System entdeckt. Dann wurde es zur Sucht, zur Obsession. Vielleicht spielte auch von Anfang an der Gedanke mit eine Rolle, irgendwann nicht mehr für irgendwelche Arbeitgeber oder sonstige fremde Menschen tätig sein zu müssen. Was ja im Grunde das letztliche Ziel sein sollte. Nur noch selbst entscheiden zu können, was man wann tun wollte, war wohl der Wunsch der meisten Menschen. Rainer wollte so jemand werden und sein. Aber nicht erst in zwanzig oder dreißig Jahren, sondern schnellstens. Also jetzt. Und wenn es so leicht war, diesen Zustand schnell herbeiführen zu können, dann wurde das eben realisiert und auf die Spitze getrieben. Zum jetzigen aktuellen Zeitpunkt, wo er noch jung genug war, ein gänzlich neues Leben anzufangen, bevor er in irgendwas oder irgendwo so etabliert war, dass die Trennung davon immer schwieriger werden würde. Und zwar real und mental.

Die Cyberwelt mit seinen geheimnisvollen Pfaden und Wegen hatte ihn schon als Jugendlicher fasziniert und auch nicht mehr losgelassen. Über die Jahre entwickelte er ein tiefes Gespür für die digitale Sphäre und deren scheinbar geheimnisvolle Umgebung. Er wurde ein Nerd, ohne es selbst zu merken. Sein herausragendes Können, sein Ehrgeiz und Wissen verdankte er seiner unstillbaren Neugier, die tiefen Cyberreiche zu verstehen und manche verborgene Welten zu erreichen, ohne dass seine Präsenz sichtbar wurde. Seine eigene virtuelle Welt war genauso dunkel wie undurchdringbar. Wie mit einem Nachtsichtgerät konnte nur er sich darin zurechtfinden. Er könnte noch Jahre so weitermachen, aber tief in seinem Inneren war ihm natürlich bewusst, dass auch ein noch so sicheres und ausgeklügeltes System irgendwann durch einen dummen Zufall oder durch irgendeinen Leichtsinn auffliegen würde. Die digitale Welt änderte sich schneller, als man ein Hemd wechseln konnte. Entwickelte man heute noch ein absolut sicheres Programm, war morgen schon eine Entschlüsselung gefunden. Er gab sich keinerlei Illusionen hin. Die Zeit war ein nicht zu unterschätzender Gegner. Wenn er genug hatte, musste er aufhören. Ohne eine Spur seiner Existenz und seines kriminellen Tuns zu hinterlassen. Es gab nur eine Hürde und diese eine Frage stand einfach permanent im Raum und suchte nach der finalen Antwort. Wann würde genug genug sein?

„Es ist nicht gut, so alleine an der Bar zu sitzen...hab ich gehört."
Er verabschiedete sofort seine Gedanken, drehte leicht den Kopf, um die Störung auszumachen - und sah auf eine lächelnde Schönheit mit blonden Haaren. Sein Gedankenstrom erlosch augenblicklich und machte unwillkürlich Platz für eine paradiesische Erscheinung, die im Moment seine ganzen Sinne forderten. Eine zarte Hand wischte gerade sanft eine blonde Haarsträhne hinter das Ohr. Ihre braunen Augen leuchteten wie glitzernde

bernsteinfarbene Edelsteine und ihr sinnlicher Mund war leicht geöffnet. Rainer musste tatsächlich schlucken. Oh verdammt, dachte er nur.

„Ich bin eigentlich gerne alleine…." sagte er nur und verzog das Gesicht zu einem leichten Grinsen. Die Augenbrauen hatte er hochgezogen wie zur Rechtfertigung.

„Immer? In einer Discothek?"

Er schüttelte leicht den Kopf, ohne das leichte Lächeln darin zu verlieren.

„Nein. Nicht immer. Manchmal suche ich auch eine gewisse Zweisamkeit, um nicht als Einsiedler oder Höhlenmensch zu gelten oder Gefahr zu laufen, diesen Eindruck zu vermitteln."

Sie lachte, drehte den Kopf zu einem der Barkeeper und zeigte nickend auf das Glas von Rainer. Dabei hob sie die Hand und streckte zwei Finger nach oben.

„Dein Glas ist fast leer. Darf ich dich zu einem Drink einladen?"

„Wirklich?"

Etwas erstaunt blickte er sie an. Das war neu. In der Regel war er es, der eine Einladung aussprach. Sie nickte bestätigend.

„Klar. Was dagegen?"

Ihre Augenbrauen hoben sich fragend.

„Ääh…nein, bestimmt nicht. Das ist sehr nett. Wie komme ich zu der Ehre?"

Sie sah ihm einen Moment länger in die Augen als nötig - und ganz kurz wurde ihm heiß. So etwas wie eine nicht unangenehme Nervosität machte sich bemerkbar. Ein unbekanntes Aufflammen von einer fremden Emotion.

„Weil du mir gefällst," erwiderte sie, als wenn es selbstverständlich wäre, das zu sagen.

Überrascht lächelte er sie wieder wortlos an. Sie war unerwartet direkt - und die Hitzewelle erfasste ihn schon wieder. Im Moment wusste er gar nicht, was er darauf antworten sollte ohne Gefahr zu laufen, Unsinn von sich zu geben. Sie bemerkte sein Zögern.

„Hab ich dich jetzt überfahren?"

Mit hochgezogenen Augenbrauen fixierte sie ihn und ihr Blick und das sanfte Lächeln zog ihn noch tiefer in ihren Bann. Ihre Frage war weder provozierend noch irgendwie ironisch. Er fand wieder ein paar Worte.

„Nein, hast du nicht. Ich mag deine direkte Art, weil sie selten vorkommt. Wie heißt du?"

„Sofie. Und du?"

„Rainer. - Aber meine Freunde nennen mich Rainer."

Einen Moment war sie verdutzt. Dann lachte sie kurz auf.

„Du bist lustig. Ist das deine Art oder bist du gerade nur schlagfertig?"

Er zuckte leicht mit den Schultern.

„Keine Ahnung...so bin ich eben. Vielleicht habe ich eine spontane Art oder so ähnlich. Wenn ich jemanden kennenlerne, dann will ich mich doch nicht verstellen müssen. Das ist doch Quatsch. Kommt doch sowieso auf. Meine Meinung..."

Sekundenlang blickte sie ihn nur durchdringend an, so als ob sie herausfinden wollte, ob er es ernst meinte oder nur geschult im Umgang mit Frauen war.

„Ich seh` dich schon seit ein paar Stunden hier sitzen, aber du hast keinerlei Anstalten gemacht, irgend jemanden anzusprechen oder gar kennenlernen zu wollen...aber vielleicht bist du auch nur schüchtern. Oder vielleicht schwul?"

Lachend schüttelte er den Kopf und hob leicht beide Hände.

„Ich bin nicht schwul, ich schwör´s. Ich glaub´, schüchtern auch nicht, vielleicht zurückhaltend. Aber - dafür bin ich heute auch nicht da. Ich wollte eigentlich nur ein bisschen entspannen, Musik hören und den Kopf frei bekommen."

„Nein, bist du wirklich nicht...Wenn du gestresst bist, sollte ich dich vielleicht in Ruhe lassen."

Er winkte sofort ab.

„Nein, so meinte ich das nicht. Kein Stress...aber manchmal muss der Alltag einfach aus dem Sinn gehen. Das meinte ich damit..."

Die Drinks kamen und sie stießen an.

„Auf dich," sagte er.

„Auf uns," berichtigte sie ihn.

Ihre Augen ließen ihn nicht los. Sie flirtete sehr gekonnt und er spürte schon wieder die Wellen aufsteigen, die längst nicht mehr von der Musik kamen. Sofie hatte eine Erscheinungsart, die Rainer ganz selten erlebt hatte und sie als schön und überaus angenehm empfand. Blitzschnell durchschoss ihn ein ferner Gedanke, dass sie perfekt zu ihm passen könnte. Genauso schnell verschwand diese Vorstellung wieder. Kein guter Zeitpunkt. Er beschloss, die Zeit nicht zu vertrödeln.

„Wie schnell kannst du das Glas leermachen?" fragte er sie.

Seine Augen suchten die ihren. Verdammt, die ist hübsch, dachte er noch. Schon wieder.

„Warum?"

„Ich möchte nichts übriglassen, wenn wir gehen."

Sie kicherte, beugte etwas den Kopf und legte eine Hand auf seinen Arm.

„Sofort."

Das Glas wurde in einem Zug geleert. Beide Gläser. Er stand auf und versuchte, die anhaltende Hitze in ihm zu ignorieren.

„Lass´ uns gehen. Einverstanden?"

„Und wohin?"

„Dahin, wo es ruhiger ist. Vielleicht in ein stilles, kleines Lokal mit einem schönen Ambiente... und wo wir uns nicht anschreien müssen, damit wir was verstehen."

„Und wo Eiswürfel nicht dreiviertel des Drinks ausmachen," ergänzte er.

„Okay. Und wo ist das?"

„Bei mir."

Sie biss sich lächelnd auf die Unterlippe und als ob sie nichts anderes erwartet hatte, nahm sie seine Hand und zog ihn Richtung Ausgang.

*

Als er aus dem Bad kam, lag sie immer noch schlafend auf dem Bett. Ein nackter Fuß lag entblößt auf der Bettdecke, ansonsten hatte sie sich zusammen gerollt wie ein Igel. Blonde Haarsträhnen waren über ihre Wange gefallen und ließen nur die Nasenspitze erkennen. Er lächelte entspannt und fasziniert. Was für eine selten schöne Nacht. Er konnte sich kaum erinnern, jemals mit einer Frau solch eine erotische und sinnliche Stimmung erlebt zu haben. Sofie war ein perfektes Bild einer bezaubernden Frau, die Rainers Vorstellung auf den Punkt abdeckte. Hatte er anfangs noch geglaubt, vielleicht doch eine Discomieze mit nach Hause genommen zu haben, so wurde er schnell eines weitaus besseren belehrt. Sie war weder eine Discomieze geschweige denn ein blondes spät pubertierendes Dummchen. Im Gegenteil. Sie hatte ihn gefangen genommen durch eine intelligente Art und dem richtigen Verhältnis von Humor, Ernst und Erotik….und er hatte sich dagegen nicht gewehrt. Sie hatte ihn nach allen Regeln der Erotikkunst verführt und ihn trotz seiner Erfahrung mit dem weiblichen Geschlecht gelehrt, dass die Skala nach oben unendlich sein kann.

Immer noch lächelnd, den Blick auf sie gerichtet und in den imaginären Bildern der letzten Nacht schwelgend, wachte sie auf, drehte und hob den Kopf und sah sich um. Als sie ihn sah, lächelte sie kurz und ließ sich wieder mit halb geschlossenen Augen in das Kissen sinken.

„Guten Morgen…" flüsterte sie leise.

„Morgen," sagte er. Immer noch stand er mit einem umgebundenen Handtuch vor dem Bett.

„Kaffee? Croissants?"

„Das wär´ himmlisch…" sagte sie sanft.

Sie strich sich die Haare aus dem Gesicht und hatte sich aufgesetzt. Die Bettdecke war heruntergerutscht und ihre Brüste kamen zum Vorschein. Sie hatte kein Hemdchen an. Er begann schon wieder zu schlucken. Sofie war einfach eine traumhafte Erscheinung.

„Darf ich erst duschen?"

Gähnend streckte sie sich.

„Natürlich. Ich hab´ dir Handtücher hingelegt. Und in der Kommode findest du Zahnbürste und …was auch immer du brauchst, nimm´s einfach."

Sie grinste ihn an, während sie sich aus den Decken schälte.

„Bist wohl immer gut vorbereitet, mir scheint."

Er schüttelte den Kopf und wedelte mit einer Hand hin und her. Anscheinend hielt sie ihn für einen …. was auch immer.

„Nein. Auch wenn´s so aussieht. Dafür ist es nicht gedacht. Aber es schadet auch nicht, wenn man mehr Zahnbürsten hat, oder?"

Sie stand auf, schwebte förmlich auf ihn zu, küsste ihn sanft und strich ihm mit einer Hand über die Wange.

„Du bist süß."

„Ich weiß."

Lachend verschwand sie im Bad. Kopfschüttelnd ging er in die Küche. Während er den Kaffee aufsetzte und die Croissants in den Ofen legte, dachte er pausenlos an sie. Er konnte sich kaum erinnern, einer Frau nach wenigen Stunden des Kennenlernens so emotional nahe gewesen zu sein und er grübelte, warum. Irgend etwas war diese Nacht anders gewesen. Er würde sich doch nicht in sie verguckt haben? Abrupt schüttelte er vehement den Kopf. Nein, dafür hatte er nun wirklich keine Zeit und Hals über Kopf ging schon gar nicht. Der Zeitpunkt wäre denkbar ungünstig. Es war doch nur ein One-Night-Stand...nichts weiter.

Er zog sich an und deckte nachdenklich den Tisch. Sofie war nicht mehr so jung wie er zuerst in der Disco meinte. Er schätzte sie zumindest auf die dreißig. Eher etwas darüber. Jedenfalls altersmäßig auf seiner Augenhöhe. Sie war wahrlich keine dieser Discomädels, die noch Teenager waren oder zu der Generation jung und wild gehörten. Sie war eine erwachsene Frau allererster Güte. Schön, intelligent, selbstbewusst und überaus sinnlich. Erst jetzt wurde ihm bewusst, dass sie nicht mit Freunden oder Freundinnen dort gewesen war. Sie war genauso alleine gekommen wie er…

Er richtete sich auf und starrte nachdenklich aus dem Fenster. Was hatte so eine Frau in einer Discothek zu suchen? Nur um einen Mann für die Nacht zu suchen? Er schüttelte den Kopf. Was ging das ihn an? Sein Blick richtete sich in den Himmel. Die Sonne schickte sanfte Strahlen zwischen den Wolken auf den gedeckten Tisch, die den Raum ein klein bisschen unwirklich erscheinen ließen. Das aufkommende Blobbern der Kaffeemaschine riss ihn aus seinen Tagträumen. Während er noch darüber nachdachte, warum eine Frau wie sie alleine in eine Discothek ging, beendete ein leichtes Scharren seine Gedanken. Sofie betrat den Raum. Sie hatte sich wieder angezogen und sah einfach atemberaubend aus. Jetzt im frühen Sonnenlicht wie eine Prinzessin aus einer magischen Zauberwelt.

„Hallo," flötete sie und sah ihn aufmerksam an. Mit einem winzigen Lächeln um die Augen. Er war geliefert. Eigentlich ausgeliefert.

„Hallo...ich...ich hätte auch Marmelade für die Croissants, wenn du willst."

Er kam sich gerade vor wie ein pubertärer Pennäler. Und genauso ungelenk stand er wohl auch da – nach ihrem aufkommenden Grinsen zu urteilen. Fast war es ihm peinlich und er rollte die Pupillen zur Seite.

„Keinen Aufwand. Alles ist toll, so wie du das machst."

„Setz´ dich," sagte er und zeigte auf einen Stuhl. Er nahm die Kaffeekanne und schenkte ein.

„Milch und Zucker stehen da. Bedien´ dich."

Sie hatte ihn die ganze Zeit nicht aus den Augen lassen und er spürte das. Er drehte leicht den Kopf und sah sie an.

„Was ist? Alles in Ordnung?"

„Ja, alles in bester Ordnung. Ich...ääh...ich…"

Er stellte die Kanne ab und setzte sich.

„Gestern Abend und heute Nacht hast du nicht gestottert," bemerkte er leise und lachte sie an.

Sie schmunzelte fast schüchtern.

„Tja...ääh...ich wollte nur…also, es ist nicht so, dass...ich meine..."

Sie stockte kurz und blickte ihn nicht an. Rainer stellte die Kaffeetasse ab und sah ihr lächelnd in die Augen. Er ahnte, was sie sagen wollte.

„Du brauchst wirklich nichts zu erklären. Es ist alles gut so. Wirklich. Alles ist mehr als okay."

Jetzt hob sie wieder den Kopf.

„Nein, nein, ich wollte dir nur sagen, dass...dass...das mit dir wirklich etwas ganz besonders Schönes war. Und ich eigentlich nicht der Typ für so was bin…"

„Für was denn?"

„Na, für einen One-Night-Stand. Das mach´ ich normalerweise nicht. Das...das hab´ ich im Grunde genommen noch niemals gemacht. Du warst der Erste….das wollte ich dir nur sagen, bevor du..."

Er sah sie durchdringend an. Es klang echt. Er glaubte ihr aufs Wort.

„Ich fasse das als großes Kompliment auf und fühle mich sehr geehrt… ich würde auch Menschen nicht nach solchen Kriterien beurteilen. Schließlich war ich ja zur Hälfte beteiligt."

Er stockte und lächelte dann kurz. Ein seltsamer Anflug von Harmonie und Sehnsucht legte sich auf seinen Geist.

„Ich habe selten so einen schönen Abend und so eine wunderschöne Nacht mit jemandem erlebt. Unabhängig wie er zustande kam und warum. Ich habe das mehr als genossen...wirklich. Du bist wunderbar."

„Du machst mich jetzt ganz verlegen…"

Er nahm ihre Hand und küsste sie. Wie ein Kavalier alter Schule.

„Charmeur," sagte sie augenzwinkernd.

Aber ihr Lächeln war tatsächlich echt. Jedenfalls konnte er keinen Anflug von gespielt oder vorgeschoben erkennen. Es meldete sich kein Wächter in ihm, der ihn vielleicht warnen könnte, auf seine Gefühle aufzupassen und seine Vorsicht möglicherweise zu verlieren. Fast gab er dem Bedürfnis nach, sie nach ihrer Telefonnummer und nach einem anderen Date zu fragen. Aber seine momentane angespannte Situation duldete das keinesfalls. Er wollte nicht durch eine spontane Liebesaffäre seine Lebenspläne in Frage stellen. Auch Sofie schnitt dieses Thema mit keinem Wort an – was ihn fast dankbar stimmte, weil er dann nicht nach fadenscheinigen Erklärungen suchen musste.

*

Rainer war im HomeOffice und plante den allerletzten Coup. Fieberhaft überlegte er hin und her, ob er dieses Risiko tatsächlich eingehen wollte. Sein bisheriges Leben würde vorbei sein und er musste ein gänzlich neues beginnen. Neues Land, neue Stadt, neue Menschen – eine neue Geburt. Wie war das mit „genug"? Er starrte wieder auf den Bildschirm. Eine Chance, die es so nicht ein zweites Mal gab. Zwanzig Millionen Euro...das war ein Megabetrag, das konnte man nicht kaschieren. Wenn er jetzt die Maschinerie in Gang setzte, musste er so schnell wie möglich verschwinden. Dann würde es so sein, dass er aufgeflogen war. Viel Zeit würde nicht vergehen, dann wären die ersten internen Prüfungen fällig. Es musste abends geschehen. Wenn niemand mehr in irgendwelchen Büros war. Er überlegte, war sich eigentlich schon sicher, aber noch zögerte er. Irgendeine Blockade legte sich auf sein Bewusstsein und er wusste nicht zu sagen, welche das genau sein sollte. Das Innere kämpfte noch um eine Entscheidung. Er wusste nicht, wie lange die Millionen auf diesem Konto blieben. Vielleicht wurden sie bald transferiert. Er würde schnell entscheiden müssen. Er stand auf und lief auf und ab, raufte sich die Haare, fuhr mit den Händen über sein Gesicht, schloss die Augen und öffnete sie wieder. Zwei konträre Systeme meldeten sich, die ein Für und Wider auf den Prüfstand stellten und tiefe Emotionen, Vorstellungen und auch Risiken mit einbezogen.

Sein Untertauchen hatte er längst minutiös geplant. Falsche Pässe hatte er seit Monaten in seiner geheimen Schublade. Einen deutschen, einen britischen und einen amerikanischen. Zur Sicherheit befand sich auch noch ein australischer Pass in seiner Schublade. Mit vier Identitäten fühlte er sich sicher, um sich einen neuen Platz zum Leben auszusuchen. Für ein gänzlich neues Leben. Mit den vielen Millionen konnte er ganz langsam ein eigenes, besseres und vor allem erfüllenderes Leben aufbauen. Schließlich hatte er schon lange genug davon, ständig bei irgendwelchen Vorgesetzten Rechenschaft ablegen zu müssen, nur um am

Monatsende das – zugegeben großzügige Gehalt – auf seinem Konto sehen zu können. Es beschränkte irgendwie seine Vorstellung von persönlicher Freiheit. Er würde nichts vermissen, nichts zurücklassen, was immens wichtig gewesen wäre. Sein Freundeskreis war überschaubar und recht oberflächlich. Frauengeschichten ließ er nur auf der Ebene von Sex zu und wenn ihm wirklich einmal eine Frau zu nahe gekommen war, hatte er einfach den Kontakt abgebrochen. Dafür war er bereit, als Schwein zu gelten. Er konnte damit bislang ganz gut leben und unterdrückte erfolgreich etwaige aufkommende Gewissensbisse.

Sofie kam ihm wieder in den Sinn, aber er hatte sich zurückgehalten, die Bekanntschaft zu vertiefen. Und Sofie hatte von sich aus nichts hinzugefügt. Es war und blieb ein One-Night-Stand und Rainer war froh, seinem Gefühl nicht nachgegeben zu haben. Obwohl schon so ein ferner dumpfer Ton nachklang, der sich nicht abschalten ließ und ihn fragte, nicht doch eine perfekte Gelegenheit verpasst zu haben.

Warum er vor Jahren damit begonnen hatte, sich bei den Geldern anderer zu bedienen, wusste er selbst nicht so genau. Wahrscheinlich, weil es so leicht gewesen war. Und gerade weil es so leicht war, wurde es zu einer immer stärker bildenden Obsession. Immer wieder, immer mehr, immer öfter. Nur seiner fast schon angeborenen Vorsicht war es zu verdanken, dass er nicht leichtsinnig und übermütig geworden war. Es sollte niemand nur den Hauch eines Verdachtes schöpfen und es sollte niemand misstrauisch werden. Die Transaktionen dürften gar nicht wahrgenommen werden. Bis jetzt hatte er erfolgreich im Verborgenen agieren können. Aber jetzt ging es nicht um ein paar Euro...jetzt standen da zwanzig Millionen. Mit einer einzigen Transaktion wäre es getan. Aber dann musste er sofort verschwinden. Er ging zum wiederholten Male den Plan und seine Checkliste durch: Koffer packen, Papiere sichern, Pässe kontrollieren, Kreditkarten mit den falschen Daten mitnehmen, Geldtransfers, Festplatten ausbauen und vernichten, die geplanten Flugrouten nehmen. Änderungen nur im absoluten Notfall. Und das Wichtigste: kein Blick zurück. Er beschloss, am Freitag Abend den Deal durchzuziehen. Also übermorgen...

Freitag 18:45 Uhr.
Rainer saß vor dem PC. Seinen Laptop hatte er gelöscht, geschrottet und im Wertstoffhof entsorgt. Das Firmenhandy lag auf dem Tisch. Er würde es nicht mehr brauchen, da sowieso nur nicht relevante Daten darauf waren. Er war fertig für die Abreise. Er stand auf und lief wie ein eingesperrtes Tier hin und her. Ein letztes Mal jagten sich die vielen Gedanken - dann drückte er die Eingabetaste. Der Algorithmus begann sofort zu arbeiten und drei Minuten später erhielt er die Bestätigung des Empfangs. Die Millionen wurden gesplittet, bis nur noch 50-Euro-Teile existierten, die anschließend auf die vielen Konten eingezahlt wurden. Die Kleinbeträge würden hundert oder 1000mal hin- und hergeschoben werden. Das würde einige Zeit in Anspruch nehmen, aber dafür war auch Wochenende. Arbeitsfrei. Zumindest hier in Deutschland und Europa. Zeit genug, um endgültig unterzutauchen. In Gedanken ging er die letzten Minuten in der Wohnung noch durch. Morgen würde er sie verlassen und nie mehr zurückkommen.
Er würde die Festplatte entfernen und sie in die Jackentasche stecken, sie irgendwo unterwegs entsorgen. Keiner würde sie finden, dazu war sie viel zu stark beschädigt. Zur Sicherheit hatte er längst ein Programm erstellt, das bei einem unerlaubten Zugriff auf die Dateien augenblicklich das gesamte Betriebssystem sowie die Festplatte infizieren und sich sofort selbst zerstören würde.

Er würde aufstehen, seine Jacke vom Haken nehmen, den Koffer, einen Rucksack und zur Türe gehen. Er würde sich nicht umblicken, sondern nur die Klinke nach unten drücken. Die Türe würde sich öffnen und dann würde er verschwinden.

Die Jacke nahm er auch jetzt vom Haken. Er wollte noch etwas essen, nebenan beim Italiener. Er ging zur Türe und öffnete sie – und erstarrte erschrocken mitten in der Bewegung vor Überraschung.

Er stand fünf Männern gegenüber, die ihn genauso überrascht und erschrocken ansahen. Drei waren in Uniform, zwei in Zivil. Polizei!! Der Schreck durchfuhr ihn von oben bis unten – und er wusste gleichzeitig, dass man ihm das ansah.

Einer der Männer wollte gerade auf die Klingel drücken und hielt in der Bewegung inne. Die gegenseitige Überraschung war absolut perfekt. Eine vollkommen absurde Situation. Der vordere zog einen Ausweis hervor und hielt ihn Rainer unter die Nase.

„Kriminalpolizei. Hauptkommissar Ruhland. Sind Sie Rainer Noldau?"

Völlig perplex nickte er. Er war wirklich vollkommen gelähmt und seine Gedanken standen für einen Moment wie paralysiert still.

„Ja...was...was wollen Sie denn von mir?"

„Wollen Sie verreisen?" fragte stattdessen der Zivilbeamte.

„Was? Ne...nein..Ich...vielleicht demnächst mal. Ich möchte nur etwas Essen gehen. Warum?"

„Das wird wohl nichts werden. Sie sind verhaftet wegen Unterschlagung von Kundengeldern, Betrug und verbotenen Börsenspekulationen. Hier ist der Haftbefehl und ein Durchsuchungsbeschluss."

Er hielt ihm die Schreiben vor die Nase und schob ihn zur Seite.

„Festnehmen," sagte er zu den Uniformierten.

„Wie bitte? Was soll das heißen?"

„Das soll heißen, dass wir Sie in Gewahrsam nehmen und Sie uns zum Verhör aufs Revier begleiten. – Bitte!"

Er hatte sich zu den Beamten umgedreht und trat zur Seite.

Rainer war vollkommen sprachlos und seine Gedanken, die gerade noch vor Lähmung stillstanden, kamen nicht mehr zur Ruhe. Sie flogen umher wie trockene Blätter im Sturmwind, folgten keiner rationalen Regel und keinem bekannten Muster. Er dachte nur noch daran, dass er aufgeflogen war. Und dass er nichts, aber auch gar nichts bemerkt hatte. Die Erkenntnis und eine riesige Verständnislosigkeit trafen ihn wie ein Vorschlaghammer. Mit einem inneren Wunschgedanken wollte er diese Situation nicht geschehen lassen und wusste natürlich, dass das nicht möglich sein würde. Widerstandslos und ohne auch nur ein Wort des Widerspruchs zu sagen, ließ er sich festnehmen, er spürte die Handschellen, die um seine Handgelenke klickten und er konnte keinen klaren Gedanken mehr fassen. Er war tatsächlich wie paralysiert. Wie verdammt nochmal, waren sie ihm auf die Spur gekommen??? Das konnte doch nicht sein, das durfte nicht sein. Nicht jetzt!!! Doch nicht jetzt!!! So kurz vor dem Ziel...nein, nein, nein!!! Er spürte panische Gefühle hochkommen und das Nicht-akzeptieren der niederschmetternden Realität, die ihn so unvorbereitet heimgesucht hatte.

Die Beamten brachten ihn hinunter und schoben ihn in ein Polizeifahrzeug. Rainer hatte nicht einmal bemerkt, dass Polizeifahrzeuge vorgefahren waren. Er kam sich gerade wie ein Schaf vor, das in die Augen eines Wolfes sah und unfähig war, zu reagieren. Noch vollkommen benebelt und fassungslos, nicht in der Lage, auch nur ansatzweise das, was gerade geschah, wahrzunehmen, saß er im Fond des

Fahrzeugs. Nicht fähig, auch nur einen einzigen Gedanken des Begreifens aufzunehmen.

Die Beamten sagten nichts, starteten den Wagen und fuhren durch die Stadt. Vor dem Polizeigebäude hielten sie an und führten ihn in ein Büro. Seine Hände waren immer noch gefesselt. Vollkommen ergeben und widerstandslos ließ er alles mit sich geschehen. Irgendwann wurde er an einen Schreibtisch gesetzt. Zwanzig oder dreißig Minuten wartete er, ohne dass sich sein aufgewühlter Geist beruhigen konnte oder zumindest jemand kam, der mit ihm sprach. Ein Beamter stand nur schweigend hinter ihm und passte auf ihn auf. Er sprach kein Wort. Genau wie Rainer. Er atmete nur unregelmäßig aus und ein und starrte in die Leere. Mit Mühe zwang er sich, etwas wie Rationalität in seine wilden Gedanken zu bringen, aber es gelang einfach nicht. Er war völlig durcheinander und konnte sich nicht erinnern, jemals diesen Wirrwarr an Gedanken in seinem Kopf gehabt zu haben. Ihm fehlte im Moment jegliches Verstehen des gerade ablaufenden Geschehens.

Da kam der Beamte, der ihn verhaften ließ und setzte sich mit einer Mappe ihm gegenüber. Er schlug sie auf und las ein paar Seiten durch. Dann klappte er sie zu, sah Rainer an und nickte.

„Ich bin Hauptkommissar Ruhland von der Abteilung Betrug und Cyberkriminalität. - Möchten Sie etwas zu trinken? Einen Kaffee? Wasser oder etwas anderes?"

Rainer nickte. Ganz langsam erfasste ihn wieder Wirklichkeit und eine labile Kontrolle.

„Ein Glas Wasser wäre jetzt gut. Und vielleicht eine klare Erklärung für diese Aktion...bitte. Ich verstehe nämlich im Moment gar nichts."

Ruhland nickte dem Beamten zu und sagte:

„Nehmen Sie bitte Herrn Noldau die Handschellen ab."

Erst jetzt nahm er wahr, dass er immer noch gefesselt war.

Nachdem er von seiner Fesselung befreit worden war und ein paar Schluck Wasser zu sich genommen hatte, waren seine Gedanken wieder geordneter. Was nicht bedeutete, dass die vielen Fragen immer noch keine einzige Antwort bekommen hatten.

„Sie sind sich schon klar darüber, warum Sie jetzt hier sitzen, Herr Noldau?"

„Nein, ich habe wirklich keine Ahnung."

Rainer schüttelte den Kopf und machte auf erschrockene und ahnungslose Unschuld. Wobei er wirklich ahnungslos war, wie man ihm auf die Spur kommen konnte. Er brauchte nichts zu spielen.

Ruhland lehnte sich zurück und sah ihn ausdruckslos an. Dann stand er auf und nickte dem Beamten zu.

„Kommen Sie bitte mit," forderte der ihn auf.

Rainer wurde in ein Verhörzimmer geführt. Keine Fenster, Neonbeleuchtung, eine große Scheibe an der Stirnseite.

´Wie im Film`, dachte er in diesem Moment und spürte wieder den Schauer, der sich über seinen ganzen Körper legte. Er musste schnellstens ruhiger werden, damit er wieder vernünftig nachdenken konnte.

„Setzen Sie sich bitte."

Zwei Mikrofone waren auf dem Tisch installiert und in einer Ecke stand eine Kamera, die die Befragung aufnahm. Ruhland setzte sich ihm gegenüber und musterte ihn ein paar Augenblicke wortlos. Dann beschäftigte er sich wieder mit der Akte.

„Nun gut. Sie werden beschuldigt, über einen längeren Zeitraum permanent Geldbeträge aus Finanztransaktionen abgezweigt zu haben. Wir haben Sie seit Monaten im Visier, Herr Noldau. Alle Buchungen sind hier dokumentiert und protokolliert. Ihre Vorgesetzten wissen Bescheid und haben uns alle benötigten Daten bereit gestellt. Alle Verdachtsmomente weisen ausdrücklich auf Sie hin. Wir

können Ihnen alles lückenlos nachweisen. Leugnen ist also völlig zwecklos und wird Ihre Situation nur verschärfen. Geben Sie zu, die Unterschlagungen begangen zu haben?"
Er hob die Mappe hoch, um seine Aussage zu bekräftigen. Doch Rainer gab sich noch längst nicht geschlagen. Die Verdachtsmomente weisen auf Sie hin, hatte Ruhland gesagt. Verdachtsmomente sind längst keine Beweise. Und die Buchungen konnten gar nicht auf ihn hinweisen. Sie hatten nichts Definitives, das ihn festnageln könnte. Ein Begriff namens Hoffnung bereitete einen schmalen Weg.
„Was?? Nein, ich...natürlich nicht. Ich weiß nicht, was Sie von mir wollen. Ich weiß nichts von irgendwelchen Unterschlagungen und ich würde mich niemals mit so etwas beschäftigen. Wie kommen Sie überhaupt auf mich?"
Rainer beschloss, erst einmal alles abzustreiten und den Überraschten und Unwissenden zu spielen. Doch Ruhland ging gar nicht darauf ein. Er ignorierte einfach Rainer´s Einspruch. Durchaus eine Taktik, die seinem Gegenüber das Selbstbewusstsein einschränken sollte.
„Wie lange machen Sie das denn schon und wo ist dieses Geld?"
Rainer schüttelte den Kopf und machte ein verständnisloses Gesicht.
„Ich habe nicht die leiseste Ahnung, von was Sie sprechen. Tut mir leid, ich kann Ihnen nicht folgen. Alle Transaktionen, die ich im Auftrag tätige, sind ordnungsgemäß abgespeichert und durch die Firmenleitung abrufbar. Wir sind grundsätzlich jederzeit revisionspflichtig, was ja in meinem Job ganz normal sein dürfte. Ich weiß wirklich nicht, was Sie meinen..."
„Bestreiten Sie die Vorwürfe, Herr Noldau?"
Sofort nickte Rainer.
„Natürlich. Abgesehen davon ist es gar nicht möglich, hier zu mogeln, weil jede Buchung eine Gegenbuchung bedingt

und durch einen gesicherten Account personalisiert werden muss."

Ruhland ging wieder mit keiner Silbe auf seine Ausführungen ein. Er wollte Rainer in die Ecke drängen.

„Ich kann Ihnen nur dringend raten, zu kooperieren. Das sind beileibe keine Kavaliersdelikte, sondern ein Straftatbestand höchster Kategorie. Ein Richter wird Sie verdonnern, dass Sie die nächsten Jahre einsitzen. Möchten Sie das?"

Rainer hob die Handflächen nach oben, um diese Frage ins Absurde zu führen. Warum zum Teufel sollte jemand einsitzen wollen?

„Ich will weder einsitzen noch etwas bestätigen, von dem ich gar nichts weiß. Was soll das eigentlich?"

Ruhland hob die Augenbrauen und sah Rainer fast schon mitleidig an. Er versuchte es mit einem kumpelhaften Verständnis.

„Sehen Sie, es ist doch ganz einfach. Mit einem Geständnis und einer weitreichenden Kooperation wird Ihnen das Pluspunkte bringen sprich eine mögliche Haftreduzierung. Natürlich nur, wenn die Gelder wieder da sind ..Überlegen Sie gut, Herr Noldau."

Rainer überlegte. Natürlich überlegte er. Solange er nicht wusste, was die wussten, konnte er und wollte er gar nichts zugeben oder einräumen. Er wusste immer noch nicht, wie um alles in der Welt man ihm drauf kommen konnte. Es gab nicht den kleinsten Hinweis auf seine Identität in diesem Falle. Und wenn man ihm keine Beweise vorlegen konnte, war nichts zuzugeben. Es konnte keine schlüssigen Beweise geben. Es blieben Verdachtsmomente, sonst nichts.

„Ich kann Ihnen wirklich nicht helfen. Ich habe nichts getan und ich bin mir absolut nicht bewusst, dass irgend etwas möglicherweise unsachgemäß behandelt worden wäre. Vielleicht könnten Sie einmal ins Detail gehen."

Demonstrativ trommelte er mit den Fingern auf der Tischplatte, um seine Entrüstung zu zeigen.

„Damit ich wenigstens weiß, was Sie mir genau vorwerfen."

Ruhland sah ihn wieder regungslos an und öffnete den Akt. Er zog ein Papier heraus.

„Sie haben in den letzten anderthalb Jahren fortlaufend kleinere Beträge von Börsengewinnen abgezweigt und auf verschiedene Konten weltweit transferiert. Wir sind gerade dabei, die Pfade aufzuschlüsseln. - Zugegeben, recht schlau. Kleine Beträge fallen nicht auf. In der Menge kommt aber eine beachtliche Zahl zustande. Insgesamt belaufen sich die aufgelaufenen Gelder auf circa sechs Millionen Euro. Wobei es noch nicht sicher ist, dass das alles ist. Das sind keine kleinen Gaunereien, Herr Noldau, das ist Betrug. Laut §§266 Abs. 2, 263 Abs. 3 StGB, nennt man das gewerbsmäßige Unterschlagung und kann Ihnen bis zu zehn Jahren Haft einbringen."

Rainer wurde hellhörig. Sie wussten also wirklich nichts Genaues, sie verdächtigten ihn lediglich und hatten keine relevanten Beweise. Er hatte von Anfang an einen anonymen Account angelegt, der nicht zurück verfolgt werden konnte, ohne dass ein Server gehackt werden musste. Sein eigener Zugang konnte gar keine Unstimmigkeiten aufweisen. Rainer bekam wieder leichtes Oberwasser und seine winzigen Rädchen im Gehirn drehten sich wieder halbwegs rund. Warum ein Haftbefehl ausgestellt worden war, obwohl die mangelnde Beweislage das seiner Ansicht nach gar nicht rechtfertigte, war eine Frage, die er jetzt nicht beantworten konnte.

Das Telefon klingelte. Ruhland nahm ab, meldete sich, aber mehr als ein ´Aha` oder ein ´Okay`, ab und zu ein ´Gut` und ein Brummen war dem Gespräch nicht zu entnehmen.

„Unsere Techniker haben Ihren Computer entschlüsselt. Sie fanden einen nicht zuzuordnenden Account für die

Finanzdaten Ihres Unternehmens. Damit sind Sie außerordentlich belastbar, Herr Noldau. Unsere Techniker werden alles finden, glauben Sie mir. Dadurch, dass die Cyberkriminalität in den letzten Jahren immer mehr zunimmt, hat auch die Polizei ihre Fähigkeiten mehr als verstärkt. Glauben Sie mir, dass es auch bei uns Leute mit genialen Hackerfähigkeiten gibt. Ich kann Ihnen nur empfehlen, den Mund aufzumachen. Sie wissen doch selbst, dass es keinen Rechner gibt, der grundsätzlich alles löschen kann. Ihre Festplatte wird ein offenes Buch für uns sein. Ein Geständnis kann allerdings nur nützlich sein, wenn es vorher stattfindet. Sie sind ein intelligenter Mensch, Herr Noldau, und Sie haben bislang eine reine Weste in den Akten. Das wird jetzt zwar anders sein, aber es liegt an Ihnen, auf welchem Niveau diese Akte letztendlich landen wird."

Er machte eine Pause.

„Ich habe einen Haftbefehl beantragt, dem stattgegeben wurde. Sie werden jetzt in Gewahrsam genommen und ins Untersuchungsgefängnis überstellt, bis die Beweisführungen abgeschlossen sind. Sie können selbstverständlich einen Anwalt konsultieren. Haben Sie mir noch etwas zu sagen?"

Ruhland stand auf und sah ihn aufmerksam an. In diesem Moment dankte Rainer seiner immerwährenden Vorsicht, dass er das Selbstzerstörungsprogramm installiert hatte. Mit dem ersten Zugriff würden auf dem Bildschirm nur immens viele Zeichen erscheinen, die sich nach und nach auflösten. Die Ermittler konnten das nicht stoppen. Am Ende würde der Akku überhitzen und die Festplatte derart beschädigen, dass sie womöglich in Flammen aufging. Sollte es tatsächlich irgendeinen Beweis gegeben haben, den er möglicherweise übersehen hatte, so würde er damit für immer verschwunden sein.

Im Augenblick konnte sich Rainer nicht vorstellen, etwas vergessen zu haben.

„Ich weiß nicht, was ich Ihnen sagen soll. Mein Account ist in der Firma vertraulich hinterlegt. Ich kann nur mit dem arbeiten, einen anderen gibt es nicht und kenn´ ich nicht. Möglicherweise wurde ich lediglich benutzt, anders kann ich mir das nicht vorstellen. Das, was Sie mir erzählen, höre ich das allererste mal."

Ruhland nickte nur und atmete hörbar aus.

„Nun gut, wie Sie wollen. Vielleicht bringen Sie die nächsten Tage in der Zelle zur Vernunft. Ich kann das Ihnen nur ans Herz legen. Guten Tag, Herr Noldau."

Er nickte ihm kurz zu und verließ den Raum. Ein Beamter nahm Rainer mit und brachte ihn in eine Zelle. Dort setzte er sich auf das Bett und starrte in die Leere. Ganz langsam wurde ihm bewusst, dass er im Moment voll am Arsch war. Er haderte mit einem seltsamen Schicksal, das ihm grinsend ein Bein gestellt hatte. Rainer schüttelte innerlich den Kopf, wenn er daran dachte, dass er nur zwölf Stunden später über alle Berge gewesen wäre. Wären die Beamten nur einen Tag später gekommen, hätten sie ihn nicht mehr angetroffen. Und bis sie vielleicht irgendwann drauf gekommen wären, dass er sich abgesetzt hatte, wäre er längst in den Weiten der Welt entschwunden. Hätte, hätte, hätte...wäre, wäre, wäre...was für eine Scheiße. So eine verdammte Scheiße!!! So schnell werden Pläne pulverisiert, dachte er.

Was, wenn sie ihm doch nachweisen konnten, dass er derjenige war, der die Transaktionen angewiesen hatte. Dann konnte er verrotten in einer verdammten Dreckszelle. Wie viele Jahre? Er wusste es nicht, aber er glaubte Ruhland, der sagte, dass Betrug in diesem Ausmaß keine Bewährungsstrafe nach sich zog. Er dachte an die zwanzig Millionen, die sich wahrscheinlich im Cyberraum immer noch separierten. Es war nur eine Frage der Zeit, bis die

Spezialisten den Server ausfindig machen konnten. Er zweifelte allerdings daran, dass sie ihn hacken könnten. Das hatte er zwar geschafft, aber Rainer war kein eitler Idiot, der sich als den Größten betrachtete. Aber einen Server grundsätzlich zu hacken, war so gut wie unmöglich. Er hoffte, dass das Programm bis Sonntag alle Aktionen abgeschlossen hatte. Dann würde es sich selbst vernichten und dann war auch dort nichts mehr zu finden. Doch ein kleiner winziger Zweifel blieb, der sich immer mehr Raum verschaffte. Was, wenn nicht?

Im Büro von Ruhland stand er seinem Kollegen Manuel Britz gegenüber.

„Was meinst du?" fragte er ihn.

„Also entweder weiß er wirklich nichts oder er ist ein ganz schlauer eiskalter Hund. Der hat sich wirklich gar nichts anmerken lassen. Er wirkte glaubwürdig überrascht und fast entsetzt. Bist du bei ihm wirklich ganz sicher?"

„Aber alles deutet darauf hin, dass er derjenige ist. Ich glaube ihm das Unschuldslamm nicht. Ich bin überzeugt, wir haben den Richtigen. Er ist der einzige Hinweis, den wir haben."

Britz zuckte die Schultern. Er war nicht überzeugt.

„Wissen wir wohl erst, wenn wir seinen Rechner überprüft haben. Mit den Firmendateien können wir ihn zwar festnageln, aber solange wir nicht nachvollziehen können, wohin und wie die Transaktionen verschwunden sind, wird das nicht reichen. Der schlüssige Beweis fehlt. Im Moment haben wir nur Indizien – das ist zu wenig, denke ich."

„Ich bin sicher, am Montag ist alles geknackt. Ich halte ihn für den Täter. Bin vollkommen sicher. Er hält sich für superschlau und das ist seine Schwäche."

„Er ist schlau – zweifellos. Die Beweise der Finanzdateien werden im Moment vielleicht für eine Anklage reichen, aber wenn er wirklich diesen Coup gedreht hat, brauchen wir einen unumstößlichen Beweis und die Pfade der Gelder. Vor allen Dingen, von wo aus alles verarbeitet wurde."

Ruhland nahm seine Jacke vom Stuhl und nickte.

„Na gut, warten wir. Ich hau´ ab. Schönes Wochenende…"

„Dir auch. Bis Montag."

*

Das Untersuchungsgefängnis war ein nicht kalkulierbarer Katalysator in Rainer´s Gehirn. Nach zwei Wochen war ihm vollkommen klar, dass er da keinesfalls bleiben konnte. Die Aussicht, zukünftig eine Zelle als sein Zuhause anzusehen, entfachte in ihm panikartige Magenschmerzen. Er hatte keine Ahnung, auf welchem Stand die Anklage und die Beweisführung war, aber dass selbst die deutsche Justiz da nicht ewig brauchen würde, war auch ihm klar. Er musste hier raus – irgendwie. Schnellstens.

Sein Anwalt hatte mehrere Gespräche mit ihm geführt und die Verteidigung dementsprechend angepasst. Aber er teilte Rainer auch unumwunden mit, dass die möglichen Beweise, die die Ermittler schon und vielleicht noch in den Akten hatten, eine erfolgreiche Verteidigung erschweren würde. Rainer überraschte das alles nicht, aber er konnte nichts einräumen, solange man ihn nicht mit einem konkreten Beweis an die Wand nagelte. Seine Geduld wurde gewaltig ausgereizt.

Der Wärter holte ihn aus der Zelle, um die Mahlzeiten einzunehmen. In einem großen Saal versammelten sich die Gefangenen und standen in einer Reihe vor der langen Theke. Rainer holte sich ein Tablett und stellte sich an. Er war einer der ersten, also setzte er sich an einen leeren Tisch und begann zu essen. Wie immer grübelnd und nachdenklich. Ein Schatten fiel auf ihn und er hob kurz den

Kopf. Ein Mann stand vor ihm und sah ihn an. Nicht unfreundlich, eher fragend.

„Kann ich mich setzen?"

Rainer nickte.

„Klar, das ist ein freies Land," sagte er schulterzuckend.

Der Mann lachte und setzte sich.

„Du bist lustig...Galgenhumor oder was?"

„Ja, vielleicht. Wer weiß das schon…"

Er stocherte weiter in seinem Essen. Der Mann stocherte auch. Ab und zu hob er den Kopf und sah Rainer an.

„Ich bin Paolo."

Rainer stocherte weiter und hob die linke Hand.

„Rainer…"

„Du bist derjenige, der die reichen Schnösel richtig abgezogen hat, stimmt´s?"

Rainer wurde augenblicklich misstrauisch und sah Paolo prüfend an. Seine Alarmglocken klingelten Sturm, Hurrikan und Orkan. Niemand wusste davon und niemand konnte etwas wissen. Irgendwelche fremden Gefangenen schon gar nicht. Nur wenige Leute waren involviert. Eigentlich nur die ermittelten Beamten. Sein innerstes Misstrauen meldete Gefahr. Ein neues Gefühl, das sich begann, zu etablieren. Ein ungutes Gefühl.

„Ich hab´ gar nichts abgezogen. Bin völlig unschuldig wie alle hier. Wird sich schon alles aufklären, wenn es zur Verhandlung kommt. Was weißt du denn davon?"

Der Mann zuckte die Schultern und schob die Unterlippe nach oben.

„Für jemand, der nichts getan hat, bist du die Ruhe in Person. Ich würde verzweifeln, für etwas einzusitzen, das nicht auf meine Kappe geht. Aber grundsätzlich find´ ich´s gut, dass die Bonzen mal was vom großen Kuchen abgeben müssen."

Rainer hatte fertig gegessen und schob das Tablett beiseite.

„Ich glaube, du verwechselst mich. Dass ich hier bin, kann ich im Moment eh nicht ändern, aber ich bin guter Hoffnung, dass meine Unschuld bald bestätigt wird. Ich bin doch nur ein willkürliches Bauernopfer, das für irgend jemand den Kopf hinhalten soll."

Paolo grinste.

„Ja, noch…"

Dann wurde sein Gesicht ernst und er sah wieder auf sein Essen. Er hob nicht den Kopf, als er wieder zu sprechen anfing. Diesmal leise aber eindringlich.

„Hör zu und unterbrich mich jetzt nicht. Was du von den Geldsäcken abgezwackt hast, ist mir vollkommen wurscht und verschiedenen Leuten auch. Aber mit den zwanzig Millionen wird das nicht so einfach. Hast du eine Ahnung, wem die eigentlich gehören?"

Rainer ließ sich seine Überraschung und auch sein Entsetzen nicht anmerken. Sein innerer Misstrauenskasperl hopste hin und her und verschickte ein Fragezeichen nach dem anderen.

„Keine Ahnung, was du da laberst. Bist du wirklich sicher, dass du mich meinst?"

Paolo ging nicht auf seine Bemerkung ein. So wie Ruhland.

„Dieses Geld gehört Leuten, mit denen nicht zu spaßen ist. Du hast dich mit den wirklich Falschen angelegt. Im Moment ist dein Leben wahrscheinlich keinen Pfifferling wert. Du lebst nur noch, weil sie dich noch brauchen. Ohne dich keine Moneten. Also…ganz konkret. Du hast die Mafia beklaut, Mann. Niemand beklaut die Mafia, ohne dass das Konsequenzen nach sich zieht. Du bist in einer aussichtslosen Situation, mein Freund. Und du hast nur einen einzigen Trumpf - nämlich die Kohle, die weg ist. Nur du kannst das Geld wieder beschaffen. Ich weiß, du bist jetzt geschockt, dass ich das alles weiß, aber ich bin da nicht der einzige, das kannst du mir glauben. Du bist dermaßen aufgeflogen, dass mich wundert, dich überhaupt noch atmen zu sehen - morgen Mittag treffen wir uns wieder hier. Bis dahin kannst du überlegen, ob du einen Deal machst oder lieber gleich ins Gras beißt. Das ist jetzt richtig ernst. Richtig ernst! Ich geb´ dir eine Chance, weil du mir sympathisch bist. Also überleg´ gut…wir sehen uns.“

Lächelnd stand er auf, nickte ihm kurz zu, nahm sein Tablett und ging. Zurück blieb ein zu Eis erstarrter Mann, dem in dem Moment klar geworden war, dass sein einstiges Spiel jetzt kein Spiel mehr war, weil es sich zum tödlichen Wargame aufgetürmt hatte. Er konnte die aufkommende Panik nur mit Mühe unterdrücken und verlor einen winzigen Augenblick die innere Kontrolle. Mafiageld!! Das war doch nicht möglich. An das hätte er niemals gedacht. Er hatte gedacht, dass...er hatte gar nicht gedacht. Er hatte nicht recherchiert. Meinte, das war lediglich ein großes Handelsunternehmen, das eben jetzt durch einen Datenklau auch mal dran war. Falsch gemeint und falsch gedacht! Zugegebenermaßen war ihm auch niemals auch nur der Hauch eines Gedankens gekommen, das organisierte Verbrechen beklaut zu haben. Er sah das Schicksal neben sich sitzen und sich kringelig lachen. Es war die sprichwörtlich pure Ironie. Jetzt mit einem tödlichen Hintergrund.

Zehn Minuten saß er am Tisch und starrte die graue Tischplatte an. Dann ertönte eine Glocke, die die Häftlinge darauf aufmerksam machte, wieder ihre Zellen aufzusuchen. Rainer stand auf, brachte das Tablett wieder zurück und ging zu seiner Zelle. Die Häftlinge durften noch ein paar Minuten auf dem Gang verbringen und sich unterhalten. Doch Rainer verschwand schnell in seiner Zelle und setzte sich aufs Bett. Seine hochkommende Panik hatte sich inzwischen wieder gelegt und einer zerstörerischen Unruhe Platz gemacht, die ihn nicht klar und strukturiert denken ließ.

Vor der Zelle ging ein Mann vorbei und blieb stehen. Rainer hob den Kopf und sah dem Mann in die Augen. Der zog die Augenbrauen nach oben und lächelte dann ein spöttisches Lächeln. Er sagte kein Wort, sondern drehte nur kurz den Kopf. Wie um zu sagen: Tut mir leid für dich, aber dein Leben endet hier.

Dann ging er weiter. Die Zellentüren wurden geschlossen und Rainer war wieder alleine mit sich und dem Raum. Sein Blick fiel auf das vergitterte Fenster und er erhob sich. Die Sonne stand senkrecht am Himmel, der ein seltsam tiefes azurblau aufwies. Die Worte Paolos ließen ihn nicht los. Woher wusste dieser Kerl das alles? Und wenn er nicht nur der Überbringer der Nachricht war, sondern auch der Killer, der Rainer töten würde, wenn das Geld nicht auftauchen würde? Er bekam Angst, die er noch niemals gekannt hatte. Er zwang sich, endlich klar zu denken und die Möglichkeiten abzugleichen. Aus dem Gefängnis heraus könnte Rainer sowieso nichts tun, selbst wenn er wollte. Er musste hier unbedingt raus…

Am nächsten Tag saß er wieder an demselben Tisch, als sich Paolo ihm gegenüber setzte. Er lächelte wiederum so freundlich, als ob nichts und niemand seine gute Laune trüben könnte und mit Rainer gut befreundet war.

„Hast du überlegt?"

„Mal angenommen, ich wäre derjenige, was meinst du, könnte ich aus einer Zelle unternehmen. Abgesehen davon, dass ich nicht einmal wüsste, wo ich anfangen sollte."

Paolo nickte.

„Das ist klar. Verstehe. Ich könnte dir einen Internetzugang verschaffen, wäre dann etwas möglich?"

Er sah Rainer an. Seltsam ruhig, kalt und gleichzeitig fast ein bisschen gelangweilt. Er hatte lediglich einen Auftrag zu erfüllen. Die Nebenschauplätze interessierten ihn nicht. Und die Ausführungen Rainer´s eigentlich auch nicht. Die Fakten lagen längst auf dem Tisch.

„Vielleicht…"

Rainer wurde vage. Er hatte bereits verstanden, dass, was immer er tun würde, das sein Leben nicht verlängern würde. Er hatte keine Ahnung von der Mafia, aber er war realistisch genug, dass sie ihn nicht weiterleben lassen würden. Selbst wenn er ihnen den doppelten Betrag zurück geben würde, er hätte wahrscheinlich keine große Aussicht auf ein verlängertes Dasein. Die Mafia bestehlen – das war doch schon ein Todesurteil, völlig egal, wie viel er wieder zurückgeben würde. Mit Mühe unterdrückte er die hochschießende Angst und die immer wieder aufkommende Panik. Niemals hätte er sich vorstellen können, in einem Gefängnis mit einem Killer der Mafia verhandeln zu müssen. Das war so abstrus und gehörte in die Filmbranche. Aber es war beileibe kein Film, es war kein böser Traum, kein Albtraum, keine Imagination und kein Roman, den man einfach weglegen konnte, wenn man keine Lust mehr darauf hatte. Es war die knallharte Wirklichkeit. Eine Wirklichkeit, der er sich stellen musste, wenn er aus dieser Sache heil und gesund herauskommen wollte. Er hob den Kopf und sah Paolo an, der ihn aufmerksam beobachtete und verstehend nickte.

„Es wird kein Vielleicht geben. Mach´ es oder lass´ es. Ich würde empfehlen, es zu tun. Das ist deine einzige Option, mein Freund. Deine Entscheidung..."

Er widmete sich wieder seinem Essen und Rainer nickte.

„Klar. Das weiß ich...wann kann ich an einen Rechner?"

Paolo grinste und nickte jovial.

„Guter Mann, gute Entscheidung. Das verlängert dein Leben immens...morgen Nachmittag in der Bibliothek. Da sind ein paar PC´s. Einer davon wird freigeschaltet sein. 15 Uhr. Comprende??"

„Okay."

Paolo stand auf und ging. Und Rainer überlegte fieberhaft, was zu tun wäre, wenn…

Wenn man den Aussagen der Menschen Glauben schenkte, so glaubt zwar jeder an Zufall, aber niemand an ein vorgesehenes Schicksal. Wenigstens sagen das die meisten. Insgeheim trägt trotzdem jeder den Gedanken in sich, dass ein bestimmtes Schicksal jeden Menschen leitet. Ob zugegeben oder nicht, die endgültige Wahrheit wird auch niemand je erfahren. Zumindest niemand, der lebt.

Rainer hoffte weder auf einen Zufall noch ergab er sich in ein Schicksal, das seinen Lebensweg bereitstellen sollte. Eher hielt er das, was andere Schicksal nannten, für einen der vielen roten Fäden im Leben, den man ergreift und sich daraus ein gewisser Weg entfaltet. Greift man einen anderen Faden, entsteht eben ein anderer Weg. Mit all seinen Konsequenzen und seinen kausalen Erscheinungen, die uns entweder ein Bein stellen – oder auch nicht. Es bleibt ein Gedankenspiel, das Hoffnung bereitstellt. Eine Hoffnung auf Besseres, auf Gutes, auf Positives und Gehaltvolles.

Solche und ähnliche Gedanken kamen Rainer im Moment nicht. Er hatte sich nachmittags für einen Besuch in der Bibliothek eingeschrieben. Dort würde er Paolo treffen, der ihm den PC bereitstellen sollte. Als er aus der Zelle geholt wurde, meldete sich sein Magen. Er grummelte ein bisschen, aber nicht, weil Rainer Angst verspürte oder eine gewisse Nervosität, sondern es war etwas anderes. Ein anderes seltsames Gefühl, das nichts mit dem zu tun hatte, um was es im Moment ging. Er spürte die tief in ihm liegende Aufregung, die ihn erfasste. Irgendwas oder irgendwer in ihm drin bimmelte kleine Alarmglöckchen, die ihn aufmerksam werden ließen. Er hatte keine Ahnung warum, aber er nahm alles um sich herum in völliger Klarheit auf. In der Bibliothek änderte sich seine innere Präsenz nicht. Der Wachmann führte ihn ans Pult, an dem er sich eintrug. Die Gefängnisbibliothek bestand aus drei Räumen, die miteinander durch jeweils einer offen stehenden Doppeltüre verbunden waren. Im letzten Raum sah er Paolo stehen, der scheinbar interessiert in einem Buch blätterte. Rainer durfte weitergehen und sich in den Regalen umsehen. Er verließ den ersten Raum und betrat den zweiten. Er war als einziger hier. Paolo hatte ihn schon bemerkt, aber war weiter in seinem Buch vertieft. Gerade wollte er weitergehen, da öffnete sich eine Seitentüre und ein Mann mit einem Sackkarren voller Kartons drängte sich herein. Mit einer Hand zog er die Türe hinter sich zu, nickte Rainer kurz zu und schob den Karren in den ersten Raum. Rainer drehte den Kopf und blickte auf die Türe. Er stutzte. Das Schloss war nicht eingerastet und die Türe hatte sich einen winzigen Spalt geöffnet, kaum sichtbar, aber ihm war das nicht entgangen. Rainer´s Herz fing urplötzlich an zu rasen und ein einziger Gedanke jagte durch sein Gehirn. Raus hier!! Blitzschnell sah er sich um, bemerkte niemanden im Raum, der ihn beobachten konnte und trat schnell zu der offenen Türe. Er drückte sie auf und stand im Freien. Der Lieferwagen parkte mit geöffnetem Laderaum vor ihm. Er war fast voll, über und über mit kleineren und größeren Kartons bestückt. Ohne zu überlegen drückte er die Türe hinter sich zu, so dass sie wieder einrastete und sprang auf die Ladefläche. Er zwängte sich durch die Kartons bis an die Trennwand zwischen Fahrerkabine und Laderaum. Hinter einem fast mannshohen Karton kauerte er sich zusammen, zog kleinere Kartons vor sich und wartete. Sein Puls hatte sich ins Unermessliche beschleunigt und er hatte nicht die geringste Ahnung, was er da tat. Er kam nicht mehr zum Überlegen, denn der Fahrer kam wieder aus der

Türe, schloss die Türen des Transporters und Rainer hörte ihn um das Fahrzeug laufen. Dann vernahm er noch laute Stimmen und der heiße Schweiß lief ihm in Strömen herunter. Aber als die Stimmen verstummten, der Motor gestartet wurde und sich der Lieferwagen in Bewegung setzte, atmete er ganz langsam auf. Seine Gedanken begannen sich zu sortieren und allmählich wurde ihm bewusst, was er da getan hatte. Er war geflohen. Aus einem Gefängnis. Der Zufall hatte ihm in die Hände gespielt. Es konnte nur Zufall sein, dass in dem Moment, in dem er den Raum betrat, ein Lieferant die Türe öffnete und diese Türe sich nicht mehr schloss. Es konnte nur Zufall sein, dass in diesem Moment der Wagen nicht unter Beobachtung stand, dass der Fahrer erst wieder kam, als Rainer schon versteckt war und dass niemand sein Verschwinden bemerkt hatte. Es war kaum möglich, dass es so eine Chance geben konnte. Aus einem Gefängnis zu entfliehen, war nicht unmöglich, aber auch nicht alltäglich. In diesem Moment dachte Rainer wirklich an ein mögliches Schicksal, das es ihm erlaubte, einen weiteren roten Faden zu ziehen. Einen anderen, der sich vom ursprünglichen Weg abwandte und einen gänzlich neuen einschlug. Aber soweit dachte Rainer nun doch noch nicht. Vielmehr überlegte er, wie es weitergehen sollte. Wo sollte er hin? Wie sollte er wohin kommen? Und dann? Er war auf der Flucht, sie würden es wahrscheinlich schon bemerkt haben und wenn nicht, dann eben spätestens in einer Stunde, wenn die Bibliothek wieder zumachte. Er ging davon aus, dass der Lieferwagen wieder zurück in die Stadt fuhr. Er musste bei nächster Gelegenheit aus dem Transporter raus. Er musste in seine Wohnung, da hoffte er, in seinem Geheimfach noch alle Papiere vorzufinden. Und dann? Ja, und dann...dann musste er schnellstens dieses Land verlassen...für immer....er konnte nicht mehr zurückkommen. Er wollte das auch nicht.

*

Es war abends. Die Dämmerung hatte bereits eingesetzt, aber es war noch hell genug, um sich ohne Licht in der Wohnung zurecht zu finden. Als er den Transporter beim nächsten Halt unbemerkt verlassen konnte, hatte er sich erst einmal orientieren müssen, wo er war. Gott sei dank war er im Untersuchungsgefängnis nicht weit seiner Heimatstadt untergebracht worden und so war es relativ einfach, seine Wohnung aufzusuchen. Zum Laufen zu weit, also entwendete er einfach ein nicht verschlossenes Fahrrad und erreichte nach einer dreiviertel Stunde seine Wohnung. Über seiner Wohnungstüre befand sich hinter der Türzarge eine kleine Einbuchtung, in der er für alle Fälle einst einen Ersatzschlüssel hinterlegt hatte. Die polizeilichen Absperrbänder waren entfernt worden und so musste er nicht einmal ein Siegel durchbrechen. Niemand würde wissen, dass er noch einmal in der Wohnung gewesen war. Er hoffte inständig, dass die Beamten die verborgene Öffnung in der Wand nicht gefunden hatten.

Langsam schritt er durch den Flur, das Wohnzimmer, die Küche. Hinter einem Hängeschrank war damals eine Öffnung eingelassen worden. Und die Rückwand des Hängeschrankes war so präpariert, dass es unmöglich war, dahinter ein Geheimfach zu vermuten, wenn man nicht alle Schränke abbaute. Rainer wollte vor Jahren einen Safe einbauen, hatte das aber wieder gelassen und statt dessen eine bewegliche Rückwand installiert, die mit einfachen Handgriffen gekippt werden konnte. Wer es nicht wusste, kam nicht darauf, weil keine Schraube und kein Gelenk darauf hinwies. Er entfernte das Geschirr und den Regalboden, drückte in die versenkten Knöpfe und während sich die Rückwand nach innen senkte, schickte er ein Gebet an den Herrn. Er benutzte den Schieberegler und sah hinein.

Hörbar atmete er aus. Es war alles noch da. Pässe, Kreditkarten, Bargeld, ein Smartphone mit Ladekabel. Schnell nahm er alles heraus, suchte sich seinen Rucksack und verstaute alles samt Ersatzkleidung und ein paar Badartikel darin. Er überlegte noch zu duschen, aber es war zu gefährlich. Er musste schnellstens weg von hier. Hastig zog er sich um, nahm noch eine Jacke und eine Mütze heraus und verließ die Wohnung. Nicht um vorher noch durch den Türspion zu schauen. Unliebsame Überraschungen hatte er in letzter Zeit genug gehabt. Niemand da. Vorsichtig öffnete er die Türe und lauschte. Er konnte nur seinen eigenen Herzschlag wahrnehmen, der pochte wie eine Trommel. Dann schritt er die Treppen hinunter und hoffte inständig, keinem der Nachbarn zu begegnen. Als er auf der Straße stand, wandte er sich schnell nach links, um hundert Meter weiter die Straßenseite zu wechseln. Da war der Park, der jetzt am Abend fast menschenleer war. Noch einmal drehte er sich um und konnte gerade noch wahrnehmen, wie zwei Autos vor der Haustüre stehenblieben. Vier Männer stiegen aus. Rainer konnte nicht erkennen, ob das jetzt Zivilstreifen waren oder Leute der Mafia. Unwichtig. Er wartete nichts mehr ab, drehte sich schnell um und erreichte auf der anderen Parkseite einen Taxistand. Er ließ sich zum Bahnhof fahren, kaufte ein Ticket zum Flughafen und setzte sich mit tief ins Gesicht gezogener Mütze auf einen Sitzplatz, von dem aus er den gesamten Wagon im Auge behalten konnte. Noch einmal umsteigen, dann erreichte er nach anderthalb Stunden den Flughafen. Wohin? Was geht am schnellsten und wo war er die nächsten Wochen sicher? Er sah auf die Anzeigentafel. In einer Stunde war das Boarding nach Edinburgh...Schottland. Schottland?? Warum nicht?
Er sah sich um. Ein Ticketschalter hatte noch geöffnet. Er versuchte es und hatte tatsächlich Glück. Etliche Absagen

ermöglichten ihm den Ticketkauf. Schnell begab er sich in die Sicherheitscheckzone. Jetzt kam es darauf an, ob die Pässe gut gearbeitet waren. Rainer´s Hackergenie kam ihm zugute. Mit seinem britischen Pass wurde er ohne Probleme durchgewunken. Noch einmal ein Check nach versteckten Gegenständen, dann war bereits der Boardingaufruf zu vernehmen. Er war nervös und begann zu schwitzen, als er auf seinem Platz saß. Das Flugzeug hatte sich noch nicht bewegt und er erwartete jeden Moment, dass durch die Kabinentür irgendwelche Männer kamen und ihn aus seinem Sitz zogen. Der Fensterplatz ermöglichte ihm die Sicht nach draußen. Vor seinem inneren Auge konnte er blinkende Polizeilichter sehen, die den Start verhindern wollten. Aber niemand kam und niemand sah ihn misstrauisch an. Die Kabinentür wurde geschlossen und ein Ruck zeigte ihm an, dass die Maschine aus der Parkposition gezogen wurde und sich der Flieger langsam auf die Startposition zu bewegte. Dann spürte er das Vibrieren der Turbinen, das Aufheulen und den fast explosiven Start. Immer schneller, die Nacht mit seinen Lichtern flog an ihm vorbei, dann hob die Maschine ab, die Lichter verschwanden...und Rainer sank aufatmend und sichtlich geschafft zurück in seinen Sitz. Langsam beruhigte sich sein Puls und er spürte die fast schon lähmende Müdigkeit in sich. Die Augen fielen ihm zu und er sank in einen dösenden unruhigen Schlaf, der die Ereignisse mühsam zu einem ganzen zusammensetzte und es trotzdem nicht schaffte. Nur ein Gedanke manifestierte sich in seinem Geist. Ich bin frei und kann nun selbst entscheiden, was zu tun ist...frei...wirklich frei??...auf der Flucht ist nicht frei. Aber dieser Gedanke würde sich erst später etablieren. Jetzt fiel ihm zuerst einmal eine Last vom Herzen.

*

Leichter Regen hatte eingesetzt und verwischte die klare Sicht aus dem Fenster. Nachdenklich stand er davor und versuchte, die vorgelagerte Insel durch die feinen Nebelschwaden zu erkennen. Ab und zu schlürfte er an seiner Kaffeetasse. Er trat nach draußen und setzte sich auf die Bank unter dem Dachüberhang. Es war nicht sehr kalt und auch nicht besonders windig. Wenigstens nicht mehr als sonst. Während er den Blick auf dem Meer ruhen ließ, ging er in Gedanken die weiteren Schritte durch. Er befand sich schon seit mehr als drei Wochen in Schottland. Weit im Norden nahe einem Ort namens Durness unweit des Loch Eriboll. Er hatte ein kleines traditionelles Cottage mieten können, das außerhalb des Ortes lag und so abgelegen, dass sich kaum jemand hierher verirren würde. Im Moment fühlte sich Rainer sicher und er konnte inzwischen genügend Ruhe aufbringen, um sich Gedanken über sein weiteres Leben zu machen. Unaufhörlich schweifte sein Geist durch die Unruhen der Zeit. Es waren ja nicht nur die Behörden hinter ihm her, sondern auch die Mafia. Wie lange konnte er sicher sein? Ewig hier zu bleiben, war keine wirkliche Option. Irgendwann musste er weiter. Er musste weg von Europa, aber wohin? Wo wollte er leben? Und würde er wirklich den möglichen Rest seines Lebens auf der Flucht sein müssen? Stetig bereit zu sein, zu verschwinden und niemals sicher zu sein, dass eventuell Menschen um ihn herum ihn vielleicht nicht als entflohenen Straftäter erkannten, aber dafür irgendwelche Schnüffler, Detektive oder vielleicht sogar Kopfgeldjäger. Auch das zog er in Betracht - eben dass die Mafia möglicherweise ein Kopfgeld auf ihn aussetzte, damit man ihn schnellstens aufspüren würde. Viele Verfolger erhöhten den Erfolg. Der Gedanke war genauso absurd wie real....

*

Drei Wochen vorher.

Kommissar Ruhland stand vor seinem Schreibtisch und sah seine beiden Kollegen an. Er spürte, wie der intensive Ärger in ihm hoch kroch und seinen ganzen Körper in eine seltene Anspannung versetzte.

„Das kann doch nicht wahr sein. Geht´s noch dümmer?"

Er schüttelte permanent den Kopf und sah durch das Fenster hinaus.

„Was ist denn genau passiert, verdammt noch mal?"

Holger Weiß, sein langjähriger Kollege, zuckte die Schultern.

„Genaues weiß man nicht. Noldau hatte sich in der Bibliothek eingeschrieben. Dann hat er sich ein paar Minuten dort aufgehalten und war plötzlich spurlos verschwunden. Er hatte sich weder ausgetragen noch ist er am Wärter vorbei gekommen. Niemand hat auch nur die geringste Ahnung, wohin er verschwunden sein könnte."

„Aber das gibt's doch nicht. Das ist ein Gefängnis, keine öffentliche Bibliothek. Da kann man nicht so einfach ´ne andere Tür nehmen."

„Draußen steht der Beamte, der Dienst dort hatte. Soll ich ihn rein holen?"

Ruhland nickte.

Ein paar Minuten später saß der Mann vor ihm. Er war nervös und spielte ständig mit seinen Fingern.

„Erzählen Sie mir bitte noch einmal, was da passiert ist...von Anfang an bitte."

„Nun, um kurz vor drei kam Noldau und trug sich in die Liste ein. Jeder muss sich eintragen, wenn er kommt und austragen, wenn er geht. Wir haben drei Räume, die durch jeweils eine Türe verbunden sind. Ich habe ihn noch gesehen, wie er in den nächsten Raum ging und ein paar Bücher angesehen hatte. Dann hab´ ich nicht mehr aufgepasst, weil noch mehr Häftlinge gekommen sind."

„Wie viele denn?"

„Es waren acht. Zusammen mit Noldau."

„Haben Sie die Liste der Leute dabei?"

Der Beamte zog etwas aus einer schmalen Mappe und gab sie dem Kommissar. Er überflog sie kurz und gab sie Weiß.

„Überprüf´ mal alle. Warum sie einsitzen, wie lange schon und ob einer Kontakt zu Noldau hatte."

„Okay, Boss…"

Ruhland drehte den Kopf und sah nach draußen. Er versuchte sich vorzustellen, welchen Fluchtweg Noldau genommen haben könnte.

„Allerdings war da noch etwas….wahrscheinlich nicht wichtig, aber…"

„Ja?"

Der Kommissar sah ihn wieder an.

„Also, wir bekommen ja regelmäßig neue Bücher und der Fahrer kommt normalerweise durch den Haupteingang. Aber an dem Tag hatte er so viele Kartons, dass wir die Seitentüre öffneten. Die befindet sich im zweiten Raum."

Ruhland wurde hellhörig.

„War das zu der Zeit, als Noldau auch dort war?"

„Ja, schon. Aber das ganze dauerte nur ein paar Minuten und eigentlich ist immer ein Kollege dabei. Nur an dem Tag waren wir nur zu dritt und der Fahrer wurde nicht überprüft. Er kommt schon viele Jahre und kennt sich aus…"

„Ja und….weiter."

„Ich sagte ja, es wird nicht weiter wichtig sein. Nichts und…das war alles."

Ruhland sah ihn enttäuscht an.

„Vielleicht ist Noldau durch diese Türe entkommen, wobei…"

Er dachte nach. Und wo will er dann hin? Dann stand er eben auf dem Hof…nicht schlüssig. Aber in diesem Moment der Flucht war das wahrscheinlich unwichtig.

„Das ist eigentlich nicht möglich. Die Türe ist nur mit einem Schlüssel zu öffnen und hat keine Klinke."

„Vielleicht war sie nicht zu. Vielleicht hat sie der Fahrer offen stehen lassen."

Der Beamte schüttelte den Kopf.

„Nein, selbst wenn...die Türe schnappt sofort selbständig ins Schloss zurück. Und ich kann mir nicht vorstellen, dass er nicht darauf achten würde. Und außerdem…"

„Außerdem?"

„Ich habe ihn ja selbst wieder hinausgelassen und da war die Türe geschlossen. Ich bin ganz sicher."

Ruhland nickte.

„Geben Sie mir bitte den Namen des Fahrers. Wir werden ihn überprüfen müssen. Ich vermute, Noldau hatte einen oder mehrere Helfer. Einfach so kann man aus dem Trakt ja nicht verschwinden. Und wenn er draußen ist...wie sollte er sich von dem Gelände entfernen können?"

„Ja, natürlich. Ich schreib´ Ihnen alles auf…"

Ruhland verabschiedete den Mann und trommelte auf die Tischplatte. Seine Gedanken beschäftigten sich mit Rainer Noldau, der ihn langsam ärgerte. Sie wollten den PC überprüfen, aber während der Entschlüsselung wurde ein Virus aktiviert, der die ganze verdammte Festplatte zerstörte. Bevor die Ermittler nur ansatzweise etwas dagegen tun konnten, ging der PC sogar in Flammen auf. Es war nichts mehr wieder herzustellen. Sie hatten lediglich einen anonymen Zugang zu den Kundenkonten. Der lief wiederum über einen Server, der in Russland stand. Ruhland schloss die Augen. Dieser Noldau war schon ein cleverer Hund. Ein Hacker, so wie es aussah. Er ärgerte sich. Er hätte bei der Vernehmung fast geglaubt, dass er wirklich von nichts wusste, aber nun war er fest überzeugt, dass dieses smarte Bürschchen sich nach allen Seiten abgesichert hatte. Sie würden die Gelder wohl nicht mehr ausfindig machen können. Wahrscheinlich waren sie längst auf irgendwelchen Konten in irgendwelchen Steueroasen, in denen kein Mensch sich dafür interessierte, woher das Geld stammte.

Bevor er noch weiter in Destruktion fallen konnte, kam Martin Kammlot in das Großraumbüro. Kammlot war der IT-Freak der Abteilung. Ihm konnte man generell nichts vormachen oder verheimlichen. Er hatte bisher noch alles Machbare rekonstruieren können – außer Rainer Noldau´s PC eben.

„Hallo, Hannes, hast kurz Zeit? Ich hab´ Neuigkeiten…"

„Klar, setz´ dich. Hoffentlich was Positives. Was anderes verkrafte ich heute nicht mehr."

„Oweh, läuft nicht? Was ist los?"

„Der Fall Noldau geht mir auf´n Senkel…"

Kammlot grinste ihn an.

„Tja, ein sogenannter smarter Typ. Sagt er immer noch nichts?"

„Er ist gestern aus dem Gefängnis entkommen."

„Was?! Nein. Wie das?"

Ruhland zuckte die Schultern.

„Wir haben einen Verdacht, aber dem müssen wir erst nachgehen. - Was hast du?"

„Eben was Neues von diesem Noldau. Nun, wenn er wirklich weg ist, dann wird er kein richtig freies und ruhiges Leben haben."

„Natürlich nicht. Wir sind ihm schon auf den Fersen und die Fahndung ist auch raus. Wo soll er schon hin wollen?"

„Das meine ich nicht. Sieh´ dir das mal an."

Er drehte seinen Laptop um und zeigte das Bild Ruhland. Der sah ihn unverständlich und fragend an.

„Sind das die Summen, die er abgezweigt hat?"

„Abgezweigt haben soll…aber ja, scroll mal nach unten, nimm` die letzte Seite und geh´ auf die allerletzte Position. Das ist wirklich bemerkenswert…"

Ruhland tat, wie ihm geheißen und erreichte die letzte Summe mit den zugehörigen Zugangsdaten. Überrascht zog er die Augenbrauen nach oben, schürzte die Lippen und sah seinen Freund an.

„Zwanzig Millionen? Auf einen Schlag? Bist du sicher? Derselbe Pfad?"

„Allerdings. Er wollte wohl noch einmal richtig zuschlagen, bevor er verschwindet."

„Wir haben keinen Plan entdecken können, dass er dies auch vorhatte. Keinerlei Unterlagen, kein Flugticket, kein Zug, keine Reservierungen ..nichts…"

„So jemand wie Noldau wird sicher nicht unter seinem richtigen Namen einchecken. Ich garantiere dir, er hat einen gefälschten Pass...oder sogar mehrere. Dieser Junge ist mit allen Wassern gewaschen. Hat sich vielleicht zu sicher gefühlt, aber der letzte Coup sagt doch schon aus, dass er sich absetzen wollte. Er hat alles perfekt geplant. Und du bist ihm einfach rechtzeitig dazwischen gekommen."

„Ja, schon möglich. Aber...so einfach ist es auch wieder nicht, heutzutage einen Pass zu fälschen."

Kammlot grinste ihn an und verzog das Gesicht.

„Ich bin sicher, es gibt nicht wenige Leute, die das gut können und ich bin sicher, Noldau ist einer von denen. - Aber was ganz anderes…"

„Was denn noch?"

„Ich habe nachgeforscht, woher die Millionen kommen und wem sie gehören. Es ist eine Firma namens Pelotti-Import in Frankfurt. Hauptsitz in Neapel. Da gehen immer mal wieder Millionenbeträge über die Konten. Werden dann an die Deutsche Bank in Neapel transferiert und dann weiter an die Banco di Napoli."

„Ich versteh´ nicht ganz…"

„Inhaber der Konten ist eben die Pelotti-Import. Und die gehört der Familie Celotini. - Schon mal gehört?"

„Celotini??? Nein, sagt mir nichts."

„Das ist die Mafia, Hannes. Noldau hat der Mafia zwanzig Millionen gestohlen. Wahrscheinlich weiß er das gar nicht. Aber die wissen es. Ich denke, die benutzen die Firma zur Geldwäsche - Wie alt ist Noldau?"

„Was...wie alt? Ich glaube vierunddreißig...Warum?"

Er blickte ihn fragend an.

„Er wird nicht fünfunddreißig werden."

Kammlot sah Ruhland ernst an und nickte.

„Ach du Scheiße...die Mafia...du hast recht. Das ist sein Todesurteil."

Beide dachten das Gleiche und atmeten lautstark aus, als Weiß hereintrat. Er wedelte mit einem Blatt Papier.

„Ich hab´ da was. Einer der Männer, die mit Noldau in der Bibliothek waren, ist Paolo Terpecci. Sitzt wegen Drogendelikten, Körperverletzung, Nötigung und mögliche Schutzgelderpressung. Er hat sich wohl ein paarmal mit Noldau unterhalten. Vermutet wird, dass er zur Mafia gehört."

Ruhland schlug die Hand auf den Tisch und sah Kammlot an. Dann Weiß, der ein bisschen verständnislos beide anstarrte.

„Was??"

„Da haben wir die Verbindung. Ich bin sicher, dass dieser Terpecci ihm bei der Flucht geholfen hat, damit die wieder an ihr Geld kommen..."

„Wie jetzt? An ihr Geld kommen? Was meinst du denn?"

„Noldau hat zwanzig Millionen Mafiageld verschoben. Wahrscheinlich ohne zu wissen, dass es der Mafia gehört."

„Auuaah...Puuh...dann ist er schon tot."

Die drei Männer blickten sich wissend an und nickten. Zweifellos...da lief jetzt noch ein Mann herum, der eigentlich schon tot war. Oder tot sein wird, sobald das Geld wieder da war, von wo es abkassiert worden war. Und niemand von den drei Männern wollte jetzt in der Haut Rainer Noldau´s stecken.

*

Carlo Guiseppe Celotini starrte regungslos seinen Mitarbeiter an. Er war nach außen die Ruhe in Person, aber innerlich spürte er die unkontrollierte Wut hochkochen.

„Du willst mir sagen, dass so ein verdammter Freak zwanzig Millionen von unseren Konten abgeräumt hat? Wer soll das sein? Etwa einer von Giacomo´s Leuten?"

„Nein, so wie es aussieht, ist es ein Broker bei der Bank. Hat wohl schon länger Gelder abgezweigt, aber immer nur kleinere Beträge, sodass es niemandem auffällt. Ist wohl größenwahnsinnig geworden, als er diesen Betrag kassiert hat."

„Wie kann so was passieren? Ist die deutsche Polizei da dran?"

„Ja, die haben ihn bereits verhaftet und ins Untersuchungsgefängnis gesteckt. Einer unserer Leute sitzt da auch gerade. Wir haben ihn auf den Kerl angesetzt."

„Ein Deutscher?"

„Ja. Unbeschriebenes Blatt. Ein Einzelgänger. Wollte wohl mal groß rauskommen...allerdings ist er vor zwei Tagen getürmt und kein Mensch weiß jetzt, wo er ist. Unsere Männer haben seine Wohnung überwacht, aber er ist nicht aufgetaucht."

„Und wo ist jetzt mein Geld, verdammt??"

„Wir wissen es noch nicht. Der Kerl ist raffiniert. Ohne ihn haben wir im Moment keinerlei Anhaltspunkte."

Celotini war aufgesprungen. Er war wütend. Es ging ihm nicht unbedingt um das Geld, wobei zwanzig Millionen Verlust auch er nicht leichtfertig abschreiben konnte und natürlich keinesfalls wollte.

Er hatte die Hände auf dem Rücken verschränkt und lief wie ein Tiger im Käfig auf und ab. Dann blieb er stehen.

„Ich will, dass ihr feststellt, ob die Polizei weiß, wo das Geld ist. Wenn nicht, sucht es, findet es. Und findet dieses Arschloch, damit ich ihm die Eier abschneiden kann und sie ihm so tief in den Hals stecke, dass er daran erstickt. Was glaubt der, wer er ist?"

Heftig keuchend setzte er sich wieder hin. Wie konnte so ein kleiner Wichser es wagen, ihn, den großen Paten, zu bestehlen?

„Natürlich, Don Carlo. Wir sind bereits dran. Irgendwo wird er sich schon verkrochen haben und irgendwer weiß auch wo. Niemand kann das alleine hinkriegen. Wir finden ihn."

„Natürlich. Und findet das Geld. Wenn das die Runde macht, dass man uns einfach so bescheißen kann, wirft das ein schlechtes Licht auf unsere Reputation. Es ist mir egal, wie lange das dauert. Jagt den Kerl über die Straßen, der soll vor Angst kein Auge mehr zu machen. - Hat unser Mann eigentlich etwas herausbekommen im Gefängnis?"

„Er hat ihn unter Druck gesetzt und sie waren wohl verabredet, über einen freigeschalteten Rechner das Geld wieder zurück zu buchen. Paolo meinte, er glaubt, dass der Kerl nicht einmal wusste, von wem er es gestohlen hatte. Aber bevor das stattfinden konnte, ist er abgehauen."

„Ist mir scheißegal, ob er es wusste oder nicht. Kümmer dich darum. Schnellstmöglich. Und mach´ kein Aufhebens daraus. Das muss niemand wissen…"

„Selbstverständlich. Der Mann ist schon Geschichte."

Celotini winkte ab zum Zeichen, dass die Unterredung beendet war. Der Mann verließ den Raum und zog sein Handy aus der Jackentasche.

Drei Wochen später hatte Ruhland immer noch keine Spur von Noldau und er hatte auch keine Idee, was er noch untersuchen hätte sollen. Noldau´s Wohnung hatte nichts ergeben, sein Umfeld mit dem Bekanntenkreis und Kollegen hatte nichts ergeben und irgendwelche Familienmitglieder gab es offensichtlich nicht. Noldau war bei einer Pflegefamilie aufgewachsen, nachdem die Eltern bei einem Unfall ums Leben gekommen waren. Geschwister gab es nicht und sonstige Verwandte anscheinend auch nicht. Zumindest keine näheren. Er hatte mit niemandem einen engeren Kontakt und die kleine Gruppe, die sich öfter miteinander verabredete, schilderte ihn lediglich als offen, intelligent, humorvoll und trotzdem irgendwie zurückhaltend. Ein Einzelgänger, dachte sich Ruhland. Kein nahes Umfeld, das machte jedem Ermittler das Leben schwer. Noldau war damit schwer einzuschätzen - außer dass er gewaltige kriminelle Energien aufbringen konnte. Andererseits dachte der Kommissar sich, dass die Mafia ihn vielleicht schon erwischt hatte und sich Rainer Noldau längst auf dem Grund eines Sees befand oder in einem Betonfundament. Auszuschließen war das jedenfalls nicht…

*

Rainer Noldau erfreute sich nach wie vor bester Gesundheit und in seinem Cottage an der See hatte er endlich wieder innere Ruhe und Abstand finden können. Ruhe, die dringend benötigt würde für zukünftige Überlegungen. Lange konnte er nicht mehr in Schottland bleiben. Auch wenn er sich im Moment sicher fühlte, sagte ihm eine innere Stimme, dass die Behörden die Akte nicht einfach schließen würden. Und für die Mafia war er sowieso Freiwild. Die hörten niemals auf, nach ihm zu suchen. Er musste diesen Kontinent verlassen.

Grübelnd nahm er seine Jacke und ging an den Strand. Es war stürmischer geworden und die Brandung hatte sich verstärkt. Die dunklen Wolken am Horizont verhießen nichts Gutes und der Wind nahm stetig zu. Trotzdem konnte er am besten nachdenken, wenn er hier spazieren ging. Die Seebrise machte den Kopf frei und ließ ihn klarer und rational denken. Er spielte mit dem Gedanken, über die Vereinigten Staaten und Kanada nach Australien zu fliegen. Dieser Kontinent war so groß, da konnte ihn niemand mehr auftreiben. Der Gedanke nahm Gestalt an und er konzentrierte sich immer mehr darauf. Er hatte sich einen neuen Laptop gekauft und würde am Abend die Verbindungen recherchieren.

Die Entscheidung war gefallen. Mit der Fähre war es ein Katzensprung, vom schottischen Cairnryan ins nordirische Larne überzusetzen. Von dort aus reiste er relativ sicher nach Dublin und dann Richtung Nordamerika. Das Fährticket hatte er bereits bestellt. Für die Flüge ließ er sich noch Zeit. Man wusste nie, was noch dazwischen kommen konnte. Er lud sich das Ticket auf sein Smartphone und lehnte sich zurück. Er war zufrieden. In zwei Tagen musste er am Fährhafen sein. Bis dahin hatte das Ticket Gültigkeit. Zeit genug.
Er stand auf und ging gedankenverloren ans Fenster. Der Wind hatte zugenommen und rüttelte böse an den hölzernen Fensterläden. Es regnete immer stärker und ab und zu erhellten Blitze die Nacht. Krachender Donner folgte. Der ständig zunehmende Wind peitschte mit heftigen Böen den prasselnden Regen gegen die Fenster. Die Nacht würde etwas laut werden. Er war irgendwie hier am letzten Zipfel Europas und der Sturm suggerierte mit seiner Heftigkeit so etwas wie das Ende der Welt. Gerade als er sich wieder vom Fenster wegdrehen wollte, erhellte wieder ein greller Blitz die Umgebung. Unmittelbar darauf folgte ein dermaßen lauter Knall eines Donners, so dass Rainer erschrocken

zusammenzuckte. Und noch einmal zuckte er zusammen, spürte, wie sich die Nackenhaare aufstellten und seine Muskeln sich verkrampften. Sein Körper stieß im Bruchteil einer Sekunde Adrenalin aus. Das Wasser des Regens auf den Fensterscheiben verschleierte den Blick nach draußen, aber er konnte es trotzdem sehen. Im gleißenden Blitzlicht hatte er eine Gestalt wahrgenommen, die hinter einer Steinmauer im Gras stand. Schnell trat er einen Schritt zur Seite, um sich neben das Fenster zu stellen. Hatte er sich geeirrt? Vorsichtig sah er hinaus, aber die Nacht war stockdunkel und der peitschende Regen verhinderte jegliche Sicht. Der stürmische Wind heulte um das Haus und das Buschwerk rundherum bog sich bis zum Boden. Er würde nur etwas sehen können, wenn wieder ein Blitz aufflammte. Oder hatte ihm sein Geist wirklich einen Streich gespielt? Da!! Jetzt krachte es gleichzeitig mit einem längeren Blitz. Das Gewitter musste unmittelbar über seinem Haus sein. Da konnte er die Gestalt ganz klar erkennen. Er konnte auch erkennen, dass er wohl durch ein Fernglas beobachtet wurde. Eiskalt lief es ihm den Rücken hinunter. Er kam gar nicht auf den Gedanken, dass es vielleicht ein verirrter Wanderer oder ein Einheimischer sein konnte. Für ihn war in dem Moment klar, dass man ihn gefunden hatte. Und es war ihm auch klar, dass das nicht die Polizei sein konnte, denn die hätte längst an seine Tür geklopft oder wäre zumindest mit dem Auto vorgefahren. Fieberhaft überlegte er, was zu tun sein würde. Ein sofort eintretender Fluchtreflex überzog blitzschnell den ganzen Mann.

´Ruhig, Rainer, überleg´ überleg´, was machst du?`

Er musste zuerst einmal wissen, ob der Mann – er ging mal davon aus, dass es ein Mann war – alleine oder noch Begleiter bei ihm waren. Er hetzte an die rückwärtige Türe und sah vorsichtig durch das kleine Fenster. Es war absolut nichts zu erkennen. Ein weiterer Blitz erhellte die Nacht und der krachende Donner folgte augenblicklich. Nichts! Hier hinten war niemand. Noch nicht. Er konnte zwar niemand wahrnehmen, aber der stürmische Lärm ließ auch kein anderes Geräusch mehr an sein Ohr dringen als die Heftigkeit des Gewitters. Er vernahm Motorengeräusch, das schnell näher kam. Neben dem Haus wurden die Büsche durch die Scheinwerfer erleuchtet. Er drehte sich um und starrte auf die Eingangstüre. Mit einem ohrenbetäubenden Krachen wurde in dem Moment auf sie eingeschlagen, einmal, zweimal – und Rainer ergriff instinktiv noch einen Holzstock, drückte die Türe auf und schlüpfte nach draußen. Schnell schmiegte er sich an die Hauswand und wollte sich umsehen. Eine schemenhafte Gestalt wirbelte auf ihn zu und wollte den Arm um seine Kehle legen, aber Rainer war schneller. Blitzschnell hatte er den Holzknüppel zwischen sich und den Angreifer gebracht und drehte ihn mit aller Kraft blitzartig gegen den Uhrzeigersinn, während er sich in der Hüfte drehte. Der Hebel brachte den Mann zu Fall und gleichzeitig schmetterte Rainer den Stock gegen die Schläfe des Angreifers, den er immer noch nur als schwarzen Schatten erkennen konnte. Er dachte nicht mehr nach, die Angst und der Überlebenswille setzten tief verborgene Kräfte frei. Er traf ihn wohl perfekt, denn der Mann sackte ohne einen Ton von sich zu geben in sich zusammen und lag nun vor ihm auf dem Boden. Rainer hörte schnelle Schritte, konnte sie nicht orten, drehte sich um und jagte um das Hauseck. Niemand da...weiter! Nun stand er an der Frontecke, sah den Wagen mit den immer noch brennenden Scheinwerfern stehen und bemerkte zwei Männer, die die Haustüre öffnen konnten und ins Haus eindrangen. Gerade wollte er sich vorwärts bewegen, da spürte er etwas Hartes an seinem Kopf. Der metallische Lauf einer Waffe.

„Bleib´ ganz ruhig stehen. Zuck´ nicht mal, wenn du weiterleben willst.“

Die Stimme war dunkel und klang etwas hektisch und atemlos. Rainer verharrte regungslos und rührte sich nicht. Aber in diesem Moment erkannte er, dass er tot war, wenn er jetzt nichts unternehmen würde. Er spürte immer noch die Waffe an seinem Kopf und er hörte Männer an der Hintertüre, die aufgerissen wurde. Er lauschte auf den Atem des Mannes und vernahm dieses tiefe Ausatmen, das einen winzig kleinen Moment Unaufmerksamkeit signalisierte. Blitzschnell drehte er die Hüfte, seine Hand hämmerte die Schusshand zur Seite und sein Fuß trat wuchtig gegen das gegnerische Knie, fegte den überraschten Mann aus seinem Stand. Gleichzeitig hatte er die Waffe gegriffen und schlug sie dem Mann mitten ins Gesicht, der erschrocken und schmerzvoll aufschrie. Die anderen Männer waren schon um die Ecke gesprungen und Rainer sah etwas aufblitzen. Dann einen Knall, noch einen und noch einen. Er spürte förmlich, wie die Kugeln an ihm vorbeiflogen, eine, zwei, drei, wie durch ein Wunder wurde er nicht getroffen – und dann drückte er einfach ab. Die Waffe war durchgeladen und drei Kugeln verließen den Lauf. Er sah und hörte die Männer fallen, konnte keinen einzigen Gedanken daran verschwenden und wollte sich gerade umdrehen, um zu fliehen. Dieser eine Gedanke wollte ihn antreiben. Doch mitten in der Bewegung hielt er inne. Sein letzter Rest Rationalität ließ ihn die sich ausbreitende Angst verdrängen. Er musste unbedingt wissen, wer die Männer waren und wie sie ihn finden konnten. Er sah auf den niedergeschlagenen Mann vor sich, der stöhnend an seinen Kopf fasste. Er richtete die Waffe auf ihn und sah ihn regungslos an. Das immer noch brennende Licht der Scheinwerfer beleuchtete schwach eine Gesichtshälfte des Angreifers.

„Wie viele seid ihr? Antworte schnell oder du bist tot…" sagte er leise. Das blutverschmierte Gesicht des Mannes, dessen Augenlider zuckten, starrte ihn an.

„Vier…" murmelte der Kerl keuchend und hob die Hände wie zur Abwehr.

„Aufstehen!! Los!!"

Taumelnd erhob sich der Mann und Rainer stieß ihn vor sich her. Er warf einen kurzen Blick auf die Körper vor ihm. Ein Blitz erhellte wieder die gespenstische Szenerie und er konnte erkennen, dass einer tot war. Er spürte beim Anblick der offenen toten Augen ein neues unbekanntes Entsetzen aufsteigen und die aufkommende Panik, die ihn augenblicklich in Beschlag nehmen wollte, aber mit aller Gewalt wehrte er sich dagegen. Er durfte jetzt keinen einzigen Gedanken daran verschwenden, wenn er weiterleben wollte. Er musste jetzt dringend seine Konzentration und seine Aufmerksamkeit behalten. Der andere Mann blutete aus einer Brustwunde und hatte die Augen geschlossen. Aber anscheinend war er noch am Leben.

„Weiter...los, los…!" fuhr er den Mann vor sich an.

Sie erreichten die hintere Türe. Der Kerl, den er niedergeschlagen hatte, lag immer noch ohne Bewusstsein neben der Türe.

„Zieh´ ihn ins Haus," befahl er.

Der Mann schleifte seinen Kumpan ins Haus und ließ ihn dann liegen. Rainer schaltete das Licht an und betrachtete den Angreifer. Die Waffe hielt er in der Hand und der Lauf zeigte auf dessen Brust. Er vermied es, dem Mann zu nahe zu kommen und achtete auf ausreichenden Abstand. Für ihn war diese Situation neu, für den Kerl bestimmt nicht. Mit flackernden Augen musterte der ihn.

„Wer seid ihr?"

„Wir ...wir sind das Kommando, das von dir das Geld zurückholen soll…"

Rainer hob die Hand und die Waffe zeigte auf die Stirn des Mannes, der kaum wahrnehmbar zurückzuckte.

Er sah die größer werdenden Augen und er erkannte einen feinen Hauch von Angst.

„Was für Geld? Nochmal...wer seid ihr und wer hat euch geschickt?"

„Du hast Don Carlo zwanzig Millionen gestohlen. Du wirst sie zurückgeben müssen, Junge."

Der Mann hatte seine Selbstsicherheit zurück gewonnen und sah Rainer fast ein wenig spöttisch an.

„Wer ist Don Carlo? Nie gehört....Von was für einem Geld sprichst du, verdammt? Und der Teufel ist dein Junge."

Rainer beschloss, erst einmal als unwissend zu fungieren, um den Mann zum Reden zu animieren.

„Du bist doch längst aufgeflogen. Wir sind beauftragt, das Geld wieder zu beschaffen. Ich geb´ zu, wir haben dich unterschätzt. Ich hätte nicht gedacht, dass du so viel drauf hast. Aber es wird dir nichts mehr nützen."

„Vielleicht doch…"

„Die Jagd ist längst eröffnet. Und der Preis ist gut…"

Mit einem Nicken bestätigte er das. Rainer spürte die Eiseskälte über seinen Rücken laufen. Kopfgeld?

„Preis? Was für ein Preis?"

„Na, das Kopfgeld. Der Auftrag ist offen. Also kann dich jeder kassieren…"

„Wie bitte?"

Rainer konnte den Schock kaum verdauen. Kopfgeld??? Auf ihn??? So weit ist es jetzt gekommen?? Der Mann sagte nichts, sondern sah ihn nur an. Offensichtlich überlegte er, ob Rainer nur dumm spielte oder wirklich von nichts wusste.

„Was soll das denn heißen, dass der Auftrag offen ist?"

„Du hast wohl überhaupt keine Ahnung, oder? Es wundert mich wirklich, dass du noch lebst…."

Verwundert sah der Kerl ihn an. Rainer´s Naivität stand im krassen Gegensatz zu seinem Handeln.

„Also, dann erklär´ mir das. Ich kann dir nämlich nicht so recht folgen."

„Du hast der Mafia Geld gestohlen, das tut man nun wirklich nicht. Das Geld gehört Don Carlo, der Patron des Celotini-Clans. Der ist jetzt nicht sehr erfreut oder darüber amüsiert. Eigentlich ist er richtig sauer. - Du hast wohl keine Ahnung, wem du das Geld geklaut hast, oder??"

Rainer spürte den Kloß in seiner Kehle, der immer größer wurde.

„Dann hat er euch beauftragt?"

„Er hat den Auftrag freigegeben. Wir arbeiten nicht direkt für ihn, aber wir können den Auftrag für ihn erledigen. Wir sind so etwas wie Subunternehmer."

Rainer verzog das Gesicht. Ein plötzlicher Anflug von Trotz nahm ihn gefangen und verhalf zu rationalerem Denken.

„Das ist wohl nichts geworden, denke ich. Was sind die Optionen?"

„Optionen??"

„Ja, was passiert, wenn er sein Geld wieder bekommen würde?"

Der Mann atmete tief aus, aber zuckte die Schultern.

„Woher soll ich das wissen? Das wäre gut für ihn...vielleicht auch für dich. Aber ich weiß es nicht – der Patron entscheidet, nicht wir."

„Aha. Wenn ihr mich umbringt, bekommt ihr das Geld aber auch nicht."

Er zuckte wiederum die Schultern. So, als ob das nicht besonders wichtig wäre.

„So oder so machen wir unseren Schnitt. Dann ist die Bezahlung eben nicht so üppig. Aber mehr als genug. Schließlich bist du kein Profi...allemal ein Amateur, der Glück hatte..."

Er verzog das Gesicht zu einem falschen Grinsen, das nicht seine Augen erreichte. Rainer ging nicht mehr darauf ein.

Er hatte genug gehört.

„Wie habt ihr mich gefunden?"

„Das war wirklich reiner Zufall. Als du dein Flugticket gekauft hast, war auch einer unserer Leute am Schalter, der nach Spanien musste. Es ist ja später ein Bild von dir zu den potentiellen Leuten rausgegangen, die den Auftrag angeboten bekommen haben. Und unser Mann konnte sich sofort wieder an dich erinnern. Die Ticketverkäuferin am Flughafen hat dich auch wieder erkannt. Wir haben ein bisschen forsch nachgefragt. Und in Schottland mussten wir erst mal alles abklappern, was in Frage kommen könnte. Einfach war's nicht, das muss ich zugeben, aber nachdem die meisten Ferienhäuser online gebucht werden müssen, konnten wir die Suche bis hierher einschränken. Du bist clever und vorsichtig, alle Achtung. Aber nicht vorsichtig genug. Hättest unter einem anderen Namen einchecken sollen. Im Netz geht eben nichts verloren..."

Rainer nickte verstehend. Der Mann hatte Recht. Er war nachlässig gewesen und hatte sich darauf verlassen, dass sein gefälschter Pass ausreichend wäre. Falsch gedacht – der Zufall machte wohl auch keine Kompromisse.

„Wie ist denn mein Preis?" fragte er ihn plötzlich.

„Zehn Prozent, wenn wir das Geld auftreiben und dich lebend abliefern. Ein Prozent, wenn du das nicht überlebst."

„Was? Zweihunderttausend nur dass ich tot bin?? Ohne die Millionen? Das....das gibt's doch nicht. Ist es nicht absolute Priorität, das Geld wieder zu beschaffen?"

„Natürlich. Aber wenn's gar nicht anders geht, dann eben kleinere Beträge. Guter Deal. Und ich hab´ gehört, Don Carlo ist richtig böse...sonst würde er nicht so nachdrücklich deinen Kopf wollen. So einer nimmt das sehr persönlich."

Rainer´s Augen wurden schmal. Jetzt sah er aus wie ein eiskalter Profi, der aufgrund der Tatsache, auf einer Abschussliste zu stehen, nur die Schultern zuckte.

„Was nützt ein guter Deal, wenn man ihn nicht mehr erlebt?"

Der Mann stutzte und sah Rainer aufmerksam an. Seine Augenlider zuckten schon wieder nervös. Er konnte ihn nicht ausrechnen und einschätzen. Rainer war alles andere als ein Profi, nur ein Spieler.

„Willst du mich töten?" fragte der Mann mit einer Stimme, die eine Nuance zu hoch war. Bezeichnend für einen Anflug von Angst.

„Ihr wolltet mich töten. Hätte ich nicht ausreichend Grund?"

„Du siehst nicht aus wie einer aus unserer Branche. Und natürlich wollten wir dich nicht töten. Zwei Millionen kann man nicht einfach ignorieren."

„Was soll der Scheiß? Ich bin nicht aus eurer Branche und ein Killer bin ich eigentlich auch nicht. Aber zum Überleben muss man wohl aus seiner bisherigen Aura aussteigen, oder? – Ich war immer ein guter Schüler und ich lerne sehr schnell. Vor allem, wenn man keine Wahl hat."

Seine Stimme war leiser geworden und der Mann wurde noch unsicherer. Vielleicht würde er ihn tatsächlich erschießen.

„Ich...wir hatten nicht vor, dich zu töten. Wir wollten nur den Auftrag erledigen. Dass mein Kumpel auf dich geschossen hat, war wirklich nicht so vorgesehen. Es war auch nicht vorgesehen, dass du dich als Kämpfer zeigst. Das hat niemand von uns erwartet und den Plan durchkreuzt."

Das habe ich auch nicht von mir erwartet, dachte sich Rainer, aber er behielt den Gedanken für sich. Die unstrukturierten Gedanken rasten durch sein Gehirn und er wusste im Moment nicht, wie es weitergehen sollte. Zuerst musste er die beiden Männer bewegungsunfähig machen.

Er ging rückwärts zu einer Kommode und holte ein Seil heraus. Er warf es auf den immer noch am Boden liegenden Mann.

„Fessle ihn. Hände auf den Rücken. Fessle ihn gut, ich weiß, wie das geht…"

Er trat zur Seite und der Mann ging auf die Knie, begann, seinem Kumpan die Arme auf den Rücken zu legen. Dann band er das Seil um die Handgelenke. Rainer beobachtete ganz genau, dass es auch richtig gemacht wurde. Als der Mann fertig war, sah er Rainer an, immer noch auf den Knien bleibend.

„Jetzt die Füße. Dann verbindest du die Füße mit den Händen."

Ohne ein Wort machte sich der Mann an die Arbeit. Als er fertig war, kam sein Kumpel stöhnend wieder zu Bewusstsein. Er lag auf der Seite und versuchte, die Situation zu erfassen.

Rainer wandte sich wieder an den Mann.

„Hinlegen. Auf den Bauch, die Hände auf den Rücken, Füße anheben."

Verwundert lauschte er seiner eigenen klaren Stimme.

Der Mann tat, wie ihm befohlen und Rainer fing an, ihn genauso zu verschnüren, wie er das mit seinem Kumpan gemacht hatte. Dann begann er, seine wenigen Dinge zusammen zu packen. Er hatte keine Wahl, er musste sofort weg von hier. Aber was sollte er mit den Männern tun? Der Mann mit der Brustwunde konnte auch nicht so liegen bleiben. Er würde ohne Versorgung sterben und das wollte Rainer mit seinem Gewissen nun doch nicht vereinbaren. Er ging noch einmal nach draußen und besah sich die beiden Männer genauer. Einer war wirklich tot. Der andere hatte noch Puls. Kurz entschlossen nahm er sein Handy und wählte die Rettungsleitstelle. Er informierte den Notdienst über die Vorfälle und erklärte, dass er Opfer eines Überfalls geworden sei, bei dem er sein Leben nur retten konnte, indem er auf die Angreifer schießen musste. Er beendete das Gespräch, bevor noch mehr Fragen gestellt wurden.

Dann nahm er seine Sachen, verfrachtete sie in sein Auto und beeilte sich, von hier wegzukommen. Das Cottage war noch für zwei Wochen bezahlt und würde deswegen auch keine Konsequenzen nach sich ziehen. Aber die Polizei würde ermitteln und ihn natürlich befragen wollen. Er konnte auch nicht beeinflussen, was die beiden überlebenden Männer den Beamten erzählen würden, aber er durfte darauf keine Rücksicht mehr nehmen. Er musste verschwinden. Schnell.

Noch einmal ging er zu dem Mann im Haus.

„Es wird jetzt der Notarzt kommen und die Polizei. Ich habe denen alles erklärt. Also irgendwelche Geschichten könnt ihr euch sparen. Dass ich euch am Leben lasse, wäre etwas zum Nachdenken. Sollten wir uns noch einmal über den Weg laufen müssen, wird das nicht mehr passieren. Kapiert??"

Der Mann drehte den Kopf und sah ihn seltsam an. Er musste den Kopf weit drehen, um ihm in die Augen sehen zu können. Er konnte keine Angst und keine Aufregung darin erkennen. Dieser Mann war nicht das, was er vorgeben wollte, zu sein.

„Ja, ich hab's kapiert. Trotzdem möchte ich nicht in deiner Haut stecken. Irgendwann wird dich jemand finden. Deine Uhr tickt…"

Rainer erhob sich.

„Das lass´ mal meine Sorge sein…" sagte er beiläufig, aber natürlich setzte sich der Gedanke in ihm fest wie ein Tumor. Er war die Beute, die sich vor den vielen Jägern nunmehr verstecken musste. Und zwar so, dass er niemals auffindbar sein würde, dass niemand ihn jemals erkennen konnte und dass der Mann Rainer Noldau für alle Zeiten Geschichte sein musste. Wie ein Blitz schossen diese Gedanken durch sein Gehirn, setzten sich fest und würden wahrscheinlich nie wieder ganz verschwinden.

Dann drehte er sich um, verließ das Cottage, setzte sich ins Auto und fuhr Richtung Süden. Der Sturm hatte immer noch nicht nachgelassen und der Regen prasselte unaufhörlich auf die Windschutzscheibe. Er hatte den Eindruck, dass die Nacht immer dunkler wurde. Ohne Navigationsgerät hätte er keine Ahnung gehabt, wohin er fuhr. Es war dünn besiedeltes Gebiet und es gab auch keine größere Stadt in weitem Umkreis. Er konzentrierte sich auf die Straße und fuhr stundenlang, ohne anzuhalten. Und die ganze Zeit grübelte er darüber nach, wie er, ohne irgendwelche Spuren zu hinterlassen, untertauchen konnte.

*

Ruhig stand er an der Reling und beobachtete das Anlegeprocedere der Fähre. Der Morgen graute schon und der Sturm hatte sich gelegt. Leichter Nieselregen legte sich auf das Schiff und die Menschen, die hinausgegangen waren, um sich die Beine zu vertreten und um sich auf das Verlassen des Schiffes vorzubereiten. Rainer hatte die Nachtfähre noch erreichen können, hatte ein paar Stunden in einem Sessel geschlafen und wartete nun, bis er an Land gehen konnte. Seine Gedanken weilten zwar noch in der vergangenen Nacht, aber er war innerlich so gestresst und unruhig, dass das, was er erlebt hatte, noch nicht so großen Raum einnehmen konnte. Obwohl er sich permanent mit seinem Gewissen plagte, das ihm drohend den erhobenen Finger zeigte, der ihn mit einem von ihm getöteten Menschen konfrontierte. Der Einwand, dass er nur sein Leben verteidigte, wertete seine Tat zwar ab, aber noch war er längst nicht so weit, dass sich damit sein rumorendes Gewissen beruhigen ließ. Seine Gedanken beschäftigten sich mit den nächsten Schritten. Er durfte seinen britischen Pass vorerst nicht mehr verwenden. Die Polizei und auch die Mafiajäger kannten nun den benutzten Namen. Rainer ging keinerlei Risiko mehr ein. Er würde sich von dem Pass trennen müssen. In Nordirland spielte das auch noch keine Rolle und wenn er in die Republik Irland einreiste, auch noch über Land, würde er möglicherweise gar nicht kontrolliert werden. Und wenn doch, musste er im Bus nur den Pass vorzeigen. Zumindest hoffte er das.

Als er von Bord ging, erkundigte er sich nach dem nächsten Busbahnhof. Er kaufte ein Ticket nach Dublin und zwei Stunden später saß er bereits auf einem Sitz in der vorletzten Reihe. Der Bus war spärlich besetzt, aber es würden auf der Fahrt noch ein paar Haltestellen angefahren werden. Rainer sah durch das Fenster. Er konnte noch das Meer erkennen, dann überkam ihn die Müdigkeit und er schlief ein. Erst als ihn ein Mann an der Schulter rüttelte, öffnete er wieder erschrocken die Augen.

„Sorry, Sir, Ihren Ausweis bitte…"

Rainer nickte und holte den Pass hervor. Der Kontrolleur begutachtete ihn, verglich das Foto und nickte.

„Vielen Dank. Gute Reise, Mister Balton."

Er hob kurz die Hand und ging weiter.

„Danke vielmals…" murmelte Rainer und schloss wieder die Augen. Er träumte unruhig, sah fortwährend tote Menschen und stetige Nacht. Er wollte weglaufen, aber seine Füße bewegten sich nicht vom Boden weg. Dann fand er sich plötzlich an einem Strand wieder. Die Sonne schien, er war barfuß und in der Ferne winkte ihm eine Frau. Sie lief schnell auf ihn zu, rannte jetzt. Blonde Haare zerzausten sich im Wind, eine durchsichtige Bluse blähte sich auf und er konnte ihr Lachen erkennen und ihr Rufen hören. Er verstand nicht, was sie rief, aber sie rannte immer schneller, kam immer näher. Er hörte ihr Rufen, das an Schreie erinnerte, erkannte plötzlich ihre aufgerissenen, erschrockenen Augen.

Und dann konnte er auch hören, was sie rief…

„Rainer, lauf weg, schnell, lauf schnell weg…"

Es war Sofie, die auf ihn zu rannte. Er folgte ihrem Blick, der nicht ihn traf, sondern an ihm vorbei strich. Er drehte sich um und sein Herz blieb stehen. Vor ihm standen mehrere schwarz gekleidete Männer mit unkenntlichen Gesichtern. Nur die schwarzen Augen leuchteten mit einem seltsamen Feuer darin. Sie hatten Waffen in den Händen und Rainer sah die Zeigefinger, die sich um den Abzug bogen. Er nahm das Mündungsfeuer wahr und schloss die Augen, erwartete den Einschlag der Kugeln…er spürte den Schmerz in seiner Schulter.

„Sir, Sir...wachen Sie auf. Endstation. Wir sind in Dublin."

Eine Hand lag auf seiner Schulter, die ihn sanft rüttelte und er schlug die Augen auf.

„Was…??"

Er blickte in das lächelnde Gesicht einer Frau. Sie richtete sich auf und zeigte nach draußen.

„Endstation. Dublin. Sie müssen aussteigen."

Er rieb sich die Augen und strich sich mit der Hand über das Gesicht. Für einen Moment fand er sich nicht zurecht.

Dann hatte sich Rainer wieder gefangen, richtete sich auf und sah hinaus. Tatsächlich. Sie befanden sich am Flughafen. Er war in Dublin.

„Sie haben ja geschlafen wie ein Toter," lachte die Frau.

„Ja, so habe ich mich auch gefühlt. Wenn Sie mich nicht geweckt hätten, wär´ ich wahrscheinlich wieder mit zurück gefahren."

Er stand auf und merkte, dass er der letzte Passagier war.

„Danke für´s Wecken."

„Gern geschehen. Gute Weiterreise. Hier gegenüber können Sie etwas essen. Und der Kaffee dort ist sehr gut."

Sie zwinkerte ihm zu und wartete, bis er den Bus verlassen hatte.

Kurz hob er die Hand zum Gruß und entschloss sich, wirklich etwas zu essen und zu trinken.

Danach fühlte er sich viel besser und konnte wieder mit seinen umherirrenden Gedanken etwas anfangen. Er lief zum Taxistand und ließ sich in ein Hotel bringen. Seinen britischen Pass hatte er verstaut. Raymond Balton war Geschichte. Ab jetzt war er Jesse McKinnley aus Portland, Oregon. Und mit diesem Namen checkte er auch ein. Nachdem er in einem Pub das Abendessen eingenommen hatte, wollte er noch etwas einkaufen. Er hatte kaum Kleidung, die musste er ergänzen, wenn er in die Staaten beziehungsweise Kanada wollte. Aber als er auf der Straße stand, spürte er wiederum eine bleierne Schwere in sich. In seinem Zimmer ging er nur noch duschen, dann fiel er in das Bett und schlief keine fünf Minuten später ein. Erst als die Sonnenstrahlen die Augenlider tätschelten, erwachte er. Er registrierte, wo er war und er war sich sicher, dass er in derselben Position aufgewacht war, in der er am Vorabend eingeschlafen war. Die vergangenen achtundvierzig Stunden hatten es in sich gehabt.

*

Die Konten wiesen alle korrekte Stände auf. Rainer war zufrieden, verschränkte die Arme hinter dem Kopf und lehnte sich zurück. Seit mehreren Wochen war er nun in Seattle, hatte eine großzügige Wohnung mieten können mit Blick auf den Ozean und konnte konkrete Pläne in Angriff nehmen. Nachdem er nach New York geflogen war, kreuzte er eine Woche lang die Ostküste hin und her. Boston, Washington D.C., Long Island und Philadelphia. Hinauf ans Cape Cod, Abstecher zu den Niagara-Fällen und dem Akadia-Nationalpark.

Dann kaufte er ein Auto und fuhr gen Westen bis nach Seattle. Seattle war eine gute Station. Im Fall des Falles

konnte er schneller nach Kanada ausreisen, er könnte ein
Schiff irgendwohin nehmen oder nach Vancouver Island
verschwinden. Mit viel Glück hatte er ein bisschen
außerhalb eine phantastische Wohnung bekommen. Auf der
überdachten Terrasse konnte er bis in die Berge sehen und
die City samt Bucht lag wie auf einem Servierbrett vor ihm.
Es war gehobene Klasse, aber nachdem seine geheimen
Konten insgesamt einen hohen zweistelligen
Millionenbetrag auswiesen, konnte und wollte er sich das
leisten. Fast fühlte er sich wohl, aber gleichzeitig war ihm
bewusst, dass auch dieser Aufenthalt hier nur temporär
anzusehen war. Er hatte aus den anfänglichen Fehlern
gelernt und sein Aussehen verändert. Die Haare waren
dunkel gefärbt, etwas länger und er trug ständig einen Drei-
Tage-Bart. Dass das keinerlei Garantie für Sicherheit war,
war ihm natürlich vollkommen klar, aber mit seinem
amerikanischen Pass sollte er nicht auffallen. Konflikte mit
anderen Leuten waren tabu und mit der Polizei selbstredend.
Der Pass war zwar echt beziehungsweise echt genug, aber
die Adresse in Portland war willkürlich. Sie existierte zwar,
aber genauere Angaben über die Umgebung, soziale
Verhältnisse oder mögliche Sehenswürdigkeiten konnte er
nicht machen. Er hoffte, dass er niemals in so eine Situation
kommen würde, solange er in den Staaten war.
Sicherheitshalber hatte er eine Waffe erworben. Eine
automatische Waffe von Colt mit einem doppelten Magazin.
Er hatte sie in seiner Nachttischschublade deponiert, damit
sie griffbereit war, wenn er wieder einmal nachts überrascht
werden würde.

*

Hannes Ruhland saß vor seinem Bildschirm und hämmerte
auf die Tastatur ein. Diese verdammte Schreibarbeit, dachte
er sich. Nahm mehr Zeit in Anspruch als irgendwelche

Ermittlungen. Aber es half nichts. Die Dateien mussten ordentlich geführt werden, ansonsten stocherten sie wieder in der Dunkelheit wie anno dazumal.

Die Türe ging auf und Kammlat kam herein. Ruhland sah auf und nickte ihm zu.

„Hallo, Hannes. Zeit für ein paar Dinge?"

„Eigentlich nicht. Wichtig?"

Kammlat zuckte die Schultern.

„Kommt drauf an...zumindest nicht uninteressant."

Ruhland seufzte und lehnte sich zurück. Er hob eine Hand.

„Und? Um was geht's?"

„Spukt dir Noldau noch im Gehirn herum?"

„Manchmal...ich befürchte, die Mafia war da erfolgreicher...warum? Hast du was Neues?"

„Vielleicht. Ich habe hier einen Polizeibericht aus Schottland. Schießerei in einem Ferienhaus. Zwei Tote, zwei Überlebende. Der Mieter ist verschwunden…"

Ruhland gähnte.

„Na gut. Müssen wir nach Schottland? Wir sind zwar nur ein Betrugsdezernat, aber dann eben auch das, oder?" fragte er und grinste breit. Er hatte keine Lust auf Rätsel und auch keine Lust auf uninteressante Fakten.

„Schön wär's. Ich wär' sofort dabei. - Nein, der Fall wurde an die internationale Datenbank weitergegeben, weil der Mann, der das Ferienhaus gemietet hatte, sich abgesetzt hat - nachdem er nach dieser Schießerei die Polizei und den Rettungsdienst gerufen hat. Er hat der Polizei erklärt, dass er überfallen worden war und sich nur verteidigt hätte, weil die Eindringlinge auf ihn geschossen hätten."

Ruhland's Gesicht zeigte neben wenig Interesse ein schiefes Fragezeichen.

„Was willst du mir denn damit sagen?"

Kammlat legte eine Mappe auf den Tisch und öffnete sie. Dann zog er ein paar Unterlagen daraus hervor.

„Dieser Mann ist erst kürzlich eingereist. Die Pässe der Männer wurden dokumentiert. - Der Mann nennt sich Raymond Balton. Und das soll er sein…"

Kammlat beugte sich vor und legte Ruhland ein Foto des Passes hin. Ruhland zuckte kurz zurück und er war hellwach.

„Rainer Noldau…okay, das ist wirklich interessant."

Kammlat nickte.

„Was ist bekannt über die Schießerei? Weißt du das?"

„Ja, die überlebenden Burschen sind keine Unbekannten. Sie sind so was wie Kopfgeldjäger. Professionelle. Übernehmen alle möglichen Aufträge – auch für die Mafia."

„Puh, verstehe…wie konnten die ihn finden?"

Kammlat zuckte mit den Schultern.

„Keine Ahnung. Bei der Polizei haben sie zu Protokoll gegeben, dass Balton sprich Noldau angefangen hatte auf sie zu schießen, obwohl sie nur nach einer Adresse fragen wollten. Natürlich alles vollkommener Unsinn. Die sind wahrscheinlich ins Haus eingedrungen und Noldau hat sich gewehrt. Und dann ist er schnellstens abgehauen…"

„Und wohin? Weiß man das? - Er hat wirklich zwei von denen umgebracht?? Das sind Profis…dieser Mann wird mir langsam unheimlich."

Kammlat nickte.

„Tja, so weit kommt´s, wenn man zu tief in den Topf langt. Überraschend, nicht wahr? Ich hätte schwören können, dass er bereits im Jenseits ist…"

„Wohin er geflohen ist, weiß wahrscheinlich niemand, oder?"

„Nein, aber den Leihwagen hat man am Pier der Fähre nach Nordirland gefunden. Er wird wohl übergesetzt sein, um seine Spur vollständig zu verwischen. Jedenfalls verliert sich damit seine Spur. Fluglinien oder Schiffshäfen nach Übersee haben unter diesem Namen keine Buchungen."

Ruhland war aufgestanden.

„Wenn er wirklich Pässe perfekt fälschen kann, dann wird er wohl mehrere haben, denke ich."

„Das, was ich sowieso befürchtet habe. Möglicherweise wird er auch sein Aussehen verändert haben. Oder er befindet sich immer noch in Irland oder Nordirland. Die britischen Behörden haben eine Fahndung rausgegeben. Alle Grenzen werden sicherheitstechnisch dahingehend kontrolliert. Eigentlich kann er gar nicht verschwinden…"

„Vielleicht. Dieser Kerl ist schlau. Vielleicht ist er längst weg."

Kammlat nickte.

„Sicher. Auch möglich. Mit einem anderen Pass könnte er schon am Nordpol sein. Er könnte überall sein."

„Schade...nun gut. Was könnten wir tun?"

„Nix…"

„Hmm...bissel wenig für einen Ermittler, oder?"

„Interpol ist bereits eingeschaltet. Mehr können wir auch nicht tun."

Ruhland setzte sich wieder.

„Ich würde wirklich gern wissen, wie die ihn gefunden haben. Oder sind wir dazu nicht in der Lage?"

Kammlat grinste und verzog das Gesicht zu einer Grimasse.

„Willst du darauf eine Antwort?"

Ruhland winkte ab.

„Na gut...jetzt muss er sich eben zusätzlich noch für zwei Todesfälle verantworten. Die Liste wird immer länger. - Zugegeben, ich habe ihn völlig unterschätzt. - Irgendwann wird ihn trotzdem jemand erwischen. Was wohl für ein Preis auf ihn ausgesetzt ist?"

„Das kann ich beim besten Willen nicht beurteilen, aber ich denke, gering wird er nicht sein, wenn die gleich durch Europa reisen, um ihn zu kriegen. Die Mafia zu beklauen, ist ja schon an sich ein Sakrileg."

Er machte eine Pause und dachte kurz nach.

„Der wird ewig auf der Flucht sein," ergänzte er tonlos.

Ruhland nickte bestätigend.

„Das befürchte ich auch. Und je länger er flüchtig ist, desto höher wird wohl sein Preis werden...eigentlich ist er ´ne arme Sau. Hat sich hinreißen lassen, nur weil er Schwachstellen im System entdeckt hat."

„Gelegenheit macht eben Diebe."

Sie sahen sich an und dachten dasselbe. Jede Stunde, die Noldau länger lebte, waren wohl ein Geschenk. Nur, ob es ein Geschenk des Himmels oder der Hölle war, stand auf einem anderen Blatt.

*

James Harrison hob den Kopf und sah die Frau ihm gegenüber an. Die Akte legte er wieder auf den Tisch und nickte leicht.

„Also, der ganze Fall wird langsam unübersichtlich. Da mischen jetzt zu viele Parteien mit. Und gerade ist durchgesickert, dass die Celotinis ihre Sicherheitssysteme updaten und verbessern. Wir waren so nahe dran, aber jetzt können wir wieder von vorne anfangen. Nur wegen dieser verdammten Aktion von diesem kleinen Banker ...wie war noch der Name des Burschen?"

„Rainer Noldau."

„Ja, danke..was ist denn das für ein Typ? Wie kann der so lange unentdeckt Gelder verschieben? Und dann noch Mafiageld...was für ein Idiot."

Harrison war aufgestanden und stand nun vor dem Fenster.

„Ich glaube nicht, dass er ein Idiot ist, Sir. Ich vermute eher, er hatte überhaupt keine Ahnung, wem er das Geld gestohlen hat."

Harrison drehte sich wieder zu ihr um und nickte.

„Natürlich, das ist mir schon klar. Mit Absicht macht das niemand - trotzdem ein Idiot…," fügte er maulend hinzu.

Er setzte sich wieder und blätterte in den Papieren.

„Es hat in Schottland eine Schießerei gegeben. Zwei Mafialeute sind dabei umgekommen. Zwei weitere wurden von der Polizei festgenommen und verhört. Der Mann, der das aufklären könnte, ist verschwunden. Die deutschen Behörden haben bestätigt, dass es dieser Noldau ist und unter einem falschen Pass eingereist war. Jetzt ist er flüchtig. Und Celotini ist ihm auf den Fersen…"

Die Frau nickte.

„Ja, ich weiß. Soll ich weiter das Netzwerk verfolgen oder eher Rainer Noldau?"

„Noldau ist mir eigentlich recht egal. Das ist sein Problem. Andererseits weiß er, wie man die Cybermachenschaften der Organisation knacken könnte. Er wäre wohl von großem Nutzen. Wie ist Ihre Meinung, Jane?"

Sie nickte bestätigend.

„Er könnte uns bestimmt weiterbringen. Und das wahrscheinlich schneller. Ob er das auch machen würde, ist eine andere Frage. Noldau ist jemand, der sehr zurückgezogen lebt und dadurch schwer durchschaubar ist. Vielleicht könnte man ihn ködern mit einer nagelneuen Identität, wenn er bereit wäre, für uns zu arbeiten."

„Durchaus. Aber dazu müsste man ihn erst mal finden. Müsste wissen, wie er zu gefälschten Pässen gekommen ist und was er vorhat. Er wird doch nie mehr ganz sicher sein. Die Mafia hört nicht auf, nach ihm zu suchen. Dazu hat er den Bogen maßlos überspannt. - Sehen Sie eine Chance, ihn zu finden? Dann würde ich Sie damit betrauen und zumindest im Moment von dem Netzwerkfall abziehen. Da arbeiten genug Leute dran…"

Abwartend sah er sie an. Jane Dansfield war eine seiner besten Agentinnen bei Interpol. Sie hatte durchaus die

Befähigung, einen flüchtigen Zivilisten finden zu können. Ihre außerordentlichen Kenntnisse und ihr Können in der Cyberkriminalität mit weitflächigen globalen Verbindungen prädestinierten sie für diesen Auftrag.

Sie nickte, ohne zu zögern.

„Ich denke, ich könnte ihn finden. Wenn Sie einverstanden sind, Sir, übernehme ich den Auftrag."

„Gut. Damit sind Sie ab sofort von allen anderen Pflichten entbunden und arbeiten exklusiv am Auffinden dieses Mannes. Bringen Sie ihn zurück und wir werden ihm ein Angebot unterbreiten. Ich brauche wohl nicht zu erwähnen, dass uns nicht viel Zeit bleibt. Es werden mehr und mehr Killer auf ihn angesetzt werden. Also passen Sie bitte auf sich auf. Die Notfallstandards sind Ihnen bekannt. Nutzen Sie sie, wenn es notwendig sein sollte."

„Natürlich, ich weiß Bescheid. - Wenn Sie mir noch das schottische Polizeiprotokoll überlassen, werde ich sofort beginnen. Wie lange sind Sie noch in Lyon?"

Sie stand auf und sah Harrison an.

„Natürlich...hier…ich reise morgen wieder nach England. Die französischen Kollegen wissen Bescheid. Es wurde bereits ein internationaler Haftbefehl beantragt. Allerdings erachte ich die Situation für außerordentlich delikat. Sie verstehen, was ich meine?…"

„Selbstverständlich, Sir...es bleibt absolut vertraulich..."

Er übergab ihr eine dünne Mappe und nickte ihr zu.

„Viel Glück."

„Danke, Sir. Ich erstatte regelmäßig Bericht bei dem Verbindungsoffizier."

Damit drehte sie sich um und verließ das Büro. Bevor sie das Lyoner Hauptquartier verließ, hatte sie bereits die entsprechenden Stellen angewiesen, was sie tun mussten. Fluglisten der Einreisenden und Abreisenden überprüfen, Daten vergleichen, Zielflughäfen und Seehäfen checken und alle verfügbaren Informationen auf ihre Authentizität hin in Einklang bringen. Bei Ungereimtheiten würden die Systeme sofort anspringen und die Levels separieren. Jane Dansfield war ein Spürhund, die wusste, wie man Menschen ausfindig machen konnte. Es war nur eine Frage der Zeit und des Aufwands. Aber sie hatte freie Hand bei ihren Handlungen. Und sie würde alles an Wissen und Erfahrung in den Topf werfen, was ihr zur Verfügung stand.

*

Rainer hatte sich verändert. Er spürte das. Tief in sich drinnen suchte er vergebens nach dem sorglosen, frei denkenden und lebensbejahenden Menschen, der er einmal gewesen war. Er ertappte sich dabei, sich permanent abzusichern. Die strikte Beobachtung seiner Umgebung und die Aufmerksamkeit gegenüber den Menschen war zu seinem Alltag geworden. Misstrauen nahm ihn mehr und mehr gefangen und hatte seine angeborene Unbedarftheit vollständig verdrängt. Er spürte das an seinem unruhigen Schlaf, an diesem bedrückenden Gefühl am Morgen, wenn er aufwachte und eben nicht mehr diese freie Weite in seiner Brust wahrnahm, die ihn den Tag positiv beginnen lassen konnte. Er wusste, dass er hier in Seattle sicher war, dass die Chance ihn zu entdecken – von wem auch immer – äußerst gering war und es schon eines verdammten Zufalls bedurfte, wenn dies geschehen sollte. Aber es könnte nun mal geschehen, auch wenn es unwahrscheinlich war. Diese verfluchten Konjunktive, dachte er oft.
Er saß fast täglich in irgendeinem Café und grübelte darüber nach, wie er aus seinem inneren Dilemma fliehen konnte. Ewig würde er diese Angespanntheit nicht ertragen können. Gleichzeitig wusste er trotzdem ganz genau, dass die Situation nicht zu ändern war. Aber er konnte sich ändern.

Er musste sich dringend ändern. Er musste seine Gelassenheit trainieren, seine Akzeptanz und seine Selbstsicherheit. Er musste einen Weg finden, innere Ruhe bewusst herbei zu führen. Aber wie? Die vielen Grübeleien taten ihm nicht gut. Sich ständig irgendwelche Gedanken über mögliche und unmögliche Situationen zu machen, zehrte an den Nerven und an der Substanz. Das Nichtstun tat ihm nicht gut und vergrößerte nur dieses verwurzelte Misstrauen und die Verfolgungsangst. Er verbrachte viel zu viel Zeit mit nutzlosem Grübeln. Er wartete und er wusste nicht, worauf. Er wartete auf etwas, das nicht kam. Vielleicht ein Geistesblitz, eine Intuition oder irgendeine Eingebung. Eine Idee, wie es weiterging oder eine haltbare Perspektive. Es war schwierig, sich in einer vollständig außergewöhnlichen Lebenssituation einen konkreten Weg zu meißeln.

Irgendwann hatte er dennoch einen Entschluss gefasst. Er musste sich ernsthaft mit etwas anderem beschäftigen. Einen Job, eine Arbeit oder eine kleine Selbstständigkeit. Vielleicht ein IT-Service. Das konnte er. Da war er unschlagbar. Das würde ihn ablenken und seine vielen wirren Gedankengänge strukturieren.

Rainer überlegte, dachte nach, kreierte Zukunftsvisionen, machte Pläne, verwarf alles wieder. Vielleicht sollte er aber auch etwas ganz anderes machen, etwas, das nichts mit seinem bisherigen Leben zu tun hatte. Möglicherweise war Seattle nicht der richtige Ort dafür. Die Stadt war zu groß, zu weitläufig, zu viele Menschen. Sollte er vielleicht….???

Das Vielleicht verschwand und machte Platz für den Imperativ und einer endgültigen Entscheidung, der er zu folgen gedachte. Zwei Wochen später stand er im Büro von Nalu. Ein Mann um die Fünfzig, der nicht nur eine kleine Surfschule betrieb, sondern auch eigene Bretter anfertigte.

Rainer befand sich auf Kauai, eine der Hawaii-Inseln, genauer an der Hanalei Bay. Ein paradiesischer Südseetraum, der wohl seinesgleichen sucht. Die Bucht hat eine so perfekte Form, dass es eigentlich schon unwirklich anzusehen ist. Rainer hatte sich in einer Ferienwohnung einquartiert und drei Wochen das pazifische Nirvana genossen. Seine seltsame Verdrossenheit hatte sich gelegt und seine Lebenslust explodierte förmlich in ungeahnte Sphären. Sich bewusst machend, dass dieser Zustand nicht dauernd aufrecht zu erhalten war, hatte er sich entschieden, sich mit Dingen zu beschäftigen, die ihn forderten und auch von den dunklen Gedanken ablenken würden. Er hatte einen Aushang an der City Hall entdeckt, auf dem Jobs angeboten wurden und sich darauf hin telefonisch angemeldet.

Und jetzt stand er hier vor Nalu. Er suchte jemand, der die Officetätigkeiten erledigen konnte. Jemand mit fundierten IT-Kenntnissen und einem Sinn fürs Geschäftliche.

„Aloha. Ich bin Nalu. Was kann ich für dich tun?"

Nalu lächelte ein Lächeln, das Rainer lange nicht mehr gesehen hatte. Er war ihm auf Anhieb sympathisch. Er zog den Anschlag aus der Tasche und legte ihn auf den Tresen.

„Ich bin wegen des Jobs hier. Ist der noch zu haben?"

Nalu nickte. Er kam um den Tresen herum und befestigte einen Plan am Schwarzen Brett.

„Klar. Meine bisherige Mitarbeiterin wurde Mama und kann den Job nicht mehr machen. Jedenfalls nicht die ganze Woche. Kannst du mit einem PC umgehen?"

„Es war mein Beruf. Natürlich muss ich die Programme erst kennen."

„Das ist jetzt nicht so schwer. Ich brauche halt jemanden, der meine Buchhaltung macht und sich um die Kundentermine kümmert. Das ist ein kleiner Betrieb und wir müssen uns aufeinander verlassen können. - Du bist aber kein Amerikaner scheint mir. Wo kommst du her?"

„Aus Europa….Mutter UK, Vater US-Amerikaner...“

„Oh, wo genau?“

„Mal da, mal da. Deutschland, UK, Frankreich, Italien...ich war viel unterwegs. Viel in den Staaten, darum habe ich auch die amerikanische Staatsangehörigkeit.“

„Weltenbummler was? Ich schlage vor, du schaust dir alles mal an, arbeitest eine Woche mit und wir entscheiden dann. Wärst du damit einverstanden? Meine Frau wird dich einarbeiten. Sie ist grad unterwegs, aber dürfte bald hier sein.“

„Hört sich gut an. Ich freu mich…“

„Und ich erst...bist mir sympathisch. Wenn du willst, kannst du auf Malea warten, sie wird dich in alles einführen und morgen fängst du einfach mal an. Was meinst du??“

„Ja, gerne. Super. Übrigens ist mein Name Jesse McKinnley.“

Nalu gab ihm die Hand.

„Freut mich sehr, Jesse. Ich bin Nalu.“

Wieder dieses unglaublich offene Lachen. Nalu war eine Frohnatur. Und Rainer fühlte auf einmal eine tiefe innere Vorfreude, die er schon lange nicht mehr gefühlt hatte.

Malea war eine waschechte filmreife Hawaiianerin. Ihre langen dunklen Haare hatte sie mit einem Blumenkranz zusammengebunden und ihr buntes Kleid flatterte im Wind wie ein farbenfrohes Kaleidoskop von tropischen Blüten. Ihr offenes Lachen war genauso einnehmend wie das von Nalu. Malea war recht korpulent, aber nicht so richtig groß. Rainer empfand ihre Erscheinung wie das einer richtigen Mami, die mit ihrer Fröhlichkeit alle Menschen um sich herum ansteckte. Rainer konnte gar nicht anders als genauso fröhlich und herzlich zu sein wie sie. Mit beiden Händen umfasste sie seine Hände und schien hocherfreut zu sein, dass sie endlich jemanden hatten, der ihnen die nervige Büroarbeit abnehmen konnte.

Nachdem sie ihre Einkäufe verräumt hatte, nahm sie Rainer an die Hand und führte ihn in das Büro, das gleichzeitig die Empfangstheke darstellte und die Anmeldung für die Kunden der Surfkurse war. Die Officeprogramme waren für Rainer ein Kinderspiel und er ließ sich die Anmeldeformulare sowie deren Handhabung erklären. Beim Terminkalender schlug er sogleich vor, diesen auch digital zu hinterlegen, um ganz sicher gehen zu können und die Zeitpläne auch korrekt ins System einzutragen. Die Zeit verging viel zu schnell und bevor er sich bewusst werden konnte, dass diese Arbeit ihm tatsächlich einen Riesenspaß bereiten würde, war es bereits Abend. Nalu und Malea nahmen ihn noch kurz beiseite.

„Nun hast du gesehen, was zu tun ist. Würde das dir gefallen?"

Abwartend und mit lächelnden Augen sahen sie ihn neugierig an. Rainer brauchte nicht zu überlegen, er hatte sich längst entschieden.

„Ja, es würde mir sehr gefallen. Wenn es euch recht ist, wäre ich sofort dabei."

„Perfekt, wir freuen uns...kannst du eigentlich surfen?"

„Nein, hab´s noch nie probiert. Aber wenn ich jetzt hier arbeite, könnte ich´s ja auch lernen, oder?"

Er zwinkerte mit den Augen.

„Ich bring´s dir bei. Wenn du geschickt bist, kannst du vielleicht auch mal einen Kurs übernehmen..."

Rainer lachte. Zuviel des Guten.

„Na, vielleicht sollte ich erst einmal stehen lernen...aber toll wär´ das schon."

Malea tätschelte ihm den Arm.

„Ich bin sicher, du wirst ein hervorragender Surfer. Aber morgen machen wir zuerst unser Tagesgeschäft. Schön, dass du das machen willst. Das hilft uns wirklich sehr. Und Nalu kann sich wieder mehr um seine Bretter kümmern."

Rainer freute sich. Seit langer Zeit empfand er wieder so etwas ähnliches wie Glück und Zufriedenheit. Nachdem sie sich über das Gehalt geeinigt hatten, begab er sich auf den Heimweg. Euphorisch und eigentlich guter Dinge. Er hatte sich ein kleines Moped besorgt und fast schon beseelt ratterte er am Meer entlang Richtung Sonnenuntergang. Der warme Wind schien durch seine Brust zu fließen und ihn sanft zu streicheln. Es war einfach herrlich. Wäre es nicht so real, hätte er das als romantischen Kitsch bezeichnet. Das Leben ist doch noch schön, dachte er sich – und einen winzigen Augenblick wünschte er sich, dass jetzt Sofie bei ihm wäre.

Die Tage vergingen so schnell, dass er Mühe hatte, jeden Tag zu resümieren. Die tropische Sonne, gepaart mit dem vielfältigen üppigen Grün um ihn herum und dieses wunderbare türkis- und tiefblaue Meer ließen es gar nicht zu, dass seine Gedanken sich mit Sorgen und Zukunftsangst befassen konnten. Frühmorgens, wenn er aufwachte und die Sonnenstrahlen sein Gesicht berührten, freute er sich bereits auf den Tag. In seinem früheren Leben kannte er dieses Gefühl nicht. Jeder Tag war so linear gleich, mal grau, mal hellgrau, mal dunkelgrau – aber immer grau. Er war ständig mit einem leichten Gefühl von Destruktion und Langeweile in die Arbeit gefahren. Nicht einmal am Wochenende konnte er sich erinnern, so ein Gefühl am Morgen gehabt zu haben wie hier auf Kauai. Manchmal, wenn er beim Frühstück seinen Kaffee schlürfte, dachte er daran, dass er im Moment glücklich war wie noch niemals zuvor. Zumindest nicht, seit er die Pubertät hinter sich gelassen hatte. Er mochte Nalu und Malea sehr. Sie waren immer gut gelaunt und fröhlich. Jeden Tag. Sie hatten zwei Söhne und eine Tochter und bereits fünf Enkel. Noch hatte er die Familie nicht kennengelernt, aber sie hatten ihn zu einem Familienfest eingeladen, zu dem die gesamte Großfamilie kommen würde. Rainer fühlte sich sehr geehrt und freute sich. Seine tägliche Arbeit füllte ihn endlich emotional total aus und der Umgang mit den Surfern und denen, die es werden wollten, empfand er als extrem cool und harmonisch. Er hatte schon oft von der Hang-Loose-Gesellschaft der Hawaiianer gehört, aber sich eigentlich nichts Definitives darunter vorstellen können. Jetzt wusste er, was damit gemeint war. Alles hatte Zeit, nichts musste schnell gehen und für ein freundliches Gespräch konnte man die Arbeit auch später tun. Die tiefe Gelassenheit der Menschen um ihn herum steckte Rainer an und er fragte sich immer öfter, warum in Deutschland immer alles schnell gehen musste. Er versuchte zu erklären, an was das liegen könnte. Zwecklos. Es gab einfach keine zufrieden ausfallende Erklärung. Völlig egal. Er war hier. Und dann konnte er nur euphorisch den Kopf schütteln und die Schultern zucken, denn eines war schon lange klar geworden... er würde nie wieder nach Deutschland zurückkehren.

Rainer durfte sich geehrt fühlen, an einem Luau teilnehmen zu dürfen – das typische hawaiianische Festessen. Ein buntes Mahl mit Fisch, Kartoffeln, Gemüse, Schweine- und Geflügelfleisch und natürlich dem Mahi Mahi, der beliebteste Fisch auf Hawaii. Er konnte danach mit Sicherheit sagen, noch nie so gut und so viel gegessen zu haben. Trotz seines Standes als Haole – der Weiße – wurde er überaus freundlich und freudig begrüßt, so dass er den Eindruck bekam, schon immer mit diesen Menschen zusammen zu sein. Aufgrund seiner eigenen Familiengeschichte kannte er diese Art der Zusammenkunft nicht. Fast fühlte er sich wirklich als ein Familienmitglied oder wenigstens als guter Freund der Familie. Kinder sprangen fröhlich herum und spielten und tobten. Niemand kam auch nur auf den Gedanken, sie zu ermahnen, etwas ruhiger zu sein. Es war eine ganz neue Erfahrung des Zusammenhalts für Rainer – und er genoss das außerordentlich.

Ein kleines Mädchen hatte in ihm wohl schon so etwas wie einen Freund entdeckt. Ohne irgendwelche Schüchternheit zog sie ihn mit, um zu schaukeln. Rainer musste sie immer höher anschubsen, bis sie vor Vergnügen kreischte. Ihr Name war Hokulani, was so viel bedeutete wie der Stern am Himmel. Sie war zehn Jahre alt und trug ihren Namen zu Recht. Ihre dunklen Augen strahlten wirklich wie die Sterne. Es war ihre ausgelassene Fröhlichkeit, die dieses Glitzern hervorzauberten. Rainer hatte von Anfang an einen Narren an ihr gefressen. Es war die Enkelin von Nalu und Malea und die Tochter von Kaia, dem jüngsten Kind von den beiden. Mit ihrem Mann Kekoa, einem Muskelberg von Mann, verstand sich Rainer sofort ausgezeichnet. Zwar surfte er auch, aber beruflich war er bei der Behörde in Lihue, der Hauptstadt Kauai´s, beschäftigt. Er war intelligent und wissbegierig, wollte wissen, woher Rainer kam und was er beruflich gemacht hatte. Was er zukünftig plante, ob er eine Frau, Freundin oder Familie besaß und warum er hier auf Kauai einen Job angenommen hatte. Rainer musste aufpassen, was er erzählte und dass er sich nicht widersprach. Aber Kekoa war wohl zufrieden mit dem, was er hörte. Nur verwunderte ihn, dass er, Rainer alias Jesse, keine feste Beziehung hat und hatte. Er betrachtete ihn von oben bis unten.

„Warum hast du keine Frau? Warst du nie mit jemandem zusammen?"

„Doch, schon, aber nie sehr lange…"

„Warum? War die richtige nicht dabei?"

„So ungefähr...das Leben als Single hat auch seine Vorteile." Kekoa war verwundert.

„Aha...welche denn?"

„Nun, du kannst machen, was du willst. Niemand sagt dir, wann du was zu tun hast und wenn du heimkommst, empfängt dich himmlische Ruhe."

„Aber immer allein sein? Braucht man nicht jemanden, der einen am Abend empfängt? Mit einem Lächeln und einem guten Essen...oder wenn sich deine Kinder freuen, dass du wieder da bist. Ist es nicht das, um das es gehen sollte?"

Rainer sah ihn an. Nachdenklich und überlegend. Dann nickte er.

„Sicher. Du hast ja Recht. Nach so etwas sehnen sich wahrscheinlich die meisten Männer. Ich...ich hatte das nie. Ich kenn´ das nicht. Hab´s niemals vermisst. Aber ich stimme da schon zu. - Wahrscheinlich bin ich eben ein kleines Arschloch, das dazu unfähig ist, eine längere und engere Beziehung führen zu können. Vielleicht fällt mal eine Frau auf mich drauf und die ist es dann…"

Kekoa lachte laut auf und klatschte ihm die Riesenpranke auf die Schultern.

„Wenigstens bist du selbstkritisch genug, Jesse. Aber warte nicht zu lange. Die Zeit kann rasen und dann…?"

`Wenn er wüsste, dass ich mir das im Moment weder erlauben kann noch einen Nerv dafür hätte...´ dachte in diesem Moment Rainer. Seine augenblickliche Lebenssituation nahm wieder Gestalt an und ließ die Vorstellung Kekoa´s gar nicht zu.

Sie wurden von Hokulani unterbrochen, die schon wieder an seinem Arm hing.

„Komm´ mit, ich zeig dir mein neues Surfbrett."

„Dein Surfbrett? Du kannst das schon?"

Verwundert sah sie ihn an.

„Natürlich. Die meisten können das schon lange."

Rainer sah Kekoa an, der grinste.

„Sie ist wie ihr Großvater. Vollkommen surfverrückt. Sie stand schon mit fünf auf dem Brett."

„Kannst du auch surfen, Jesse?"

Das Mädchen sah ihn fragend an. Rainer schüttelte den Kopf.

„Nein, leider nicht. Aber ich will´s lernen."

„Ich bring´s dir bei…Papa, darf ich?"

„Aber erst, wenn alles andere erledigt ist. Das ist der Deal, okay?"

„Oh ja, oh ja…wann fangen wir an? Jetzt gleich? Heut´ ist doch so schön, Jesse…bitte, bitte, bitte" bettelte sie und zog und zupfte an Rainer´s Hemd.

„Aber jetzt doch nicht, mein Kind. Lass´ Jesse doch erst mal durchatmen. - Immer muss alles gleich sein…" meinte er zu Rainer und grinste ihn an.

„Natürlich…worauf auch warten. Ich mach´ dir einen Vorschlag, Hokulani…wenn ich morgen mit der Arbeit fertig bin und du mit deinen Aufgaben zu Hause, holst du mich bei Nalu ab und wir gehen an den Strand. Einverstanden?"

Die Kleine machte eine Schnute, zog die Augenbrauen nach unten und sah ihn streng an.

„Und warum jetzt nicht? Ich hätte Zeit…"

Unschuldig blitzte sie ihn mit großen Augen an und Rainer und Kekoa konnten gar nicht anders als loszulachen.

„Weil wir heute hier sind und zusammen feiern, Hokulani. Und du nicht einfach gehen kannst…ich glaube, morgen ist auch noch früh genug."

Sie zog eine Schnute, wie es nur ein Kind hervorbringen konnte.

„Und Jesse´s Vorschlag ist doch prima, oder nicht?"

Kekoa sah sie grinsend an und wartete auf eine Antwort. Tief atmete das Mädchen ein, zog die Schultern gleichzeitig nach oben und atmete lautstark wieder aus.

„Na gut, dann aber morgen, Jesse…"

Schon hatte sie sich wieder umgedreht und rannte zu den anderen Kindern, um mit ihnen weiter zu spielen.

„Was für ein Wirbelwind…" flüsterte Rainer und sah ihr kopfschüttelnd lächelnd nach.

Rainer wurde auf eine sanfte, aber eindringliche Art darauf hingewiesen, dass Surfen eine Kunst ist, die man sich mit Hingabe und viel Arbeit erst aneignen muss. Nach dem dreißigsten Sturz ins Wasser hatte er aufgehört zu zählen. Aber nichtsdestotrotz kletterte er immer wieder auf das Brett, paddelte mit Hokulani aufs Meer hinaus und versuchte es aufs Neue. Das Mädchen hatte einen Riesenspaß mit ihm und kreischte vor Vergnügen, wenn er wieder vollkommen ungelenk das Gleichgewicht verlor und kopfüber in die Fluten krachte. Aber jedes mal, wenn er wieder auf dem Brett saß, belehrte sie ihn, was er falsch machte und warum er sich mit der Welle identifizieren müsse, um die Wellenbewegung zu seiner eigenen machen zu können.

Als sie erschöpft, aber zufrieden an den Strand stapften, das letzte Sonnenlicht genossen und Witze über Rainer´s Tollpatschigkeit machten, konnte er sich kaum erinnern, jemals so fröhlich und glücklich gewesen zu sein. Alle Sorgen und Probleme schienen sich weit weg zu bewegen. Die sanfte Meeresbrise, das stete Rauschen der Wellen am Strand, der feine warme Sand zwischen den Zehen und der Blick in die unendliche Weite des Pazifik konnten gar nichts anderes zulassen als das Öffnen der Brust und des Herzens. Ein Augenblick höchster Entspannung und Zufriedenheit und der heimliche Wunsch, dass dies niemals enden würde. Kein Gedanke schmuggelte sich ein, der ein früheres Leben betrachtete und keine Erinnerung schmälerte den Augenblick an der Seite dieses fröhlichen kleinen Mädchens. Er nahm wahr, dass er den gegenwärtigen Moment mit allen Sinnen genießen konnte, ohne dass irgendwas oder irgendjemand dies stören könnte. Es war ein

Novum, dass er es jetzt konnte und auch bewusst wahrnahm. Es war das erste Mal, dass er so fühlte und es war das erste Mal, dass ihn dieses Gefühl trug. Nach oben zu den dahinziehenden Wolken, um zu schweben und zu gleiten, um zu fühlen, zu genießen, fern zu sein von den Fesseln der dunklen, sorgenvollen Gedanken und der Destruktion und Frustration, die so oft den Alltag begleiteten. Es war der Schwebezustand des gelebten Augenblicks, dieser intensiven und tiefen Wahrnehmung aller zur Verfügung stehenden Sinne. Rainer Noldau verstand plötzlich, was es hieß, glücklich zu sein und was es hieß, den eigenen Sinn des Lebens zu verstehen. Er kapierte in diesem wahnwitzig kurzen Augenblick, dass das alles nichts mit Geld, Reichtum, Erfolg oder Macht zu tun hatte – nichts von alldem hatte Bestand und nichts von alldem führten zu einem ultimativen Glücksgefühl. Fassungslos begriff er, dass dazu nichts weiter nötig war als das, was er vor sich sah und spürte. Und ein kleines Mädchen, das durch seine unbedarfte freie Art ihn in ein neues Reich einführte.

Mit einem ganz eigentümlichen Gefühl ging er an diesem Abend schlafen. Lächelnd schlief er ein und lächelnd wachte er am Morgen auf. War er wirklich angekommen? Da, wo er immer hinwollte und niemals richtig beschreiben konnte, wo und was das sein sollte. Ein wenig misstraute er noch diesem fremden und so schönem Gefühl, aber sein Innerstes bestätigte seine Hoffnung schon. Ja, du bist da, wo du sein musst und ja, das ist es, was immer so schemenhaft und verschleiert diese Hoffnung nicht sichtbar werden ließ. Der Nebel ist weg und du bist da!! Mach´ was draus…

Es war ein Samstagmorgen. Keine einzige Wolke störte den intensiven blauen Himmel. Surfer tummelten sich längst in den Wellen. Nur der Strand war noch ziemlich leer. Es war noch zu früh. Rainer und Hokulani hatten sich schon am frühen Morgen verabredet und paddelten gerade gemütlich aufs Meer hinaus. Rainer´s Surfkünste hatten sich in den letzten Wochen gewaltig verbessert. Er fühlte sich immer sicherer und konnte fast schon perfekt stehen und die Welle reiten. Zusammen nahmen sie dieselbe und lachten sich an. Rauf und runter, in die Welle, die Wucht mitnehmen...es war großartig und Rainer konnte seinen Enthusiasmus bis in die letzte Faser seines Körpers spüren.

Sie saßen im warmen Sand und sahen den anderen Surfern bei ihren teils spektakulären Aktionen zu. Rainer drehte den Kopf und sah das Mädchen neben ihm an.

„Und, Frau Lehrerin, wie zufrieden ist man denn mit seinem Schüler?" zwinkerte er ihr zu.

„Du hast das ganz schön schnell gelernt. Aber wahrscheinlich nur, weil ich dich gut unterrichtet habe, oder?"

Rainer lachte.

„Natürlich. Denn sonst würde ich ja immer noch nicht auf das Brett kommen. Es macht wirklich einen Riesenspaß. Hatte ich lange nicht mehr…"

„Mir macht das auch Spaß, Jesse."

Sie lachte ihn an. Dieses Mädchen war einfach klasse, fand Rainer und dachte daran, dass, sollte er einmal eigene Kinder haben, sie so wie Hokulani sein sollten.

Sie stand auf und schnappte sich ihr Brett.

„Ich geh´ nochmal. Kommst du mit?"

„Nein, geh´ nur. Ich schau zu. Ist genug für heut´. Ich muss auch wieder zurück. Nalu hat einen Kurs und ich muss ins Büro."

„Okay", rief sie und war schon weg.

„Sie hat Energie, was?" hörte er eine Stimme hinter ihm fragen. Es war Kekoa, der grinsend dastand und auf seine Tochter zeigte.

„Ja, das ist wahr. Guten Morgen…"

„Guten Morgen, mein Freund. Alles gut?"

Sie gaben sich die Hände und Kekoa setzte sich neben ihn.

„Alles super. Wirklich. Hab´ mich selten so gut gefühlt. Und bei dir?"

„Jeder Tag ist ein schöner Tag, finde ich."

Grinsend hatte er seine Sonnenbrille abgenommen und neigte leicht den Kopf. Das Lächeln war permanent in seinem Gesicht verankert.

Sie sahen beide auf das Meer hinaus, wo Hokulani gerade nach draußen paddelte. Im Moment waren nicht so viele Surfer da draußen. Nur ein paar, die auf die nahende Welle warteten. Die Wasseroberfläche glitzerte, als ob geschliffene Diamanten auf und ab wippten. Es war ein friedvolles Bild. Nichts konnte dies stören, diese so selbstverständliche Harmonie zwischen den Elementen und den Menschen, die sich so dezent einfügten. Er konnte die vielfachen Zwischentöne eines puren Blau und eines unbeschreiblichen Türkis in den Wellen erkennen und die schäumende weiße Gischt, die entstand, wenn sich die rollenden Wellen überschlugen. Dazwischen nahm Rainer etwas Dunkles wahr, das sich entgegengesetzt der Wellenrichtung bewegte. Zuerst meinte er, sich getäuscht zu haben, aber da war dieser riesige Schatten schon wieder. Er glitt knapp unter der Wasseroberfläche dahin, aber konträr der Strömungsrichtung. Eine dunkle Ahnung beschlich ihn und er stand langsam auf, um besser sehen zu können. Er nahm die Sonnenbrille ab und legte die Hand über die Augen. Hokulani paddelte immer noch weiter. Der Schatten folgte ihr. War das nun eine Täuschung oder vielleicht eine Wasseroberflächenspiegelung? Rainer war nicht sicher, aber ein ungutes Gefühl stieg in ihm immer weiter auf und ließ seinen Puls ansteigen.

„Was ist, Jesse? Was gibt's Besonderes?"

Kekoa sah ihn an und bemerkte die fokussierte Aufmerksamkeit und das ernste Gesicht von Rainer. Er stand auf und folgte seinem Blick.

„Was ist??"

Rainer zeigte nach vorne.

„Da. Siehst du diese dunkle Stelle? Die bewegt sich. Was ist das?"

Kekoa sah angespannt nach draußen. Dann nickte er.

„Ja, du hast Recht...da ist etwas...es könnte...oh, verdammt..."

In diesem Moment erschien eine Rückenflosse. Eine Flosse, die nur durch die simple Präsenz den Schauer des Grauens über einen ausschüttete. Eine Rückenflosse, die auf das kleine Mädchen auf dem Brett zusteuerte. Ein Hai. Ein großer Hai.

Auch andere Badende und einige Surfer hatten das bemerkt und fingen nun an zu schreien. Heftig gestikulierend zeigten sie auf die Stelle, wo der Hai zu sein schien. Immer lauter, immer schriller. Aber Hokulani hörte das nicht. Sie war schon zu weit weg. Rainer machte zwei Schritte vorwärts und hatte plötzlich Angst. Angst um dieses Mädchen, das die Gefahr noch gar nicht bemerkt zu haben schien.

In diesem Moment verschwand die Rückenflosse und von einem Augenblick zum anderen stieß der Hai mit einer erschreckenden Urgewalt von unten gegen das Brett und schraubte sich in die Luft. Ein riesiges Tier. Ein weißer Hai. Eine Seltenheit. Das Wasser war eigentlich zu warm für weiße Haie, aber er war da. Man konnte diese kalten dunklen Augen sehen und das riesige grausame Gebiss mit den tödlichen Zähnen. Rainer blieb das Herz stehen und er hörte Kekoa schreien. Die anderen Menschen waren aufgesprungen und schrien noch lauter. Hokulani wurde wie ein Spielball in die Luft geschleudert, überschlug sich zweimal und kam auf dem Brett auf, das der Hai in zwei

Teile zerlegt hatte. Alle sahen, wie die Kleine aufschlug und von dem Brettstück ins Wasser sank. Dann war sie weg.

Rainer dachte nicht mehr nach und spurtete los. Er hechtete ins Wasser und schwamm, wie er noch nie geschwommen war. Er dachte nicht an den Hai, er dachte nicht an die Lebensgefahr, er dachte nur an dieses Mädchen, das niemals in die Fänge des Todes gelangen dürfte. Rainer dachte gar nichts mehr. Er spürte seinen Körper nicht, er befahl ihm, noch schneller zu schwimmen. Es kam ihm unendlich lang vor, bis er endlich an den treibenden Resten des Surfbretts ankam. Er drehte sich x-mal im Kreis und suchte Hokulani. Sie war nicht da!! Er begann zu rufen und zu schreien. Er konnte sie nirgends entdecken. Die Sicherungsleine war zerrissen und hing lose ins Wasser. Das Mädchen war untergegangen. Kein einziger Gedanke an den Hai kam ihm in den Sinn. Und wenn, dann war es ihm egal. Er holte tief Luft und begann zu tauchen. Er riss die Augen auf und sah sich um. Keine Spur von einem Hai und keine Spur von dem Mädchen. Noch einmal holte er tief Luft, dann ließ er sich absinken und tauchte ein paar Meter tief. Verzweiflung übermannte ihn und die panische Angst, dass sie abgetrieben und schon ertrunken war – oder bereits Haifutter geworden war. Aber er konnte nichts entdecken, kein Blut und keine Farbveränderung der Umgebung. Blitzschnell drehte er sich im Kreis...suchte, hoffte, betete. Da...da...da trieb doch was...sie war es...sie war es...Mit aller Kraft schwamm er zu ihr. Luft...er hatte kaum noch Luft, aber er konnte jetzt nicht nach oben. Noch drei Meter, noch zwei, einer...jetzt fasste er ihren Arm, packte sie, zog sie zu sich und stieß sich mit letzter Kraft ab, um nach oben zu kommen. Seine Lungen wollten sich füllen und er widerstand der Versuchung, atmen zu wollen. Er sah die glitzernden Sonnenstrahlen, die Wasseroberfläche, den Himmel. Dann durchstieß er mit einer letzten Anstrengung die Wasserfläche und füllte panikartig seine Lungen mit Luft. Kurz wurde ihm schwarz vor Augen, aber er ließ Hokulani nicht los. Umfasste sie von hinten unter den Armen, hob ihren Kopf und hielt ihn nach oben. Sie atmete nicht mehr. Nein, nein, nein...er schrie lautlos in sich hinein. Er musste sofort an den Strand. Rückwärts schwimmend und sich immer wieder umblickend kam ihm der Weg dahin endlos vor. Er ließ sich mit den Wellen treiben, immer darauf achtgebend, den Kopf des Mädchens über Wasser zu halten. Er verspürte das Verlassen seiner Kräfte, die Arme schmerzten und sein Herz pumpte wie verrückt. Wo ist dieser verdammte Strand, dachte er immer wieder. Pure Verzweiflung, gepaart mit aufkommender Wut und ein starker Trotz ließen ihn dennoch durchhalten. Dann spürte er plötzlich Hände auf und unter seinen Schultern. Hände, die ihn zogen und zerrten. Er drehte den Kopf und sah Menschen, die ihn hochzogen und quer über ein Brett legten. Hokulani war schon auf einem anderen Brett. Ihre Augen waren geschlossen und Rainer wollte es nicht wahrhaben…

Dann erreichten sie endlich den Strand. Helfende Hände trugen ihn und das Mädchen auf eine Decke. Rainer sah Kekoa, der das Surfbrett gerade neben sich legte und sich über seine Tochter beugte. Er sah die Verzweiflung in seinen Augen, die Panik und gleichzeitig die bittende Hoffnung. Zwei Männer schoben die anderen beiseite und knieten neben Hokulani. Sie prüften Puls und Atmung. Sie war unverletzt, aber nichts deutete darauf hin, dass sie noch lebte. Einer der Männer begann mit der Mund-zu-Mund-Beatmung, der andere massierte ihren Brustkorb. Immer wieder, sie hörten nicht auf. Rainer hob die Hand und berührte den Arm des Mädchens.

„Atme...verdammt...atme…!!!" schrie er sie an.

Keine Reaktion. Sie lag da wie tot, die Augen geschlossen, wie vom Leben verlassen.

Rainer spürte die Tränen, die über sein Gesicht liefen, er packte die Hand von ihr, immer noch auf dem Rücken liegend.

„Bleib´ da, verdammt noch mal, bleib´ da…" stammelte er, während die Tränen sein Gesicht hinunterliefen.

Noch einmal presste der Mann ihren Brustkorb – und dann bäumte sich der kleine Körper auf, verkrampfte sich und mit einem Schwall spuckte sie Wasser aus. Die Männer hielten sie, so dass sie sitzen konnte - und sie hustete und hustete.

Rainer sank zurück und schickte ein Gebet nach dem anderen in den Himmel. Er hörte die Menge kreischen, schreien und lachen. Dann stützte er sich auf den Ellbogen auf und sah Hokulani lächelnd an. Kekoa hatte sie in den Arm genommen und drückte sie ganz fest an sich. Tränen liefen ihm in Strömen die Wangen hinunter und hinterließen Spuren der Freude und des Glücks. Sie hatte die Augen geöffnet und sah sich um. Etwas erstaunt und verwundert über die vielen Menschen, die sie umringten. Aber wieder vollends bei Bewusstsein. Dann sah sie Rainer an und lächelte.

„Bist du okay, Jesse?" fragte sie ihn unschuldig.

Rainer kniete sich hin und konnte kein Wort herausbringen vor Dankbarkeit. Er begann zu lachen und krabbelte zu ihr. Sanft umfasste er ihren Kopf und zusammen mit Kekoa hielten sie das Mädchen ganz fest.

„Ja, ich bin okay. Ich bin okay...so was von okay…," keuchte er.

Jemand bahnte sich einen Weg durch die Menge. Es war Kaia, die bereits benachrichtigt worden war. Sie warf sich in den Sand und zog ihre Tochter an sich. Weinend und lachend zugleich. Rainer sah sich um. Alle Anwesenden lachten und freuten sich über die Rettung des Kindes. Er konnte Nalu und Malea sehen, die ihn mit einem so dankbaren Ausdruck anblickten, wie er das noch niemals gesehen hatte. Erst jetzt wurde ihm bewusst, was geschehen war. Aber es war nicht wichtig. Es war nur wichtig, dass Hokulani lebte.

Langsam erhob er sich. Er spürte Hände, die ihm aufhalfen. Er spürte Hände auf seinen Schultern. Tausend kleine Tätscheleinheiten überschütteten ihn. Alle hatten mitbekommen, was er getan hatte. Niemand hatte so schnell reagiert wie er. Er war der erste, der das zerbrochene Brett erreicht hatte und sofort nach ihr getaucht war. Ohne Rücksicht auf sein eigenes Leben und ohne einen Anflug von Angst war er ins Meer gesprungen. Er hatte darüber auch gar nicht nachgedacht. Es war der Instinkt, der ihn handeln ließ. Und diese große Sorge, dass dem Mädchen irgendetwas passieren könnte.

Eine starke Hand hatte sich auf seine Schulter gelegt und er drehte sich um. Kekoa stand vor ihm und sah ihm tief in die Augen. Sein Blick war immer noch leicht Tränen verschleiert, aber selbst das konnte diese Klarheit nicht trüben.

„Ich weiß, ich werde das nie wettmachen können, aber das, was du da getan hast, soll uns auf ewig verbinden. Ich kann nicht ausdrücken, wie dankbar ich und meine Familie dir sind. Ab heute werden wir Brüder sein. Auf ewig…"

Die Menschen nickten. Ja, so soll es sein...sagten sie alle. Kaia war aufgestanden und nahm ihn nur in den Arm. Rainer fühlte sich unwohl, wollte doch gar nicht in irgendeinem Mittelpunkt stehen. Eigentlich war er nur hierher gekommen, um im Verborgenen zu leben. Aber jetzt war es so, jetzt war sein Tun das, was ihn zu einem der ihren machte. Unter der Familie von Nalu und Malea und unter der Surfergemeinschaft. Er sah wieder Kekoa an und nickte lächelnd. Dann hob er Hokulani hoch, die ihn liebevoll umarmte. Rainer hörte ein schmachtendes Seufzen um sich und war glücklich. Glücklich, dass seine kleine Freundin heute noch nicht dran war. Eine besondere Verbindung war entstanden. Zwischen ihm und ihr. Zwischen den Menschen, die um sie herumstanden und ihm. Zwischen seinem Arbeitgeber Nalu, der längst zum Freund geworden war und zwischen ihm und dieser Insel. Ganz kurz dachte er an die seltsamen Schicksalswege, die vielleicht schon wieder einen neuen roten Faden gewählt hatten. Für ihn und seinen Lebensweg mit all seinen Hürden und Prüfungen.

Er sah Hokulani in die Augen.

„Ich werde dir ein neues Brett machen. Eines, das nur für dich ist – einverstanden?"

„Das wär toll...kannst du denn so was?"

„Ich werd's lernen. So wie ich surfen gelernt habe..."

„Jaaa...."

Als er weit nach Mitternacht zu seiner Wohnung zurück fuhr, blieb er in einer Kurve stehen und sah auf das Meer hinaus. Die Sterne blinkten und funkelten und kreierten ein Bild wie aus einem Bilderbuch. Die See lag ruhig da, wie ein friedvolles Element, das so intensiv Harmonie und Zusammengehörigkeit symbolisierte. Was für ein sonderbarer Tag, dachte er. So schön und so inspirierend. So aufregend, so schrecklich und doch so herzergreifend. Er dachte an diese Familie, in die er aufgenommen worden war. Es war ein fremdes Gefühl, das er bislang kaum gekannt hatte. Zumindest nicht in dieser überragenden Intensität, die so einzigartig für ihn war und die den Begriff der Zugehörigkeit auf ein ganz neues Level hob. Es war neu, dieses tiefe Gefühl, aber so befreiend, dass er manches Mal an dieser Realität fast zweifelte. Und dann wusste er doch, dass alles echt war, dass alles authentisch und wahr ist und nichts nur Schein oder Täuschung einer erfundenen Darstellung bedeutete. Es war diese innere Überzeugung, die ihn an ein erfülltes Leben glauben ließ. Nur ab und zu, in ruhigen, nachdenklichen Momenten, meldete sich der winzige Mahner in ihm drin und machte ihn darauf aufmerksam, dass er nach wie vor ein Mann auf der Flucht war und sein Aufenthalt hier an diesem wundervollen Ort sehr schnell beendet sein könnte. Aber er verdrängte diese unheilvollen Gedanken. Sie hatten kaum mehr Macht als ein erhobener Finger – aber sie waren da und würden nicht verschwinden können. Weil auch das Realität war...

*

Es heißt, dass Unerwartetes im negativen Sinne den Menschen im Augenblick des Erkennens paralysiert, ihn urplötzlich in den Boden betoniert und er in diesem Moment unfähig zu irgendeiner Reaktion sein soll. In Rainer´s Fall wäre so etwas keine große Überraschung. Seit seiner unerwarteten Festnahme in seiner Wohnung und der darauffolgenden Haft waren mehr als sieben Monate vergangen. Er hatte sich in den Monaten auf der Insel langsam aber stetig in Sicherheit wiegen lassen. Mit jedem Tag, der verging, wurde die Bedrohung in ihm kleiner. Er war nun fast überzeugt, dass sein Status als amerikanischer Staatsbürger unentdeckt bleiben würde. Die vergehende Zeit vermittelt nach und nach ein Gefühl der Trägheit, wenn das Erwartete einfach ausbleibt und sich möglicherweise als bloße Gestalt des Dunklen etablieren würde, von dem keine Gefahr mehr ausging. Auch Rainer entging dieser prekären Entwicklung nicht. Seine beispiellose Rettungstat von Hokulani und die daraus resultierende Teilhabe der gesamten Familie zeigte ihm einerseits, wie schön und erfüllend das sein kann, andererseits wurde ihm dadurch auch das Misstrauen und die angeeignete Vorsicht entzogen. Seine uneingeschränkte Aufmerksamkeit gegenüber seiner Umgebung seit der Flucht aus dem Gefängnis hatte stark nachgelassen – weil es aus seiner unbewussten Sichtweise auch nicht mehr vonnöten war. Er verortete sich mehr und mehr in absoluter Sicherheit und glaubte daran, unauffindbar zu sein. Obwohl sein außergewöhnliches Cyberwissen und seine Erfahrung eine andere Schlussfolgerung ziehen sollten.

Er ignorierte diese rote innere Warnlampe.

Er wurde in dem Moment eines besseren belehrt, als er die Türe zum Büro öffnete und eintrat. Kurz kam ihm noch in den Sinn, dass Nalu immer vor ihm da war und die Türe stets offenstand, aber dieser Gedanke war nur schemenhaft angehaucht und ließ ihn keinerlei Gefahr verspüren. Als er im Büro stand, den Freund zu Eis erstarrt auf einem Stuhl sitzen sah und hinter ihm die Türe wieder geschlossen wurde, blitzte ein verdrängter Gedanke durch sein Gehirn, das in einer Nanosekunde neu konfiguriert wurde. Plötzlich war alles wieder da – sein Instinkt, seine Alarmglocken, seine Aufmerksamkeit. Nichts war verschwunden, hatten lediglich geschlafen.

Der Mann, der hinter Nalu stand, hatte die Waffe erhoben und sie gegen Nalu´s Kopf gedrückt. Rainer zählte vier Männer im Raum, derjenige, der die Türe wieder geschlossen hatte, zielte mit der Pistole auf Rainer´s Kopf.

Er kam gar nicht auf den Gedanken, dass diese Männer nicht wegen ihm hier waren. Dass es vielleicht lediglich ein Überfall war, kam ihm gleichwohl nicht in den Sinn. Er drehte vorsichtig den Kopf und registrierte die anderen. Einer stand gerade von einem Stuhl auf und trat langsam auf ihn zu. Er war außerordentlich gut gekleidet, leger aber modisch. Rainer konnte nicht beurteilen, ob die Männer von den Inseln kamen oder Europäer. Nach der Schrecksekunde hatte er sich überraschend schnell wieder in der Gewalt. Die Männer konnten kein Entsetzen, aufgerissene Augen oder überraschtes Erschrecken wahrnehmen. Nach außen hin schien er eiskalt zu sein. Aber sein Innerstes bebte und er hatte wahnsinnige Angst um Nalu, der ihn furchtsam anstarrte und keine Ahnung hatte, was die Männer um ihn herum eigentlich wollten.

Ein ganz leichtes Lächeln überzog die Mimik des Mannes, der aufgestanden war. Höflich nickte er kaum wahrnehmbar mit dem Kopf. Rainer war ein klein bisschen verwirrt. Sein Benehmen widersprach der Vorstellung eines eiskalten Killers.

„Ich möchte Ihnen mein Kompliment aussprechen, Herr Noldau. Sie sind ein außerordentlich cleverer Mann und ich glaube, alle haben Sie gewaltig unterschätzt. Trotzdem sollte man sich niemals zu sicher fühlen. Auch wenn es dauert, müsste auch Ihnen klar gewesen sein, dass die Jagd keineswegs abgeblasen wird, nur weil es ein bisschen länger dauert. Dafür sind wir bekannt."

Der Mann hatte deutsch gesprochen mit einem hörbaren südländischen Akzent. Rainer vermutete, dass er schon lange in Deutschland lebte. Seine Wortwahl war selten gut gewählt und Rainer schätzte ihn keineswegs als dummen Killer ein. Für einen kurzen Moment wollte er den Amerikaner spielen, der sein Glück auf Kauai gefunden hatte, aber dann ließ er es sein. Es hatte keinen Zweck und auch keinen Sinn. Dieser Mann wusste ganz genau, wen er vor sich hatte.

„Darf ich fragen, wer Sie sind und wer Sie geschickt hat?"

Der Mann nickte respektvoll. Die coole Abgeklärtheit des Mannes vor ihm imponierte ihm und zeigte ihm einen ebenbürtigen Gegner.

„Ich sehe, Sie verstehen, wie Ihre Situation gerade ist. Sie sind sehr professionell, das muss ich sagen. - Mein Name ist Ludovico Simone Celotini…"

Rainer horchte auf. Er war sehr überrascht.

„Celotini? Sind Sie der…??"

Der Mann lächelte und schüttelte den Kopf.

„Nein, ich bin nicht der Boss. Carlo Guiseppe Celotini ist der CEO unseres Unternehmens. Er ist mein Onkel. Ich bin der IT-Spezialist und kümmere mich um unser digitales Netzwerk."

Rainer verstand. Darum waren die Männer jetzt auch hier. Ludovico hatte ihn ausfindig machen können.

„Dann haben Sie mich gefunden, nehme ich an?"

„Das ist richtig. Es war eine aufregende Herausforderung. Endlich einmal. Sie sind gut, Rainer Noldau. Sehr gut sogar. Auch dafür genießen Sie meinen Respekt. Was leider nichts an Ihrer Situation ändert. Ehrlicherweise muss ich zugeben, dass ich so jemanden wie Sie sehr gerne in meinem Team hätte. Das Geld haben wir nämlich immer noch nicht gefunden. Schade…schade um so jemanden wie Sie. Tut mir echt leid. Sie haben sich an den falschen Leuten bereichert."

Er machte ein fast trauriges Gesicht. Was Rainer trotzdem nicht hoffnungsvoll stimmte.

„Lassen Sie den Mann gehen. Er hat keine Ahnung und mit mir gar nichts zu tun. Sie machen ihm nur Angst und er weiß nicht mal, um was es geht."

Ludovico machte ein verständnisvolles Gesicht und lächelte schwach.

„Verstehe. Ja, sehen Sie, wir beobachten Sie schon länger. Unsere Gruppierungen agieren weltweit und wir wissen, dass Ihre Beziehung mit diesen Leuten weit über ein Arbeitsverhältnis hinausgeht. - Ich möchte es kurz machen, weil ich wieder weg muss. Ich habe weitaus wichtigeres zu tun, als Ihnen und den Kröten nachzujagen."

„Warum sind Sie dann hier? Ich halte Sie nicht auf, wenn Sie wieder gehen wollen…"

Celotini zog die Augenbrauen nach oben. Er schien überrascht über die Frage.

„Na, weil ich den Mann kennen lernen wollte, der uns zu viele Kopfschmerzen verursacht hat. Und das mögen wir nicht. Mein Onkel hätte mich nie geschickt, aber ich habe ihn überredet...sozusagen als persönlichen Wunsch."

Rainer wollte etwas sagen, aber der Mann hob die Hand. Genug geredet, wollte er damit andeuten.

„Also...Herr Noldau...Sie sagen uns, wie wir wieder an unser Eigentum kommen und wir verschwinden und lassen Ihre Freunde in Frieden. Sie natürlich auch. Wir wollen nur unser Geld. Verstanden?!"

Sein Ton war eine Spur schärfer geworden. Rainer war sich vollkommen im Klaren, dass sie ihn nicht verschonen würden, aber er würde niemals das Risiko eingehen können, Nalu oder jemanden der Familie in die Schusslinie dieser Killer zu schieben. Er nickte ergeben und suchte hilflos nach einem Plan und Ausweg. Es gab keinen. Diese Männer waren in solchen Situationen gewiefter als er. Er würde nicht entkommen können. Er musste sehen, dass Nalu aus der Schusslinie kam. Er brauchte Zeit.

„Ja, verstehe. Hier können wir aber nichts tun. Ich brauch meinen PC."

Celotini sah sich verwundert um.

„Aber hier ist doch ein PC. Sie können alles hier tun. Ich gehe mal davon aus, dass er ans Internet angeschlossen ist, oder?"

Es war eine rein rhetorische Frage und Rainer nickte.

„Natürlich. Aber das nützt mir nichts, ich brauche meinen eigenen, um über das Spezialprogramm einen bestimmten Server aufrufen zu können. Dieses Programm hat eine Verschlüsselungsfunktion, ohne das ich die Verbindungsdaten nicht authentifizieren kann. Von hier geht das nicht."

Er sah Celotini ausdruckslos an – und hoffte inständig, dass der Mann ihm diesen Blödsinn abkaufen würde.

„Wie? Sie haben extra ein Programm entwickelt, das seinerseits ein Programm verschlüsselt, damit ein anderes Programm es wieder entschlüsselt? - Wollen Sie mich verarschen, Mann??"

Er machte ein fast schon beleidigtes Gesicht und schien wütend zu werden.

Die Frage war verständlich und konkret. Rainer durfte jetzt keinen Fehler machen. Er schüttelte mit einem ernsten Gesicht den Kopf.

„Ich will niemanden verarschen und ich will auch nicht verarscht werden. Glauben Sie denn, dass die IT-Leute meines Unternehmens und auch die Polizei keine Spezialisten haben? Ich bin nicht so arrogant zu glauben, dass ich der einzige Mensch mit Know-how bin. Wie Sie mir ja auch bewiesen haben. Also habe ich mich mit einigen Portalen abgesichert, die eben nicht so einfach zu knacken sind. Vor allem durften die Wege, die die Gelder genommen haben, keinerlei Spuren hinterlassen. Aus diesem Grunde habe ich auch das Zugangsgerät personalisiert. Verstehen Sie, was ich meine?!"

Rainer begab sich mit seiner provokativen Art auf sehr dünnes Eis. Aber er war wohl glaubhaft, denn Celotini nickte nur und nahm ihm die Erklärung ab.

„Nun gut...wo ist Ihr PC?"

„Bei mir zu Hause...also in meiner Wohnung, meine ich."

Der Mann stand auf.

„Gut. Gehen wir!"

Er war aufgestanden und befahl den Aufbruch.

Rainer nickte und wollte sich gerade umdrehen, da wandte sich der Mafiamann an seinen Kollegen, der immer noch hinter Nalu stand und ihm die Waffe an den Kopf hielt.

„Du bleibst bei ihm. Sollte etwas nicht so laufen wie wir uns das vorstellen, legst du ihn um."

Er sah Rainer an.

„Eine Vorsichtsmaßnahme. Wenn alles klappt, passiert ihm auch nichts."

Rainer blickte Nalu intensiv in die Augen.

„Keine Sorge, Nalu. Ich regle alles. Dir wird nichts passieren."

Er sah Nalu an, dass er nach wie kein Wort verstand, was hier gerade passierte.

„Was...was soll das alles? Ich verstehe kein Wort, Jesse. Wer sind die Männer und was wollen sie von dir? Oder von mir?"

Statt Rainer antwortete Celotini.

„Dieser Mann schuldet uns eine Menge Geld, das wir wiederhaben möchten. Wenn er sich kooperativ verhält, wird Ihnen auch nichts geschehen."

Er wartete keine Antwort ab, sondern wandte sich zur Türe.

„Los jetzt...wir gehen."

Mit einem letzten Nicken zu Nalu drehte sich auch Rainer um und die Männer verließen das Büro. Unaufgeregt drängten sie Rainer Noldau in das Fond des Fahrzeugs. Dann verließen sie die Bay.

Als er die Türe zu seinem Apartment aufsperrte, hatte er immer noch keinen konkreten Plan oder nur eine Idee. Er konnte nicht gegen die Männer kämpfen, die alle Waffen trugen und sie ganz sicher auch benutzen konnten und würden. Und auch wenn sie keine Schusswaffen hätten – Rainer war nicht geschult in Prügeleien oder Kämpfen. Und die paar Jahre Kampfsporterfahrung würden ihm nicht weiterhelfen. Hier war eine andere Erfahrung vorrangig. Vielleicht sollte er einfach das Geld transferieren und darauf vertrauen, dass sie ihn verschonen und danach verschwinden würden. Insgeheim wusste er, dass das so nicht laufen würde. Während er sich an seinen Schreibtisch setzte, suchte er verzweifelt nach einem Ausweg.

„Los jetzt...fangen Sie an...bitte!"

Celotini sah ihn auffordernd nickend an. Er schien leicht nervös zu werden und ungeduldig. Und Rainer begann, die Verbindungen herzustellen. Das machte er so schnell, dass die Männer ihm nicht mehr folgen konnten. Er öffnete einfach ein Fenster nach dem anderen und suggerierte damit die vielen Tore, die geöffnet werden mussten. Dann erschien eine Tabelle mit etlichen Beträgen. Darunter waren auch die zwanzig Millionen. Celotini beugte sich vor, um besser sehen zu können. Er erkannte den Betrag und nickte. Dann schob er ihm einen Zettel hin. Es waren die Bankdaten, auf dessen Konto Rainer die Zahlung anweisen musste.

„Transferieren Sie das Geld. Wie lange dauert das?"

„Nicht lange. Ich muss die Transaktion nur bestätigen und dann rückbestätigen mit einem Passwort…"

Er schob den Bildschirm etwas zur Seite, damit Celotini besser sehen konnte, was geschah. Innerhalb von ein paar Sekunden wurde die Transaktion bestätigt und Rainer aufgefordert, durch ein verschlüsseltes Passwort eine Rückbestätigung abzusenden. Dafür piepte sein Handy, mit dem er dies durchzuführen hatte. Celotini war zufrieden und richtete sich auf.

„Ausgezeichnet, ausgezeichnet…ich bin zufrieden, Herr Noldau. Ich warte noch auf die Bestätigung meiner Bank, dann sind wir fertig."

Rainer nickte und war angespannt wie noch nie.

Celotini holte sein Handy aus der Tasche und betätigte den Bildschirm. Es war auf lautlos gestellt, aber Rainer konnte erkennen, wie der Bildschirm aufleuchtete.

Dann steckte der Mann das Gerät wieder in die Tasche und sah Rainer an.

„Gut. Ich bin sehr zufrieden. Leider kann ich keinerlei Risiko eingehen und mein Auftrag ist unumstößlich. Mein Onkel nimmt solche Aktionen ausgesprochen persönlich und bewegt sich grundsätzlich auf einer Nulltoleranzgrenze.

Tut mir leid, aber Sie werden diese wundervolle Insel als Ihre letzte Wohnstätte ansehen müssen."

Er zuckte wie bedauernd die Schultern und wandte sich an einen seiner Mitarbeiter.

„Ruf Antonio an. Es werden keine Zeugen gebraucht. Er soll das schnellstens erledigen und dafür sorgen, dass man den Mann nicht so schnell findet."

Rainer war wie erstarrt und konnte sich nicht rühren.

„Sie sagten mir doch etwas ganz anderes…"

„Seien Sie nicht so naiv, das steht Ihnen nicht. Sie haben sich mit Leuten angelegt, die hier keinerlei Spaß kennen. Wie ich schon sagte, es tut mir schon leid, weil ich Sie und Ihr Können sehr schätze, aber unserem Kodex muss ich auch folgen und der hat immer erste Priorität. Leben Sie wohl, Rainer Noldau."

Einer der Männer hob die Waffe und Rainer wollte schon aufspringen und wenigstens etwas versuchen. Er war jung, stark und schnell…vielleicht hatte er eine Chance.

In diesem Moment sprang die Türe mit einem lauten Krachen auf. Erschrocken fuhren die Männer herum, die Waffen in der Hand. Sie konnten sie nicht mehr benutzen. Dumpfe zischende Töne mit den dazugehörenden Geschossen durchrasten den Raum. Schallgedämpft. Blitzschnell starben die Männer im Kugelhagel. Celotini war auf die Knie gesunken und starrte vollkommen überrascht und entsetzt auf die Person, die jetzt vor ihm stand und die Waffe gesenkt hatte. Ihr Blick war mitleidlos und ohne irgendwelche Regung.

„Was?...Wer?…" stammelte er nur noch.

Er sah an sich hinunter auf den roten Fleck auf seiner Brust, der sich rasend schnell ausbreitete. Schwerfällig hob er den Kopf. Dann die Hand, die sich auf seine Brust legte, das Blut mit einer fahrigen Bewegung abwischte. Sein Blick fiel auf seine blutverschmierte Hand.

„Das war ein sündteures Hemd, verdammt noch mal...." flüsterte er nur noch. Dann kippte er um und glotzte mit toten Augen in den Raum.

Rainer saß immer noch wie gelähmt und starrte die Frau an, die jetzt den Kopf drehte und ihm in die Augen sah. Er traute seinen Augen nicht und verstand im Moment – gar nichts. Die Fähigkeit zum Verstehen stand still. Vor ihm stand...Sofie. Wie zum Teufel kam sie hierher?...und warum??? Warum konnte sie auf diese Männer schießen? Sein geschocktes Gehirn blockierte das Denken und schuf vollkommen wirre bis gar keine Gedanken.

„Sofie...was...wie...wie kommst du hierher und..."

Er schüttelte nur ungläubig den Kopf und starrte sie an wie einen Geist. Aber Sofie ließ ihm keine Zeit, sich zu sammeln.

„Wenn du leben willst, kommst du sofort mit mir. Laß´ alles hier, du brauchst nur deinen PC und dein Handy. Und deine gesamten Papiere. Verstehst du, was ich sage?"

Sie sah den immer noch starrenden Mann an, weil sie nicht sicher war, ob er sie auch verstanden hatte. Dann nickte er. Langsam und völlig verständnislos.

„Ja, ich habe verstanden, aber...wie?"

Sofie winkte ab.

„Später. Wir müssen hier sofort verschwinden. Die Kerle waren nicht allein hier. Und ich glaube, du willst deinen Freund bestimmt befreien..."

Langsam wurde Rainer wieder klar. Nalu...er war in Gefahr...

„Ja, natürlich...was sollen wir tun?"

Er war noch wirr von den unerwarteten Geschehnissen.

„Der Mann dort wartet immer noch auf Befehle. Wir müssen ihn unschädlich machen, bevor er begreift, was passiert ist. Also los, pack´ alles ein. Wir müssen von der Insel weg sein, bevor man die da entdeckt."

Sie zeigte auf die drei Leichen. Rainer war kreidebleich. Er sah sich außerstande, dies alles so schnell zu verarbeiten. Aber Nalu...er musste ihn befreien. Sie mussten ihn befreien. Er stand auf und begann, alles Nötige in eine Reisetasche zu packen. Er dachte nur noch an Nalu. Es dauerte keine drei Minuten, dann war er fertig.

Sofie war erstaunt.

„Fertig? So schnell? Hast du das trainiert?"

„Man gewöhnt sich manche Dinge an, wenn man auf der Flucht ist...gehen wir."

Er öffnete die Türe und sah vorsichtig hinaus. Niemand da. Zusammen eilten sie die Treppe hinunter. Sofie zeigte auf einen unscheinbaren Wagen.

„Das ist meiner. Los jetzt...die Zeit drängt…"

Schnell stiegen sie ein und fuhren Richtung Bay. Sie sprachen während der Fahrt kein Wort. Rainer konnte nicht und Sofie konzentrierte sich auf das, was jetzt passieren musste.

Nalu saß immer noch auf seinem Stuhl und betete, dass Rainer das tat, was getan werden musste. Der Mann hinter ihm hatte sich einen Stuhl hergezogen und machte es sich bequem. Er sagte kein Wort, aber Nalu war sicher, dass er hellwach sein würde, wenn er irgendetwas versuchen würde. Der Mann hatte die Bürotüre abgesperrt und ein Schild aufgehängt, das möglichen Besuchern sagte, dass im Moment niemand da war. Nalu hoffte inständig, dass Malea nicht erschien. Sie wollte einkaufen fahren und normalerweise kam sie danach auch nicht mehr ins Büro. Aber man konnte nie wissen. Nalu hatte Angst.

Er hörte einen Schlüssel klappern und die Türe aufsperren. Malea!!! dachte Nalu erschrocken. Der Mann hinter ihm war aufgestanden und starrte auf die sich öffnende Türe. Die Waffe schussbereit in der Hand.

Aber sie erkannten nur Rainer, der hereinkam und auf den Mann mit der Waffe starrte.

„Alles erledigt," sagte er nur und trat zur Seite.

„Wo ist der Boss?" fragte der Mann unsicher.

„Na, hier…" erwiderte Rainer und trat noch einen Schritt zurück. In diesem Moment erschien Sofie mit erhobener Waffe. Sie drückte zweimal ab. Der Schalldämpfer verursachte nur ein kurzes Zischen. Der Mann fiel, ohne einen Laut von sich zu geben, einfach um und rührte sich nicht mehr. Schnell eilte sie zu ihm, nahm die Waffe an sich und überzeugte sich, ob der Mann tot war. Rainer war schon bei Nalu und beruhigte den zitternden Mann. Sanft legte er ihm die Hand auf die Schulter und sah ihm in die Augen.

„Alles in Ordnung. Es ist vorbei. Jedenfalls für dich. Wir müssen hier schnellstens weg, Nalu…es tut mir leid, dass du wegen mir das hier erleben musstest. Ich dachte wirklich, ich wäre hier sicher…falsch gedacht. Übrigens, das ist Sofie. Sie hat mich vor den anderen Kerlen gerettet…"

„Die anderen?? Sind sie …tot?"

Rainer nickte.

„Sie wollten mich töten…die Mafia macht in der Hinsicht keine Deals."

„Mafia?? Bist du ein Mafiosi??? Jesse?…Ist das überhaupt dein richtiger Name? Was hast du denn getan? Ich versteh´ überhaupt nichts mehr…"

„Nein…Gott bewahre, ich gehöre doch nicht zur Mafia. Ich habe unwissentlich Mafiageld geraubt. Hab´ ich erst erfahren, als schon alles zu spät war. Seitdem bin ich auf der Flucht…"

„Rainer…" mahnte Sofie. Er sah sie an. Beschwörend blickte sie ihn an. Sie mussten weg von hier.

„Ja, ich weiß…Nalu, wir müssen sofort verschwinden. Ich kann dir gar nicht sagen, wie weh mir das tut. Es war so wunderschön hier…aber ich kann nicht bleiben. Es werden andere kommen und ihr würdet alle in Gefahr sein. Das kann ich keinesfalls zulassen…"

Nalu hatte sich wieder gefangen und sah ihn verständnisvoll an.

„Ich kann mir nicht vorstellen, dass du ein Verbrecher bist. Und du weißt hoffentlich, dass du immer willkommen sein wirst, egal wann und wie. In meiner Familie wirst du immer ein Teil davon sein."

„Ich weiß. Ich danke dir für alles, was du für mich getan hast. Ich weiß das zu schätzen und ich werde euch alle niemals vergessen...das...das war die schönste Zeit meines Lebens. Das wollte ich dir nur sagen…"

Er umarmte ihn kurz und drehte sich dann zu Sofie um.

„Okay...Abflug…"

Sie blieb noch einen Augenblick vor Nalu stehen.

„Nalu, ich muss Ihnen noch dringend ans Herz legen, niemandem auch nur ein bisschen was zu erzählen. Ich würde vorschlagen, Sie erzählen der Polizei, dass fremde Männer Sie überfallen haben und sie Rainer...oder Jesse vielmehr...mitgenommen hatten, weil sie an sein Geld wollten. Da er ja zurück gekommen ist und Sie befreit hat, konnte er denen wohl entkommen. Mehr braucht niemand zu wissen und ich bin schon gar nicht existent. Verstehen Sie, was ich sagen will?? Das dient nur zu Ihrem eigenen Schutz. Je weniger Sie wissen, desto besser..."

„Ich verstehe schon. Keine Sorge, ihr werdet Zeit genug haben...viel Glück, Jesse...wie war nochmal dein richtiger Name?"

„Mein Name ist und bleibt Jesse, Nalu...ok?"

Er lächelte ihn sanft an. Dann hob er die Hand und verließ mit Sofie das Büro. Zurück blieb ein etwas sprachloser Nalu, der damit zu tun hatte, das Geschehene zu verarbeiten und sich mit dem Gedanken zu befassen, dass ein Freund nicht mehr hier sein würde.

Ihr Weg führte sie zum Flughafen. Mittlerweile hatte sich Rainer soweit beruhigt, dass die vielen Fragen beantwortet werden mussten. Er sah Sofie an, die mit einem ernsten Gesicht auf die Straße blickte. Er dachte an den Augenblick, an dem er sie kennengelernt hatte. Im Moment war sie eine ganz andere Sofie und hatte mit der früheren Sofie nichts gemeinsam außer ihrem Aussehen.

„Also...kannst du mir jetzt endlich erklären, wer du bist und was du hier machst? Ich versteh´ nämlich so gut wie nichts – außer dass mich die Mafia gefunden hat und ich auch da nicht weiß, wie."

Sofie atmete tief durch, so als ob sie mit sich rang, ihm die Wahrheit zu sagen.

„Zunächst einmal ist mein Name nicht Sofie. Wie du dir wahrscheinlich schon denken kannst. Ich heiße Jane Dansfield, bin Angehörige von Interpol und lebe schon lange in Deutschland, weil meine Mutter Deutsche ist. Wir sind schon über eineinhalb Jahre an den Machenschaften der Mafia dran. An ihren Geschäften und das europäische Netzwerk. Hauptsächlich in Deutschland. Wir standen kurz davor, alles hochgehen zu lassen. Dann kamst du. Zuerst wussten wir nicht, wer oder was du bist. Deine Firma hat einen Auftrag für die Observierung vergeben, weil du schon in Verdacht standest und da wir bereits involviert waren, haben wir mit diesem Dienst zusammen gearbeitet. Dann sind wir auf dich gestoßen und ich musste wissen, was und wie du das alles gemacht hast. Ob du für jemanden arbeitest oder wirklich nur ein Solist bist. Als die zwanzig Millionen weg waren und die Organisation ausgeflippt ist, waren unsere ganzen Recherchen dahin. Sie haben ein komplettes Update gestartet und wir konnten wieder von vorne anfangen. Ich bin auf dich angesetzt worden, sollte herausfinden, wie professionell du bist und auf welche Art und Weise du die ganzen Sicherheitsprofile umgehen konntest…und was du für eine Rolle spielst. Es war ja gar nicht klar, ob du nicht wirklich für irgend jemanden arbeitest."

Rainer war dermaßen geschockt, dass er einen Moment vergaß, zu atmen. Augenblicklich wurde ihm glasklar, dass die scheinbar zufällige Begegnung damals in der Disco alles andere als zufällig gewesen war.

„Du hast mich die ganze Zeit observiert? Ich…ich habe nichts, aber auch gar nichts bemerkt."

Jane lächelte ihn schmal und fast mitleidig an.

„Das ist mein Job, dass ich unentdeckt und vollkommen anonym bleibe. Und ich bin gut in meinem Job, Rainer."

„Puuh…also deswegen hat mich das auch so geschockt, dass plötzlich die Polizei vor meiner Tür stand und ich keine Ahnung hatte, wie sie auf meine Spur gekommen sind."

„Es wäre dir wahrscheinlich auch niemand drauf gekommen. Jedenfalls nicht so schnell. Deine Verhaftung basierte auch nur auf Indizien. Womöglich hätten sie dir gar nichts nachweisen können. Ich habe mich gewundert, dass überhaupt ein Haftbefehl erlassen worden war. Das Mafiageld hat dann alles verändert. So einen Betrag hättest du niemals anrühren dürfen…egal von wem. Das fällt doch immer auf. Da klingeln sämtliche Alarmglocken und niemand zuckt nur mit den Schultern."

Rainer zuckte trotzdem nur mit den Schultern.

„Wirklich kaum zu fassen…Es sollte eigentlich der letzte Coup sein. Es war einfach zu verlockend. An dem Abend meiner Verhaftung wäre ich am nächsten Tag weg gewesen. Ich hab´ das bis heute nicht verdaut. Es ging nur um verdammte zwölf Stunden. Nur zwölf Scheißstunden…"

Sie drehte ungläubig den Kopf.

„Wirklich? Du wärst wirklich am nächsten Tag verschwunden?"

Er nickte schwer und ergeben.

„Ja. Es war doch alles längst vorbereitet. Niemand hätte mich jemals gefunden…und dann stehen auf einmal diese Männer vor meiner Tür. - Eine blöde Scheiße…ich wollte nur noch ´ne Pizza essen. Wenn ich mir vorstelle, wenn ich auch da nur drei Minuten früher meine Wohnung verlassen hätte, dann wären die wohl wieder gegangen…"

„Es hat halt nicht sollen sein. Wann hast du erfahren, dass das Mafiageld ist?"

„Im Gefängnis. Ein Mann hat mich angesprochen und mir erklärt, dass ich kurz vor dem Abschuss stehe. Er hat mir einen Deal angeboten. Ich wollte das auch tun, aber ein komischer Zufall hat das nicht zugelassen. Ich bin abgehauen und alles Weitere hat sich einfach so ergeben."

„Bis heute weiß niemand, wie du das geschafft hast. Du bist ein seltsames Mysterium, Rainer. Aber dieses Gefühl hatte ich schon von Anfang an."

Rainer lachte zynisch auf.

„Von Anfang an, ja…nie wäre ich auf den Gedanken gekommen, dass unsere Begegnung alles andere als zufällig war. Also war ich nur ein Job??"

Er sah sie wieder an und wartete auf ihre Antwort. Sie zögerte.

„Zuerst schon. Aber dann…später…als ich dich schon länger unter Beobachtung hatte…da bin ich neugierig geworden. Jemand wie du, der keinen großen Freundeskreis hat und auch keine Familie, ist schwer auszumachen. Es war eigentlich nicht geplant, dass wir uns persönlich kennenlernen. - Und dass wir uns so nahekommen würden."

„Und warum hast du mich dann in der Disco so angemacht?"

Er spürte, wie sie nach einer Antwort suchte.

„Weil ich…weil…das war wirklich nicht Teil meines Jobs. Ich war neugierig. Ich wollte dich einfach kennenlernen. Ich wollte…wollte wissen, wie du bist. Wer du bist. Was du für eine Motivation hast, so viel Geld anzuhäufen und was du eigentlich damit vorhaben wirst. Wahrscheinlich wirst du mir das eh nicht glauben, aber diese Nacht mit dir war so...so unglaublich schön. Ich habe das schon lange nicht mehr so intensiv gespürt...also ich meine, dieses Gefühl, obwohl es so kurz war...es war wundervoll."

Sie sah ihn an und lächelte wie entschuldigend.

„Du hast Recht. Ist ein bisschen schwer, das zu glauben...aber es spielt im Moment auch keine Rolle. Ich habe ja schon damals zu dir gesagt, wie wunderbar ich das fand. Und das ist immer noch so...aber...aber ich weiß immer noch nicht, warum du hier bist und wie du mich überhaupt finden konntest. Was habe ich übersehen? Bin ich wirklich so ein naiver Idiot? Bin ich zu selbstherrlich und arrogant geworden?"

Jane lachte laut auf.

„Manchmal bist du schon ein bisschen naiv, oder? Zugegeben, es war wirklich eine Menge Arbeit und ich habe eine ganze Abteilung genervt, um jemanden zu finden, der urplötzlich in der Welt auftaucht. Du weißt doch selbst, dass in dem Moment, in dem jemand digital im Netz erscheint, keine Spur mehr zu verwischen sein wird. Man muss nur wissen, wo und wie man suchen muss. Und dann hat man eine Spur, die leicht zu überprüfen ist. Als Jesse warst du sorgsam bedacht, unbemerkt zu bleiben und im Grunde genommen hast du das auch gut gemacht. Aber wenn man sich die Mühe macht – und natürlich auch die Zugänge bereitstellt – dann kann man fast jeden finden. Trotzdem...das war wirklich eine Meisterleistung von dir. Auch wenn Celotini das auch geschafft hatte. Er war einer der Besten dieser Sphäre. Fast ein kleines IT-Genie. Darum konnten wir auch lange Zeit nichts finden, das die Organisation in Schwierigkeiten hätte bringen können. Er war durchaus wichtig für Celotini..."

Rainer schob die Unterlippe nach oben und brummte leise vor sich hin. Es war kein frustrierendes Brummen, eher zufrieden und wohlwollend.

„Na ja, zu guter Letzt war ich doch besser als die alle…"

„Wie meinst du das?"

„Ich habe Celotini weismachen können, dass das Geld wieder auf seinem Konto ist. Er hat nichts gemerkt. Würde er noch leben, dann könnte er sehen, wie die zwanzig Millionen sich kontinuierlich verringern. Innerhalb von drei Stunden sind sie wieder da, wo sie waren."

„Was??? Wie bitte? Wie hast du das gemacht?"

„Das ganze Procedere war ein Fake. Ich habe die Bank gehackt und einen Trojaner eingebaut, der sich nach Abschluss praktisch in Luft auflöst. Die Konten werden aussehen wie vorher und nichts wird von den Transaktionen mehr zu finden sein. Vom Trojaner auch nicht."

„Aber…er hat doch bestimmt die Bankbestätigung bekommen…"

„Natürlich. Das war der Knackpunkt. An diesem Punkt war ich nicht ganz sicher, ob das auch klappt. Ich konnte ja damals bei der Entwicklung keinen echten Testlauf machen."

Sie schüttelte ungläubig den Kopf und zog erstaunt die Augenbrauen nach oben.

„Du abgezockter Bandit…du hättest doch nichts davon gehabt, wenn du jetzt ´ne Leiche wärst. Was also steckt hinter deinem seltsamen Geniegehirn?"

Rainer zuckte nur die Schultern. Manche Dinge hatte er einfach seinem Diktat der Vorsicht zu verdanken.

„Ich hab´ doch selbst keine Ahnung. Ich wollte nur jede Menge Sicherungen einbauen. Alles was mir damals eingefallen ist, hab´ ich gemacht. Ob ich´s brauchen würde, wusste ich doch nicht. In der Hoffnung, dass alles glatt geht, dachte ich darüber auch nicht nach. Ich bin halt ein

Hacker...beziehungsweise ich war einer. Die Arbeit hier auf der Insel hat doch alles verändert."

„Das hab´ ich schon gemerkt. War es das, was du immer wolltest? In einer Surfschule arbeiten?"

Sie verzog das Gesicht und erwartete keine ernsthafte Antwort.

„Eigentlich wollte ich nur in Frieden und einer dazugehörigen Harmonie leben. Und glücklich sein. Wo und mit was spielt doch irgendwie nie die ganz große Rolle. Wie sagten die alten Griechen? Es kommt nicht darauf an, was du isst, sondern mit wem. Ich stimme dem vollkommen zu…"

„Epikur?"

Rainer hob die Augenbrauen.

„Ganz genau...du überraschst mich immer wieder, Sofie...Verzeihung, Jane."

Sie drehte den Kopf und lachte ihn an. Dann fiel ihr Blick in den Rückspiegel.

„Ich glaube, wir werden verfolgt. Dieser Wagen fährt schon zu lange hinter uns in ausreichendem Abstand…"

Rainer blickte sich vorsichtig um.

„Bist du sicher?"

„Ja. Ich werde in den übernächsten Park abbiegen, dann werden wir ja sehen, ob sie folgen."

Rainer sah in die Höhe. Schwere Wolken ließen die Bergspitzen verschwinden. Es war drückend heiß und schwül. Er konnte nicht mit Sicherheit sagen, ob das tropische Klima oder seine ureigene Angst das Wasser über seinen Nacken in das Hemd laufen ließ. Jane hatte ihm eine Waffe gegeben, die er in dem kleinen Rucksack verstaut hatte. Tatsächlich war der Wagen ihnen gefolgt. Als sie ausgestiegen waren, sahen sie ihn kommen. Schnell. Zu schnell. Sie waren in den Dschungel gerannt. Im Schutz des grünen Dickichts konnten sie vier Männer sehen, die ausstiegen, den Kofferraum öffneten und Gewehre herausnahmen. Dann wussten sie Bescheid. Sie waren das Wild, die Männer die Jäger. Und nichts, aber auch gar nichts war ein Spiel. Und wenn, dann ein tödliches.

Der dunkelgraue Himmel öffnete seine Schleusen und es regnete, wie Rainer es noch nie erlebt hatte. Sie hatten unter einem dichten Blätterdach Schutz gesucht und permanent die Umgebung beobachtet. Ein unbeschreiblicher Lärm der prasselnden Regentropfen umgab sie. In sekundenschnelle waren sie vollkommen durchnässt. Sie waren zuerst bergab gelaufen, hatten einen kleinen Bach durchquert und dann den Anstieg auf das Plateau begonnen. Der schmale Pfad nach oben war längst kein Pfad mehr, sondern hatte sich zu einem herabstürzenden Wasserfall gewandelt, in dem man unmöglich laufen konnte, ohne in Gefahr zu geraten, abzurutschen und mit in den Abgrund gespült zu werden. Sie mussten wohl oder übel in ihrem Versteck bleiben und den Tropenschauer abwarten. Ihre Verfolger hatten natürlich das gleiche Problem. Jane sah nach oben.

„Ich versuche mal, auf den Baum zu klettern. Von dort oben hab´ ich einen besseren Blick. Ich muss wissen, wo die sind...mir gefällt das jetzt nicht. Wir müssen den Spieß umdrehen."

Sie sah Rainer sehr ernst an.

„Wie meinst du denn das? Was heißt den Spieß umdrehen?"

„Wenn du deine Spur wirklich vollkommen verwischen willst, dürfen auch keine Spuren übrigbleiben. Du wirst dich langsam mit der brutalen Realität befassen müssen. Wir werden die Kerle beseitigen…"

Rainer verlor alle Farbe aus dem Gesicht. Er sollte einen Menschen töten? Dazu war er doch gar nicht fähig. Er konnte doch nicht einfach jemanden töten? Er war kein Killer und wollte auch keiner werden.

„Aber...ich kann doch nicht einfach einen Menschen töten. Du verlangst da Unmögliches...das kann ich nicht. Ich bin kein Killer, Jane."

„Ich weiß, das bin ich auch nicht. Aber ich sehe keine Alternative. Wenn wir diesen Männern entkommen sollten, dann haben die zumindest einen Anhaltspunkt. Die werden nicht einfach wieder nach Europa fliegen und nichts mehr tun. Du hast doch gesehen, wie hartnäckig du verfolgt wirst. Das ist ein alter Ehrenkodex, dem die nachgehen. Und natürlich der Belohnung. Wenn die nichts mehr erzählen können, dann verliert sich auch eine Spur. Diese Leute wollen dich und mich töten. Du musst dich jetzt entscheiden, Rainer. Und ich möchte da keine Erinnerungen auffrischen, aber in Schottland warst du auch nicht zimperlich."

„Ja, aber da war die Situation schon zugespitzt und die haben auf mich geschossen. Ich habe mich nur verteidigt und überhaupt nicht nachgedacht. Das war doch nur der Überlebenswille...aber jetzt..."

„Die werden dich nicht nur töten, wenn sie dich haben, Rainer. Die foltern dich solange, bis das Geld definitiv wieder da ist. Und auch dann hören die nicht auf. Du hast ein Sakrileg begangen...und sie werden dich dafür büßen lassen. Dein Mitgefühl hat hier keinen Platz mehr, Rainer. Die werden auch keins haben. Glaub´ mir...und du weißt auch, dass ich Recht habe..."

Sie sah ihn mit einem harten Blick an. Das Wasser lief ihr über das Gesicht und sie sah aus wie ein Engel. Wie ein Racheengel, dachte in diesem Moment Rainer. Er nickte. Er wusste, sie hatte Recht. Aber er hatte Angst. Und sie wusste, dass er Angst hatte. Er jagte seinen Geist durch alle Dimensionen. Dann hatte er sich entschieden. Er wollte noch nicht sterben. Er wollte leben. Und dafür lohnte es sich ohne Frage immer zu kämpfen. Vor allem wollte er nicht wegen des schnöden Mammons sterben. Er befand sich in einem Krieg. In einem unbekannten Krieg, den er selbst heraufbeschworen hatte, ohne auch nur die geringste Ahnung zu haben, was sich daraus entwickeln würde. Er hatte keine Wahl. Von Anfang an war ihm das bewusst gewesen. Er hatte es ignoriert und darauf gehofft, dass sich alles wieder legen würde oder sich von selbst erledigen würde. Die Zeit würde es regeln. Hoffte und dachte er. Falsch gedacht. Ein eisiger Schauer lief ihm über den Rücken, wenn er daran dachte, dass diese Flucht niemals enden würde. Erst, wenn er tot sein würde. Die Umstände, wie alles sich verkettet hatte, würden ihn erst in Ruhe lassen, wenn er selbst die letzte Ruhe erreicht hatte. Blitzartig wurde ihm bewusst, dass es nur eine Möglichkeit gab, die Jagd auf ihn zu beenden. Es gab doch kein Zurück mehr. Er sah in den dunklen Himmel, der fast schon symbolisch zu seinen Gedanken war. Er drehte den Kopf und blickte in Jane´s Augen, in diese wunderschönen Augen, die ihn aufmerksam beobachteten. Sie erkannte den riesigen Zwiespalt und den inneren Kampf, den der Mann mit sich gerade ausfocht. Sie drängte ihn nicht, wusste sie doch, dass er fürchterliche Angst hatte und sich erst mit der Situation, die auf ihn zukam, anfreunden musste.

„Es wird nie enden, hab´ ich Recht?"

Er verzog das Gesicht zu einem zynischen Etwas.

„Wahrscheinlich…"

„Ich werde Celotini töten müssen. Erst dann wird wahrscheinlich alles vorbei sein, oder??"

Jane nickte bedächtig. Er hatte nun begriffen.

„Mach´ dich mit dem Gedanken vertraut. Aber wir sind erst Mal hier. Das ist jetzt wichtiger. Sonst nichts. Wir müssen hier rauskommen…lebend. Und das geht nur auf einem Weg. Tut mir leid, Rainer. Unverhofft kommt eben oft…aber danach fragt halt niemand. Verdräng´ jetzt irgendwelche

Gedanken. Sei aufmerksam wie noch nie. Konzentriert. Und zögere nicht...denn dann bist du tot. Wenn du leben willst, kämpfe. Diese Männer werden auch nicht zögern. - Bereit??!"

Rainer nickte. Seine Gesichtszüge nahmen einen versteinerten Ausdruck an.

Jane sah wieder in die Baumwipfel.

„Ich steig´ mal nach oben…"

„Sei vorsichtig. Jetzt ist bestimmt alles nass und glitschig."

Sie gab keine Antwort mehr und hangelte sich schon in das Ast- und Blätterwerk. Gebannt verfolgte er, wie sie immer höher in das Geäst kletterte. Dann setzte sie sich auf einen Ast und beobachtete die Umgebung. Sie fokussierte ihren Blick auf eine kleine Lichtung weit unterhalb von ihnen. Sie waren auch diesen schmalen Pfad nach oben gelaufen, der die Lichtung gekreuzt hatte. Sie sah nichts. Aber eine Bewegung im Blätterwerk, kurz bevor man aus dem Dickicht treten musste, machte sie aufmerksam. Zuerst glaubte sie an ein Tier, das sich seinen Weg suchte. Aber dann teilten sich die Zweige und ein Mann trat heraus. Er blieb stehen und suchte den Waldrand ab. Ein anderer Mann erschien und sie begannen sich zu unterhalten. Jane erkannte ein Nicken und ein Gestikulieren mit den Händen. Anscheinend beratschlagten sie, welchen Weg sie nehmen sollten. Die beiden anderen Männer tauchten auf. Dann teilten sie sich in zwei Gruppen. Nachdem sie sich beratschlagt hatten, gingen zwei den geraden Weg weiter, den auch Rainer und sie genommen hatten. Die anderen wichen nach links aus. Sie wollten sie in die Zange nehmen. Auf dem Plateau konnte man sich schwer verstecken. Wenn man sie dort entdeckte, dann wurden sie von zwei Seiten angegriffen. Das waren Profis. Sie würden keinerlei Chance haben. Sie mussten sie in den Dschungel locken, dahin, wo das dichte Grün kaum mehr als ein paar Meter Sicht freiließ.

Dort konnte man sich viel besser tarnen. Der Dschungel war ihre Chance. Jane glaubte nicht, dass diese Männer Erfahrung im Outdoorkampf hatten. Das waren Städter, keine Trapper. Hierin lag ihrer beider Chancen. Das mussten sie nutzen…

Sie kletterte den Baum herunter, so schnell es ging. Etwas außer Atem stand sie vor Rainer, der sie neugierig und fragend anstarrte.

„Und? Was gesehen?"

„Ja, sie sind noch unten auf der Lichtung und haben sich aufgeteilt. Zwei folgen uns und die anderen laufen links nach oben bis zum Plateau. Das können wir nicht zulassen. Wir locken sie tiefer in den Dschungel. Da haben wir bessere Möglichkeiten, uns zu tarnen. Und da können wir überraschend zuschlagen."

„Du klingst wie Rambo…" sagte Rainer leise und schüttelte den Kopf.

Jane grinste ihn an.

„Das müssen wir auch sein. Halt dich hinter mir. Wir gehen wieder ein Stück zurück über diese linke Seite. Ich sag dir, wann´s losgeht. Kannst du mit der Waffe umgehen?"

Rainer nickte.

„Ja, denke schon...ist ja nicht das erste Mal."

„Dann los…"

Vorsichtig schlichen sie sich durch das Unterholz. Ein kaum sichtbarer Wildpfad, den vielleicht auch die Ranger einmal angelegt hatten, führte sie um die sie verfolgenden Männer herum, sodass sie bald fast auf gleicher Höhe waren. Plötzlich stoppte Jane und hob den Arm. Rainer konnte Stimmen hören. Die Männer waren nicht weit entfernt – und er glaubte, seinen eigenen Herzschlag so laut zu hören, dass selbst den Männern dies nicht entgehen konnte. Jane beugte ihr Gesicht an sein Ohr. Sie flüsterte so leise, dass er sie kaum verstehen konnte.

„Ich mache jetzt ein bisschen Geräusche, sodass sie uns hören müssen. Halt deine Pistole bereit und spann den Hahn. Es wird schnell gehen müssen."

Rainer sagte nichts und nickte nur. Er versuchte, seine Nervosität nieder zu kämpfen. Er schaffte es kaum, aber zumindest konnte er seine Gedanken unter Kontrolle halten.

Jane knackte einen Ast und schrubbte durch das Blätterwerk. Das murmelnde Gespräch der Männer verstummte. Sie hatten es gehört, waren stehen geblieben. Auf einmal war es mucksmäuschenstill. Jane sah ihn noch einmal an.

„Bleib´ hier und in Deckung. Rühr´ dich jetzt nicht. Wenn einer auftaucht, drück´ einfach ab. Hörst du?"

„Ja, mach´ ich. Was hast du vor?"

„Ich schütze die Flanken…" murmelte sie nur, dann verschwand sie.

Der Herzschlag nahm wieder zu und klopfte in seiner Brust wie die Basstrommel eines Drummers. Rainer hörte Schritte, die sich von links näherten. Nach jedem zweiten Schritt war wieder Stille. Dann wieder. Knack...ein Ast. Stille. Rainer drehte sich auf den Hacken und presste sich mit dem Rücken an einen Baum. Voll konzentriert starrte er auf die grüne Wand vor sich, erwartete jeden Moment eine Gestalt vortreten. Aber nichts geschah. Stille. Der Regen hat urplötzlich aufgehört, dachte Rainer. Mitten in diesem Gedankengang erschien eine Hand zwischen dem Grün, wurde ein Palmblatt zur Seite gedrückt und im Bruchteil einer Sekunde stand ein Mann keine fünf Meter vor ihm. Der Mann war genauso überrascht wie Rainer, er riss den Arm mit der Waffe hoch...aber seine Schrecksekunde dauerte einen winzigen Moment zu lange. Rainer´s Arm zeigte bereits auf den Mann und er drückte ab. Ohne Nachzudenken, ohne zu überlegen, ohne zu zweifeln. Er hatte gar keine Zeit dazu. Sein Instinkt war viel schneller als mögliche Gedanken. Er hatte nicht einmal gezielt. Intuitiv zeigte der Lauf ins Ziel. Die Waffe entlud sich dröhnend und Rainer spürte den ungewohnten Rückschlag und den lauten Knall. Leichter Pulverdampf verflüchtigte sich und er starrte perplex auf den Mann, dessen Arm mit der Waffe nun nach unten hing und in diesem Moment aus seiner Hand fiel. Rainer´s Blick wandte sich in das Gesicht, das einen ungläubigen Ausdruck angenommen hatte. Der Kopf sank langsam in den Nacken und die Pupillen waren grotesk nach oben gewandert. In seiner Stirn befand sich ein Loch, aus dem Blut tropfte. Dann fiel er kerzengerade wie ein Brett nach hinten. Rainer´s Kugel hatte ihn mitten in die Stirn getroffen.

Rainer spürte, wie die aufkommende Panik seinem Geist die Kontrolle zu entziehen drohte. Mit aller Macht stemmte er sich dagegen, kämpfte mit seinem rationalen Geist und wusste, dass er sich jetzt sofort erheben musste. Jeden Moment konnte der zweite Mann erscheinen und in diesem paralysierten Zustand, in dem Rainer gerade verweilte, würde er sich niemals verteidigen können. Er hörte hetzende Schritte hinter sich, riss sich zusammen, hob die Waffe und wirbelte herum, die Waffe im Anschlag.

„Nicht!…ich bin´s…was ist passiert? Bist du verletzt?"

Sie sah ihn von oben bis unten an und suchte eine Schusswunde. Aber sie fand nichts. Rainer´s Atem und Herzschlag verlangsamten sich und er fand wieder zu sich selbst. Der Arm mit der Waffe senkte sich.

„Nein, ich bin okay. Nichts passiert…"

„Wer hat geschossen? Du?"

„Ja, der Kerl liegt da drüben…"

Er zeigte hinter sich und Jane folgte seinem Blick. Aber sie konnte nichts erkennen. Der Mann war rückwärts in das grüne Blätterwerk gefallen, das sich über ihm wieder wie ein Vorhang zusammengezogen hatte. Er war unsichtbar.

„Wo denn? - Hast du ihn überhaupt getroffen?"

Rainer nickte.

„Ich denke schon…"

Er setzte sich in Bewegung und strich mit der Hand die Palmblätter beiseite. Völlig überrascht sah Jane auf den Toten, erkannte das kleine Loch in seiner Stirn und ihre Augen wurden größer und größer. Dann blickte sie Rainer verwundert an. Mit einem Ausdruck von Überraschung und Respekt.

„Du hast nur einmal geschossen. Ich habe nur einen Schuss gehört."

Er nickte.

„Ja, nur einmal."

„Er hat gar nicht geschossen…wie das?"

Rainer zuckte die Schultern.

„Ich war eben schneller," meinte er nur lakonisch, um seine Nervosität und Erregtheit, die ihn nicht mehr losließ, nicht so sichtbar werden zu lassen.

„Wie bitte? Du hast einen Blattschuss gelandet, Mann. War das so gewollt?"

„Ich denke eher, das war Zufall. Reiner Zufall, Jane. Ich…ich hab einfach nur abgedrückt. Ohne zu zielen…ja…"

Jane schüttelte den Kopf.

„Unfassbar…aber gut. Wie geht es dir? Alles soweit klar? Wir sind noch nicht fertig…"

Sie sah ihn intensiv an.

„Nein, alles klar. Ich weiß schon. Was ist eigentlich mit dem anderen? Ich hab´ keinen einzigen Schuss gehört."

„Ist erledigt. Noch mehr Schüsse hätte die anderen beiden nur noch mehr aufgeschreckt. - Los jetzt, wir müssen schauen, wo die sind."

Ohne ihn noch weiter aufzuklären, was mit dem anderen Mann geschehen war, drehte sie sich um und ging voraus. Rainer war es unbegreiflich, wie sie es schaffte, so diszipliniert und kontrolliert die Lage im Griff zu behalten. Als ob sie nie etwas anderes tat, als im Dschungel einen Kampf auszufechten. Es war ihr weder Angst noch irgendeine Aufgeregtheit anzusehen. Nichts, gar nichts hatte sie mehr gemein mit dieser Sofie aus der Disco, die ihn so beeindruckt hatte und mit der er diese leidenschaftliche Nacht verbracht hatte. Die Sofie von damals und die Jane von heute waren zwei völlig unterschiedliche Personen und Rainer fragte sich, wie viel andere Charaktere er noch an ihr kennenlernen würde.

Sie kämpften sich durch den Wald und achteten darauf, so gut wie kein Geräusch und keinen Laut von sich zu geben. Ab und zu blieb sie stehen, hob die Hand und lauschte. Dann winkte sie ihm, geräuschlos weiterzugehen. Nach fünfzehn Minuten hielt sie abrupt an und deutete ihm, in die Knie zu gehen und sich so klein wie möglich zu machen. Sie hatte ihre Waffe wieder in der Hand und beobachtete konzentriert den Wald vor sich. Zwischen den Ästen und Blättern konnte man eine freies Feld erkennen, das sich nach oben hin verjüngte. Noch einmal drehte sie den Kopf, sah Rainer an und legte den Zeigefinger auf ihre Lippen zum Zeichen, dass er sich jetzt absolut still verhalten müsse. Ein paar Sekunden später konnte man das schwere Atmen hören, das die beiden anderen Killer ankündigte. Sie sprachen leise miteinander. Jetzt waren auch ihre Schritte wahrzunehmen. Sie bemühten sich nicht einmal, besonders leise zu sein. Anscheinend fühlten sie sich vollkommen sicher und überlegen. Dass ihre zwei Begleiter bereits diese Welt verlassen hatten, war für sie nicht vorstellbar und der unüberhörbare Schuss ließ sie keineswegs aufmerksamer werden, waren sie doch sicher, dass es einer ihrer Kumpels gewesen war, der geschossen hatte.

Jetzt konnte Rainer die beiden Männer durch das Unterholz auch sehen. Sein Herzschlag beschleunigte sich genauso wie sein Puls und nervös tastete er nach der Pistole, die in seinem Gürtel steckte. Er beobachtete, wie die Männer an ihnen vorbei gingen und konnte die Maschinenpistole erkennen, die einer über der Schulter hängen hatte. Anscheinend achteten sie überhaupt nicht auf ihre Umgebung, denn nach wie vor unterhielten sie sich leise. Als sie das Versteck von Jane und Rainer passiert hatten, trat sie aus dem Dickicht und richtete die Waffe auf sie.

„Stehenbleiben. Die Hände über den Kopf und keine ungute Bewegung."

Wie angewurzelt blieben sie stehen und rührten sich nicht.

„Hände über den Kopf, sagte ich…"

Jane´s Stimme war leise geworden. Sie wusste, dass die beiden sie sehr wohl verstanden hatten. Langsam hoben sie die Hände, bis sie über ihren Köpfen schwebten.

„Umdrehen!"

Sie drehten sich langsam um, erkannten, dass sie sich lediglich einer Frau gegenüber standen und ihre Gesichtszüge glätteten sich etwas. Fast geringschätzend und abwertend. Trotzdem aufmerksam. Sie beobachteten die nähere Umgebung und suchten Rainer.

„Nimm` ihnen die Waffen ab."

Rainer war bereits lautlos hinter die Männer getreten. Er hatte die Waffe erhoben und setzte den Lauf in den Nacken des Mannes mit der Maschinenpistole, der kurz zusammenzuckte.

„Laß´ die Gedanken einfach ziehen, wenn du weiterleben willst," sagte er ganz leise und staunte selbst über den monotonen Klang seiner Stimme, die für die Männer Gefahr andeutete.

Der Mann erstarrte und Rainer zog ihm mit einer schnellen Bewegung die Waffe von der Schulter. Doch der andere Mann wollte sich nicht von zwei Amateuren vorführen lassen und sprang einen blitzschnellen Schritt zur Seite.

Gleichzeitig hatte er seine Waffe gezogen. Er war schnell, sehr schnell sogar. Doch es war keine gute Idee, seine körperliche Schnelligkeit mit der Geschwindigkeit einer Kugel vergleichen zu wollen. Er konnte nur verlieren. Die Kugel aus Jane´s Waffe traf ihn mitten in die Brust. Er sank augenblicklich auf die Knie und völlig überrascht und ungläubig sah er ihr ins Gesicht. Er wollte noch etwas sagen, aber das nächste Geschoss drang in seinen Kopf ein und beendete den Versuch. Die Wucht der Kugel warf ihn auf den Rücken. Ein letztes Stöhnen verließ noch seinen Mund, dann war er tot. Das Gras unter ihm färbte sich rasend schnell rot.

Mit zusammengepressten Lippen starrte der letzte verbliebene Killer auf seinen Kumpan. Sollte er noch einen winzigen Gedanken der Gegenwehr gehabt haben, so war auch dieser nun spurlos verschwunden. Ihm wurde auf einmal absolut klar, dass sein Leben nichts mehr wert war. Mit einem schockierenden Erkennen starrte er weiterhin auf seinen toten Begleiter und begriff plötzlich, dass auch die anderen beiden Kameraden nicht mehr auftauchen würden. Die Angst explodierte tief in seinem Geist. Er sah diese Frau mit dem versteinerten Gesicht an und bezweifelte, diesen Wald noch lebend zu verlassen. Rainer stand nach wie vor hinter ihm, er konnte ihn nicht sehen, aber allein dessen Anwesenheit nahm ihm alle Hoffnung auf ein eventuelles Weiterleben. Er begann zu schwitzen – nicht nur der tropischen Hitze wegen. Insgeheim verfluchte er die Naivität, die sie alle gehabt hatten. Sie hatten die beiden vollkommen unterschätzt und diesen Hochmut mit ihrem Leben bezahlt.

„Ich befürchte, dein Weg endet hier. Du hast den falschen Beruf, Mann."

Tonlos hatte Jane ihn angesprochen. Der ruhige, eiskalte Klang ihrer Stimme verabreichte dem Killer eine weitere

Dusche der Angst. Er spürte das Zittern seiner Unterlippe und wusste, dass man das sehen konnte. Mit flackernden Augenlidern sah er sie an.

„Was...was hast du jetzt vor? Willst du mich umlegen?"

„Sag´ du´s mir."

„Was??!"

„Sag´ mir, was wir mit dir machen sollen...hast du einen Vorschlag, Killer?"

Sie neigte etwas den Kopf und fixierte ihn mit einem eindringlichen Blick, ohne auch nur einen Muskel zu verziehen.

„Ich...äh...ich bin doch nur...ein Handlanger. Es war ein Auftrag, nichts Persönliches."

„Soll das erklären und rechtfertigen, warum ihr uns töten wollt?"

„Nein, es…"

„Deine Kumpel sind tot. Als Killerkommando seid ihr jetzt nicht unbedingt vorzeigefähig. Wie habt ihr eigentlich bis jetzt überleben können?"

Fast verächtlich verzog sie ihren Mund.

„Wie?"

Sie sah Rainer an.

„Sollen wir ihn umlegen?" fragte sie ihn.

Rainer war um den Mann mittlerweile herumgegangen, hielt wohlweislich einen Sicherheitsabstand und passte auf, nicht in die Schusslinie zu geraten. Er sah dem Mann gerade in die Augen. Seine Nervosität war einer überlegenen Wut gewichen. Der Mann blickte in undefinierte Augen. Er konnte nichts darin erkennen. Ausdruckslos. Ihm wurde bewusst, dass man ihnen nicht die ganze Wahrheit gesagt hatte. Dieser Mann war nicht einfach ein Betrüger, der den falschen Leuten Geld gestohlen hatte. Er sah im Moment aus wie ein Profi, der sehr wohl wusste, was er tat. Und über diese Frau, die eiskalt seine Kumpel erledigt hatte, wurden sie gar nicht unterrichtet. Sie alle waren fröhlich dem Tod in die Arme gelaufen und hatten davon nichts geahnt.

„Es wäre die logische Konsequenz. Die wollten uns ohne Skrupel töten."

Noch immer grub sich sein Blick in die Augen des Mannes, der immer mehr ins Schwitzen kam und nur mühevoll die Angst kontrollierte.

„Ich...ich werde wieder von hier verschwinden. Versprochen. Ich werde sofort nach Hause fliegen…"

Seine Stimme zitterte und überschlug sich fast. Die unkontrollierte Angst hatte ihn bereits in ihrem gnadenlosen Griff. Er wollte nicht sterben und er wollte keinesfalls hier in diesem Dschungel sterben.

„Von wem habt ihr den Auftrag bekommen?"

„Der Auftrag...er ist immer noch offen. Wir haben über einen Mittelsmann die Order erhalten…"

„Nicht von Celotini?"

Der Mann schüttelte den Kopf.

„Dann habt ihr also mit den Männern in meiner Wohnung nichts zu tun?"

„Nein. Keine Ahnung, wer das war. Die gehören nicht zu uns."

„Wie hoch ist das Kopfgeld?" fragte Rainer.

„Drei Millionen Euro."

Rainer schluckte. Die Summe war gewaltig erhöht worden. Um eine Million Euro. Er war fassungslos.

„Weißt du, warum ihr mich töten sollt?"

„Nein, das interessiert uns auch nicht. Es geht nur um den Auftrag, der zu erledigen ist. Details kenne ich nicht, außer dass es hieß, du hast eine Menge Geld der Mafia gestohlen, das wir zurückholen sollen."

„Wer ist dein Boss?"

Der Mann schielte zu dem toten Kumpan, der auf dem Boden lag.

„Er war dein Boss?"
Er nickte.
„Ja, er hat den Deal ausgehandelt…"
„Kommst du aus Italien?"
„Ja, Palermo…"
„Na, das passt ja…"
Rainer sah Jane an. Eine Frage stand in seinem Gesicht geschrieben. Bis jetzt hatten sie sich verteidigt, weil die Männer sie töten wollten. Aber er konnte unmöglich einen Mord begehen. Er konnte unmöglich einen unbewaffneten Mann umbringen. Jane sah dies in seinen Augen und sie nickte.
„Okay, gehen wir."
Sie wedelte mit der Waffe und zeigte dem Killer, dass er sich in Bewegung setzen sollte.

Sie waren bei den Fahrzeugen angekommen. Jane sicherte die Umgebung, um eine mögliche Gefahr sofort erkennen zu können. Aber es war niemand hier. Es waren lediglich ihre beiden Autos geparkt, sonst befand sich kein Mensch in der Gegend.
„Hast du die Autoschlüssel?" fragte sie den Mann.
„Nein, einer der anderen beiden Männer war der Fahrer."
Die Kugel aus der schallgedämpften Waffe schlug zwischen den Beinen des erschrockenen Mannes ein und wirbelte Staub und Dreck auf. Er war vor Schreck zur Seite gehüpft und hatte schon wieder diesen angstvollen Ausdruck in den Augen.
„Die nächste Kugel wird ein bisschen höher sein…"
Ihr Blick glich einem eiskalten Gletschersee und der Mann hob sofort beide Hände.
„Ja, okay, ich habe auch einen Schlüssel…"
Vorsichtig griff er in die Hosentasche und holte sichtbar und langsam den Schlüssel heraus.

„Herwerfen."

Er warf ihn ihr zu und mit einer schnellen Bewegung fing sie ihn auf und er verschwand in einer ihrer Westentaschen.

„Leere jetzt alle deine Taschen und leg das Zeug auf den Kofferraum."

Brieftasche, Geldbeutel, Handy und ein Schlüsselbund wurden herausgeholt und auf das Fahrzeug gelegt.

„Auf die Knie!" sagte sie barsch und wedelte mit der Waffe.

„Bitte...ich...ich will nicht sterben. Zuhause warten doch meine Frau und meine Kinder. Ich habe doch nur eingewilligt, damit wir wieder besser leben können…"

Fast weinerlich und bittend sah er die Frau vor ihm an. Rainer hatte inzwischen die ganzen Utensilien eingepackt und mit einem beschwörenden Blick wollte er Jane davon abhalten, den Mann zu töten.

„Hör´ zu winseln auf, du Memme. Du hättest uns ohne Skrupel umgebracht. Warum also sollte ich gerade dich verschonen? Warum, sag´ mir das."

„Ich...ich...weil…"

Seine Stimme erstarb. Er hatte keine Antwort auf ihre Frage. Noch immer starrte er sie mit feuchten Augen bittend an. Sie hatte den Arm ausgestreckt und führte den Lauf mitten auf die Stirn des zitternden Mannes.

„Du wirst wieder nach Hause fliegen und deinen Auftraggebern mitteilen, dass sie sich überlegen müssen, ob sich der Aufwand noch lohnen wird. Wir können immer so weiter machen. Schritt für Schritt, Kugel für Kugel, Leiche für Leiche. Solltest du mir noch einmal über den Weg laufen, werden wir nicht mehr reden. Hast du das verstanden?"

Heftig nickte der Mann.

„Habe ich dein Wort?" Erstaunt hob Rainer die Augenbrauen. Was würde wohl das Wort eines Killers wert sein? Gar nichts. Was bezweckte sie mit dieser Frage?

„Ja, ich verspreche es. Du hast mein Wort." sagte der Mann, dem die Erleichterung anzusehen war.

Jane richtete sich auf und trat ein paar Schritte zurück.

„Ein Wortbruch deinerseits würde für dich Konsequenzen bedeuten, deren Ausmaß du dir nicht einmal vorstellen kannst."

„Ja, ich weiß. Ich weiß schon...keine Sorge."

„Das hoffe ich...für dich."

Sie hob die Waffe und drückte ab. Zerschoss die Reifen des Wagens, dann steckte sie die Pistole weg, drehte sich zu Rainer um und nickte. Schnell stiegen sie in ihren Wagen und verließen den kleinen Parkplatz. Nach zweihundert Metern öffnete sie das Fenster und schmiss den Autoschlüssel der Killer in die Böschung. Rainer hatte die ganze Zeit nichts mehr gesagt. Er war mehr damit beschäftigt, die schrecklichen Geschehnisse zuerst einmal zu ordnen und zu filtern. Seine Gedanken jagten sich und er überlegte fieberhaft, wie es nun weitergehen sollte. Jane erriet seine Gedanken und begann, ihm die nächsten Schritte aufzuzeigen.

„Wir müssen zuerst einmal von der Insel weg. Sie haben dich ausfindig machen können. Ich auch. Dein amerikanischer Pass ist nichts mehr wert."

„Das ist mir klar…"

„Hast du noch einen anderen?"

Er sah sie prüfend an und überlegte, was er ihr sagen sollte. Konnte er dieser Frau überhaupt noch vertrauen? Obwohl sie ihm das Leben gerettet hatte. Er war verwirrt und wusste mit einem Mal nicht mehr, was er denken sollte.

„Ich kann dein Misstrauen verstehen, Rainer. Das ist im Moment alles mehr als verwirrend und braucht Zeit, es zu begreifen. Aber ich versichere dir, dass ich dir die Wahrheit gesagt habe. Im Moment müssen wir verschwinden und untertauchen. Dann erst kann ich dir alles erklären. Bis dahin musst du mir vertrauen, wenn du leben willst. Einverstanden?"

Zögernd nickte er. Er hatte keine andere Wahl.

„Ja, ist gut. – Ich habe noch einen anderen Pass. Aber ich denke, im Augenblick sind wir am sichersten, wenn wir wieder aufs Festland fliegen und dann irgendwie untertauchen. Über Land eine Grenze zu überqueren könnte einfacher sein und würde mögliche Spuren verwischen."

Sie sah ihn von der Seite lächelnd an und nickte.

„Ja, du hast recht. Dumm bist du nicht, sonst hättest du nicht so lange überleben können. Aber ich hielt dich schon immer für außerordentlich intelligent. Die Möglichkeiten der Polizei, der Geheimdienste oder auch der Mafia kannst du ja nicht kennen. – Also, wir fliegen nach L.A. Von dort aus können wir erst einmal abtauchen. Dann sehen wir weiter."

„Wir?"

Sie nickte.

„Ja. Im Moment muss es wir heißen. Du wirst noch verstehen, warum."

Er fragte nicht mehr nach. Er musste ihr jetzt erst einmal vertrauen. Wenn sie in Sicherheit waren und niemand ihnen auf den Fersen war, würde er hoffentlich alles erfahren, was er noch nicht wusste. Und zwar von Anfang an.

*

In Italien bekam Don Carlo zwei Tage später Besuch. Sein Anwalt kam in das Arbeitszimmer, grüßte kurz und sah den Don ernst an.

„Ciao, Gianni...einen Espresso?"

Celotini zeigte auf einen Sessel. Gianni Fabuzzi nickte, ohne die ernsthafte Miene zu verändern. Carlo fiel das sofort auf, aber er schwieg im Moment.

„Setzen Sie sich. Wie geht's? Irgendwelche Neuigkeiten?"

„Ja. Es wird Ihnen nicht gefallen, Don Carlo."

Celotini zuckte ein bisschen zusammen und sah dem Anwalt in die Augen. Er hatte dessen ernstes Gesicht richtig interpretiert und sein Gefühl erwartete nichts Gutes.

„Man hat auf Hawaii Ludovico und seine Männer in einem Haus gefunden. Sie sind alle tot."

Der Don starrte ihn ungläubig an und stand da wie in Beton gegossen. Er erstarrte mitten in der Bewegung.

„Was?! Wie…?"

Fabuzzi nickte wie zur Bestätigung und presste die Lippen zusammen. Er wusste, dass Ludovico wie ein Sohn für ihn war.

„Es hat wohl eine Schießerei gegeben, mit der sie nicht gerechnet hatten. So wie es aussieht, wurden sie total überrascht. Es war die Wohnung von diesem Wichser Noldau. Ludovico hatte ja eine Spur finden können und wollte das alles selbst erledigen."

„Das kann doch nicht sein...bist du vollkommen sicher, dass er es ist?"

„Ja, ich habe die Kopien der Papiere vor ein paar Stunden bekommen. – Sie werden alle zurück geführt werden, wenn die Behörden die Leichen freigegeben haben."

Celotini starrte ihn immer noch fassungslos an. Er konnte es nicht glauben, er wollte es nicht glauben.

„Und...was ist mit diesem Kerl? Diesem...Noldau?"

„Er ist spurlos verschwunden. Unsere Männer recherchieren gerade die Möglichkeiten…"

Celotini setzte sich und starrte Löcher in die Luft. Von einem Moment auf den anderen fühlte er sich, als ob man ihm ein Stück des Lebens entrissen hätte. Ein neues Gefühl der Machtlosigkeit hatte sich in ihm ausgebreitet.

„Das gibt's doch nicht...was ist das verdammt noch mal für ein Typ? Das kann doch nicht normal sein, dass wir ihn immer noch nicht greifen können…"

Er hatte seine Stimme erhoben und Fabuzzi spürte den Anflug grenzenloser Wut in ihm hochkommen.

„Wir wissen es nicht, was das für einer ist. Wir haben nicht viel über seine Vergangenheit finden können. Einzelgänger. Keine Beziehung, keinen Freundeskreis, nichts. Nur einen Namen, einen Job und diese Aktion mit den Geldern...aber…"

„Aber?"

„Irgend etwas kann mit dem Typ nicht stimmen. Zuerst die vier Kerle in Schottland. Zwei Tote, zwei Verletzte...jetzt vier unserer Leute. Und noch etwas wurde entdeckt. Man hat auf einem Parkplatz einen Mann neben einem Auto mit zerschossenen Reifen gefunden...und drei Leichen im Wald. Es waren die Auftragsleute aus Sizilien."

„Wie bitte?!!"

Celotini sprang auf, verlor die Farbe aus dem Gesicht und wurde blass. Aber sofort veränderte die maßlose Wut seine Gesichtsfarbe in ein hektisches Rot.

„Ich bin überzeugt, dass dieser Noldau alles andere ist als ein Broker. Das ist die Handschrift eines Profis. Ich glaube auch nicht an diesen Namen, mit dem er in Deutschland gemeldet ist. Aber ich konnte nichts, aber auch gar nichts finden. Keinen Anhaltspunkt...absolut nichts. Aber dass er nicht das ist, was er vorgibt zu sein, ist wohl nicht mehr von der Hand zu weisen. Ich vermute stark, dass er aus dem Geschäft kommt und untergetaucht ist. Allerdings macht mir etwas Kopfzerbrechen."

„Und was?"

„Er ist eigentlich zu jung. Niemand kennt ihn oder hat ihn jemals gesehen. Ich kann kaum Zusammenhänge erkennen."

Don Carlo begann, hektisch auf- und ab zu wandern. Er versuchte sich diesen Mann, der sich ihnen immer wieder auf brutalste Weise entziehen konnte, vorzustellen. Aber er brachte kein vernünftiges Bild zustande.

„Weiß es mein Bruder und Ornella schon?"

Fabuzzi schüttelte den Kopf.

„Nein, noch nicht. Ich wollte zuerst mit Ihnen sprechen…"

„Gut...ich werde mit ihnen sprechen. Bereite bitte die Formalitäten vor und laß´ für heute Abend alle hier antanzen. Ich möchte diesen Mann haben. Lebend...wenn´s geht."

Fabuzzi stand auf.

„Natürlich. Ich werde alles erledigen. Wenn die Leichen überführt und von uns identifiziert sind, werde ich alles Weitere in die Wege leiten. – Sie hören von mir, Don Carlo."

Celotini nickte.

„Gut...und im Moment zu niemandem ein Wort. Ich werde heute Abend alles erklären...jetzt muss ich erst einmal die Familie informieren…"

„Natürlich...bis heute Abend."

Celotini nickte und hob kurz die Hand. Dann setzte er sich in den Ledersessel und kniff die Augen zusammen. Schon wieder versuchte er sich diesen Mann, der es gewagt hatte, ihn herauszufordern, als Mensch vorzustellen. Aber es kamen nur schemenhafte Gebilde auf und keines war greifbar. Aber seine immer größer werdende Wut und der Gedanke der Rache nahmen überdimensionale Formen an. Dieser mysteriöse Deutsche würde sich bald wünschen, niemals geboren worden zu sein.

Die Überbringung der Todesnachricht ihres Sohnes wurde für Don Carlo eine schwere Aufgabe. Nahe Familienangehörige zu verlieren war immer ein Schlag in das Genick. Aber Ludovico war noch mehrere Kategorien schmerzvoller. Er war für ihn wie ein Sohn gewesen, den er nie hatte. Carlo hatte Söhne, aber keiner war so geeignet und scharfsinnig wie Ludovico. Ein geniales Superhirn, das die gesamte Cyberumgebung in seinem Sinne steuerte. Nur er konnte die fiskalen Transaktionen so steuern, dass sie durch jede Kontrolle schlüpften und so den Behörden bis jetzt immer mehrere Schritte voraus waren. Ludovico war absolut loyal gegenüber seiner Familie gewesen. Niemals kamen Widerworte auf oder eine Verweigerung irgendwelcher Aufgaben. Wenn er mit manchen Entscheidungen nicht einverstanden war, dann brachte er exakt durchdachte Alternativen auf den Tisch, dem sich kaum jemand sperren konnte. Don Carlo verlor in ihm nicht nur ein enges Familienmitglied, sondern einen kaum zu ersetzenden Teil des ganzen Unternehmens. Es war ein herber Verlust des gesamten Clans. Und Celotini war nicht geneigt, das ohne Konsequenzen einfach hinzunehmen.

Er ging an das große Fenster, das den Blick in den riesigen Garten freigab. Sein Bruder stand dort mit gesenktem Kopf und drehte ein Glas mit einer kupferfarbenen Flüssigkeit in seinen Händen. Carlo legte ihm die Hand auf die Schulter und trat neben ihn.

„Ich kann deinen Schmerz nachvollziehen und es tut mir unendlich leid. Ludovico war wie ein Sohn für mich und es hat mich schwer getroffen. Aber ich werde denjenigen finden, der das getan hat. Das schwöre ich dir.“

Fernando Celotini hob den Kopf und sah den Bruder mit glasigen Augen an.

„Hast du ihn beauftragt, dieses Geschäft – oder was auch immer das gewesen ist – abzuwickeln?“

Fernando teilte nicht die kriminelle Ader seines Bruders. Er wollte niemals damit etwas zu tun haben. Er hatte seine eigene Baufirma aufgebaut und lehnte strikt jedwede Hilfe seitens Carlos ab. Dieser wiederum akzeptierte die Überzeugung seines Bruders. Er hatte sich niemals in dessen Familie eingemischt. Ludovico wollte auf eigenen Wunsch in sein Geschäft einsteigen.

„Nein, ich wollte auf keinen Fall, dass er sich da involviert. Er bestand darauf, das zu tun. Ich konnte ihm das nicht verbieten…"

„Wer hat ihn getötet?"

Carlo senkte den Kopf. Es widerstrebte ihm, ins Detail gehen zu müssen, weil sich der Schmerz dadurch noch mehr vergrößern würde.

„Ich...es ist nicht notwendig, irgend etwas zu wissen, Fernando. Ich kümmere mich darum. Du kannst dich darauf verlassen."

„Wer hat ihn getötet?" fragte er noch einmal. Er bohrte seinen Blick in den Carlos.

„Mach´ es dir doch nicht so schwer. Du weißt, ich breche niemals ein Versprechen und ich verspreche dir, dass ich den Mörder bekommen werde. Koste es, was es wolle. Niemand greift ungestraft meine Familie an."

„Ich meine es ernst, Carlo. Sag´ es mir und sag´ mir, warum."

Carlo atmete hörbar aus. Er wusste, dass Fernando keine Ruhe geben würde, bis er ihm erzählt hatte, was er wusste.

„Es war ein Mann, dem Ludovico auf die Spur gekommen war. Dieser Mann hat uns viel Geld gestohlen und ist damit abgehauen. Wir haben irgendwann seine Spur verloren, aber Ludovico hat ihn trotzdem auf Hawaii gefunden. Dann hatte er entschieden, das selbst zu bereinigen."

„Warum?"

Carlo zuckte die Schultern.

„Ich glaube, weil er diesen Mann als ebenbürtigen Gegner angesehen hatte. Dieser Mann ist genauso ein genialer Hacker wie er es war. Das hat ihn wohl herausgefordert. Ich habe ihm keinen Auftrag erteilt, das musst du mir glauben."

Fernando nickte und starrte wieder nach draußen. Ob Auftrag oder nicht, es spielte keine Rolle mehr.

„Was ist das für ein Mann. Wo kommt er her?"

„Er ist Deutscher. Zumindest weist sein Pass ihn damit aus. – Wir wissen nicht viel über ihn. Er kommt nicht aus der Szene und er hatte bislang eine weiße Weste. Unauffällig, zurückgezogen, Einzelgänger. Aber…"

„Aber?"

„Aber irgendwie passt er nicht in ein uns bekanntes Schema. Niemand wird schlau aus dem Typen. Wenn Ludovico nicht so klug und ehrgeizig gewesen wäre, hätten wir ihn bis heute nicht gefunden. Er hat…bitte behalte das jetzt für dich. Zu niemandem ein Wort. Auch nicht zu Ornella…"

„Ja, ist gut…"

„Er hat bis jetzt neun Tote hinter sich gelassen…er ist beileibe nicht das, was er vorgibt zu sein."

„Was ist er dann? Ein Killer?"

Carlo zuckte die Schultern.

„Ich weiß es nicht. Wir haben alle keine Ahnung."

„Wie viel Kohle hat er euch geklaut?"

„20 Millionen…"

„Was?! Du lässt dir 20 Millionen klauen? Du??!"

„Wie gesagt, er ist ein überaus intelligenter schlauer Fuchs. Er hat wohl alles sorgfältig vorbereitet und wollte verschwinden, aber die Polizei hat ihn vorher abgefangen und verhaftet. Hat sich wohl an den Konten seiner Kunden bedient."

„Und dann?"

„Er konnte aus dem Gefängnis entwischen und ist seitdem auf der Flucht."

„Und dabei hat er Menschen erschossen?"

„Nein…ääh…sie sind…ich meine, sie haben ihn…"

„Es waren deine Männer? Du hast ihm deine Killer auf den Hals gehetzt? Und er hat sie alle umgelegt?"

Fernando sah ihn kopfschüttelnd an. Langsam wurde ihm vieles klar. Sie jagten einem Mann hinterher, der sich zu verteidigen wusste und nicht lange fackelte.

„Sollte ich das einfach so hinnehmen? Das geht nicht, das weißt du auch."

„Ja, das weiß ich…"

„Ich habe den Auftrag offen gelassen."

„Was heißt das nun wieder?"

„Das heißt, jeder kann ihn ausführen und eine Belohnung kassieren."

„Ist wohl doch nicht so einfach, wie mir scheint…"

Zynisch lachte er auf und sah den Bruder an.

„Nein, offensichtlich nicht. Bisher sind alle gescheitert – und ich habe keinen Schimmer warum."

„Meinem Sohn hilft das alles nicht. Warum hast du ihn nicht zurück gehalten, verdammt?"

Carlo senkte den Kopf und schwieg. Diese Frage hatte er sich schon tausendmal gestellt. Fernando erwartete keine Antwort. Und jetzt war sie auch nicht mehr wichtig. Sein geliebter Sohn war tot. Einfach erschossen. Er würde nicht mehr zurück kommen, wenigstens nicht lebend. Nur noch als Leiche.

„Hättest du ihn laufen lassen, wären jetzt neun Menschen noch am Leben, Carlo…" sagte er ganz leise wie zu sich selbst.

„Du weißt, dass das unmöglich ist. Unseren Kodex zu brechen, würde bedeuten, dass wir angreifbar sind. Dann könnten wir uns gleich begraben lassen."

„Es geht nur um Geld. Wie viel ist ein Menschenleben wert?"

„Darum geht's nicht."

„Doch, genau darum geht's. Es geht um 20 Millionen, die dir ein cleverer Mann abgenommen hat. Du verarmst deswegen nicht, Carlo. Bestimmt nicht…"

„Noch einmal…darum geht's nicht. Wir können nicht zulassen, dass uns irgendein dahergelaufener Idiot auflaufen lässt. Er muss dafür bezahlen, unter allen Umständen."

„Was wäre denn, wenn er dir dein Geld zurück geben würde?"

„Was?!..."

„Na, was würdest du tun, wenn er auftauchen würde und dir die Kohle auf deinen Tisch legen würde."

„Dann...dann wäre es...darum geht's nicht."

„Darum geht's also auch nicht. Es geht also gar nicht ums Geld. Um was geht's dann? Um was? Sag´s mir einfach!"

Fernando hatte sich in Rage geredet und sah ihn wild an. Sie waren wieder an einem entscheidenden Punkt angekommen.

„Es geht um Ehre und den Kodex."

„Also würde es völlig egal sein, wie viel jemand von dir klaut? Ob eine Million oder 20 Millionen oder zehn Euro. Vielleicht bloß einen Euro? Das wäre schon das Todesurteil?"

„Du übertreibst. 20 Millionen sind kein Kleingeld und auch kein Trinkgeld."

„Im Kern habe ich recht mit dem, was ich sage, stimmt´s nicht? – Wegen diesem verdammten Kodex musste mein Sohn sterben."

Carlo schwieg wieder. Er wollte diese Diskussion nicht eskalieren lassen. Ludovico war tot und er musste diese Tat rächen. Das war der ausschlaggebende Punkt. Doch Fernando war noch nicht fertig.

„Im Grunde genommen hat sich dieser Mann doch nur verteidigt. Das ist kein Killer, Carlo, das ist jemand, der um sein Leben kämpft. Wahrscheinlich wusste er nicht einmal, von wem er das Geld hat. Vorausgesetzt, deine Annahme über seine Intelligenz ist richtig. Denn bewusst würde doch niemand solchen Leuten wie dir Geld stehlen..."

Carlo sah ihn erstaunt an. Fernando traf den Nagel auf den Kopf. Eigentlich war es ja genauso. Noldau hatte keine Ahnung gehabt, von wem er das viele Geld abgezweigt hatte. Wie auch? Es gehörte einem ganz normalen

Unternehmen, dem man die Geldwäschepraktiken nicht ansehen konnte. Was ja auch der Sinn dabei sein sollte.

Er nickte.

„Schon möglich. Das ändert nichts daran, dass er deinen Sohn getötet hat und ich dies rächen muss."

Fernando richtete sich auf, sah ihn mit einem traurigen Blick noch einmal an und wandte sich um.

„Vielleicht solltet ihr alle einmal überlegen, ob eure Geschäftspraktiken noch in die Zeit passen. Gewalt erzeugt immer wieder Gewalt, das solltest du am besten wissen, Carlo. Wann hört das auf? Oder hört das nie auf?"

Damit ließ er ihn stehen und kümmerte sich um Ornella, die mit Tränen verschleierten Augen auf der Couch saß und mit leerem Blick in den Raum starrte.

Carlo nippte wieder an seinem Glas. Fernando konnte und wollte nicht verstehen. Natürlich ging es nicht nur um Geld. Es ging um Macht, Einfluss und die unangefochtene Stellung auf dem Markt. Sollte er diesem Kerl das Geld überlassen und ihn auch noch verschonen, würde das als Schwäche ausgelegt werden. Er mochte sich gar nicht vorstellen, was das alles für Konsequenzen nach sich ziehen würde. Nein, er hatte bereits Anweisungen für die weitere Jagd gegeben. Dieser Kerl konnte nicht ewig auf der Flucht sein. Er würde ihn finden und den Regeln entsprechend erledigen. Wie konnte dieses Arschloch es wagen, ihn derart vorführen zu wollen? Er redete sich schon wieder in Wut. Abrupt drehte er sich um, stellte sein Glas ab und wandte sich an seinen Bruder und seine Schwägerin.

„Ich kann euch nicht sagen, wie leid mir das tut. Ich werde mich um alles kümmern. Wenn die Überführung abgeschlossen ist, veranlasse ich alles Weitere."

Ornella sah ihn nur mit Tränen in den Augen an, hielt die Hand von Fernando und sagte nichts. Genauso wie Fernando. Im Moment gab es nichts mehr zu sagen. Carlo nickte beiden kurz zu und verließ mit seinen Begleitern das Haus.

Die Führungskräfte des Celotini-Clans saßen um den riesigen Tisch in der Bibliothek des Haupthauses und nippten an ihren Gläsern. Keiner sagte ein Wort, als Carlo den Raum betrat. Einige standen auf und wollten ihr Beileid aussprechen, aber er winkte nur ab.

„Schon gut. Bleibt sitzen. Ich habe euch heute hergeholt, weil wir dieses Problem schnellstens aus der Welt schaffen müssen. Ludovicos Tod wird nicht lange zu verbergen sein und es werden Fragen auftreten, die uns nicht gefallen werden. Gianni wird euch über die Fakten aufklären…"

Er setzte sich und sah mit einem Nicken seinen Anwalt an, der sich erhoben hatte und den Beamer anschaltete. Ein Foto erschien. Ein Foto von Rainer Noldau.

„Das ist unser Ziel. Sein Name ist Rainer Noldau. Natürlich reist er nicht unter diesem Namen. In die USA eingereist ist er unter dem Namen Jesse McKinnley. Es ist zu bezweifeln, dass er diesen Namen weiterhin benutzt. Dieser Mann lebt eigentlich in Deutschland und arbeitete bis zu seiner Verhaftung als Banker beziehungsweise Broker. Anscheinend hat er über einen längeren Zeitraum Gelder von seinen Kundenkonten abgezweigt, ohne dass das jemand bemerkt hätte. Aber dann ist er übergeschnappt und hat unser dortiges Konto um zwanzig Millionen Euro erleichtert. Bevor wir das gemerkt haben, wurde er von der Polizei geschnappt, die ihn anscheinend schon länger unter Beobachtung hatte. In der Untersuchungshaft wurde er von einem unserer inhaftierten Leute kontaktiert und unter Druck gesetzt. Möglicherweise wollte er das Geld zurückzahlen, weil er wirklich nicht wusste, von wem er es geklaut hatte. Aber kurz vorher konnte er entwischen. Bis heute weiß niemand, wie er das gemacht hat. Dann hat er

sich abgesetzt. Es war reiner Zufall, dass er gerade in dem Moment, als wir die Daten und die Bilder übermittelt hatten, ein Ticket nach Schottland gekauft hat. Einer unserer Leute hat ihn wieder erkannt, weil er an demselben Schalter stand. Ein Kommando hat ihn verfolgt und wollte ihn überwältigen. Zwei von ihnen haben das nicht überlebt und die anderen beiden sind im Krankenhaus gelandet. Dann hat sich die Spur verloren. Wir gehen davon aus, dass er mehrere verschiedene Pässe mit sich führt. Dieser Mann ist ausgesprochen clever und intelligent. Er ist mit seinem amerikanischen Pass in die Staaten eingereist, wo ihn Ludovico aufspüren konnte. Auf Hawaii hat er ihn gefunden, aber auch nur, weil er über die Passagierlisten Ungereimtheiten entschlüsseln konnte. Was dann passiert ist, wissen wir nicht. In Noldau´s Wohnung wurden von der Polizei vier Leichen entdeckt. Einschließlich Ludovico´s."
Er machte eine Pause und sah in die Runde entsetzter Gesichter.
„Und nun? Wo ist er?" fragte einer.
„Das wissen wir nicht. Aber es gibt einen sehr interessanten Hinweis. Auf einem Parkplatz wurde ein Mann aufgegriffen, dessen Autoreifen alle zerschossen waren. Im Wald fand man drei weitere Leichen. Es waren Söldner, die sich wohl die Belohnung verdienen wollten. Aber nach den Aussagen des Überlebenden war Noldau nicht alleine. Er befand sich in Begleitung einer Frau, die mit ihm die drei anderen ausgeschaltet hatte. Wir wissen noch nicht, wer oder was sie ist, aber nach den Polizeiberichten des Verhörs zu urteilen, scheint sie eine Professionelle zu sein. Leider haben wir weder Foto noch sonst einen Anhaltspunkt. Nur die Beschreibung dieses Mannes, den die Polizei noch in Gewahrsam hat."
„Es hört sich jetzt nicht so an, als ob dieser Kerl ein ganz normaler Mann ist, der nur eine Sicherheitslücke im System

entdeckt hat. Wie war es möglich, Profis wie Ludovico töten zu können? Und noch dazu seine Männer...wer ist dieser Kerl?"

Fabuzzi zuckte die Schultern. Mit einem inneren Unmut musste er zugeben, dass er keine Ahnung hatte, wie dieser Mann einzuschätzen wäre. Es gab nichts über ihn.

„Das ist leider alles, was ich darüber sagen kann. Wie gesagt, er ist bislang nicht in Erscheinung getreten, eher im Gegenteil."

Benito Strato, einer der Celotini-Partner, stand auf und wandte sich an Don Carlo.

„Don Carlo, zuerst einmal müssen wir dafür sorgen, dass keine Informationen nach außen dringen. Ich rate davon ab, den Auftrag weiterhin offen zu halten. Er sollte ab sofort exklusiv gehandhabt werden…"

Er nickte dabei bestätigend und wartete auf Carlos Reaktion. Der trommelte mit den Fingern auf dem Tisch herum und schien sehr gereizt zu sein. Dann stand er auf.

„Ich gebe dir Recht, Benito. Wir haben das auch bereits besprochen und werden den Auftrag wieder herausnehmen. Mir mischen da jetzt zu viele Finger herum. Hat jemand Vorschläge, wer das zuverlässig und vertraulich regeln kann?"

Er sah in die Runde. Benito nickte.

„Ich weiß, wer in Frage kommt. Er ist ein Vollprofi und er hat viele Verbindungen und Möglichkeiten. Außerdem ist er absolut vertrauenswürdig und flexibel. Seit Jahren arbeitet er mit denselben Leuten zusammen. Die wissen, was zu tun ist. Er ist der Richtige…"

„Gut, danke Benito. Ich muss mich im Moment um andere Dinge kümmern und überlasse das weitere Vorgehen dir. Ich wünsche regelmäßige Unterrichtung über den Stand der Dinge."

„Natürlich...ich erledige das."

„Ausgezeichnet. Damit ist alles gesagt, was gesagt werden muss. Sollte jemand noch etwas hinzufügen wollen, kann er mich jederzeit sprechen. Im Übrigen hat Ludovico bereits ein neues effizientes Sicherheitssystem über die Finanzkonten gelegt. Sie können also alle beruhigt sein. Trotzdem ermahne ich zur Vorsicht und Umsicht. Die Behörden werden nicht aufhören, zu graben und zu suchen."

Er setzte sich wieder, hob die Hand zum Zeichen, dass die Unterredung zu Ende war. Die Männer erhoben sich und verließen die Bibliothek. Gianni Fabuzzi wartete und sah ihnen nach, bis der letzte durch die Türe verschwunden war. Dann schloss er sie und drehte sich wieder um.

„Glauben Sie, dass Benito Erfolg haben wird?"

„Das will ich hoffen...ich werde mich zuerst um die wichtigen naheliegenden Sachen kümmern. – Ist unser deutsches Unternehmen gesichert?"

„Ja, alles ist gut organisiert. Die Betrugsbehörde ist mit unserem Mann dort in Verbindung und schöpft keinen Verdacht. Zumindest hat niemand irgend etwas angedeutet. Aber Sie können sicher sein, dass alle Transaktionen sauber sind."

„Sehr gut. Wissen Sie schon etwas über diese ominöse Frau, die Noldau begleitet?"

„Nein, leider nicht. Ich befürchte, das war auch dieser unbekannte Faktor, den Ludovico nicht einkalkuliert hatte. Wie auch...es gab nie einen Hinweis, dass Noldau nicht alleine geflüchtet war."

Carlo trommelte schon wieder auf dem Tisch herum.

„Fernando und Ornella sind fast zusammen gebrochen...." sagte er plötzlich leise.

„Ja...das kann ich gut verstehen. Was hat Fernando gesagt?"

„Er...er gibt mir die Schuld und glaubt, ich habe ihm den Auftrag erteilt. Ich habe ihm zwar versichert, dass es nicht so ist, aber er hat nichts mehr dazu gesagt."

„Das haben Sie doch nicht. Er war es doch, der das unbedingt wollte...zu mir hat er gesagt, dass jemand mit diesem Können wie Noldau ihn interessiert und er großen Respekt hat. Ich glaube, er wollte Ihnen auch beweisen, dass er nicht nur unser IT-Genie ist, sondern auch noch andere Aufgaben brillant erledigen kann."

Carlo sah ihn an und verzog das Gesicht. Fernando interessierten solche Rechtfertigungen nicht.

„Sagen Sie das mal Fernando. Ich habe ihm das alles schon gesagt, aber ich befürchte, er glaubt mir nicht."

„Und Ornella?"

„Sie hat gar nichts gesagt…"

Fabuzzi nickte nur und presste die Lippen zusammen.

„Soll ich mit Fernando sprechen?"

Carlo schüttelte den Kopf.

„Nein. Dann meint er nur, ich habe Sie geschickt, um ihn zu überzeugen. Nein, im Moment wird er für nichts zugänglich sein. Vielleicht spreche ich mit ihm, wenn die Beisetzung vorbei ist. – Aber ich glaube kaum, dass er mir glauben wird. Fernando wollte niemals mit meinen Geschäften etwas zu tun haben. Ich habe das immer akzeptiert, aber ich weiß auch, dass allein sein Name mehr Türen geöffnet hat als es normalerweise der Fall gewesen wäre."

„Warum? Haben Sie manchmal nachgeholfen?"

„Nein, nein, niemals. Er hat mir damals gesagt, wenn er einmal erkennen sollte, dass ich mit irgendwas nachgeholfen hätte, würde er mich nicht mehr als seinen Bruder ansehen. Er wollte mit meinen Geschäften absolut nichts zu tun haben. Ich habe mich immer daran gehalten. Er hat sein Geschäft ganz alleine aufgebaut. Er hat nicht einmal Ludovico gehindert, bei uns einzusteigen. Es war ganz alleine Ludovicos Entscheidung...ich habe ihn nie gedrängt. Allerdings wurde er für uns nahezu unersetzlich. Ich vermisse ihn sehr..."

„…und es tut mir sehr leid um meine Familie…"

Die letzten Worte waren immer leiser geworden und Gianni Fabuzzi spürte diese echte Trauer, die in ihm rumorte. Er empfand das als sehr sonderbar, denn Carlo Celotini galt in seinen Kreisen als hart, entschlossen und mitleidlos. Er ging wortwörtlich über Leichen, wenn es für ihn nützlich war. Seine Toleranzgrenze war gleich null und sein Wille war Gesetz.

Mit einem Ruck stand er auf und sah seinen Anwalt wieder an.

„Wir haben noch andere Dinge zu erledigen. Wie weit sind die Verträge mit den zukünftigen Baugebieten?"

„Sind fertig und werden übermorgen zur Unterschrift vorgelegt."

„Wird es Schwierigkeiten geben?"

„Nein. Alles ist bereits abgehandelt. Der Stadtrat hat längst abgestimmt."

„Sehr gut. Ist das Schiff aus Kolumbien schon in Genua?"

„Nein, kann noch eine Woche dauern…die Verteilung ist bereits organisiert. Amadeo wird vor Ort sein. – Es läuft alles wie geplant, Don Carlo."

„Ausgezeichnet. Wenigstens etwas."

„Wie sollen wir mit diesem Noldau weiter verfahren?"

„Ich überlasse das Benito und seinen Leuten. Aber setzen Sie Rosaria darauf an. Sie soll sich im Hintergrund halten und lediglich beobachten. Ich erwarte regelmäßigen Bericht. Ich möchte nur, dass sie Benitos Konzeption überwacht. Sollte eine Aktion vonnöten sein, muss sie sich melden. Keine Alleingänge."

„Ich werde sie instruieren."

„Gut. Ich bin die nächsten Stunden mit dem Minister beim Essen."

„In Ordnung. Ich kümmere mich um die weiterführenden Verträge des Bauvorhabens."

„Tun Sie das, Gianni, tun Sie das."

*

„Würden Sie sich bitte anschnallen, Sir?" sagte die Stewardess und zeigte auf den Gurt.

„Natürlich. Sofort."

Er zog den Gurt fest und sah durch das Fenster nach draußen. Er konnte lediglich den weiten Ozean sehen und den noch weiteren Himmel. In Kürze würden sie in Los Angeles landen und dann entscheiden, wohin sie weiterreisen sollten. Er hatte diesen Flug noch als Jesse McKinnley angetreten, aber nach ihrer Landung würde dieser Name ausgedient haben. Damit war er längst aufgeflogen und enttarnt. Er warf einen Blick auf seine Begleiterin. Sie hatte Kopfhörer aufgesetzt und hörte Musik. Ihre Augen waren geschlossen. Tausend Gedanken schossen ihm durch den Kopf, während sein Blick auf ihrem Gesicht ruhte. Noch niemals vorher hatte er sich so sehr in einem Menschen getäuscht. Hätte man ihm vorher gesagt, das Jane eine Agentin von Interpol sein sollte, hätte er sich in einen Lachsack verwandelt. Jemand, der so ein Aussehen hatte und eine absolut weiche einnehmende Ausstrahlung, konnte unmöglich eine Agentin sein. Und jetzt? Er hatte die letzten Monate alles, was er immer für wahr und real gehalten hatte, vollständig revidieren müssen. Sein in seinen Augen genialer Plan war nicht so genial, wie er gedacht hatte und auch davon überzeugt war. Zum wiederholten Male schimpfte er sich einen Idioten und Naivling, dem der eigene Hochmut eine Falle gestellt hatte. Eine tödliche Falle, wie sich herausstellte. Die Unvorhersehbarkeit der Dinge hatte ihm die Flügel gestutzt und ihn nicht nur auf den Boden der Tatsachen geworfen, sondern ihn auch noch getreten, geschlagen und nackt ausgezogen. Er wunderte sich, dass er noch nicht übergeschnappt war vor lauter Panik und Angst. Vielleicht steckte in ihm doch noch etwas wie Disziplin und Widerstand gegenüber den aufkommenden destruktiven Gefühlen.

Gedankenverloren hatte er den Blick gesenkt und betrachtete seine Finger, die sich ineinander verschränkt hatten. Dann sah er wieder verstohlen Jane an. Sie war gefühlvoll, zärtlich, schön und einfühlsam – und konnte gleichzeitig eiskalt sein. Sie schien in den ganzen lebensgefährlichen Aktionen keine Nerven gehabt zu haben. In keiner Sekunde hatte er sie nervös oder gar panisch erlebt. Fast so, als ob sie solche Kämpfe tagtäglich hinter sich brachte und sich abends zufrieden und sorglos ins Bett legte. Sie hatte ihm zweifellos das Leben gerettet. Er wäre längst tot, wenn sie nicht eingegriffen hätte. Er sah sie immer noch an, dachte an die gemeinsame Nacht, die er nicht vergessen konnte und spürte diese seltsame unsichtbare Wand, die sich jetzt aufgebaut hatte und die er weder erklimmen konnte noch wollte. Sie war ihm in allen Belangen haushoch überlegen, das war ihm klar geworden. Nie mehr würde er sie so ansehen können wie damals in der Disco oder bei sich zu Hause. Seine Gefühle waren mehr als zwiespältig.

„Was ist?" fragte sie, ohne die Augen zu öffnen oder den Kopf zu drehen. Sie spürte seine intensive Betrachtung – und er wurde wieder einmal vollkommen überrascht und fühlte sich ertappt wie ein kleiner Junge. Er schüttelte langsam und nachdenklich den Kopf.

„Nichts...ich habe nur überlegt…"

Sie öffnete die Augen, drehte den Kopf und sah ihn ganz sanft lächelnd an. Jetzt war sie wieder Sofie…

„...und mich dabei angesehen," ergänzte sie, während die Kopfhörer wieder in dem Netz des Sitzes vor ihr verschwanden.

„Es kommen viele Gedanken, wenn man zur Ruhe kommt. Ich kann das sehr gut verstehen."

„Ich hatte wirklich gedacht, ich wäre auf Kauai sicher. Ich habe keinen Schimmer, wie diese Kerle mich ausfindig machen konnten. Was habe ich übersehen?"

Sie schüttelte den Kopf.

„Nichts. Du hast nichts übersehen. Außer vielleicht die Dinge, die du nicht beeinflussen und auch nicht wissen kannst. Dieser Kerl...hat er dir gesagt, dass er Celotinis Neffe ist?"

„Ja, das sagte er. Der Neffe, der IT-Mensch des Clans. Er hat mich gefunden – aber wie, weiß ich nicht...wie hast du mich gefunden?"

Sie sagte einen Moment nichts, sondern durchbohrte ihn nur mit einem Blick, der so aussah, als ob sie entscheiden musste, was und wie viel sie ihm erzählen wollte.

„Ich denke, Celotini hat einen ähnlichen Weg gefunden wie ich. Ich habe sehr viele Zugriffe auf viele eigentlich geheime Daten, Rainer. Man muss nur richtig separieren und nach dem gewissen Unterschied suchen. Ich kann dich beruhigen, du hast alles getan, was du tun konntest. Du bist ein außerordentlich intelligenter Hacker, aber du musst lernen, dass es solche Leute wie dich haufenweise gibt. Du weißt doch, dass kein Programm sicher sein kann und dass keine Spur, die über die Datenschiene läuft, nicht doch für irgendwen Erkenntnisse bietet."

„Das heißt?"

„Sehr vereinfacht heißt das, dass man aus dem Ursprungsort und dem dort hinterlegten Namen anfangen kann, den Krümeln zu folgen. Dass du deinen britischen Pass in Schottland schon abgelegt hast, war anhand des Überfalls auf dich ja klar. Ich bin nicht davon ausgegangen, dass du dort bleiben würdest, also bietet sich nur Irland als nächsten Weg an, weil die Fähre keinen Pass verlangt. Die Frage war doch nur, wann du auch Irland verlassen würdest. Also...kurz gesagt, wurden die Flugpassagierdaten gecheckt und miteinander verglichen. Ein Jesse McKinnley war der einzige nichtirische Passagier, der zwar von Irland abgeflogen ist, aber niemals eingereist war. In den USA warst du nicht auffindbar, weil du klugerweise weder Kreditkarten noch Pass benutzt hast."

Sie machte eine Pause, presste die Lippen zusammen und neigte den Kopf. Ihre Augenbrauen waren nach oben gezogen und signalisierten, dass er nun den Rest selbst erkennen konnte.

„Verstehe...die Passagierlisten nach Hawaii. Ich war zu naiv, um überhaupt darauf kommen zu können."

„So ist es. Und was ich recherchiert habe, hat auch Celotini getan. Das war ein überaus schlauer Kerl, Rainer. Er war wahrscheinlich einer der Besten. Nicht umsonst ist er einer der engsten Mitarbeiter von Don Carlo gewesen."

„Don Carlo? Ist das der Mafiaboss?"

Sie nickte.

„Das ist er. Mit dem ist wirklich nicht zu spaßen, der hat deinen Tod nur mit einem Fingerschnipsen befehligt."

Rainer verstand. Es lag also nicht unbedingt an seiner mangelnden Intelligenz, sondern an seinem fehlenden Wissen über kriminelle Praktiken, die oftmals versierter waren als die Möglichkeiten der Ermittler.

„Okay, jetzt wird mir vieles klar. – Und was hat jetzt Interpol für ein Interesse an mir? Außer dass ein internationaler Haftbefehl existiert."

Sie lehnte sich wieder zurück.

„Später...wir landen gleich. Ich habe ein Fahrzeug besorgt. Wir werden nach Utah fahren, da bleiben wir ein paar Tage. Ich muss einige Dinge noch klären. Dann sehen wir weiter."

„Warum tust du das alles?"

Sie sah ihn wieder an. Diesmal mit dem Blick einer Agentin.

„Du bist mein Auftrag."

Rainer schluckte. Er war ihr Auftrag!

 Na toll – nur ein Auftrag…

„Okay…du musst mich wieder zurückbringen, nehme ich an."

„Ja, das ist wahr…"

„Und wenn ich mich weigere?"

„Hast du einen anderen Vorschlag? Schließlich bis du ein geflüchteter Straftäter, nach dem gefahndet wird."

„Wenn ich zurückgehe, werde ich ganz sicher tot sein. Und zwar schnell…"

Sie nickte fast fröhlich.

„Ja, das könnte gut sein."

„Was hast du vor?"

„Laß´ mich einfach mal machen. Wir können Details besprechen, wenn wir LA hinter uns gelassen haben und sicher sein können, nicht verfolgt zu werden. Einverstanden? Vertrau mir einfach."

Sie lachte ihn an, als ob sie einen Betriebsausflug unternehmen wollten. Rainer war nun völlig verunsichert und konnte ihre Reaktion auf keinen Nenner bringen. Sie blieb weiterhin ein Rätsel für ihn.

Also zuckte er nur die Schultern und nickte ergeben.

„Was bleibt mir schon übrig?"

„Tja, nichts im Moment. Du wirst mir schon vertrauen müssen…"

Er sah sie zweifelnd an. Sie lächelte immer noch und zuckte mit den Augenbrauen ein paar Mal rauf und runter. Irgendwie macht sie sich über mich lustig, dachte er kurz und sah wieder aus dem Fenster. Der Landeanflug hatte spürbar begonnen.

Sie saßen in einem kleinen, fast schon idyllischen Restaurant an der Straße und sahen schweigend dem überschaubaren Verkehr hinterher. Sie waren entgegen des Plans in Utah abgebogen und hatten die Staatsgrenze nach Colorado hinter sich gelassen. Gegen Abend machten sie Halt in Meeker. Ein kleiner beschaulicher Ort, hoch gelegen auf etwa 1900 Metern und genehmigten sich nach dem üppigen Abendessen nun ein Bier. Jane strahlte eine unbeirrbare Ruhe und Sicherheit aus, die nun auch Rainer mit einbezog. Er beschloss, heute seine Fragen beantwortet zu bekommen.

„Können wir jetzt einmal die ungeklärten Fragen beantworten?"

„Was willst du noch wissen, was du noch nicht weißt?"

„Wie lautet dein Auftrag ganz genau?"

„Dich zu finden…"

„Jetzt hast du mich ja gefunden. Warum nehmen wir dann nicht den nächsten Flug nach Europa? Als Interpolagentin kann ich mir vorstellen, dass du einen internationalen Haftbefehl dabei hast, oder nicht?"

„Das ist schon richtig. Ich wollte trotzdem nichts übereilen, weil im Moment alle wohl in höchster Alarmbereitschaft sind. Es ist einfach zu gefährlich und ich bin gewohnt, Risiken zu minimieren."

„Und wie geht's jetzt weiter? Du wirst mich doch zurückbringen, oder?"

Sie nickte.

„Das ist mein Auftrag, ja. Besser gesagt, ein Teil davon."

„Ein Teil? Ich versteh´ nicht ganz…was denn noch?"

Sie sah ihn ernst an und beugte sich ein bisschen nach vorne.

„Konkret bedeutet es, dass ich dich zuerst im ganzen Stück zurückbringen soll…und dass dir dann ein Angebot unterbreitet wird, das dir wahrscheinlich einen Gefängnisaufenthalt ersparen könnte. Es ist etwas unkonventionell, aber durchaus machbar."

Er zog vor Überraschung die Augenbrauen nach oben und riss die Augen auf. Das hatte er jetzt nicht erwartet.

„Wie bitte? Ein Angebot? Wie soll das denn aussehen?"

„Wir arbeiten seit eineinhalb Jahren an den Beweisen, dass Celotini das deutsche Unternehmen als Geldwäschestation nutzt und verschiedene illegale Geschäfte damit finanziert. Vor kurzem hatten wir den Beweis dafür, um endlich in Aktion treten zu können, aber…"

„Was aber? Doch kein Beweis?"

„Doch. Das ´Aber` warst du. Durch deine Aktion wurden sofort Transaktionen umgeleitet und ein Upgrade des gesamten Systems erstellt. Mit gänzlich neuen Strukturen. Im Moment ist nicht einmal sicher, ob sie das Importunternehmen noch für Geldwäsche hernehmen. Sie sind vorsichtig und alarmiert. Wahrscheinlich wird längst woanders gewaschen. Im Klartext heißt das, dass durch dich alles, was wir bisher ermittelt hatten, nicht mehr schlüssig nachvollziehbar sein wird und eineinhalb Jahre Ermittlung sich in Sand aufgelöst haben."

Sie machte eine Pause und las in seiner Mimik, dass dieses Verständnis ihn noch tiefer in das Loch fallen ließ.

„Woher hätte ich das ahnen können…" sagte er leise.

„Gar nicht. Das ist jetzt auch nicht der Punkt. Das Wichtige dabei ist, dass du in viel kürzerer Zeit mehr geschafft hast, für das wir mehr als ein Jahr gebraucht haben. Und unsere Leute sind dabei echte Profis. - Also…meine Vorgesetzten haben beschlossen, dein Know-How zu nutzen und dir im Gegenzug Straffreiheit zu gewähren. Und zwar mit einer nagelneuen Identität. Das wäre sozusagen der Preis, den du zu bezahlen hättest."

„Wie bitte?!"

Rainer war ein bisschen blass geworden und konnte das eben Gehörte nicht glauben. Jane sagte nichts, sondern blickte ihm nur in die Augen.

„Aber...heißt das, ich soll für Interpol arbeiten?"

In diesem Augenblick hatte er den Eindruck, dass er für ein grinsendes Schicksal den Pausenclown spielen sollte.

„Na ja...nicht offiziell. Sozusagen als freier Mitarbeiter. Das wäre eine große Chance, Rainer. Ich glaube nicht, dass ein Leben auf der Flucht erstrebenswerter wäre."

„Ich...ich bin jetzt schon ein bisschen überrascht..."

„Natürlich, das wäre ich auch..."

Er kniff die Augen zusammen und fixierte sie.

„Habe ich überhaupt eine Wahl?"

„Eigentlich nicht. Aber ich lasse dir die Wahl."

„Was soll das nun wieder heißen?"

„Das heißt, dass dich Interpol ganz offiziell verhaften und rückführen kann. Und das auch muss. Aber ich glaube, dass unsere persönliche Beziehung eine andere ist, die wesentlich mehr Spielraum erlauben sollte..."

Sie senkte den Kopf und starrte auf die Tischplatte, so als ob sie darüber nachdachte, ob sie gerade das Richtige getan hatte. Rainer begann leise zu lächeln.

„Soll ich daraus deuten, dass dir unsere gemeinsame Nacht doch etwas bedeutet hat? Mehr bedeutet als ein Auftrag?"

„Das hatte nichts mit meinem Auftrag zu tun."

„Aber du wurdest doch auf mich angesetzt, mich näher kennen zu lernen...ist das nicht so?"

„Das beinhaltet längst nicht, dass ich mit dir schlafen sollte. Das war meine Entscheidung, nicht die meines Auftrags."

„Wirklich?"

„Ja, wirklich..."

„Warum?"

„Manchmal gibt es kein Warum. Dann passiert eben etwas und das ist so. Vielleicht bist du auch etwas ganz Besonderes..."

Sie verzog das Gesicht zu einem Lächeln, das ihn schon im Augenblick des Kennenlernens so faszinierte.

„Ich...du warst für mich auch etwas Besonderes. Und im Moment natürlich sowieso."

Sie räusperte sich.

„Können wir jetzt das Romantische mal beiseite lassen? Wir sollten uns überlegen, wie wir die nächsten beiden Wochen so verschwinden können, dass niemand wissen kann, wo wir uns befinden."

Rainer nickte.

„Okay, einverstanden. Was ist dein Vorschlag?"

„Ich habe einen Freund, den ich schon kontaktiert habe. Er lebt in dieser Gegend und stellt uns eine Blockhütte in den Bergen zur Verfügung."

Rainer schüttelte den Kopf und lachte laut auf.

„Warum frag´ ich eigentlich…"

Der San Juan National Forest besticht durch eine atemberaubende Bergregion, die durchsetzt ist mit kleinen Flüssen und Seen, überragt durch das San Juan Gebirge mit den vielen Viertausendern und dem höchsten Gipfel - des Uncompahgre Peak mit mehr als 4360m. Über fünfzig Kilometer reihen sich hier ein Gipfel an den anderen, die die ursprünglich aussehende Landschaft in ein ganz besonderes Licht der fantastischen Wildnis taucht.

Rainer hatte James kennengelernt. Ein Ranger, der gar nicht den Eindruck eines Rangers machte. Man stellte sich solche Naturburschen immer als muskulöse wilde Trappererscheinung vor. Mit Flanellhemd und Cowboystiefeln, mit Jeans und einem Riesenmesser am Gürtel. James war das paradoxe Gegenteil davon. Er war durchschnittlich groß, fast ein bisschen schmächtig, trug eine leichte runde Brille und sah aus wie ein Buchhalter. Einzig seine Outdoorjacke, der Stetson und sein bulliger Fordtruck ließ erahnen, dass er sich hier beheimatet fühlte. Er war alles andere als der schweigsame Einsiedler, denn er plapperte wild drauflos und freute sich anscheinend sehr, eine alte Freundin wieder zu sehen. Er brachte sie ein Stück weit nach oben zu einem kleinen See, an dem eine Blockhütte wie aus einem Film stand. Mit einer urigen überdachten Terrasse und sogar einem Steg, von dem aus man auf den See rudern konnte, um zu fischen. Es war rustikal und einsam, wunderschön und absolut ruhig. Rainer gefiel es auf Anhieb.

Sie luden ihre wenigen Sachen aus und verabschiedeten sich von James. Lachend wünschte er den beiden Menschen viel Spaß und Erholung, zeigte ihnen noch die Räume der Hütte, die Lebensmittel, die angrenzende Scheune mit dem Notfallgenerator und die kleine Kammer mit dem Funkgerät. Zum Schluss zauberte er noch jeweils eine Flasche eines roten und eines weißen Weines hervor.

„Für stille Abende. Sollte das nicht reichen, im Kühlschrank lagert noch Ersatz...bis bald, Jane."

„Danke, James. Bis in zwei Wochen…"

Damit stieg er wieder in seinen Truck und ließ die beiden alleine.

„Toll," sagte Rainer nur und ließ bewundernd seinen Blick schweifen.

„Nicht wahr? Das ist doch ein Traum für die nächsten zwei Wochen."

„Das ist es, ja wirklich…"

Er ging langsam die Stufen der Veranda hinunter und drehte sich dann um. Ein leichtes Lächeln lag in seinen Augenwinkeln.

„Ich geh´ mal auf den Steg. Kommst du mit?"

„Klar...alles okay?"

Sie musterte ihn prüfend, erkannte den nachdenklich und fast andächtigen Ausdruck in seinen Augen. Aber auch etwas anderes, etwas Entscheidendes.

„Ja...alles okay…," sagte er nickend.

Sie ging auf ihn zu und sah ihn prüfend an. Im Moment war er ihr viel zu ruhig und verschlossen. Etwas raste wohl durch seine Gedanken und sie wollte wissen, was das war. Zusammen betraten sie den hölzernen Steg.

„Was ist los? Worüber denkst du nach? Wir sind hier sicher. James kann man hundertprozentig vertrauen."

„Ich...es ist alles in Ordnung, wirklich."

Sie glaubte ihm nicht, aber bohrte nicht weiter. Zusammen schlenderten sie auf den hölzernen Steg, setzten sich auf die Planken und ließen die Füße baumeln. Es war paradiesisch still und nur der von den Bergen kommende Wind streifte ab und zu über ihre Gesichtszüge. Minutenlang starrten sie auf die Wasseroberfläche, die die Berge widerspiegelte und fast einen Hauch Romantik und Ruhe aufkommen ließ.

„Wenn ich nicht mit dir mitkommen möchte, was wirst du dann tun? Versteh´ mich nicht falsch, aber irgendwie habe ich dabei eben kein so gutes Gefühl..."

Sie drehte den Kopf und sah ihn an. Sie hatte schon geahnt, dass er große Zweifel in sich trug.

„Wie ich schon sagte, ich überlasse dir deine Entscheidung. Ich kann dir nur sagen, dass es eine gute und sichere Option wäre. Du würdest eine ganz neue Identität bekommen, die sicherlich niemand finden könnte. Zudem hättest du die Chance auf einen dauerhaften, gut bezahlten Job. Fachkräfte wie du einer bist, sind sehr gefragt..."

„Aber ich wäre wieder in Europa. Ehrlich gesagt, will ich das eigentlich nicht."

„Du denkst, je weiter du davon entfernt bist, desto sicherer bist du?"

Sie sah ihn an. Ihr Blick war zweifelnd, skeptisch und ihr sanftes Lächeln sarkastisch. Rainer zuckte die Schultern. Ja das hatte er einmal geglaubt. So hatte er sich gefühlt. Es war ein Trugschluss gewesen. Ein lebensgefährlicher Trugschluss, wie sich herausstellte.

„Es ist eben nur ein Bauchgefühl. Ich weiß jetzt auch, dass es nur ein Wunschdenken gewesen war...trotzdem erscheint mir der Gedanke immer noch sicherer als..."

„Als was? Als Mitarbeiter einer globalen Organisation, die gegen das Verbrechen kämpft? Mach´ dir nichts vor, Rainer. Die Celotinis werden nicht aufhören. Erst wenn du vernichtet bist...das ist so. Daran wird sich erst etwas ändern, wenn deine Identität vollständig ausgelöscht ist. Ich kann dein Misstrauen durchaus verstehen, aber es wird meiner Meinung nach keine vernünftige Alternative geben. So oder so wirst du deine bisherige Identität aufgeben müssen."

Rainer starrte wieder auf das Wasser und antwortete darauf nichts.

„Das war doch von Anfang an Voraussetzung. Aber...es gibt noch eine andere Variante," sagte er dann ganz leise. Monoton und ohne einen Anflug von Emotion. So als ob er nur mit sich selbst sprechen würde.

„Was denn für eine?"

„Ich muss Celotini töten."

Jane verlor für einen Moment die Fassung und blickte ihn mit einem ungläubigen Ausdruck an. Das konnte er nicht wirklich ernst meinen.

„Was? Meinst du das im Ernst?"

Mit einem Kopfnicken drehte er sich zu ihr.

„Bist du verrückt geworden?"

„Er ist der Kopf der Schlange. Wenn er nicht mehr befehlen kann, wird auch das Thema Noldau nicht mehr diese Brisanz haben. Da sein Neffe tot ist, nimmt er das wahrscheinlich noch mehr persönlich. Also ist die Hauptmotivation gelöscht, wenn er weg ist. Seine Nachfolger werden sich womöglich fragen, ob es die vielen Toten bislang wert sind, noch mehr zu investieren...also, das sind so meine logischen Überlegungen."

„Du spinnst doch. Glaubst du, du kannst einfach so in das Hauptquartier der Mafia spazieren und den Boss abknallen? So funktioniert das nicht, mein Freund. Du hast zu viele Krimis gesehen."

„Ganz genau... so einfach geht das nicht. Und niemand würde auf den abstrusen Gedanken kommen, dass es irgendjemanden einfallen würde, den Boss in seiner Burg anzugreifen. Aber gerade das wäre doch mein Vorteil. Der Überraschungsmoment. Unerwartet und darum durchaus ausführbar."

Jane stand auf und sah ihn mit einem wütenden Blick an.

„Schlag´ dir diesen Quatsch aus deinem Hirn. Das ist doch Unsinn. Dann könntest du dir gleich eine Kugel in den Kopf jagen. Wie kommst du überhaupt auf so einen Schwachsinn? Du bist kein Profi, kein Killer und hast keine Ahnung…!!! Nur weil du dein Leben verteidigt hast und zufällig ein paar Killer getötet hast, bedeutet das noch lange nicht, dass du James Bond spielen kannst."

Der völlig überraschende Wutausbruch ließ Rainer einige Momente vollkommen erstarren. So hatte er sie noch nie erlebt. Sie war völlig außer sich.

„Ganz ruhig...ist doch nur ein Gedanke. Du brauchst dich nicht aufzuregen...ich bekomm´ ja gleich Angst…"

Er hatte die Augenbrauen hochgezogen und die Lippen zusammen gepresst.

„Ist doch wahr...ich hab´ dich da nicht raus geholt, damit du danach Selbstmord begehen sollst."

„Das weiß ich doch…"

Mit einem Satz sprang er auf die Füße und stand so nahe vor ihr, dass er nur den Kopf senken musste, um sie zu küssen. Aber noch bevor er entscheiden konnte, dieser lockenden Versuchung nachzugeben, hatte sie schon ihre Arme um seinen Nacken geschlungen und ihn geküsst. Seine Hände blieben auf ihren Hüften liegen und lange Minuten standen sie nur da. Ein sich küssendes Paar, das sich nicht trennen wollte.

Dann trat Jane abrupt einen Schritt zurück und sah ihn mit einem warmen Blick an. Rainer sagte nichts. Im Moment spielten seine Gefühle Ball und ließen sich nicht so einfach fangen.

„Ich wollte dich doch nicht erschrecken," flüsterte er, als wenn er niemanden mit einem lauten Wort zu nahe treten wollte.

„Dann mach´s einfach nicht. Ich...du...es ist...weil…"

Sie schwieg, fand einfach keine Worte.

„Ja, ich habe mich in dich schon längst verliebt…"

Seine Worte waren leise und sanft und er konnte es kaum glauben, gerade jetzt seine geheimsten Gefühle vor ihr auszubreiten. Er sah in ihren Augen die Bestätigung, dass es ihr genauso ging.

„Das sollte doch so nicht sein, Rainer...es war nicht geplant, dass ich dich so nahe an mich heran lassen würde. Ich...verdammt…"

Er nahm ihre Hände in seine. Sie hob den Kopf und sah jetzt aus wie eine junge Frau, die sich dagegen nicht wehren konnte.

„Ein Grund mehr, die beste Möglichkeit in Betracht zu ziehen, dass wir...dass wir...äh…"

„Dass wir?…"

„Dass wir so zusammen sein können – ohne Furcht und ohne Bedenken. Ohne sich dauernd umsehen zu müssen und ohne permanent den Gedanken einer Gefahr im Hinterkopf zu haben. Noch weiß niemand etwas von dir und das soll auch so bleiben…"

„Was...was hast du denn vor? Ich bin immer noch davon überzeugt, dass du dich in die Sicherheit von Interpol begeben solltest. Dieses Angebot bekommt nicht jeder und ist wirklich ein Novum..."

„Ja, vielleicht...ich weiß es noch nicht. Ich werde das die nächsten zwei Wochen entscheiden. Ich muss erst einmal zur Ruhe kommen und mir über einige Dinge klarwerden. Einverstanden?"

„Einverstanden…" entgegnete sie ihm.

„Komm´...laß´ uns das hier erst einmal genießen, dann sehen wir weiter."

Er nahm sie bei der Hand und langsam gingen sie zur Hütte zurück.

*

Es klopfte und die Türe wurde geöffnet, ohne eine Aufforderung abzuwarten. Benito Strato stand am Fenster und telefonierte. Er drehte sich um und winkte den beiden Männern, sich zu setzen. Einer der Männer nahm gerade seine Sonnenbrille ab und steckte sie in die Hemdtasche. Sein eisblauen Augen musterten Strato und geduldig wartete er, bis das Telefonat beendet war. Benito Strato setzte sich in seinen Ledersessel hinter dem monumentalen Schreibtisch, beendete das Gespräch und steckte das Mobilteil wieder auf die Station. Nachdenklich strich er sich über das Kinn und sah dem Mann mit dem unbeweglichen Gesicht in seine blauen Augen.

„Ich habe einen wichtigen Auftrag für Sie, Mantis. Es ist sehr delikat und erfordert unbedingte Diskretion und ein unauffälliges Vorgehen."

„Natürlich. Wie immer. Um was geht es?"

Benito Strato holte eine Mappe hervor und legte sie dem Mann hin. Er hob das Deckblatt an und zeigte auf das erscheinende Foto.

„Es geht um diesen Mann. Er muss so schnell wie möglich gefunden werden und er muss hierher gebracht werden. Und zwar möglichst lebend."

Der Mann nahm die Mappe und begutachtete das Foto von Rainer Noldau. Dann nickte er und gab den Akt seinem Kollegen weiter.

„Nun gut. Wo befindet er sich und was sollen wir tun?"

„Das ist das Problem. Wir wissen nicht, wo er sich im Moment aufhält. Alles Wissenswerte steht hier drinnen. Dieser Mann hat Don Carlo viel Geld gestohlen und seinen Neffen erledigt. Sie können sich sicherlich vorstellen, wie wichtig jetzt dieser Mann für Carlo ist. Er will ihn haben, koste es, was es wolle."

„Moment...wir sprechen von Ludovico? Er ist tot?"

Benito nickte.

„Ja. Und drei seiner Begleiter. Daneben zwei weitere und ein paar Söldner aus Sizilien…"

„Interessant. Also ein hochkarätiges Kaliber, wie mir scheint. Höchst seltsam, dass jemand wie Ludovico den Kürzeren zieht. Was ist passiert? Wissen Sie das?"

„Ludovico hat ihn auf Hawaii ausfindig gemacht. Niemand weiß, was passiert ist. Jedenfalls hat man ihn und seine Begleiter in Noldau´s Wohnung tot aufgefunden. – Vorher sind in einem Cottage in Schottland zwei Männer erschossen worden und weitere zwei sind im Krankenhaus gelandet."

„Oha...was ist das für ein Typ? Sieht nach Profi aus...kennt man ihn? Arbeitet er für irgend jemanden?"

Benito schüttelte den Kopf.

„Nein, das ist ja das seltsame an der ganzen Sache. Er ist ein unbeschriebenes Blatt, kein Strafregister, keine Einträge, nicht mal ein Strafzettel wegen falschen Parkens. Wir wissen nur das, was geschehen ist. Und noch etwas...man hat drei Leichen der Sizilianer gefunden. Auch auf Kauai, wo sich dieser Noldau zurück gezogen hat. Einer hat überlebt und ausgesagt, dass Noldau in Begleitung einer Frau war. Niemand weiß, wer sie ist. Alles sehr nebulös...und darum setze ich Sie jetzt darauf an. Der Auftrag ist im Moment exklusiv. Niemand wird Ihnen ins Gehege kommen…"

„Wieviel?"

„Drei Millionen."

Der Mann pfiff durch die Zähne. Diese Summe machte den Auftrag mehr als interessant.

„Das scheint mir sehr wichtig zu sein. Letzter Aufenthaltsort von diesem...wie heißt der Kerl?"

„Rainer Noldau...Deutscher."

Die beiden Männer lachten verächtlich auf.

„Okay...verstanden. Er ist schon ´ne Leiche."

„Nein!! Eben nicht. Keine Leiche. Treiben Sie ihn auf und bringen Sie ihn her."

„Und wenn er nicht will?"

„Überredet ihn."

„Nein, im Ernst. Anscheinend ist dieser Kerl nicht zu unterschätzen und wenn er wirklich ein Professioneller ist, könnte es auch nötig sein, ihn auszuschalten. Gibt es diese Option?"

„Ja, es gibt natürlich diese Option. Damit würden Sie auf die Hälfte verzichten. Sie verstehen?"

„Ich verstehe. Wie viel Zeit haben wir?"

„Wie immer keine. Wir brauchen schnellste Ergebnisse. Ich brauche Ergebnisse und Don Carlo braucht Ergebnisse. Wenn Sie bei irgend etwas Unterstützung brauchen, sagen Sie Bescheid. Der Auftrag unterliegt absoluter Priorität."

Der Mann und sein Begleiter standen auf.

„Es wird erledigt werden. Hat man einen letzten Aufenthaltsort?"

„Er ist von Hawaii aus nach Los Angeles geflogen. Von da an verliert sich die Spur."

„Woher wissen Sie das?"

„Er hat seinen amerikanischen Pass benutzt."

„Er hat den Pass benutzt, mit dem Ludovico ihn aufspüren konnte?"

Benito nickte.

„Ja, darum wissen wir auch, dass er nach LA geflogen ist."

„Okay...schlauer Bursche, dieser Typ..."

„Wieso schlau? Ich finde das ein bisschen dämlich. Aber vielleicht hat er auch nur diesen einen Pass..."

„Das denke ich nicht...wie auch immer. – In welchen Abständen wünschen Sie Berichte?"

„Wenn ich nach zwei Wochen nichts von Ihnen höre, gehe ich davon aus, dass Sie tot sind."

Die beiden Männer lachten laut auf.

„Verstehe. Sie bekommen Ihren Mann, Boss."

Benito nickte und hob die Hand. Die Türe wurde geschlossen und er war wieder mit sich alleine. Die beiden Männer hatten gedacht, er witzelte herum. Das tat er nicht. Er behandelte diesen Fall in aller Ernsthaftigkeit und er war längst nicht überzeugt, dass Jeffrey Mantis erfolgreich sein würde. Tatsächlich hatte er noch niemals einen Auftrag in den sprichwörtlichen Sand gesetzt. Mit einer unheimlichen Unfehlbarkeit führte er alle Anweisungen exakt den Vorgaben nach aus. Er war vollkommen skrupellos, eiskalt und absolut professionell. Man munkelte, dass er eine unbestimmte Zeit in einer russischen Eliteeinheit angeheuert hatte oder zumindest eine fundierte Ausbildung dort erhalten hatte. Gleichzeitig verortete ein Gerücht ihn auch in verschiedene Geheimdienstarbeiten. Nichts wurde bestätigt. Für Benito war er ein Söldner wie so viele andere, die für Geld die Drecksarbeit erledigten. Die Ausnahme bei Mantis war, dass er in der Position war, nur die lukrativen Angebote annehmen zu können. Kleinkriminalität, Schutzgelderpressungen oder Drogengeschäfte waren unter seiner Würde und wurden ihm schon gar nicht mehr offeriert. Er war der Mann für die wichtigen und sensiblen

Dinge, die absolut anonym vorgenommen wurden und leise und spurlos zum Abschluss kamen. Er kannte kaum Tabus. Hauptsache, der Preis stimmte und er konnte seine Anonymität wahren. Er war der richtige Mann für diesen Job. Benito hatte keinen besseren und er hoffte inständig, dass seine Bedenken unbegründet waren. Aber der seltsame Verlauf dieses an und für sich einfachen Falles hatte ihn gelehrt, nichts auf die leichte Schulter zu nehmen. Andererseits war auf Mantis und seine Männer unbedingter Verlass und wenn er daran dachte, wie er triumphierend diesen Noldau an Don Carlo übergeben würde, fing er schon wieder an zu lächeln. Das würde ihm nicht nur Pluspunkte einbringen, sondern ihn auf eine Stufe stellen, die eine mögliche Nachfolge Carlo Celotinis greifbar machte. Ab und an hatte der doch schon einmal angeschnitten, sich zur Ruhe setzen zu wollen und sich seinem Reichtum und seiner Familie zu widmen. Benito war unbedingt loyal, aber die Aussicht auf den Familien- und Clanpatron machte ihn dennoch fast schon euphorisch.

Er stand wieder auf und sah durch das große Fenster, das den Blick auf das Meer freigab. Er hoffte, dass seine Leute erfolgreich sein würden und er hoffte, dass es schnell ging. Irgendwann würde Carlo die Geduld verlieren und ihn fragen, ob er, Benito, versagt hätte. Das wollte er unter allen Umständen verhindern.

Jeffrey Mantis instruierte seine Männer. Pragmatisch, wie er war, koordinierte er die Aufgabenbereiche und gab jedem einzelnen Gruppenmitglied spezifische Aufgaben, die sich zuerst auf Informationen über das Netz beschränkten. Nach drei Tagen reisten sie nach Kalifornien, um die Suche zu starten. Das Team bestand aus fünf Männern, die allesamt kriminelle Profis waren und Skrupel längst aus ihrem Wortschatz gestrichen hatten. Ihre Aufträge wurden sachlich, faktisch und penibel erledigt. Um an wichtige weiterführende Informationen zu kommen, schreckten sie auch nicht davor zurück, Gewalt, Zwang und menschenverachtende Methoden anzuwenden. Sie berauschten sich nicht an ihren Opfern und deren Ängste, sie erachteten manche Maßnahmen einfach als notwendig, um ihre Ziele zu erreichen. Es ging einzig und allein um Geld. Sie waren gefühllose Söldner, technisch außerordentlich gut ausgerüstet, mit einem verfügbaren Waffenarsenal, das mitunter einer Armee standhalten könnte. Jeffrey Mantis war der unangefochtene Macher und Stratege. Er entschied über die Aufträge und ob sie lukrativ genug waren, um die zu erwartenden Risiken eingehen zu können. Sie arbeiteten schon seit Jahren zusammen und waren ein eingespieltes Team, in dem sich jeder auf den anderen verlassen konnte. Man wusste jederzeit, was zu tun war.

Dieser Auftrag war mehr als interessant. Sie suchten lediglich einen Mann, der auf der Flucht war. Sie würden ihn finden und sie waren sicher, dass er keinerlei Probleme bereiten würde. Mantis hatte die Akte, die er von Benito Strato bekommen hatte, digitalisiert und ließ sämtliche Information über einen Beamer laufen.

„So, der Mann heißt Rainer Noldau. Er ist Deutscher und war Banker, der sich um die Börsengeschäfte kümmerte. Er hat Carlo Celotini zwanzig Millionen abgenommen. Anscheinend hat er schon länger Gelder aus den Kundenkonten abgezweigt, denn die Polizei und Staatsanwaltschaft hatten ihn schon ins Visier genommen. Die zwanzig Millionen waren wohl sein letzter Coup, bevor er untertauchen wollte – dann hat man ihn hops genommen. In Untersuchungshaft wurde er von einem der Celotini-Leute unter Druck gesetzt. Aber bevor er den Deal starten konnte, war er weg…“

„Was heißt weg?" fragte Johannsen, der Schwede.

„Er ist abgehauen. Niemand weiß wie und niemand wusste, wohin. Seine Wohnung wurde sofort observiert, aber er ist nicht dort aufgetaucht."

„Ein cleveres Bürschchen, mir scheint."

Miroslav Siltic sah Mantis mit einem Lächeln an, aber Jeffrey Mantis blieb ernst.

„Vielleicht. Niemand kennt ihn näher. Unbeschriebenes Blatt. Unauffällig. Keine Familie. Keine Frau oder Freundin. Keine engeren Freunde oder Kollegen. Ein Einzelgänger. Eigentlich hat er gar kein persönliches Umfeld, an dem man ansetzen könnte."

„Also hat er alles alleine durchgezogen?"

Mantis nickte.

„Scheint so...also, man hat ihn an einem Flughafenschalter wieder erkannt. Ein Mann des Clans wollte zufällig ein Flugticket kaufen, als er kurz vorher den offenen Auftrag und ein Bild Noldaus auf sein Handy bekam. Wirklich reiner Zufall. Mit einem britischen Pass ist Noldau nach Schottland geflogen und hat sich in irgendeinem Cottage eingebucht. Ein Team hat ihn entdeckt und wohl gemeint, man könne einfach anklopfen und ihn mitnehmen."

„Was ist passiert?"

„Von vier Männern kamen zwei ins Krankenhaus. Die anderen beiden sind tot. Noldau ist entkommen, bevor die Polizei dort war."

„Ein Profi, der untergetaucht ist?"

Mantis schüttelte den Kopf.

„Nein, ich glaube nicht. Er ist viel zu jung dafür...Ich habe ein paar Bekannte kontaktiert. Niemand hat ihn je gesehen oder von ihm gehört."

Danny Clum lachte laut auf.

„Es gibt kein zu jung...für einen durchschnittlichen Angestellten ein Killerteam auszuschalten, ist schon einer

Überlegung in dieser Richtung wert, oder nicht? Und nur, weil ihn niemand kennt, sagt das noch lange nichts."

„Natürlich...ich werde aus dem Kerl nicht ganz schlau. Er hat seinen britischen Pass abgelegt und ist über Irland in die Staaten geflogen. Ob er gleich nach Hawaii ist oder irgendwo auf dem Festland gewesen war, kann ich nicht sagen. Jedenfalls hat ihn Ludovico Celotini dort ausfindig gemacht. Er und seine drei Begleiter wurden erschossen aufgefunden. In Noldaus Wohnung..."

„Was?!"

Johannsen war aufgestanden und machte ein überraschtes Gesicht. Seine Miene war ernst geworden. Er wusste noch nichts von Ludovicos Tod.

„Ludovico ist wirklich tot?"

Mantis nickte.

„So ist es. Und darum hat man uns beauftragt. Benito hat die Aufgabe übernommen, den Kerl für Don Carlo ausfindig zu machen und ihn abzuliefern. Und zwar lebend."

„Und wenn er nicht will?" fragte Siltic. Er stellte die gleiche Frage wie Mantis sie Benito Strato gestellt hatte.

„Ganz konkret können wir ihn als Leiche abliefern oder lebend. Der Unterschied teilt sich dann zur Hälfte."

„Das heißt?"

„Das heißt, der Job ist drei Millionen wert."

„Woah...okay. – Trotzdem…was, wenn er nicht will?"

Es war eine rein hypothetische Frage, die lediglich darauf hinauslief, ihn auch zu liquidieren, wenn es sein musste.

„Wir werden alles tun, um ihn lebend hierher zu bringen. So einfach lass´ ich mir die Millionen nicht entgehen…"

„Hältst du ihn für gefährlich?" fragte Clum.

Mantis sah ihn mit einem verzogenen Gesicht an, das signalisierte, dass die Frage unnötig und lächerlich war.

„Gefährlich ist nur, wenn einer von euch sich nicht zurückhalten kann und ihn umnietet."

„Na gut, dann kümmere ich mich zuerst um die Autovermietungen…"

Mantis nickte.

„Genau. Also los geht's…ich möchte schnellste Ergebnisse…"

Die Männer standen auf und begannen ihren Job zu erledigen. Clum wartete noch einen Augenblick.

„Noch was unklar, Danny?" fragte Mantis.

„Hältst du ihn nun für gefährlich oder nicht?"

„Ich bin mir noch nicht sicher. Außerdem macht mir noch Kopfschmerzen, wer oder was die Frau darstellen soll, die in seiner Begleitung war. Vielleicht nur zufällig, aber Zufälle sind mir ein Gräuel – ich mag sie nicht."

„Mir sind Menschen suspekt, die ich nicht einordnen kann. Und diesen Kerl können wir nicht einschätzen. Er hat neun Figuren abgeknallt. Neun Profis…er ist gefährlich, Jeffrey. Ich weiß, dass du das auch so siehst. Ich denke, wir müssen überaus überlegt agieren. Liege ich da richtig?"

Intensiv fixierte er seine Augen und wartete auf eine Bestätigung.

„Natürlich liegst du richtig. Wir sind genauso vorsichtig wie immer. Wir werden nichts einem Zufall überlassen. Aber das ist nur ein einzelner verdammter Mann. Vielleicht hat er nur Glück gehabt. Das ist keine Armee, Danny. Über was machst du dir Gedanken? So kenne ich dich gar nicht."

„Ich habe bei dieser Sache ein komisches Bauchgefühl. Und das hat sich noch niemals geirrt. Wir sollten sehr vorsichtig sein."

Mantis lachte und schlug ihm freundschaftlich auf die Schulter. Danny Clum sah immer gleich Probleme und Schwierigkeiten.

„Nun mach´ daraus nicht gleich ein Höllenkommando. Wir sollen einen Mann finden und ihn zurückbringen. Das Schwierigste wird wohl sein, ihn zu finden. Mach´ dir keine

Sorgen, wir werden bald ein hübsches Sümmchen einsacken."

„Ich hoffe, du hast recht…"

Er drehte sich wieder um und verließ den Raum. Als sich die Türe geschlossen hatte, verwandelte sich das vorherige Grinsen auf Mantis Gesicht in eine nachdenkliche und starre Miene. Danny Clum und sein schon legendäres verfluchtes Bauchgefühl...immer lag er richtig dabei. Etwas ärgerlich schob er die Bedenken seines Freundes beiseite. Was sollte ein Banker schon für eine Gefahr darstellen? Lächerlich….absolut lächerlich.

Der „Banker" genoss die stillen Tage in den Bergen Colorados. Die Ruhe tat Rainer gut und er konnte wieder klar denken. Er hatte eine Entscheidung zu fällen. Kam er mit Jane mit nach Europa oder doch nicht? Sollte er Interpol wirklich vertrauen? Würden sie wirklich seine Identität vernichten können und eine völlig andere kreieren, die sein vorheriges Leben als nicht existent einstufte?

Er war unschlüssig und wägte Risiken und Vorteile gegeneinander ab. Gleichzeitig zog er auch in Betracht, nicht mitzukommen und einen eigenen Plan zu verfolgen. Denn wie würde die Zukunft aussehen, was Jane und ihn betraf? Es war schwierig und er beschloss, auf sein Bauchgefühl zu hören, das ihm sagte, bei welchem Weg er keine Magenschmerzen bekommen würde.

Bewegungslos stand er am Fenster und bewunderte das abendliche Licht, das die Berge in eine fast unwirkliche Sphäre getaucht hatte. Diese felsigen Hünen suggerierten etwas Beruhigendes, nicht sichtbar, nicht erklärbar, nur spürbar. Sie ruhten einfach in der Welt, ohne sich um sie zu kümmern. Man ging dorthin, wenn man zu sich selbst kommen wollte. Sie halfen, wieder seinen Geist zu fokussieren, wenn er unstet umhersprang und sein Zentrum nicht mehr fand. Die Berge überdauerten einfach die Zeit. Sie würden auch noch da sein, lange nach der menschlichen Existenz. Rainer fragte sich manchmal in den träumerischen Momenten, was sie wohl denken würden, wenn sie denken würden. Wahrscheinlich verfielen sie in einen Lachanfall, wenn sie diese dummen Umtriebe der Menschen beobachteten, die tatsächlich überzeugt waren, die Herrschaft über die Natur erreicht zu haben. Manchmal wünschte sich Rainer, einfach einer der Berge zu sein, in sich zu ruhen, den Lauf der Sonne und des Mondes zu beobachten und sich sonst um nichts zu kümmern außer um die Zeit, die verging und niemals zu stoppen war.

Jane kam ins Zimmer und stellte etwas auf dem Tisch ab.

„Ich habe Tee gemacht. Willst du eine Tasse?"

Rainer drehte sich um und nickte.

„Ja, gerne…"

„Hast du gerade geträumt?" fragte sie lachend.

„Ein bisschen. Und nachgedacht."

Sie schenkte die Tassen ein, stellte die Kanne daneben und sah ihn fragend an. Sie sagte nichts.

„Ich bin tatsächlich in einem Zwiespalt und noch nicht sicher, was ich wirklich entscheiden soll."

„Ich verstehe. Wäge einfach alles gegeneinander ab…"

„Das habe ich schon. Mein Bauchgefühl soll entscheiden, da lag ich immer richtig."

„Vielleicht diesmal nicht. Es wäre besser, du entscheidest faktisch und…"

Ein Piepston ihres Handys unterbrach sie. Sie nahm es auf. Eine Nachricht. Ihre Mimik wurde ernst und fast schon erschrocken starrte sie Rainer an.

„Was ist?" fragte er.

„Wir müssen sofort weg. Aufgeflogen."

„Was?! Aber wie…?"

Sie stand bereits auf.

„Von James...ein paar Männer fragten nach uns. James hat nichts gesagt. Wir sind ja anonym hier...los, pack´ zusammen. Wir können kein Risiko eingehen. Wie haben die uns bis hierher folgen können? Ich verstehe das nicht. Ich habe das Auto allein gemietet..."

Sie ging ins Schlafzimmer und begann, die Sachen zusammen zu packen. Rainer folgte ihr. Er spürte seinen beschleunigten Herzschlag...

– und seine Entscheidung war in diesem Moment gefallen.

„Ich glaub´ ich weiß, warum..."

„Du meinst, warum sie unserer Spur folgen konnten?"

Rainer nickte.

„Nur ein Mann weiß von deiner Existenz. Von dem müssen sie den Hinweis bekommen haben, dass ich nicht alleine reise. Also verfolgen sie jetzt ein Paar."

Jane nickte.

„Ja, wahrscheinlich...aber sie wissen nicht, wer ich bin. Aber warum konnten sie uns hier finden? Das müssen absolute Profis sein."

„Vielleicht ist es nur ein Zufall..."

„Solche Typen kennen keine Zufälle. Nein, das sind Professionelle. Genauso wie Ludovico Celotini. Der konnte der Spur auch folgen."

„Genau wie du auch...," bemerkte Rainer, während er seine Kleidung sortierte. Jane zuckte nur mit den Schultern.

„Wir müssen uns trennen, Jane. Ich will nicht, dass du meinetwegen in Gefahr kommst."

Jane stoppte in der Bewegung und sah ihn belustigt an.

„Wirklich? Und was war das bis jetzt?"

„Ich meine, dass wir wesentlich größere Chance haben, wenn wir nicht zusammen reisen."

Nachdenklich starrte Jane in die Leere des Raumes. So als ob sie ihn gerade nicht gehört hatte.

„Das Auto...verdammt."

„Was? Welches Auto?"

Sie schlug sich gegen die Stirn.

„Ich wusste doch, dass ich etwas übersehen hatte. Das Mietauto. Jedes Mietauto hat einen Peilsender. Darum haben sie uns gefunden. Sie können uns anpeilen. – Jetzt aber los!" Erschrocken hatte er ihr zugehört. Natürlich. Das war es! Sie hatten die Autovermietung gefunden und konnten nun per GPS ihren Standort verfolgen. Und jetzt? Sie konnten den Wagen nicht mehr weiter benutzen. Aber im Moment hatten sie nur den.

Jane drängte zum Aufbruch. Womöglich waren sie bereits auf dem Weg. Sie mussten schnellstens verschwinden und sich einen anderen Wagen besorgen.

Innerhalb von ein paar Minuten waren sie fertig. Schnell räumten sie das Geschirr auf, sodass niemand auf den Gedanken kommen konnte, dass sie Hals über Kopf aufgebrochen waren. Von der Blockhütte führte nur eine Straße zu der Verbindungsstraße. Sie mussten dort schneller sein als ihre Verfolger. Am Wagen öffnete sie die Motorhaube und suchte den GPS-Tracker. Sie riss die Kabel und den Tracker heraus und warf ihn in den See.

Dann stiegen sie ein, Jane startete den Motor und mit quietschenden Reifen raste sie den schmalen Weg hinunter. Rainer hielt sich bald verkrampft fest, so halsbrecherisch preschte sie die enge Straße hinunter. Es kam ihnen lang und länger vor, aber dann konnten sie durch die Bäume die Hauptstraße erkennen. Nur noch zwei Kehren, dann befanden sie sich wieder im normalen Verkehr auf der Hauptverbindungsstraße.

Als sie aus dem Wald heraus waren, war die gesamte Länge der Straße bereits auszumachen. Von links näherten sich mehrere Fahrzeuge. Es war durchaus möglich, dass ihre Verfolger bereits vor Ort waren. Jane gab nochmal Gas, erreichte die Straße, schleuderte ein paar mal nach links und nach rechts, dann drückte sie das Pedal bis zum Anschlag durch. Permanent sah sie in den Spiegel, aber noch war niemand in Sichtweite. Die Fahrbahn machte eine langgezogene Rechtskurve. Dann war auch im Rückspiegel nur noch der Asphalt bis zum nächsten Hügel zu sehen, der keine Sicht mehr zuließ.

„Okay, man hat uns nicht sehen können. Ich glaube, im Moment sind wir sicher."

Danny Clum starrte auf sein Handy. Mit einem zynischen Lächeln verfolgte er den Punkt auf der Karte, der sich kontinuierlich bewegte. Das war das Signal seines Handys. Der andere Punkt blieb starr. Ihr Ziel.

„Hast du das Signal wieder? Wie weit noch?" fragte Mantis.

„Wir sind bald da. Vielleicht noch zehn Kilometer. Wir haben sie. Das Signal ist auch wieder stabil."

„Perfekt. Ging schneller als ich dachte. Sind sie in Bewegung?"

Clum schüttelte den Kopf.

„Nein. Wir sind die Überraschung!!!…"

Hämisch begann er zu lachen. Er stellte sich die fragenden Gesichter vor, wenn sie vor ihnen standen.

„Mach´ mal langsamer. Demnächst müssen wir rechts abbiegen. – Okay…langsam, nächste rechts, das sollte der Weg sein…da! Jetzt rein!!"

Sie bogen ab und fuhren die schmale Straße weiter.

„Du bleibst ein paar hundert Meter davor stehen. Den Rest laufen wir. Sie dürfen uns nicht hören."

„Klar, Boss…"

Siltic nickte. Was für ein leicht verdientes Geld, dachte er. Er war zufrieden und erwartete keine Schwierigkeiten. Nicht bei diesen vermeintlichen Amateuren.

„Das muss reichen. Bleib´ mal stehen, den Rest können wir laufen. Drei Kehren…sie können uns nicht hören…"

Clum starrte immer noch auf den Bildschirm, dann hob er die Hand.

„Perfekt. Das passt…"

Mantis öffnete die Türe und stieg aus. Er wartete, bis alle neben ihm standen. Alfonso, der schweigsame dunkelhäutige Kolumbianer, hatte eine Pistole in der Hand und lud sie gerade durch.

„Also, ihr wisst Bescheid. Geht kein Risiko ein, wir müssen sie vollkommen überraschen."

„Seit wann ist ein Deutscher ein Risiko?" fragte Danny Clum und spuckte verächtlich aus. Die anderen grinsten beifällig – außer Mantis. Aber er sagte nichts. Sie waren Profis durch und durch. Es konnte nichts schiefgehen.

Sie verteilten sich links und rechts der Straße und näherten sich der nächsten Kehre. Niemand sprach ein Wort, sie waren jetzt aufmerksam und jederzeit bereit. Als sie die dritte Kehre erreichten, konnten sie bereits das Dach der Hütte sehen. Mantis hob die Hand und sie stoppten ihre Bewegung. Dann zeigte er Alfonso an, sich zu nähern und die Umgebung zu sondieren. Sofort lief der los, duckte sich, suchte sich jede Deckung und war dann hinter einem mannshohen Felsen verschwunden. Dann sahen sie ihn völlig geräuschlos zu einem andern Felsen hasten. Mit dem Rücken lehnte er daran und lauschte. Dann deutete er den Männern, nachzukommen. Fast unsichtbar näherten sie sich dem Haus, umstellten es wie eine Eliteeinheit. Clum sah immer wieder auf sein Handy. Das Signal wurde zwar empfangen, aber er konnte keinen Wagen entdecken. Sein Gehirn empfing Warnungen, dass etwas nicht stimmte, aber er ignorierte es. Unterdessen waren Mantis und Alfonso auf der Terrasse mit der Eingangstür angekommen und duckten sich unter den Fenstern an die Wand. Mit einer schnellen Bewegung huschten sie links und rechts der Eingangstüre, die Waffen im Anschlag. Mantis probierte ganz sanft den

Türknauf zu drehen. Ein Klicken sagte ihm, dass der Schließer entsperrt war. Die Türe war nicht abgesperrt. Nachlässig, dachte er noch...dann riss er die Türe auf und sprang mit einem Satz ins Innere. Alfonso folgte ihm auf dem Fuße. Sie sahen sich um und betraten die wenigen anderen Räume. Niemand da. Die Hütte war leer. Alfonso war nach draußen getreten und signalisierte den anderen, dass keine Gefahr drohte. Clum betrat als letzter den Wohnraum und starrte immer noch auf sein Handy.

„Ausgeflogen," sagte Mantis enttäuscht.

„Das versteh´ ich nicht. Ich habe immer noch das Trackingsignal auf dem Bildschirm, aber ich kann kein Auto sehen. Habt ihr eins irgendwo entdeckt?"

Er sah in die Runde. Nein, niemand hatte das Auto gesehen. Hier stand kein Fahrzeug. Mantis trat auf ihn zu.

„Lass´ mal sehen. Vielleicht ist es wieder eingefroren."

Er blickte auf den Bildschirm. Tatsächlich. Das Signal kam nach wie vor von diesem Ort.

„Los! Sucht den Tracker. Ich will wissen, was hier los ist."

Clum lief los, vergrößerte den Bildausschnitt und sah sich um. Sein Blick fiel auf den See und langsam bewegte er sich darauf zu. Einen Augenblick lang erwartete er ein Auto, das auf dem Grund des Sees zum Vorschein kam. Aber da war nichts. Er schritt bis zum Ende des Stegs und suchte den glasklaren Bodengrund ab. Da! Da strahlte doch etwas...er trat noch näher und erkannte das Gerät. Selbst im Wasser sendete es noch das GPS-Signal. Clum drehte sich um.

„Hey, ich hab´ ihn…!!" schrie er.

Sie versammelten sich auf dem Steg. Mit einer Stange holte Johannsen den Tracker heraus und legte ihn auf die Bohlen. Alle sahen Mantis an.

„Anscheinend sind die nicht dumm," bemerkte Alfonso und stülpte die Unterlippe nach oben. Er fand es bemerkenswert, dass sie daran gedacht hatten.

Mantis Gesichtsausdruck war ausdruckslos. Irgendwie fühlte er sich vorgeführt und irgendwie machte ihn das wütend. Lautstark atmete er aus und drehte sich um.

„Los, wir durchsuchen die Hütte. Vielleicht finden wir noch einen Anhaltspunkt."

Seine Stimme war eine Spur schärfer als sonst. Die Männer sahen sich überrascht an. Das war neu.

„Er ist beleidigt…" sagte Danny Clum und grinste.

„Sieht so aus."

Siltic hatte die Augen zusammen gekniffen. Selten hatte er solch Reaktion bei dem Boss erlebt. Er sah Alfonso an.

„Ja, genau, die haben uns ganz schön verarscht. Ich befürchte, das wird doch nicht so leicht, wie wir alle gedacht haben…"

„Der Mann kann sprechen...wie ungewöhnlich."

Johannsen sah den Kolumbianer grinsend an, der unschuldig die Schultern hochzog.

„Braucht ihr eine Einladung?!" rief Mantis gereizt zu seinen Männern.

„Jetzt ist er sauer."

Die Männer nickten. Clum hatte Recht.

Sie durchsuchten die Hütte nach etwaigen Hinweisen, aber sie fanden nichts. Siltic öffnete die Tür des Kühlschranks und stutzte. Die Räume machten den Eindruck, als ob sie schon länger nicht benutzt worden waren. Alles war aufgeräumt, das Geschirr befand sich ordentlich in den Schränken und der Mülleimer war leer. Auch der gemauerte offene Kamin wies darauf hin, dass er kürzlich erst benutzt worden war. Aber der Kühlschrank...zu viele Lebensmittel dafür, dass niemand hier wohnte.

„Seht euch das mal an," sagte er zu den anderen und zeigte auf den Inhalt.

„Was ist?" fragte Mantis.

„Hier. Die Lebensmittel…"

„Ja, und?"

„Dafür, dass alles so sauber und aufgeräumt ist, hat der Kühlschrank zu viele frische Lebensmittel. Meiner Meinung nach sind die noch nicht lange weg. Und der Tracker gibt mir recht, denke ich."

Alfonso und Johannsen traten neben sie und warfen einen Blick auf das Innere des Kühlschranks.

„Ja, stimmt. Das passt nicht zusammen. Vielleicht haben sie uns erwartet…"

Mantis schüttelte den Kopf.

„Nein, unwahrscheinlich. Sie wissen doch nichts von uns."

„Aber sie haben den Tracker aus dem Mietwagen ausgebaut."

„Warum haben sie ihn dann hier gelassen? Den hätten sie längst wo ganz anders entsorgen können."

„Vielleicht haben sie erst hier gemerkt, dass solche Fahrzeuge mit Trackern ausgestattet sind. – Was meinst du, Danny?"

Mantis hatte sich umgedreht und sah Danny aufmerksam an.

„Hmmm...sie haben uns damit hierher gelockt. Aber wie zum Teufel wissen sie, dass wir hinter ihnen her sind?"

„Natürlich weil wir nach ihnen gefragt haben. Im Tourist Office. Jemand muss sie gewarnt haben."

Es klang schlüssig, aber eigentlich unlogisch. Sie waren alle fremd hier. Auch die, die sie verfolgten. Niemand würde auf den Gedanken kommen, Touristen zu informieren, wenn andere nach ihnen fragen sollten. Vielleicht war dieses Blockhaus privat vergeben worden.

„Wir fahren noch einmal ins Tourist Office. Die wissen sicherlich, wer diese Hütte vermietet. Los, fahren wir. Hier können wir nichts mehr finden…die sind weg und kommen nicht wieder."

Sie begaben sich auf den Rückweg, stiegen in ihr Auto und fuhren wieder zurück.

„Sie meinen die Blockhütte am See oben?"

„Ja, genau. Unglaublich schön gelegen. So idyllisch. Wir haben uns verfahren und sind zufällig dort raus gekommen. Kann man das mieten?"

Das Mädchen schüttelte den Kopf.

„Nein, das ist die Hütte der Parkranger. Manchmal vermieten sie sie an Touristen, wenn hier alles überfüllt ist. "

Mantis nickte und lächelte sie freundlich an.

„Ah, hervorragend. Wen könnten wir denn fragen, denn das wäre genau das, was wir uns vorstellen."

„Da müssten Sie ins Rangerbüro am Ende der Stadt. Ist angeschrieben, Sie können es nicht verfehlen. Fragen Sie nach James Burnett, er ist der Chef dort."

„James Burnett. Ausgezeichnet. Vielen herzlichen Dank, Sie haben uns sehr geholfen."

Mantis lächelte sie herzlich an und verabschiedete sich. Seine Männer lehnten an dem Wagen und rauchten.

„Und? Erfolg gehabt?" fragte Danny Clum.

„Vielleicht. Wir müssen zum Rangerbüro, denen gehört die Hütte. Vielleicht finden wir denjenigen, der sie denen zur Verfügung gestellt hat."

Mantis und Clum betraten das Rangerbüro. Eine junge Frau saß hinter dem Schreibtisch und hob den Kopf, als Sie eintraten.

„Guten Tag, meine Name ist Elton Hubbs. Man sagte uns im Tourist Office, dass die tolle Blockhütte oben an dem See den Rangers gehört und sie eventuell zu vermieten wäre. Wir wären da sehr interessiert, weil es genau das ist, was wir suchen. Dafür sollen wir bei einem James Burnett nachfragen. Ist er da?"

Mantis lächelte die junge Frau offen an. Er konnte durchaus charmant sein, wenn es ihm von Nutzen war. Freundlichkeit konnte viele Türen öffnen.

„Ja, einen Moment. Ich glaube allerdings nicht, dass die Hütte gerade zur Verfügung steht...James! Kommst du mal?"

James kam aus dem Büro und sah die beiden Männer grüßend an. Er hatte sie bereits kommen sehen. Es waren dieselben, die auch nach Jane und Rainer gefragt hatten. Seine Alarmglocken begannen zu klingeln und er spürte seinen Puls ansteigen.

„Hallo, was kann ich für Sie tun?"

„Wir haben erfahren, dass Sie die Hütte oben am See vermieten und hätten Interesse daran."

„Das stimmt. Ab und zu wird sie vermietet, aber nur, wenn kein Kontingent mehr in den Hotels und Pensionen zur Verfügung steht. Zur Zeit wird sie nur von den Rangern benutzt oder von den Wildhütern, wenn sie die Bestände kontrollieren. Sie steht gerade nicht zur Verfügung, tut mir leid. Aber ich kann Ihnen ausgezeichnete Unterkünfte empfehlen, in denen Sie einen perfekten Service bekommen werden."

„Na ja, wir hätten eigentlich etwas Ruhiges und Abgelegenes ins Auge gefasst und diese wundervolle Berghütte mit dem See wäre exakt das, was wir uns vorgestellt hatten. Keine Chance dafür?"

James schüttelte bedauernd den Kopf.

„Nein, tut mir leid. Sie wird zur Zeit nur von den Personen genutzt, die ich schon erwähnt habe."

„Wurde sie in letzter Zeit denn an Touristen vermietet?"

„Nein. Seit mehr als zwei Monaten nicht mehr. Die Saison ist fast zu Ende."

Mantis kratzte sich am Kinn.

„Seltsam. Ich hatte den Eindruck, dass sie kürzlich bewohnt worden war..."

Es klang wie eine hingeworfene Bemerkung, aber intensiv beobachtete er James´ Reaktion darauf. Er konnte nicht ahnen, dass der unauffällige Ranger auf eine langjährige Geheimdiensterfahrung zurückgreifen konnte und somit leicht in der Lage war, seine Gefühle und Gedanken zu verbergen. Sehr wohl erkannte er die Falle, die Mantis ihm stellen wollte und auch war er geschult darin, ihn als das zu identifizieren, was er wirklich war. Der Mann war zweifellos ein Schnüffler und ein eiskalter Jäger, der solange jagte, bis er die Beute in seine Fänge bekommen würde. James spielte den Überraschten.

„Wie bitte? Wie kommen Sie darauf?"

„Die Türe war nicht abgeschlossen und wir waren so frei, uns die Räume anzusehen. Die Betten waren bezogen und es befanden sich Lebensmittel im Kühlschrank. Tut mir leid, wir hätten nicht einfach eintreten dürfen, aber wir waren einfach neugierig. Und die Hütte ist wirklich ein Juwel."

Er zuckte entschuldigend mit den Schultern, so als ob er sagen wollte, dass es ihm peinlich gewesen wäre, einfach in die unverschlossene Hütte gegangen zu sein.

James spielte weiterhin den Erschrockenen.

„Verdammt, geht das schon wieder los…das sind irgendwelche Vagabunden, die sich da einnisten. Die Hütte liegt ja relativ abgelegen und wir können nicht täglich da hoch fahren, um nach dem Rechten zu sehen. Aber vielen Dank, dass Sie uns davon unterrichten. Ich werde sofort nachsehen, wer sich da aufhält. – Francine, find mal raus, was Burt gerade macht. Er soll mit mir zur Hütte fahren."

Mantis sah Clum an, der die Schultern zuckte. Anscheinend wusste der Ranger wirklich nicht, dass sich dort Personen aufhielten. James nahm seinen Hut und zeigte an, sich zu verabschieden.

„Tut mir leid, meine Herren, dass ich damit nicht behilflich sein kann, aber wie gesagt, bei Interesse kann ich Ihnen mehrere Häuser empfehlen."

„Kein Problem. Trotzdem vielen Dank für die Auskunft…"

James öffnete die Türe und ließ die beiden hinaus. Dort nickte er ihnen noch freundlich zu und wandte sich nach links. Burt fuhr gerade einen der Offroader vor.

„Der war ganz schön überrascht, finde ich."

Clum sah Mantis an.

„Überrascht? Über was?"

„Na, dass dort Leute übernachten, die dort nichts zu suchen haben. Ich glaube, der wusste wirklich nichts davon. Was meinst du? Hast du ihm das abgekauft?"

„Eigentlich schon...der sah aus wie ein waschechter Hinterwäldler. Ranger! Wenn ich das schon höre...das sind so Pseudobullen, die meinen, wichtig zu sein."

„Aber wer hat sie denn dann gewarnt? Wenn unsere Theorie stimmen sollte."

„Warum? Was sollte denn daran nicht stimmen?"

Clum zuckte die Schultern.

„Es wäre durchaus möglich, dass sie zufällig vorher abgereist sind und wir einfach zu spät aufgetaucht sind. Hältst du das nicht für möglich?"

„Vielleicht. Genauso könnte ich es auch für möglich halten, dass der Ranger uns etwas vorgespielt hat."

„Ernsthaft?"

Clum war belustigt. Der Hinterwäldler sollte ihnen etwas vorspielen? Wohl eher nicht...

„Genauso ernsthaft wie deine Zufallstheorie..."

„Also, was tun wir?"

Sie waren bei den Kameraden angekommen und schüttelten den Kopf wegen der unbefriedigenden Ergebnisse.

„Was sollen wir tun?" fragte Clum noch einmal.

„Ich bin dafür, dass wir dem Ranger noch einmal einen Besuch abstatten, um ganz sicher zu gehen, dass er uns nicht belogen hat."

„Wann?"

„Heute Nacht...folg ihm, wenn er nach Hause fährt..."

Sie ahnten nicht, dass James sie längst beobachten ließ. Mittlerweile hatte er bereits Fotos von allen erstellt und durch den Erkennungsdienst laufen lassen. Auch wenn er längst nicht mehr der Agency angehörte, waren diverse Verbindungen immer noch sehr präsent. Einmal Agent, immer Agent, dachte er in dem Augenblick, als er die Datei mit den Ergebnissen auf seinem Bildschirm hatte.

„Das dachte ich mir doch," murmelte er leise, als er die kurze Beschreibung der Gruppe las. Ihm war klar, dass sie nicht einfach wieder verschwinden würden. Ihm war auch klar, dass sie ihn, den Ranger, in Verdacht hatten, Jane und Rainer frühzeitig gewarnt zu haben. Dieser Mantis ist misstrauisch wie ein Wolf, der gab nicht viel darauf, was er ihm erzählt hatte. Er ließ sich von Burt nach Hause fahren. Dort wies er ihn an, auf ihn zu warten. Dann würden sie zusammen zur Hütte fahren.

„Dauert nicht lange," sagte er.

Er holte das geheime, abhörsichere Telefon hervor und wählte Jane´s Nummer.

„James, was gibt's? Wir sind in Sicherheit, falls du das fragen willst…"

„War mir klar. Hör´ mal, die Typen, die euch verfolgen, sind bei mir gewesen und wollten die Hütte mieten. Ich weiß inzwischen, wer die sind."

„Wirklich? Woher…?"

James lachte.

„Auch wenn ich nicht mehr mitspiele, weiß ich immer noch, wie´s geht."

„Okay, war klar. Und? Wer sind die?"

„Es sind fünf. Profikiller der Mafia. Der Anführer heißt Jeffrey Mantis, ein übler Kerl. Viele Lücken in seiner Vergangenheit. Er ist gefährlich…der ganze Trupp ist gefährlich. Die holt man, wenn man nicht weiterkommt."

„Mantis? Nie gehört. Bist du in Gefahr, James?"

„Nein, ich glaube nicht. Ich habe denen eine Story angedreht. Ich denke, sie haben sie geschluckt, aber sicher bin ich nicht."

„Ich komme zurück, wenn du in Gefahr bist…" sagte sie eindringlich.

„Nein, nicht nötig. Ich hab´ alles im Griff. Sieh´ zu, dass du verschwindest."

„Okay, im Notfall weißt du, was zu tun ist. Begib´ dich nicht in unnötige Gefahr, du kennst solche Typen."

„Natürlich…ich muss weiter. Ich geb´ Bescheid, wenn die wieder weg sind."

Rainer hatte das kurze Gespräch verfolgt und sah nun Jane an. Eine Frage war in seinem Gesicht geschrieben.

„Gibt´s Ärger?"

„Ich glaube ja. James hat unsere Verfolger identifiziert. Profikiller der Mafia. Der Anführer heißt Jeffrey Mantis. – James ist in Gefahr. Wir können noch nicht weg."

„Was willst du tun?"

„Ich bin nicht sicher, aber wenn sie ihm gegenüber misstrauisch sind, werden sie ihn noch einmal aufsuchen. Und dieses Mal werden sie wohl nicht lange fackeln, um Informationen zu bekommen."

Sie starrte in den Raum und trommelte mit den Fingern auf dem Tisch herum.

„Sollen wir zurückfahren?"

„Ich bin nicht sicher. Diese Männer sind ein anderes Kaliber. Wenn James das schon so sieht, dann stimmt das auch."

„Ein Ranger? Woher sollte er das wissen?"

Jane sah ihn an und grinste hintergründig.

„Er war mal einer von uns. Oder anders gesagt, ein Branchenkenner. Hat rechtzeitig aufgehört, obwohl er einer der besten gewesen war…"

„James ein Agent? Kann ich mir gar nicht vorstellen."

„Das war auch seine Stärke gewesen. Weil sich das niemand vorstellen konnte. Immer unsichtbar und unauffällig. Eine der wichtigsten Leitlinien. Aber er meint, dieser Mantis ist misstrauisch genug, ihn anzuzweifeln."

„Wird er Hilfe brauchen?"

Sie nickte sofort.

„Wir sollten es auf jeden Fall in Betracht ziehen...ich werde zu ihm fahren."

„Wir..."

„Was?"

„Wir werden zu ihm fahren."

„Nein, du bleibst hier. Wir müssen nicht alles gefährden und mich kennen sie ja nicht. Dich schon."

„Aber sie sind hinter mir her. Es ist Zeit, mich dem zu stellen und nicht immer davon zu laufen..."

„Das sind Profis, Rainer. James und ich haben schon einige gemeinsame Einsätze hinter uns. Wir wissen, was wir zu tun haben."

Doch Rainer schüttelte den Kopf.

„Ich werde keinesfalls hier herumsitzen und Däumchen drehen. Auf was soll ich denn warten? Was ist, wenn irgend etwas schief läuft? Drei sind besser als zwei, oder etwa nicht...vielleicht bräuchten wir Waffen..."

Sie sah ihn nachdenklich an. Tatsächlich hatte er sich offensichtlich verändert. Rainer konnte seine Angst kontrollieren. Vielleicht hatte er doch recht. Sie nickte und fällte eine schnelle Entscheidung.

„Na gut. Ich habe ein paar Waffen..."

„Wirklich? Aber woher?..."

Sie zuckte die Schultern.

„Wir sind in den Staaten. So schwer ist das auch wieder nicht. Also, gehen wir. Ich denke, die Kerle werden erst mit Einbruch der Dunkelheit aktiv. Bis dahin sind wir vor Ort und können uns ein Bild machen."

„Und was ist mit James? Sollen wir ihm nicht Bescheid sagen?"

„Noch nicht. Wir beobachten zuerst, was die Kerle vorhaben."

Rainer zuckte die Schultern.

„Du bist der Boss…," bemerkte er nur trocken.

Mantis und seine Leute waren James gefolgt und warteten nun auf die langsam einsetzende Dunkelheit. Sie waren einmal vor dessen Haus vorbei gefahren und parkten nun in einer verlassenen Hofeinfahrt unweit ihres Zielpunktes. Die Sonne war längst untergegangen und die aufkommende Dunkelheit überzog schnell das Land. Wolken waren aufgezogen und verdeckten den Blick auf die Sterne. Sie warteten noch zwei Stunden, bis sich die Straßen weitgehend geleert hatten, dann stiegen sie aus, sicherten die Umgebung und umstellten lautlos das Haus von James. Mantis und Johannsen erreichten die Eingangstüre. Licht strahlte noch aus einem der Fenster und sie sahen James in der Küche hantieren. Seit dem Nachmittag beobachteten sie genau, wer kam und ging. Anscheinend wohnte James alleine dort, das erleichterte die Aktion sehr.

Er drückte die Klingel und wartete. Schritte näherten sich und die Türe wurde geöffnet. Erstaunt sah James auf den Mann, der vor ihm stand. Er hatte längst bemerkt, dass sie ihn seit Stunden beobachteten. James hatte keine Angst. Er ging davon aus, dass sie sich hüten würden, ihm als Ranger zu nahe zu treten oder ihn vielleicht sogar zu bedrohen. Aber ein unbestimmtes Gefühl der Vorsicht und einer vergangenen Erfahrung hielt ihn hellwach und aufmerksam. Die Daten und Lebensläufe der Männer sprachen eben eine ganz andere Sprache und er hütete sich, zu nachlässig zu sein oder diese Männer gar zu unterschätzen. Trotzdem musste er wissen, welche Informationen sie schon besaßen und welche Mittel ihnen zur Verfügung standen. Er beschloss, den Unwissenden und den Überraschten zu spielen. Sie sollten ihn nicht ernst nehmen und damit vollkommen unterschätzen.

„Nanu, was wollen Sie denn hier? Und woher wissen Sie, wo ich wohne?"

Mantis lächelte schwach und neigte den Kopf. Diesmal war das Lächeln oberflächlich und falsch – und James spielte seine Rolle als gutbürgerlicher Naivling. Jeffrey Mantis hatte keine Ahnung, dass James bereits alles wusste.

„Was spielt das für eine Rolle, Mister Burnett? Wir möchten noch einmal mit Ihnen sprechen und ich würde es bevorzugen, dass wir dies drinnen tun."

Damit gab er seine Spielchen auf, die ihm schon immer unbequem gewesen waren. Er war ein Mann der direkten Konfrontation, der seine Zeit nicht verschwendete. Er drückte ihm den Lauf einer Pistole gegen den Bauch und nickte dabei. James erstarrte und blickte furchtsam die Waffe an. Mantis war zufrieden. Er hatte den Mann richtig eingeschätzt. Spießbürgerlich und ängstlich, aber auch verantwortungsvoll, engagiert als Kleinstadtranger. Von ihm ging wirklich keine reale Gefahr aus.

„Kommen Sie nicht auf den Gedanken, mich nicht ernst nehmen zu wollen, denn das würde mich provozieren, Sie vom Gegenteil überzeugen zu müssen. Also, gehen Sie voran."

James sagte nichts, sondern versuchte, seine Gesichtsmimik überrascht, erstaunt und überaus ängstlich aussehen zu lassen. Er trat ein paar Schritte zurück und sah Mantis an, der ihm auf dem Fuße gefolgt war.

„Setzen Sie sich," befahl Mantis und hob den Kopf.

Clum, Siltic und Alfonso betraten den Raum. James hatte sie nicht gehört, aber er wusste bereits, dass sie sich im Haus befanden.

„Was wollen Sie von mir und was fällt Ihnen ein, mich mit einer Waffe zu bedrohen? Sie haben sich gerade strafbar gemacht, ist Ihnen das klar?"

James sah ihn jetzt fast wild an. Er musste den Entrüsteten spielen und ihnen vorgaukeln, den Ernst der Situation nicht einschätzen zu können. An der Reaktion von Mantis konnte er erkennen, dass er seinen Part ganz gut spielen konnte. Sie betrachteten ihn als gänzlich harmlos und naiv.

„Es liegt mir fern, Sie irgendwie zu bedrohen, aber ich glaube, Sie hätten uns sonst nicht hereingelassen. Ich werde mich kurz fassen...die Hütte wurde vor kurzem noch bewohnt und ich möchte erstens wissen, von wem und zweitens, wohin sie gefahren sind."

„Was? Deswegen dringen Sie in mein Haus ein? Wegen so einem Scheiß? Ich habe Ihnen doch schon gesagt, dass die Hütte nicht vermietet worden war...was soll das jetzt?"

„Wissen Sie, ich glaube Ihnen einfach nicht. Wir verfolgen einen Mann und eine Frau. Der Tracker des Mietwagens war beim Haus, aber ohne Fahrzeug. Er ist ausgebaut worden. Wir haben ihn im See gefunden. Also, ich würde vorschlagen, dass Sie uns sagen, was Sie wissen. Meine Leute und ich können sehr ungehalten reagieren, wenn man meint, uns verarschen zu wollen. Also? Ich habe wenig Zeit...Sie haben gar keine."

Drohend wedelte er mit seiner Waffe.

Mittlerweile war sein Gesicht eiskalt und bewegungslos geworden. James versuchte noch einmal, Überzeugungsarbeit aus einer gespielten Naivität zu leisten.

„Woher soll ich denn wissen, wer in der Hütte gewesen ist. Ich bin schon wochenlang nicht mehr dort gewesen. Ich habe keine Ahnung, wen Sie suchen. Und ich kann Sie nur noch einmal daran erinnern, dass Sie im Begriff sind, sich strafbar zu machen. Also fordere ich Sie und Ihre Leute auf, sofort zu verschwinden. Wir sind zwar auf dem Land, aber unsere Polizeistation hat einen ausgezeichneten Ruf. Ich würde sie nicht herausfordern."

„Wollen Sie mir drohen?"

Mantis verzog das Gesicht zu einem sarkastischen Grinsen. Anscheinend hatte sein Gegenüber noch immer nicht begriffen, wie ernst die Situation für ihn war.

„Ich bereite Sie vor," sagte James sehr langsam mit gesenktem Kopf.

Sein Tonfall hatte sich urplötzlich verändert und für einen Moment war Mantis verwirrt und nahm Blickkontakt zu Danny Clum auf, den diese Worte und insbesondere die Art, sie zu sprechen, genauso hellhörig werden ließen. Hatten sie sich vielleicht doch in dem Ranger getäuscht?

James hatte noch immer den Kopf gesenkt und hätte sich gewünscht, doch die Hilfe von Jane in Anspruch genommen zu haben. Mit diesem Gedanken spürte er eine Schlinge, die sich blitzschnell um seinen Hals legte und damit seinen Kopf mit Wucht nach hinten bog. Sofort wurde ihm die Luftzufuhr abgeschnitten und er begann zu keuchen und zu würgen. Er versuchte, die Hände zwischen die Schlinge zu bekommen, aber Alfonso hatte sie viel zu fest angezogen. Mantis wartete ein paar Momente, dann hob er die Hand.

„Lass´ ihn sprechen, Alfonso," sagte er mit einem Blick auf den Kolumbianer. Sofort lockerte sich die Schlinge, ohne dass sie von seinem Hals weg genommen wurde. James rieb sich keuchend den malträtierten Hals und beugte sich leicht nach vorne, um wieder zu Atem zu kommen. Seine fast schon demütige Haltung ließ die Männer ihre Aufmerksamkeit verlieren. Das nutzte der erfahrene James aus, blitzschnell griff seine Hand zwischen die Schlinge und seinen Hals, er wirbelte kaum wahrnehmbar um seine eigene Achse herum und zog den überraschten Alfonso mit einer explodierenden Gewalt über die Couchlehne. Der rutschte unbeholfen auf die Füße von Mantis, der gar nicht

so schnell reagieren konnte, weil seine Beine sofort blockiert waren. Alfonsos Gewicht verhinderte einen schnellen Schritt. Ohne eine Abwehrreaktion musste er den Faustschlag von James einstecken, ein Uppercut, der seinen Kopf nach hinten warf und ihn aus dem Gleichgewicht brachte. Er spürte das Verlassen seiner Energie und taumelte. Gleichzeitig zog ihn James zu sich heran, wirbelte nochmals um die eigene Achse und hatte nun Mantis zwischen sich und den beiden anderen Männern. Die hielten zwar ihre Waffen bereits in Händen, aber sie zögerten, auch nur einen Schuss abzugeben. Dafür war Johannsen, der hinter ihm stand, viel zu nahe, als dass James irgendeine Chance hätte, aus der Gefahrenzone zu entkommen. Mit einer wütenden sich entladenden Energie hämmerte der Schwede mit einem tiefen Schrei seine Faust in James´ Nieren. Augenblicklich beraubte ihn der immense Schmerz aller Kräfte und Widerstände. Nach Luft japsend, sackte er stöhnend auf die Knie und fing sich gerade noch mit den Händen ab. Johannsen hatte die Waffe gespannt, der Zeigefinger krümmte sich und der Lauf war keine dreißig Zentimeter von James´ Genick entfernt. Gleich würde sich die Waffe entladen und den zusammen gesunkenen Mann auf der Stelle töten. Johannsen dachte in seinem Zorn nicht mehr daran, dass sie eigentlich Informationen bekommen wollten. Der zusammen gesunkene Mann vor ihm sollte jetzt sterben – das war alles, was Johannsen dachte. James hörte dieses tödliche Klicken und schloss entsetzt die Augen.
Aber stattdessen konnte man nur ein dumpfes Zischen wahrnehmen. Ganz kurz nur, ohne Hall, ohne Echo, wie ein Fingerschnippen. Clum, Stiltic und Mantis, dessen Kinn bereits Zeichen des Schlages aufwies, starrten ungläubig auf die Frau, die wie ein Geist im Türrahmen des Nebenzimmers stand und eine Waffe in Händen hielt. Auf

der Waffe war ein Schalldämpfer aufgeschraubt und ihr Arm zeigte auf die Männer, die jetzt in diesem Moment erst wahrnahmen, dass Johannsen vornüber gefallen war. Sein Körper hatte sich noch einmal gedreht, weil er auf James glitt und er lag nun auf dem Rücken. Aus seiner Stirn floss aus einem kleinen Loch Blut. Die Augen waren weit geöffnet, voller Unglauben und Staunen, so als ob er nicht wahrhaben wollte, dass dieser Moment der letzte Moment seines Lebens sein sollte. Das Leben war bereits aus ihm gewichen. Siltic wartete nichts mehr ab, sondern wirbelte herum, hob seine Hand mit der Waffe und wollte schon abdrücken, als ihn eine Stimme in der Bewegung festnagelte.

„Das würde ich nicht tun, wenn du leben willst," sagte ein lauter und befehlender Ton hinter ihm. Einen Augenblick verharrte er, aber dann siegte sein Ego. Eine Schlampe und ein Wichser waren nicht die Gegner, die ihn einschüchtern konnten. Es konnte nicht sein, was nicht sein durfte.

Er war nicht mehr in der Lage, seine Entscheidung zu revidieren. Die blitzschnelle Bewegung mit seinem Schussarm war nicht schnell genug. Die Kugel traf ihn in den Hinterkopf und die Schusshand senkte sich so schnell, wie sie vorher hoch gekommen war. Unendlich lange Sekunden stand er da, dann fiel er wie ein Brett nach vorne auf die Couchlehne, von da aus er wie ein nasser Lappen zu Boden glitt. In einer absurden, völlig verqueren Position lag er da, das Gesicht zur Seite gedreht, das nur ein starres Auge noch sichtbar werden ließ.

Mantis und Clum waren im Moment wie gelähmt. Sie hatten nicht mit weiteren Eindringlingen gerechnet und wurden sich zu spät bewusst, einer tödlichen Fehlkalkulation aufgesessen zu sein. Alfonso wollte sich gerade wieder aufrappeln, aber er verharrte in der Bewegung, als er den Mann und die Frau sah, die ihre schallgedämpften Pistolen auf sie alle richteten. Sie hatten keine Chance und sie alle mussten sich mit einer unbekannten Situation abfinden.

„Lassen Sie sie fallen, Mister Clum. Sofort!!"

Jane starrte Danny an, ohne nur die geringste Zuckung in ihrem Gesicht zu zeigen. Ihre Augen waren kalt wie Eis. Und Danny Clum spürte diese unbekannte Kälte, die ihn erreichte. Er war nicht nur überrascht über die Schnelligkeit, mit der sie sie alle übertölpelt hatte, sondern auch darüber, dass sie augenscheinlich auch ihre Feinde genau kannte. Ein irrer Gedanke durchstreifte sein Bewusstsein, der die große Frage stellte, woher zum Teufel sie wissen konnte, dass sie verfolgt worden waren und vor allem, von wem. Er öffnete die Finger und die Waffe fiel zu Boden. Ein undefinierter Drang drehte den Kopf und er sah fast schon verzweifelt Mantis an, der mit zusammen gepressten Lippen und schmalen Augen seinen Blick auf die beiden toten Kumpane richtete. Seine Gedanken drehten sich im Kreis und er fragte sich, warum sie so verdammt nachlässig gewesen waren. Sie waren nie nachlässig, warum ausgerechnet jetzt? Wie dumme Jungs hatten sie sich von einer Frau und einem Amateur hereinlegen lassen. Sie hatten gar nicht daran gedacht, einen Wachposten vor dem Haus zu postieren. Ihm wurde bewusst, dass sie sich wie idiotische Anfänger benommen hatten. Ein großer Fehler, dem die beiden toten Killer auch als Leiche beipflichteten.

Alfonso kniete immer noch am Boden. Jane ließ ihn und Mantis nicht aus den Augen.

„Nehmen Sie Ihre Waffen heraus und legen Sie sie auf den Boden. Langsam und sichtbar. Dann treten Sie drei Schritte zurück und legen die Hände auf den Kopf."

Alfonso und Mantis wollten gerade ihre Waffen aus den Halftern ziehen, da hielten sie abrupt inne.

„Nein! Mit der linken Hand. Die rechte bleibt über dem Kopf…"

Sie wedelte mit der Waffe und die Männer gehorchten. Mantis hatte die erste Schockwelle überwunden und spürte den Ärger und die Wut aufsteigen. Ein Gefühl, das er längst vergessen zu haben glaubte, bahnte sich wieder einen Weg in sein Gedächtnis. Er sah sich wieder inmitten dieser Kerle stehen, die sich einen Spaß daraus gemacht hatten, ihn zu verspotten, zu verprügeln und auf ihm zu urinieren, als er vollkommen wehrlos am Boden gelegen hatte. Gleichzeitig kreierten sich wieder die Bilder, die zeigten, wie er sie – einer nach dem anderen – tötete. Er hatte es genossen, ihre Angst sehen zu können, bevor sie sterben mussten. Der Beginn seiner kriminellen Karriere. Danach hatte ihn niemand mehr vorgeführt oder respektlos behandelt. Bis heute. Auch wenn diese unbekannte Frau und der Mann, wegen dem sie alle hier waren, ihn weder verspotteten noch beleidigten, spürte er wieder dieses Gefühl in sich aufsteigen. Eine schon krankhafte Mischung aus Wut, Rache, Aggression und einem unpassenden Beleidigt-sein, das sein verletztes Ego entworfen hatte. Trotzdem hielt er sich zurück, konnte sich kontrollieren und wusste, dass seine Chance kommen würde.

Rainer war hinter sie getreten und sammelte die Waffen ein. Mantis konnte ihm nicht in die Augen sehen und wohlweislich vermied er es, sich zu viel zu bewegen. Dann trat Rainer wieder zur Seite und sah Jane an. Eine Frage war in seinem Gesicht geschrieben...Und jetzt?

„James, bist du okay?"

James hatte sich bereits erhoben und war schnell aus der Schusslinie getreten. Er nickte.

„Ja, alles in Ordnung. – Ich rufe jetzt die Polizei."

„Tu das...wenn sie da sind, werden wir verschwinden."

James nickte und sah regungslos Mantis in die Augen. Und Mantis sah in den Augen des Rangers einen anderen Mann. Ein Verdacht keimte in ihm auf, der ihm sagte, dass dieser durchschnittlich aussehende Ranger nicht das war, was er vorgab, zu sein. Er hatte sie getäuscht – und Mantis verspürte noch mehr Ärger und Wut.

„Man sollte seine Gegner immer vorher kennen. Das sollten Sie in Ihrer Branche eigentlich wissen. Wie haben Sie solange überleben können?"

Mantis hatte sich wieder etwas gefangen und nickte. Die Frage beleidigte ihn schon wieder und traf seinen empfindlichsten Nerv.

„Da haben Sie recht. Wir waren nachlässig und haben die Situation unterschätzt. Wir haben Sie unterschätzt und Ihre Freunde. Das nächste Mal wird das nicht mehr vorkommen."

„Es wird kein nächstes Mal geben, befürchte ich. – Die Anklage wird auf Hausfriedensbruch und Mordversuch lauten. Die nächsten Jahre solltet ihr euch ein neues Hobby suchen. Vielleicht töpfern oder malen…"

Alfonso wechselte die Gesichtsfarbe. James hatte recht. Es sah im Moment böse für sie aus. Sein Blick erreichte Mantis, der keine Miene verzogen hatte und nun Rainer anstarrte. Es sprach für seine Fähigkeit, Emotionen unter Kontrolle zu halten, als er ihn ansprach.

„Mein Kompliment, Mister Noldau. Niemand hätte auch nur einen Cent darauf gesetzt, dass Sie länger als eine Woche überleben werden. Ich muss zugeben, dass ich Sie bei Weitem unterschätzt habe und Sie alle mehr als überrascht haben. Darf ich fragen, wer oder was Sie wirklich sind? Es würde mich sehr interessieren, denn den spießigen Banker nimmt Ihnen jetzt bestimmt niemand mehr ab."

„Ich bin Rainer Noldau. Sonst niemand. – Hat Sie Carlo Celotini beauftragt?"

Mantis zuckte die Schultern und nickte.

„Natürlich, wer sonst? Ihm schulden Sie Geld. Sie sollten es ihm zurück geben."

Rainer verzog das Gesicht zu einem matten Grinsen.

„Damit wäre es wohl nicht erledigt, denke ich. Es ist eh viel zu spät. Also was hätte ich dann davon?"

„Sie hätten ein reines Gewissen...," sagte Mantis und grinste breit. Seine Selbstsicherheit war wieder da. Er wandte sich an Jane, die ihn nach wie vor nur fixierte.

„Sie waren die große Unbekannte. Wer sind Sie?"

„Ich bin die gute Fee. – James, hast du die Polizei erreicht?"

„Sind unterwegs."

Jane hob die Hand mit der Waffe und trat zwei Schritte auf Mantis zu. Er war ja offensichtlich der Boss der Bande. Sie bohrte ihren starren Blick in seine Augen. Ihre Hand streckte sich und der Daumen spannte den Hahn. Die eisblauen Augen des Söldners weiteten sich und erschrocken starrte er sie an. Sie würde doch nicht...

„Dann sollten wir es sofort zu Ende bringen..."

Rainer hob die Hand und wollte etwas sagen, aber er unterließ es. Er war nicht in der Position, sie von irgend etwas abbringen zu können. Er sah in das Gesicht von Mantis, der auf einmal Schweißperlen auf der Stirn hatte. Er hatte Angst. Seit so langer Zeit hatte er wieder Angst. Angst, weil er dieser mysteriösen Frau ihre Entschlossenheit ansehen konnte. Sie würde nicht zögern, ihn und seine Kumpane zu erschießen. Genauso wie er nicht zögern würde, sie zu töten.

Die Polizeisirenen waren bereits zu hören und Jane entspannte den Hahn. Mit einer schnellen Bewegung ließ sie die Waffe verschwinden. Sie sah Rainer an und nickte.

„Gehen wir. Alles soweit klar, James?"

Er nickte mehrmals.

„Natürlich. Ich regle alles..."

Noch einmal sah sie Mantis in die Augen.

„Glück gehabt...sollten wir uns noch einmal über den Weg laufen, gibt es kein Glück mehr..."

Mantis sagte nichts, er glaubte ihr auch so. Sie drehte den Kopf zu James, dem sie unauffällig zu blinzelte. James presste ganz kurz die Lippen zusammen.

Lächelnd nickte er den beiden zu, dann verschwanden sie über die rückwärtige Tür. James hatte mittlerweile zwei Waffen in den Händen und forderte die Männer auf, sich zur Haustüre zu begeben. Dort mussten sie sie öffnen. Polizisten nahmen sie sofort in Gewahrsam und James senkte die Waffen. Ein Mann trat auf ihn zu und hatte fragend die Augenbrauen hochgezogen.

„Mann, James, was ist denn da passiert? Was wollten die Kerle denn und wer zum Teufel sind die? Erinnert mich ja fast an alte Zeiten," fügte er leise hinzu.

„Sie sind hinter irgend jemandem her und haben geglaubt, ich weiß, wo die sind...ich erzähl´ dir alles auf dem Revier."

„Bin gespannt. Wo sind die beiden anderen? Sagtest du nicht, es sind fünf?"

„Die wollten mich umlegen. Zwei liegen im Wohnzimmer..."

James deutete hinter sich.

„Man verlernt wohl nicht so schnell, oder?"

Steve und er kannten sich schon lange. Zusammen waren sie bei der Agency und hatten sich fast gleichzeitig davon verabschiedet, ohne jemals einen Auftrag zusammen erledigt zu haben. Sie wussten voneinander, aber sprachen nie darüber. James nickte und zuckte die Schultern.

„Manches ist eben doch noch gut…"

Jane und Rainer ließen den Mietwagen in Denver stehen und nahmen den Zug. Über Nebraska und Iowa erreichten sie Chicago. Dort musste sich Rainer endgültig entscheiden. Von Chicago aus gingen die meisten Flüge nach Europa. Würden sie zusammen fliegen oder nicht? Er war unschlüssig und beschloss, auf seinen Bauch zu hören.

In dem Ort Kenosha am Westufer des Lake Michigan hatten sie sich in ein Bed and Breakfast eingebucht und saßen nun auf einer Bank am See. Es war Mittag und die Sonne strahlte von einem blauen wolkenfreien Himmel. Es war ausgesprochen idyllisch und friedlich. Nur konnte Rainer es nicht genießen. Er stand vor einer Weggabelung. Seine Gedanken sprangen hin- und her, tendierten mal auf die eine, dann wieder auf die andere Seite. Innerlich fühlte er zwar bereits, was er zu tun hatte, aber noch haderte ein innerer Taktgeber mit den möglichen Optionen. Er dachte daran, was und vor allem wie er es Jane beibringen sollte, denn es wurde Zeit, sich zu entscheiden - und als wenn sie seine Gedanken erraten hätte, begann sie zuerst, eine Entscheidung einzufordern.

„Nun, was willst du tun? Kommst du mit mir zurück? Ich kann nur wiederholen, dass das eine selten gute Chance ist...ich bin überzeugt, dass du damit ein neues Leben beginnen kannst."

„Das weiß ich und ich weiß das auch zu schätzen, das kannst du mir glauben."

„Ich höre ein Aber...was stört dich dabei?"

Rainer stand auf und steckte die Hände in die Hosentaschen. Mit hochgezogenen Schultern starrte er auf das Wasser. Dann drehte er sich um und sah sie an.

„Ich kann mich nicht mit dem Gedanken anfreunden, dass andere mein Schicksal und mein Leben in die Hand nehmen. So war das alles nicht gedacht."

„Dein jetziges Leben war doch auch nicht so gedacht."

„Natürlich nicht...ein Grund mehr, die Dinge selbst so zu regeln, dass es wirklich passt und mir ein gutes Gefühl gibt."

Er senkte den Kopf und suchte auf dem Boden den Kiesweg angestrengt nach Diamanten ab. Es gab keine. Es gab auch keine Ausreden mehr.

Stattdessen musste er jetzt Farbe bekennen. Das Hinausgeschiebe brachte niemanden weiter.

„Und was noch? Da ist doch noch etwas, wenn ich mich nicht täusche…"

Er sah ihr wieder in die Augen. Sie kannte ihn schon ziemlich gut.

„Es ist so...selbst wenn ich eine neue Identität hätte, wäre doch die Situation wegen der Mafia immer noch dieselbe. Und wer garantiert mir denn, dass irgendein dummer Zufall nicht wieder eine Spur öffnet? Solange Celotini den Auftrag nicht zurückzieht, bleibt er – und eben auch das Kopfgeld – weiterhin bestehen…"

Jane sah ihn an und sagte nichts. Sie wusste, auf was er hinauswollte.

„Ist es nicht so?" fragte er sie.

„Ja, es ist so, aber die Chance, dich dann zu finden, ist so verschwindend gering. Ein Restrisiko wird immer bleiben."

Doch Rainer schüttelte vehement den Kopf.

„Nein, es darf keines geben. Es ist erst zu Ende, wenn ich tot bin – oder Carlo Celotini."

„Rainer, das sind fünf Nummern zu groß für dich. Das kannst du nicht schaffen. Dafür fehlt dir jegliche Erfahrung und der Instinkt eines Killers. Lass´ es nicht soweit kommen, dich auf das tödliche Niveau dieser Leute zu begeben."

„Und wenn ich es doch schaffen sollte?"

„Willst du dir dann wirklich einen Mord aufhalsen? Bis jetzt hast du dich nur verteidigt, aber dann…"

„Ist nicht der Angriff die beste Verteidigung? Wer will mich denn schon verdächtigen?"

„Du meinst das ernst? Wirklich? Es geht nicht nur darum, dass dich jemand verdächtigt. Es geht nicht um andere Leute, es geht um dich."

„Wie meinst du das?"

„Es ist ein großer Unterschied, ob man sich verteidigen muss und jemanden tötet oder ob man jemanden tötet, der sich gegen dich verteidigt. Auch wenn es noch so notwendig erscheinen mag. Das verändert einen...glaub´ mir...!"
Er zuckte die Schultern. Rauf und runter. Ein paarmal hintereinander.

„Habe ich denn eine Wahl? – Und bevor du antwortest, denk daran, wie viele Möglichkeiten es gibt, mich zu finden. Bis jetzt haben sie mich immer wieder aufgespürt. Ich lebe doch nur noch, weil du bei mir bist und die dich bis jetzt nicht gekannt haben. Aber das ist jetzt anders...ich glaube, es ist besser, wenn wir uns trennen. Alleine fällt man nicht so auf. Ich denke, wir sollten das realistisch sehen...und...und ich werde nicht mitkommen. Ich würde mir wünschen, dass du mich da verstehst."
Er hatte sich wieder neben sie gesetzt und sah sie fast flehentlich an. Ihr Gesichtsausdruck war ernst. Sie wusste, dass sie ihn nicht überzeugen konnte. Er wollte nur ihre Einwilligung.

„Ich bin nicht deiner Meinung. Ich glaube, du mutest dir da zu viel zu. Du bist kein Profi...auch wenn du mittlerweile auf dem besten Weg dazu bist," setzte sie leise hinzu.

„Also?"

„Wann?" fragte sie ihn.

„Je schneller, desto besser..."

„Nun gut. Ich kann dich anscheinend nicht überzeugen. Ich habe dir versprochen, dir die Wahl zu lassen und ich halte meine Versprechen."

„Danke."

„Wie sind deine Pläne?"

„Noch sind sie vage. – Hör´ zu, ich...ich möchte nicht, dass wir auseinandergehen, um uns nie wieder zu begegnen..."

„So sieht´s aber nun mal aus."

Er starrte wieder auf den See und sagte nichts.

Er wollte sie nicht verlieren, aber es gab keine andere Möglichkeit. Er musste genauso handeln wie seine Verfolger und er musste den Boss der Bosse ausschalten, um den Auftrag und das Kopfgeld löschen zu können. Erst dann bestand wieder die Möglichkeit eines Lebens ohne die ständige Angst, entdeckt zu werden. Dass die deutschen Behörden trotzdem immer noch nach ihm fahndeten, erachtete er daneben eigentlich als unwichtig. Er würde sowieso nicht mehr dahin zurückkehren.

„Ich kann dir eine Telefonnummer geben. Für den Notfall. Sie ist geheim und kann nicht geortet werden. Wenn du möchtest…"

Er nickte.

„Ja, das wäre schön…vielleicht wird einmal der Tag kommen, an dem wir uns wiedersehen."

„Ja, vielleicht…du bist ein besonderer Mensch, Rainer. Handle auch so."

Sie war aufgestanden und sah ihn mit zusammen gepressten Lippen an. Dann beugte sie sich zu ihm hinunter und küsste ihn. Ihre Hand strich über seine Wange.

„Mach´s gut…und pass´ auf dich auf."

Er nickte mit einem zaghaften Lächeln.

„Das werde ich…"

„Bleib´ hier sitzen und genieß´ die Sonne. Gib´ mir zwei Stunden, dann bin ich weg. Einverstanden?"

„Einverstanden."

Sie drehte sich um und ging den Kiesweg zurück, ohne sich noch einmal umzudrehen. Rainer sah ihr nicht nach, er beobachtete wieder den See, die Boote, das Wasser und die Weite. Unsicher, ob er die richtige Entscheidung getroffen hatte, saß er noch die nächsten Stunden auf der Bank. Irgendwann stand er auf und spazierte wieder zurück. Als er das Zimmer betrat, war ihr Koffer und ihre Kleidung verschwunden. Ganz kurz registrierte er den Blitz, der in sein Herz eindrang und ein seltsames Gefühl von Traurigkeit verursachte. Noch einen Augenblick rätselte er darüber, dann schob er alle Bedenken beiseite. Es wurde Zeit, dass aus dem Gejagten ein Jäger wurde. Aber zuerst musste er den Kontinent wechseln. Mit seinem australischen Pass würde er über Kanada irgendwohin fliegen – vielleicht wirklich nach Australien. Von da aus musste er einen exakten Plan entwickeln, der alle nur möglichen Eventualitäten mit einschloss. Er hatte nicht vor, sein Leben vorzeitig beenden zu lassen. Er hatte nicht vor, das Flüchten als die einzige Lebensmitte anzusehen. Er hatte vor, dieses jetzige Leben zu beenden – um aus der Asche ein gänzlich neues zu gestalten…

*

Australien ist ein Riesenkontinent. Mit einem Zentrum wie aus einer Dystopie. Das Outback ist so gut wie nicht besiedelt, die wüstenhafte Einöde mit der Trockenheit und der unbarmherzigen Hitze lädt kaum jemanden zum Leben ein. Rainer hatte sich zurück gezogen. Weit weg von einer sprichwörtlichen Zivilisation. Er war wochenlang quer durch Australien gereist, bestaunte die unendliche Weite, die sich hunderte und gar tausende Kilometer hinzog, ohne die Landschaftsformen groß zu verändern. Ihm gefiel diese Einsamkeit, diese Stille und die nie zuvor gesehenen klaren Nächte mit einem Sternenhimmel, der einen unglaublich grenzenlosen Blick in das Universum und auf die Milchstraße freigab, das er jede Nacht von neuem bewundern durfte. Er wurde ruhiger, war sich selbst wieder näher und er war auch wieder in der Lage, den Augenblick weit tiefer in sich aufzunehmen als das bisher der Fall gewesen war. Die menschliche Leere im Inneren des Kontinents suggerierte ihm ein trügerisches Gefühl der

Sicherheit, aber auch der Rückbesinnung auf das Wesentliche. Doch auch wenn das Alleinsein in der grenzenlosen Einöde etwas Archaisches und Grundsätzliches an sich hatte, war er längst kein Einsiedler oder Eremit, der die Menschen und die Orte mied.

Nach sieben Wochen sehnte er sich wieder nach einer Stadt und den zivilisatorischen Annehmlichkeiten. Im äußersten Südwesten erreichte er Perth. Sie gilt als die isolierteste Stadt der Welt, ist von Denpasar oder Singapur weniger weit entfernt als von Adelaide. Mit durchschnittlich acht Sonnenstunden pro Tag über das ganze Jahr gilt Perth auch als Stadt des Lichts. Mit seinen knapp 2,1 Millionen Einwohner ist sie eine Großstadt, in der man mehr als angenehm leben kann. Die Sommer sind trocken und können sehr heiß werden und die Winter sind dafür mild und regenreich. Unzählige Sandstrände laden die Menschen zu allen erdenklichen Wassersportarten ein. Das angenehme Klima und die trotz einer Millionenmetropole weitläufige Peripherie machen Perth absolut lebenswert und vereint Lebenslust, Kultur und Freizeitangebote zu einem herausragenden Ort für Rainer Noldau.

Er hatte sich nach kurzer Überlegung ein Haus im Süden gekauft, ein Konto eröffnet und war nach mehr als zwei Monaten in der Lage, die einst wirren Gedanken über die Zukunft neu zu ordnen und einen stabilen Plan zu erstellen. Der Gedanke an Celotini ließ ihn natürlich nicht los, aber er war längst nicht mehr so dunkel und erschreckend. Er wusste nicht, ob er hier in Australien sicher war und er wollte es auch nicht darauf ankommen lassen. Mit ziemlicher Sicherheit würde Carlo Celotini ihn niemals in Ruhe lassen, dafür war er viel zu eng mit seinen verbrecherischen Machenschaften und den daraus resultierenden Konsequenzen verbandelt. Zudem sah er es als seine primäre Pflicht an, den Tod eines

Familienmitglieds zu rächen. Dass Ludovico seinerseits Rainer töten wollte, spielte hierbei keine Rolle. Oft dachte Rainer an die Killer in Colorado und fragte sich, was sich wohl James hatte einfallen lassen, um sie hinter Gitter zu bringen.

Und mit einem seltsam zufälligen Zusammenhang dachte in demselben Moment auch James an diese Killerbande. Sie waren verhaftet und verurteilt worden. James war zufrieden damit. Es hatte aufgrund seiner detaillierten Aussagen keine zusätzlichen Nachforschungen gegeben, auch wenn die verbliebenen drei Killer alle Anschuldigungen abstreiten wollten. Den Ermittlern hatte er überzeugend klarmachen können, dass eine Interpolagentin einen Zeugen vor dem Anschlag schützen wollte, sie in einem geheimen Auftrag unterwegs war und der ganze Fall als „TopSecret" einzustufen war. Nachfragen sollten an das Hauptquartier in Lyon gestellt werden. Aber James war zu integer, als dass man seine Aussagen angezweifelt hätte. Die Killer wurden verurteilt wegen Hausfriedensbruch und Mordversuch und für die nächste Zeit weggesperrt.

Er wollte schon das Haus verlassen, als sein Handy klingelte. Auf dem Display erschien der Name Steve, der Polizist, mit dem ihn dieselbe Vergangenheit verband.

„Hallo, Steve, was liegt an so früh am Morgen?"

„Hi, James, ich wollte dich nur vorbereiten. Unsere Killerbrigade dieser miesen Kerle, die wir ja für länger wegsperren konnten, sind aus dem Gefängnis entkommen."

James erstarrte für einen Augenblick und sah sich sofort nach allen Seiten um.

„Was? Wie um alles in der Welt konnte denn das geschehen?"

„Sie mussten zur medizinischen Untersuchung und haben dabei die Wachen überwältigt. Anscheinend war das von langer Hand vorbereitet. Es waren mehrere Männer beteiligt. Innerhalb von zehn Minuten waren die weg."

„Gab´s Tote oder Verletzte?"

„Nein, zum Glück nicht. Sie haben sofort die Wachen entwaffnet und sie gefesselt. Bis irgend jemand drauf gekommen ist, waren sie verschwunden. Die Straßen wurden sofort abgeriegelt, aber keiner war mehr aufzufinden. Es war eine exakt organisierte und professionelle Aktion."

„Wie konnten die denn Kontakt aufnehmen? Das muss schließlich auch exakt geplant werden."

„Das weiß man noch nicht. Ich denke, mir werden die das bestimmt auch nicht sagen. Mehr weiß ich nicht, ich dachte nur, du solltest vorsichtig sein. Vielleicht kommen sie zurück und wollen sich rächen. Solche Leute sind unberechenbar."

„Ja, vielleicht. Was ich nicht glaube. Das sind Profis, die wollen ihren Auftrag erledigen und die Kohle einsacken. Sie würden nur wegen nichts kein Risiko eingehen."

„Sei trotzdem vorsichtig, James…"

„Natürlich. Danke für die Info."

Er legte auf und überlegte. Vielleicht konnte er Jane erreichen. Sie sollte Bescheid wissen. Noch hatten sie ja ihren Notfallkontakt. Er ging wieder zurück zu seinem Aktenschrank und holte einen abgewetzten unauffälligen Ordner heraus. Darin blätterte er, bis er die Seite mit den vielen Zahlen vor sich liegen hatte. Es war ein Code, der nur von Eingeweihten zu entschlüsseln war. Und auch nur, wenn tatsächlich ein konkreter Verdacht und die spezielle Suche danach auch gegeben sein sollte.

Er nahm das nicht gemeldete Handy in die Hand und wählte die Nummer.

„Hallo?"

„Hi, Jane, hier James. Gut, dass ich dich erreiche…"

„James? Was ist los? Die Nummer ist nur für einen Notfall gedacht. Ist was passiert? Geht´s dir gut?"

„Ja, alles okay...mein Kumpel bei der Polizei hat mich gerade informiert, dass die Killer, die euch verfolgt hatten, aus dem Knast geflohen sind."

„Oh, verdammt. Wie denn?"

„Niemand weiß was genaues, aber sie hatten wohl professionelle Hilfe dabei. Ich wollte euch nur sagen, dass ihr aufpassen müsst. Ich gehe davon aus, dass die ihren Auftrag zu Ende führen wollen. Du kennst solche Leute. Die nehmen es sehr persönlich, wenn man sie aushebelt."

„Ja, schon möglich. Rainer und ich haben uns getrennt. Ich weiß nicht, wo er ist..."

„Scheiße. Na gut, kannst du ihn erreichen?"

„Nein. Eigentlich sollte er doch mit nach Europa zu Interpol mitkommen, aber er wollte das nicht."

„Warum denn nicht? Traut er dir und deinen Leuten nicht?"

„Doch, eigentlich schon...aber er...er will diesen ganzen Scheiß selbst bereinigen..."

„Was will er?! Wie soll ich das denn verstehen? Was heißt bereinigen? Sein Kopfgeld wird er nicht löschen können."

„Wenn er den Kopf der Schlange abschlägt, vielleicht schon."

„Er will sich doch nicht direkt mit der Mafia anlegen?"

„Na ja, das hat er ja schon...aber ja, so könnte man es auch sagen..."

„Hast du ihn nicht überzeugen können? Oder ist er jetzt lebensmüde geworden? Der Junge überschätzt sich, Jane. Das kann durchaus tödlich enden."

„Leider hat er nicht auf mich gehört. Er hatte ganz gute Argumente, nicht mitzukommen und ich habe versprochen, ihm die Wahl zu lassen..."

„Was hast du? Jane, jetzt sag´ mir mal, was an diesem Jungen so besonders ist, dass du ihn einfach laufen lässt.

Schließlich hast du sehr viel investiert, ihn zu finden und zu schützen."

„Es ist...es hat sich...ich...ich meine, es..."

„Okay, verstehe...," unterbrach er sie mit einem Grinsen, das sie nicht sehen konnte.

„Ich habe doch noch gar nichts gesagt."

James lachte.

„Brauchst du auch nicht...ich versteh´ trotzdem. Hast dich verguckt, nehme ich an?"

„Schlimmer..."

„Nein...wirklich? Du?? Ausgerechnet du??"

„Ja, wirklich..."

„Und er?"

„Bin nicht sicher. Ich denke schon. Er ist intelligent, James. Und zwar sehr...er kann seine Gefühle recht gut kontrollieren, aber ich möchte schon glauben, dass er genauso wie ich fühlt."

„Na gut...ist ja noch nichts passiert. Und du kannst ihn wirklich nicht erreichen?"

„Nein, wirklich nicht. Aber er weiß schon, dass er nicht sicher sein kann. Er kann mittlerweile ganz gut auf sich aufpassen..."

„Das hoffe ich. Mit diesen Typen ist nicht zu spaßen, das hast du ja auch gemerkt. Die ziehen ihr Ding eiskalt durch. Das sind Söldner. Killer. Die kennen nur den Job, kein Mitgefühl oder Nachsicht. Und es geht ja auch nicht um ein paar tausend Kröten..."

„Ich weiß. James, die können auch noch einmal dich besuchen kommen. Du weißt das hoffentlich auch."

„Natürlich. Ich pass´ schon auf. Diesmal kann ich die Kerle ja einschätzen. Es wird kein Pardon mehr geben. Mein Freund Steve weiß auch Bescheid. Wir sind alarmiert und achten auf jeden, der hier ankommt. Sollten sie wirklich auftauchen, haben sie verloren. Keine Sorge."

„Ich kann dir im Moment leider nicht helfen. Ich bin wieder in Europa und habe einen neuen Auftrag."

„Mach dir keine Sorgen. Ich melde mich, wenn es was Neues gibt...mach´s gut, Jane."

„Ja, du auch…"

*

Neapel. Italien. Carlo Celotini stand an seiner kleinen Bar und schenkte sich gerade ein Glas Wein ein, als es klopfte.

„Ja?"

Die Türe öffnete sich und sein Anwalt kam herein.

„Ciao, ich grüße Sie, Signore."

Celotini sah ihn an, nickte kurz und hob die Hand.

„Was gibt's, Gianni?"

„Leider nichts Gutes. Benitos Männer haben wohl versagt…"

„Über was sprechen wir gerade?"

„Über diesen Rainer Noldau."

„Was? Immer noch? Was ist denn jetzt passiert?"

„Leider wissen wir noch nichts Konkretes. Außer dass die Männer in Amerika im Knast hocken."

Urplötzlich verfiel Carlo Celotini in ein sarkastisches lautes Lachen. Gianni lachte nicht, sondern wartete, bis sich sein Boss beruhigt hatte.

„Und Noldau?"

Gianni Fabuzzi hob nur kurz beide Hände und zuckte die Schultern. Die Lippen hatte er fest zusammen gepresst und die Augenbrauen hochgezogen. Was so viel bedeutete wie „ich habe nicht die geringste Ahnung".

„Sagte Benito nicht, dass das seine besten Männer seien, die noch nie versagt haben?"

„Das hat er gesagt, ja."

„Warum überrascht uns das jetzt nicht besonders?"

„Sie sind nicht überrascht oder wütend?"

„Noch nicht…vielleicht später."

„Nun, es gibt ja noch etwas Positives. Die Gruppe um Mantis besteht aus fünf Leuten. Drei konnten aus dem Gefängnis entkommen. Darunter auch Mantis."

„Aha.."

Er hatte sein Glas erhoben und sah hindurch. Die dunkelrote Farbe faszinierte ihn anscheinend wesentlich mehr als das Schicksal irgendwelcher Kopfgeldjäger.

Celotinis Interesse hielt sich weitgehend in Grenzen und Fabuzzi konnte im Moment mit seiner offensichtlich desinteressierten Reaktion nicht viel anfangen. Ein kleines bisschen war er verwirrt.

„Man hat nur drei verurteilt. Die anderen zwei sind tot."

„Darf ich raten? Noldau hat sie abgemurkst."

„Nicht so ganz. Diese Frau, die ihn angeblich begleitet hatte, war auch mit im Spiel. Mantis hat Benito Bericht erstattet und ist sich sicher, dass sie eine Professionelle ist. Wie sie zu Noldau steht, konnte er nicht sagen, aber er hat eine Vermutung…"

„Spannend…," entgegnete Carlo leidenschaftslos. Es schien Fabuzzi so, dass die Farbe des Rotweines in seinem Glas wesentlich interessanter sei als die Geschichte seines Anwalts.

„Also, Mantis glaubt, dass beide Profis sind und dass sie möglicherweise einen Auftraggeber haben."

Jetzt hielt der Patron inne und starrte ihn an. Es wurde doch noch interessant.

„Okay, weiter…"

„Nichts weiter. Nachdem man die drei eingebuchtet hat, hat sich natürlich die Spur verloren. Mantis und seine Männer sind gerade mehr damit beschäftigt, ihre eigene Identität zu erneuern. Von Noldau und der Frau fehlt jede Spur. Sie sind untergetaucht."

„Das heißt, wir kommen wieder einmal nicht weiter."

„Leider ist das so. Don Carlo, läge es möglicherweise nahe, die Suche einzustellen? Das verschlingt alles Unsummen. Wir werden sie nicht finden, die sind clever…wenn sie wirklich Profis sind, kostet uns das wesentlich mehr als das, was am Ende erreicht werden könnte…"

„Wenn es nur nach mir ginge, würde ich mit Ihnen übereinstimmen und es möglicherweise in Erwägung ziehen, aber hier geht es nicht um mich."

„Sondern?"

„Es geht um meinen Bruder und meine Schwägerin. Es geht um Fernando und Ornella. Es geht um meine Familie. Ich habe ihm versprochen, Ludovicos Tod zu rächen. Ich halte meine Versprechen, Gianni. Noch niemals habe ich eines gebrochen. Und außerdem fordert mich dieser verdammte Kerl mit seiner Schlampe auch noch heraus. Er macht mich – nein, uns – lächerlich. Oder anders…nein, er macht mich lächerlich. Und das geht nicht."

„Ich verstehe…"

Carlo sah ihn skeptisch an.

„Wirklich?"

„Natürlich. Ich möchte auch nur mögliche Optionen im Auge behalten. Und Notwendigkeit, Effizienz und Ergebnisse gegeneinander abwägen. Wir sind nicht mehr in den Sechzigern, in denen alles einfacher war, weil man jeden problemloser aufspüren konnte. Heute, im Zeitalter der Elektronik, der KI und der digitalen Vernetzung mit all seinen Möglichkeiten, kann doch jeder spurlos verschwinden, wenn er es möchte. Neue Identitäten sind keine große Sache mehr. Und einen Mann auf der Welt zu finden, der damit mehr als professionell umgehen kann, wird nahezu unmöglich sein. Das ist dieser Mann. Wir sollten uns die Frage stellen, ob sich der Aufwand rechtfertigen kann."

Nachdenklich sah er seinen Boss an.

„Ich sage das jetzt als Pragmatiker, ich hoffe, Sie verstehen meine Bedenken."

Carlo sah ihn überlegend an.

„Sie halten diesen Mann also für einen Profi durch und durch?"

„Ich halte diesen Mann für ein Genie *und* einen Profi. Wie kann es denn sonst möglich sein, dass er seit Monaten immer wieder untertauchen kann und nur Leichen hinterlässt? Mit immer wieder anderen Pässen. Er wechselt seine Identitäten wie ich meine Anzüge. Unabhängig von dieser unbekannten Frau. Mantis hat in seiner Branche einen sehr guten Ruf. Benito sagt, dass er noch niemals versagt hat. Er hat Noldau wider Erwarten in Colorado aufgespürt. Mantis ist ein Schnüffler, der sich in seine Beute verbeißt und sich nicht so leicht abschütteln lässt. Aber selbst er hat – mit seinen Männern – eine Niederlage einstecken müssen, die wieder zweien das Leben gekostet hat. Das sind Söldner, Don Carlo. Die leben von der Jagd. Und am Ende sind sie zudem auch noch im Knast gelandet. – Ja, ich halte Noldau für einen besonderen Profi, den niemand kennt, wie wir bereits wissen. Ich habe versucht, mehr über ihn heraus zu finden…"

„Und?"

Fabuzzi zuckte die Schultern und hob die Hände.

„Nichts. Gar nichts. Null. Wissen Sie, was ich glaube? Von was ich mittlerweile überzeugt bin…"

„Na…?"

„Noldau ist ein Agent allerhöchster Güte, der sich zur Ruhe gesetzt hat und dessen Lebenslauf bis ins kleinste Detail neu gestaltet worden ist."

„Und wenn schon? Er ist auch nur ein Mann. Ein einzelner Mann, verdammt noch mal…!"

Carlo wurde jetzt wütend.

Gianni sagte nichts und sah zu Boden.

„Über was denken Sie nach, Gianni? Los, sagen Sie schon…"

„Ich…ich habe mir schon oft überlegt, was ich an seiner Stelle tun würde. Ich versuche, mich in seine Gedankengänge hinein zu versetzen."

„Und? Sind Sie fündig geworden?"

Seine Mundwinkel verzogen sich fast ein wenig spöttisch.

„Vielleicht…"

„Was würden Sie denn tun?"

„Ich würde aufhören, davon zu laufen."

„Wie meinen Sie das?"

„In einer ausweglosen Situation kann manches Mal Angriff die beste Verteidigung sein. – Wie wir alle längst wissen. Ein Überraschungsmoment kann explosiv sein."

Carlo Celotini erstarrte einen winzigen Augenblick.

„Angriff? Auf wen denn? Auf mich vielleicht?"

Gianni nickte. Er war sich sicher, dass dieser Mann durchaus die Befähigung und die Möglichkeiten hätte, einen Angriff zu wagen.

„Ich würde den Auftraggeber ausschalten. Was würde denn passieren, wenn Sie nicht mehr da sind, Don Carlo? Rein hypothetisch gesehen."

Carlo kniff die Augen zusammen und fixierte den Anwalt, der gerade Unmögliches in Betracht zog.

„Es würde wahrscheinlich Benito weiterführen, denke ich. Zumindest war das so vorgesehen."

Gianni Fabuzzi nickte.

„Ja, sehr wahrscheinlich. Was würde er im Fall Noldau anstreben? Nachdem, was bis jetzt passiert ist."

„Ich weiß nicht. Vielleicht würde er…"

„Er hat keine sehr enge Verbindung mit der Familie Ihres Bruders. Also würde er sich auch nicht in einer Verpflichtung sehen…"

216

„Sie meinen, er würde diesen Kerl einfach laufen lassen?"
Fabuzzi zuckte die Schultern.

„Ich halte das für durchaus möglich. Ich weiß es natürlich nicht. Benito ist ein Kosten-Nutzen-Fetischist. Und nachdem sich dieser Fall als äußerst kostspielig entwickelt hat und wir bislang keinerlei Ergebnisse aufweisen können, kann ich mir das durchaus vorstellen. Aber noch einmal...das ist wirklich nur eine reine Hypothese. Ich will nicht hoffen, dass daraus mehr entstehen könnte."

„Gianni, Sie wollen mir doch nicht ernsthaft damit sagen, dass dieser Noldau vorhaben könnte, mich umzubringen?"
Fabuzzi zuckte wieder mit den Schultern.

„Keine Ahnung. Er hat zumindest das Know-How und die Nerven dazu. Es ist ihm zuzutrauen. Wir sollten das im Auge behalten und Ihre Wachen verstärken."
Carlo winkte ab.

„Ach, jetzt hör´n Sie aber auf...das ist schon ein bisschen sehr weit hergeholt...ein einzelner Mann...phh...ich denke, Sie übertreiben da."
Er grinste ihn zweifelnd an. Fabuzzi grinste nicht. Er lächelte nicht einmal. Er glaubte an diese Möglichkeit, aber Carlo winkte noch einmal energisch ab. Er hielt diese Hypothese für vollkommen unrealistisch und absolut schwachsinnig.

„Nun, so oder so. Was soll ich Benito sagen? Soll Mantis weitermachen? Soll er seine Bemühungen verstärken? Ich kann mir vorstellen, dass er auf Noldau alles andere als gut zu sprechen ist. Schließlich hat er ihm einen Aufenthalt in einem amerikanischen Knast verabreicht. Ich kann mir auch vorstellen, dass sein Selbstbewusstsein angekratzt ist. Leute wie Mantis können das in ihrer Eitelkeit nicht vertragen. – Soll ich Benito Bescheid geben?"
Carlo nickte entschieden.

„Natürlich. Ich will diesen Dreckskerl haben…"

„Und das Geld…"

„Das Geld interessiert mich nur am Rande. Ich möchte ihn hier haben. Lebend! Sagen Sie das Benito. Und betonen Sie das. Ich möchte ihn lebend!! Weder halbtot noch irgendwie beschädigt…lebend und im Vollbesitz seiner körperlichen und geistigen Kräfte."

„Gut. Ich erledige das. Schönen Abend, Don Carlo."

„Ja, ebenso…"

Als der Anwalt gegangen war, setzte sich Carlo in seinen Ledersessel und nippte an seinem Glas. Seine Gedanken beschäftigten sich mit der absurden Möglichkeit, die ihm Gianni unterbreitet hatte. Noldau ihn umlegen? Absolut lächerlich und absolut unmöglich. So ein Unsinn. Niemand würde es wagen, ihm, dem King, dem Macher, dem unangefochtenen Boss, dem Patron, dem Paten…niemand würde es wagen, ihn anzugreifen. Schwachsinn. Nur ein Verrückter könnte auf so einen Gedanken kommen. Nur ein vollkommen Wahnsinniger…oder ein Profi…oder wirklich nur ein Profi. Ganz kurz keimte ein Gedanke auf, der ihm mitteilte, dass ein Mann vielleicht nur in Frieden leben wollte und darum einen Krieg mit ihm beginnen würde. Um des Friedens willen. Doch genauso schnell, wie dieser Gedanke entstand, entschwand er auch wieder in den Weiten von Spekulationen und abstruser Visionen. Er würde Rainer Noldau selbst töten. Ganz sicher…

*

Wüsste Carlo Celotini, dass Rainer Noldau längst die Entscheidung gefällt hatte, das Leben des Mafiabosses zu beenden, wäre er wohl neben seiner unsteten Wut und den wuchernden Rachegefühlen andererseits bedacht, sein Umfeld noch intensiver bewachen zu lassen. Aber die Vorstellung, dass ein einzelner Mann es wagen würde, seine

Festung stürmen zu wollen, siedelte er in den Bereich von Hollywoodfilmen an. Auch wenn Fabuzzi dieses Szenario für durchaus realistisch hielt, grenzte es für Celotini eher an Verfolgungswahn. Carlo Celotini fehlte gänzlich die Vorstellungskraft, dass sich jemand wie Noldau, der so eine unscheinbare und bürgerliche Person darstellte, an ihn heranwagen würde. Zu lange stand er selbst schon an der Spitze und zu lange schon führte er das Zepter, das er nach wie vor in der Hand hielt und nicht bereit war, es abzugeben. Trotzdem entwickelte sich Rainer Noldau zu einem unberechenbaren Problem, das sich anscheinend nur dadurch abzeichnete, Leichen zu hinterlassen. Doch Carlo war sich sicher, dass sich auch dieses „Problem" irgendwann auflösen würde. Im besten Falle, wenn dieser Mann vor ihm stand und um sein Leben flehte. Ihn anflehte... ihn, Don Carlo Celotini.

Rainer hatte in diesen Tagen noch ganz andere Gedanken. Seit langer Zeit fühlte er sich wieder frei. Er konnte die Tage genießen, die wunderbaren Stunden an den Stränden und das Schwimmen im Meer. Er liebte die Spaziergänge in den frühen Abendstunden im Kings Park, das anschließende Abendessen in einem der vielen Restaurants oder das Beobachten der Yachten am Elizabeth` Quay. Er besuchte das Theater, etliche Kunstgalerien und das Western Australian Museum. Unweit des Scarborough Beach hatte er ein Haus gefunden. Mit einem Garten, einem Pool, Palmen, blühenden Büschen. Fast erinnerte ihn das an Kauai, an dieses schöne Gefühl einer möglichen Heimat. Ein Gefühl, das so brutal zerstört worden war, weil er sich dort zu sicher gefühlt hatte und niemals erwartet hätte, dass man ihn aufspüren würde. Dieses Mal war es anders. Mit seinem australischen Pass hatte er die USA verlassen, war kurzzeitig in Japan, dann in Indonesien und flog von dort nach Brisbane. Er wurde während der ganzen Reise von niemandem behelligt, kein Mensch war zu aufmerksam und er konnte sich sicher sein, nicht beobachtet zu werden. Tatsächlich hatte er sich kontinuierlich eine bestimmte Beobachtungsgabe angewöhnt, die längst zur täglichen Routine geworden war. Sie war automatisiert worden und musste nicht mehr bewusst gesteuert werden. Rainer konnte sich inzwischen auf seinen Instinkt und auf sein inneres Alarmsystem verlassen. Dass er hier in Perth die Zeit so intensiv genießen konnte, verdankte er nicht zuletzt seiner Intuition und seines etablierten Überlebenswillen, die ihn leiteten und sozusagen ein neues Betriebssystem zum Laufen brachten, das ihn wesentlich aufmerksamer werden ließ, als es zu Anfang gewesen war. Vielleicht war es auch eine besondere Gabe, die es ihm leicht machte, Alarmsignale rechtzeitig deuten zu können. Aber so sehr er auch diese neue innere Ruhe und Gelassenheit in sich spürte, merkte er gleichzeitig die ständig wiederkehrende Unruhe, die ihn immer wieder piesackte und ihn immer daran erinnerte, nach wie vor auf einer imaginären Abschussliste zu stehen. Sein Name würde daraus nicht verschwinden, nur weil er am anderen Ende der Welt sein Leben genießen konnte. Oft war er geneigt, die Erinnerungsnadeln zu ignorieren, aber gleichzeitig war ihm bewusst, dass er damit seine Vorsicht aufs Spiel setzen würde. Ein eigentlich unbefriedigender Status Quo, der ihn zwang, baldigst einen finalen Plan zu entwerfen, bevor er sich in diesem wunderbaren Teil der Welt seiner malträtierenden Gedanken endgültig entledigen würde.

Er hatte seinen direkten Nachbarn kennen gelernt. Maurice, gebürtiger Franzose, Weltenbummler, Künstler, Musiker und ein Lebensphilosoph. Maurice war älter als Rainer, bereits über fünfzig, vor etlichen Jahren nach Australien ausgewandert und fand das Leben wunderbar leicht und angenehm. Er war ein fröhlicher Lebenskünstler, der nur das stete Lächeln kannte und genau diese Ausstrahlung hatte, mit der er andere sofort einnahm. Regelmäßig lud er Freunde ein und holte seit ihrem Kennenlernen Rainer spontan auf seine Terrasse herüber. Seine Freunde bestanden aus zwei Männern und zwei Frauen, alle nicht mehr die Jüngsten, aber alle hatten dasselbe positive Lebensgefühl, das so ansteckend war. Heute war wieder Donnerstag. Rainer und Maurice standen am Zaun und plauderten über Gott und die Welt. Er mochte ihn sehr und erinnerte Rainer daran, dass er sich immer genau so etwas vorstellte, wie er sein Leben gestalten wollte. Eine Stadt weit ab von den Geschäften der Welt, an einem schöneren Ende der Welt, zusammen mit Menschen, die fröhlich sind und die er wirklich mochte. Maurice und seine Freunde erfüllten genau das und Rainer fragte sich oft, ob er nicht doch in einem irrealen Traum war, aus dem aufzuwachen die schlechtere Wahlmöglichkeit sein würde.

„Warum hast du denn Frankreich verlassen, Maurice? Man kann dort doch gut leben und die vielen verschiedenen Landschaften sind doch wahnsinnig schön. Ich bin in jungen Jahren ein paarmal durch ganz Frankreich getingelt. Die Provence, die Coté Azur, die Atlantikküste und der Norden mit seinen wunderbaren Dörfern und Küsten. War das nicht genug?"

Maurice lachte.

„Natürlich ist Frankreich wunderschön. Aber mich zog es schon immer in die Welt. Ich wollte doch alles sehen, alles erleben, alles tun – um irgendwann zu entscheiden, wo ich bleiben wollte. Vor dreißig Jahren hätte ich nie geglaubt, dass gerade Perth dieser Ort sein würde. Irgendwie hatte ich doch schon immer geahnt, dass ich einmal da landen würde, an einem Ort, der niemals auf meiner Liste gestanden hatte.

Was ist mit dir? Welchen Grund hast du denn, hier ein Haus zu kaufen?"

„Ich weiß nicht genau. Als ich hier angekommen bin, habe ich einfach gespürt, das ist es. Von Anfang an hat mir dieses Lebensgefühl gefallen. Die ganze Stadt und vor allem...wir sind so weit ab vom Schuss, dass allein dieses Bewusstsein mich schon enthusiastisch macht. Hier lebt man isoliert, ohne dass man irgend etwas vermissen würde. Ich find´s einfach wunderbar genial."

„Du bist noch jung. Was machst du beruflich? Hast du hier einen Job?"

Rainer schüttelte den Kopf.

„Nein, noch nicht. Ich komme aus der IT-Branche, also denke ich, dass die Chancen für jemanden wie mich nicht so schlecht sind."

„Woher kommst du ursprünglich? Oder bist du Australier?"

„Brisbane. Hab´ mir ein bisschen die Welt angesehen, um doch festzustellen, dass ich Australien liebe und im Grunde genommen hier bleiben möchte."

„Hey, Maurice, alles klar?" klang die Frage vom Zaun der gegenüberliegenden Seite des Gartens.

Er drehte sich um und suchte den Rufer. Mick stand am Zaun und winkte. Neben ihm hüpften Mia und Cloe auf und ab. Rainer kannte sie bereits und winkte zurück.

„Ich lass´ sie mal rein. Kommst du rüber?" fragte Maurice und sah Rainer an, der sofort nickte.

„Klar."

„Hallo, Henry, alles okay?" rief Cloe.

Rainers australischer Name war Henry William Fenton. Seinen Rufnamen gab er immer mit Henry an. Er fand, dass das ausgesprochen gut zu ihm passte.

„Alles perfekt, wie immer, Cloe. Bei dir auch?"

„Yeah, alles super. Kommst du rüber?"

„Bin schon unterwegs..."

Sie fanden sich auf der großen überdachten Terrasse ein. Fröhlich wurde Rainer begrüßt und Maurice gab jedem ein Bier in die Hand. Es klingelte.

„Das ist Riley…" sagte Maurice und ließ ihn herein. Riley war ein waschechter Australier und Mick eigentlich aus Quebec. Seit fünf Jahren schon lebte er in Australien, hatte seiner Heimat adieu gesagt und sich mit seiner langjährigen Freundin in Melbourne niedergelassen. Dann zerbrach die Partnerschaft und aus nachvollziehbaren Gründen wollte er möglichst weit weg von Melbourne. Da er trotzdem in Australien bleiben wollte, siedelte er sich in Perth an. Dabei blieb es. Aus denselben Gründen wie die anderen. Perth begeisterte alle gleichwohl.

Rainer war schon beim ersten Kennenlernen aufgefallen, dass sie alle in derselben Altersgruppe waren. Aus den Gesprächen konnte er heraushören, dass jeder schon ein Leben hinter sich hatte. Ob mit oder ohne Partner oder Familie. Ganz genau konnte er das nie herausfinden. Gekonnt umgingen alle Beteiligten solche persönlichen Rückfragen und untereinander wurde das überhaupt nicht angesprochen. Rainer war mit seinen gerade mal fünfunddreißig Jahren mit Abstand der Jüngste unter ihnen und manchmal dachte er schon darüber nach, warum sie ausgerechnet ihn in ihren Kreis einluden. Doch andererseits freute es ihn, dass sie ihn wohl alle sympathisch fanden und ihn mochten. So wie er sie auch alle mochte. Besonders Cloe, mit der er denselben Humor teilte und er mit ihr ausgelassen Blödsinn machen konnte. Er fühlte sich ausgesprochen wohl in der Gruppe und oft dachte er an Jane, die er am liebsten jetzt im Moment auch hier an seiner Seite hätte.

Sie plauderten bis in den Abend hinein, Maurice heizte den Grill an und legte Steaks und andere Leckereien auf. Es war bereits dunkel geworden, als Mia vorschlug, doch einmal zusammen einen der vielen Ausflüge in die Umgebung zu unternehmen.

„Warst du schon mal in den Pinnacles, Henry? Oder am Wave Rock? Schnorcheln auf den Inseln? Oder Surfen?"

„Nein, ich war noch nirgends. Wollte doch erst einmal die Stadt kennenlernen. Aber zum Surfen will ich natürlich schon mal."

„Kannst du surfen?" fragte Riley.

„Ja, hab´s mal auf Hawaii gelernt…"

„Na, dann machen wir das doch. Wave Rock? Dann Pinnacles und zum Schluss surfen? Was meint ihr?"

Maurice sah alle nacheinander an. Sofort war jeder begeistert. Sein Blick war auf Rainer gerichtet, die Augenbrauen hochgezogen und mit der in seinem Gesicht stehenden Frage.

„Das wär super...bin sofort dabei."

„Prima. Dann fahren wir morgen vor Sonnenaufgang los…"

„Nenene…" warf Riley dazwischen und wedelte mit den Händen.

„Zu früh…"

„Aber sonst schaffen wir das nicht. Nach Hyden sind es vier Stunden…"

„Nix Auto...wir fliegen…" sagte Riley.

„Okay, noch besser. Kannst du denn so kurzfristig eine Maschine bekommen?"

Riley nickte und lachte schelmisch.

„No problem, guys…"

Alle sahen ihn ein bisschen unsicher an. Es war abends und es war eigentlich nicht mehr möglich, eine Maschine für den nächsten Morgen zu chartern. Riley hatte einen Pilotenschein und flog manchmal Touristen durch die Gegend, um ein paar Dollar verdienen zu können.

„Ich fliege selbst. Eine Maschine hab´ ich auch."

„Echt jetzt? Welche denn?" fragte Mick.

„Na, meine. Ich bin seit drei Wochen Besitzer einer Piper M350. Damit kann ich endlich regelmäßig Touren für Touristen anbieten - so oft wie ich will und wann ich will."

„Oh, Mann, Wahnsinn...hast gar nichts gesagt, du Lump."

Mia boxte ihn in den Arm und grinste bis über beide Ohren.

„Überraschung," flötete Riley und amüsierte sich über die erstaunten Gesichter.

„Du bist Pilot?" fragte Rainer.

„So ist es. Und jetzt bin ich auch meine eigene Fluggesellschaft."

Wieder lachte er herzhaft los.

„Mann, dann fliegen wir morgen? Klasse…"

„Gut. Denn den ganzen Tag in der Karre zu sitzen, macht jetzt auch nicht immer großen Spaß," meinte Maurice.

„Trotzdem. Früh raus, damit wir vor den Touris da sind, okay?"

Sie verabredeten sich eine Stunde vor Sonnenaufgang und Rainer freute sich sehr, eine Tour in so angenehmer Gesellschaft machen zu dürfen.

Sie standen unter der gewaltigen Felsformation und bestaunten die vielen Farben und Formen, die die vielen Millionen Jahre der Erosion mit dem Gestein gestaltet hatte. Fünfzehn Meter hoch war der Fels, der sich über 110 Meter wie eine gigantische Welle durch die öde Landschaft zog.

Tatsächlich waren sie lange vor den Touristen eingetroffen und standen nun ganz alleine vor einem sehenswerten natürlichen Monument.

„Gigantisch, nicht wahr?" fragte Cloe und sah Rainer an. Ihr Blick fixierte ihn mit einer neuen besonderen Aufmerksamkeit und Rainer spürte sofort etwas Unangenehmes in sich aufsteigen, ohne dass er definieren konnte, was es war. Ein seichtes Erheben einer subtilen Gefahr, nur ein sanftes warnendes Gefühl, sonst nichts.

Das Ergebnis einer fast schon evolutionären Vorsicht.

Er drehte sich um und sah die anderen an, die in einem Halbkreis hinter ihm standen und ihn seltsam anlächelten. Keiner sagte jetzt etwas, sie bestaunten alle das Naturwunder – aber Rainer hörte den Beginn sanfter, leise klingelnder Alarmglocken tief in sich drinnen, die nach und nach lauter und wilder wurden. Er sah sich schnell nach allen Seiten um und suchte prüfend und konzentriert die Umgebung ab. Es war niemand zu entdecken. Sie waren tatsächlich alleine hier, er konnte wirklich niemand anderen sehen. Doch die Alarmglocken blieben und läuteten vehementer, lauter. Sein Puls beschleunigte sich. Die dunkle Ahnung breitete sich in Rainer aus wie ein Tsunami und sein Körper spannte sich wie der Tiger vor dem Angriff. Maurice begann zu grinsen und senkte den Kopf. Mick und Riley sahen sich mit einem vielsagenden Blick an und Cloe und Mia standen beieinander und versuchten ungelenk, unbeteiligt zu sein und sich auf die Felsformation zu fokussieren. Rainer merkte sofort, dass gerade irgend etwas anders geworden war, ohne dass es optisch ersichtlich erschien. Seine Alarmglocken dröhnten jetzt und versprühten Unmengen Adrenalin. Er hatte seinen Rucksack in der linken Hand und unauffällig schob er die Rechte sachte hinein. Er spürte den Griff der Waffe, die er vorsichtshalber immer dabei hatte, seit er in Perth angekommen war. Sein Blick fiel wieder auf Maurice, der den Kopf gehoben hatte und ihn nun prüfend und gespannt ansah. Etwas wie Neugierde war daraus zu entnehmen. Wie die anderen nun auch. Rainer umfasste die Waffe fester, er spürte förmlich die Sirenen wie wild heulen und ihn erfasste die eisige Woge, die ihn urplötzlich überkam und ihm mitteilte, dass er in eine konstruierte und vorbereitete Falle geraten war. Er wollte es nicht glauben, aber die Gabe seiner Ahnung sagte etwas anderes. Die sich langsam ausbreitende innere Kälte paarte sich mit einer schmerzvollen Enttäuschung, die ihn tiefer traf als der Augenblick einer unmittelbaren Gefahr.

„Was ist?" fragte er dann, weil er die Anspannung nicht mehr ertrug. Er sah von einem zum anderen, spürte die Gefahr und die Bedrohung, die ihn jetzt vollständig vereinnahmte – und war jederzeit bereit, sein Leben mit allen Mitteln zu verteidigen. Gleichzeitig spürte er auch diese riesengroße Enttäuschung in ihrer ganzen gewaltigen Wucht hochkommen, die seine ganze Hoffnung und diese neu entdeckte Freude mit einem einzigen Schlag vernichtete und sämtliche Ambitionen außer Kraft setzte.

Maurice hob jetzt langsam die Hand und zeigte auf den Rucksack in Rainers Hand.

„Die brauchst du nicht…" sagte er sanft und schüttelte leicht den Kopf. Rainer verstand nichts. Woher wusste er von der versteckten Waffe? Und was waren das gerade für Menschen, die er für Freunde gehalten hatte?

„Was?"

„Du brauchst deine Waffe nicht…Rainer Noldau."

In diesem Moment schrak Rainer derart zusammen, dass seine Schultern zuckten. Er packte den Griff der Waffe noch fester, sein Daumen entsicherte gleichzeitig die Pistole. Er startete noch einen letzten verzweifelten Versuch, in der vagen Hoffnung, sie würden sich irren.

„Was?…Wieso nennst du mich so?"

Mia trat ihm vorsichtig gegenüber, blieb vier Schritte vor ihm stehen und sah ihn sehr intensiv an. Sie hatte immer noch ein fröhliches Gesicht - wie immer - und ihre Stimme war die gleiche wie sonst auch. Sanft, positiv und angenehm. Weder aggressiv noch lauter, aufgeregt oder gar zynisch.

„Wir wissen alle, wer du bist. Und du brauchst deine Waffe nicht, bitte vertrau mir. Wir sind nicht deine Feinde. Aber wir müssen wissen, mit wem genau wir es zu tun haben...bitte."

Er sah sie unbewegt an und glaubte in diesem Augenblick kein Wort von dem, was sie sagte. Er war dermaßen erschüttert und geschockt, dass er wahrscheinlich in diesem Moment nicht einmal Gott glauben würde, wenn der vor ihm stehen würde.

„Ich garantiere dir, dass wir dir nichts tun wollen. Ich weiß, dass du jetzt am liebsten davonlaufen würdest, aber das ist nicht notwendig...Maurice!..."

Sie drehte sich zu Maurice um, der nach wie vor ganz leicht lächelte und nun bestätigend nickte. Auch Riley und Mick nickten. Cloe war neben Rainer getreten und legte ihm sanft die Hand auf die Schulter.

Mia sah ihn wieder an.

„Entspann´ bitte wieder die Waffe. Da kann schnell ein Schuss losgehen und sonst etwas anrichten - und das möchte niemand. Bitte, Henry...ääh, Rainer. Wie sollen wir dich eigentlich ansprechen?"

Erst jetzt fand Rainer wieder Worte. Leise und fast hauchend kamen sie aus seinem staubtrockenen Mund. Das letzte Mal, als er so überfahren wurde, war der Moment, als die Polizei völlig überraschend vor seiner Türe gestanden war.

„Aber...woher?...Was wollt ihr nun von mir?"

Er sah sich um und versuchte ein krampfhaftes Lächeln. Es blieb bei dem Versuch. Ihm fehlte gerade jeglicher Sinn für ein Lächeln.

„Kein schlechter Ort, um jemanden zu beseitigen," sagte er dann leise.

Maurice presste die Lippen zusammen und verzog die Augen zu einem noch breiteren Lächeln. Er trat ein paar Schritte auf ihn zu und schüttelte jetzt endgültig entschieden den Kopf.

„Kein guter Ort, um jemanden zu töten. Zu viel Risiko, dass plötzlich irgendwelche Menschen auftauchen. - Wir sind doch nicht hier, um dich zu töten, Mann. Wir sind eher hier, dir zu helfen. Daher haben wir entschieden, dich heute und hier damit zu konfrontieren, dass wir wissen, wer du wirklich bist. Ich wusste, das würde ein Schock für dich werden, aber es ist wirklich ganz anders, als du vielleicht denkst."

„Das einzige, was ich denke, ist, dass ich in eine Falle getappt bin und bis vor einer Weile nichts bei mir geklingelt hat."

Maurice nickte.

„Du konntest das ja auch nicht wissen. Wir haben trotzdem gemerkt, dass du frühzeitig misstrauisch geworden bist. Lange bevor wir den Moment nutzen wollten. Woher hast du gewusst, dass etwas nicht stimmt? Das würde mich sehr interessieren. Wir haben dir keinen Grund gegeben."

Neugierig sah er ihn an, aber Cloe kam ihm zuvor.

„Es sind seine inneren Antennen, die ihn warnen, lange bevor etwas passiert. Ein subtiles Alarmsystem, das dadurch geschult wird, zu lange permanent mit allem rechnen zu müssen. Das ist eine besondere Gabe. Du kennst das nicht, Maurice...ich schon."

Cloe war jetzt vor ihn getreten und sah Rainer in die Augen, die jetzt unbewegt und versteinert wie der Wave Rock geworden waren. Er nickte schwer. Eine Gabe, die sich bis vor vielen Monaten noch versteckt hatte. Noch hatte er die Situation nicht vollständig begriffen. Cloe blickte ihm immer noch in die Augen, so als ob sie etwas darin suchen würde. Sie konnte nur unendliches Misstrauen erkennen.

„Jetzt klär´ ihn endlich auf, Maurice...er hat ein Recht dazu," sagte sie, ohne sich umzudrehen.

Sie konnte den massiven Zwiespalt in Rainer erkennen und wollte dies schnellstens ändern. Mittlerweile standen alle wieder vor ihm. Er konnte sie mit einem Blick erfassen, ohne den Kopf drehen zu müssen. Sein Hand sicherte wieder die Waffe und er zog sie langsam heraus. Ohne Waffe. Er bemerkte, wie Riley und Mick unwillkürlich ausatmeten.

„Nun, Henry...sollen wir dich weiterhin Henry nennen?"
Rainer nickte.

„Das wäre mir recht...das ist mein Name in diesem Land."

„Zunächst einmal: wir sind wirklich nicht deine Feinde und wir wollen dir keinesfalls etwas tun. Auch wenn du verständlicherweise das jetzt ein bisschen merkwürdig findest, entspricht das der Wahrheit..."

„Wer seid ihr denn? Und wie habt ihr mich gefunden? Das ist so gut wie unmöglich. Meine Spuren waren nicht nachvollziehbar...und meine neue Identität auch nicht."

Doch Maurice schüttelte verneinend den Kopf.

„Nein, Henry, wir haben dich nicht gefunden, sondern du hast uns gefunden. Niemand von uns hat dich gesucht oder verfolgt. Glaubst du an Zufälle?"

Rainer schüttelte den Kopf. Er lauschte in sein Innerstes. Es klingelte noch ununterbrochen, aber leiser.

„Nein, alles hat seinen Grund und alles unterliegt einer gewissen Kausalität. Jedenfalls ist das meine Erfahrung."

„Im Moment würde ich das als sagenhaften Zufall bezeichnen. Aber vielleicht entwickelt sich in der Zukunft etwas, das seinen Ursprung hierin hat. Wir werden sehen. Jedenfalls bist du wirklich nicht gefunden worden. Wir...also...wir...."

Er zögerte, atmete kurz aus und sah die anderen Freunde an. Cloe und Mia nickten sofort, zeigten damit an, dass er Rainer aufklären sollte. Einige Sekunden später auch Riley und Mick. Rainer sah seinen Blick und er neigte leicht den Kopf, wie um seiner ungestellten Frage Ausdruck zu verleihen. Seine Augen wurden schmaler.

„Nun, es ist kein Zufall, dass wir hier," Maurice zeigte auf seine Freunde, „dass wir fünf hier zusammen eine Gemeinschaft bilden. Eine Freundschaft, die sich nicht nur aus der Notwendigkeit heraus gebildet hat, sondern uns auch durch verschiedene Situation miteinander verbunden hat. Wir haben einmal zusammen entschieden, unsere Leben ganz neu zu gestalten."

„Ich versteh´ wirklich noch kein Wort. Was willst du mir denn jetzt sagen, Maurice? Ist das überhaupt dein richtiger Name?"

„Jetzt schon. Das sind jetzt unsere Namen, wie du sie kennst. Genauso wie du Henry William Fenton heißt."

Rainer nickte.

„Ich verstehe...weiter..."

„Wir waren vor vielen Jahren Teil der internationalen Geheimdienste. Nicht alle beim gleichen. Bei einer seltenen gemeinsamen Aktion hat man uns alle verraten und sie wollten dies dann als Collateralschaden verbuchen, um politisch eine Rechtfertigung gegenüber der Öffentlichkeit zu haben, weil sie einen Sündenbock für eine ausgeklügelte Schweinerei gebraucht hatten. In dieser Aktion haben wir dann beschlossen, gemeinsam dieses verfluchte Geschäft zu beenden und sind zusammen gestorben. Das war praktisch unsere fristlose Kündigung."

„Was?! Das heißt jetzt?..."

„Das heißt, wir sind nicht mehr existent und leben jetzt ein ganz normales Leben mit neuen Identitäten. Oder...na ja, fast normal. Eigentlich so wie du jetzt...wenigstens in der Art."

„Ihr wart also Agenten? Jetzt nicht mehr?"

Cloe schüttelte den Kopf.

„Schon viele Jahre nicht mehr."

„Trotzdem habt ihr mich entdeckt. Oder mich erkannt...wie?"

„Unsere geheimen Kontakte bestehen immer noch. Und ab und zu legen wir uns auch einen unentdeckten Zugang. Zu den Agencys und manchmal auch in die organisierte Kriminalität. Allein aus dem Grund, nicht doch einmal zufällig entdeckt zu werden. Dient lediglich der Sicherheit, sonst eigentlich nichts. Cloe hat eines Tages den offenen Auftrag entdeckt und war neugierig geworden, weil das Kopfgeld so ungewöhnlich hoch war. Wir haben deinen „Werdegang" sozusagen verfolgt. Wir sind alle neugierig geworden, wie lange du überleben würdest. Deine Aktionen waren durchaus sehenswert und wir wollten wissen, wer du bist und woher du kommst..."

„Jetzt sagt bloß, ihr habt auch noch auf mich gewettet. Oder gegen mich...wie auch immer."

Maurice biss die Zähne sichtlich zusammen, senkte schuldbewusst den Kopf und Rainer starrte ihn entgeistert an.

„Nein, im Ernst? Geht´s noch?"

Mick hob beschwichtigend die Hände.

„Nein, es war doch da nur ein momentaner Witz gewesen. Nachdem wir so in etwa nachvollziehen konnten, was du da angezettelt hast, haben wir wirklich zuerst einmal lachen müssen. Der Mafia Millionen abzuziehen, ohne dass sie das merken, ist schon eine Leistung. Das hat uns natürlich anfangs amüsiert. Und wir haben gerätselt, ob du ein völlig verblödeter Idiot bist, der einfach Glück gehabt hat oder ein genialer Stratege. Wir haben sehr gelacht. Danach eigentlich nicht mehr. Es war uns klar, wie schwierig dein Leben geworden ist."

„Was heißt denn danach?"

„Na, deine Verhaftung, dann die Flucht, die bis heute noch nicht aufgeklärt ist. Der offen angebotene Auftrag, nach dem sich viele die Finger geleckt haben. Dann war er plötzlich exklusiv und kurz darauf wieder offen. Am meisten hat uns amüsiert, wie panisch die Mafia reagiert hat. Ihr System ist gehackt worden, ohne dass sie etwas dagegen unternehmen konnten. Celotini muss ausgetickt sein vor Wut."

„Ihr kennt Celotini?"

„Ja, wir waren einmal auf ihn angesetzt worden. Das heißt, nur Cloe und ich." sagte Maurice.

„Okay…"

„…und dann wurden wir alle aufmerksamer, je mehr Zeit vergangen war. Und je länger du dich dem Zugriff entziehen konntest, desto neugieriger wurden wir. In Schottland hätte es ja noch Zufall und unverschämtes Glück sein können, aber auf Hawaii wurden wir richtig hellhörig. Ludovico Celotini ist oberste Kategorie. Darf ich fragen, wie du das angestellt hast? Mittlerweile wird nämlich gemunkelt, dass du ein ehemaliger Profi bist. Aber niemand kennt dich. Das Ganze hier heute…das war ja eigentlich ein Test. Wir wollten wissen, wie schnell du auf neue Ereignisse reagierst…"

Er machte eine Pause und sah ihn nur an.

„Alles Zufall," sagte Rainer und machte eine wegwerfende Handbewegung.

„Ich dachte, du glaubst nicht an Zufälle."

Rainer ging auf die Bemerkung nicht ein.

„Ich weiß nicht, für was mich alle möglichen Leute halten, aber ich bin weder etwas Besonderes noch irgendein verkappter Agent. Ich suche mittlerweile nur einen Weg, das alles so beenden zu können, dass ich mir ein neues Leben aufbauen kann. Aber anscheinend ist das ja nicht gewollt… hätte ich das alles vorher geahnt, hätte ich bestimmt die Finger davon gelassen."

Riley schaltete sich ein. Mit einem Lächeln nickte er ihm zu.

„Verstehe…und was war in Colorado?"

„Colorado? Was wisst ihr eigentlich nicht?"

„Eigentlich wissen wir nicht viel. Das sind doch nur Informationen, Dateien, an die eben nicht jeder rankommt. Die Hintergründe kennen auch wir nicht. Wir sind nur neugierig und wir rätseln immer noch, warum du ausgerechnet das Haus neben Maurice erworben hast. Das hat mit Zufall nichts mehr zu tun. Das hat etwas mit Schicksal zu tun."

„Ja, da hat er recht, Henry," bestätigte Mia.

Rainer sah einen nach dem anderen an und suchte in den Gesichtern irgend etwas, das ihm eine Richtung, einen Hinweis oder etwas ganz Bestimmtes mitteilen könnte. Er konnte nur das erkennen, was er auch schon die ganze Zeit erkennen konnte. Freundliche, sympathische Menschen, die er mochte und die ihm gerade einen gewaltigen Strich durch seine aufkommende Vertrautheit gemacht hatten. Er atmete tief aus und blickte tief in seine Seele. Aber die Alarmglocken waren leiser geworden und kaum mehr wahrzunehmen.

„Nun, in Colorado bin ich aufgespürt worden…"

„Ihr, meinst du wohl…" unterbrach ihn Mick.

„Was ist mit dieser Frau, die dich begleitet hat? Wer ist das?"

Der nächste Schock. Sie wussten von Jane. Er wollte nicht über sie sprechen.

„Sie ist…später. Also, wir sind aufgespürt worden durch so eine Killertruppe. Söldner. Wollten wohl die zwei Millionen Kopfgeld verdienen."

„Vier Millionen…es sind vier Millionen." ergänzte Maurice.

Rainer starrte ihn entgeistert an.

„Wie bitte? Ernsthaft? Scheiße…"

Maurice nickte.

„Ja, seit etwa sieben Wochen. Vier Millionen. Das ruft ganz viele auf den Plan. Ist dir das nicht bewusst?"

„Das ist mir schon seit Schottland bewusst. In Colorado wollten wir uns eigentlich so lange verstecken, bis sich die Aufregung wegen Hawaii gelegt hat. Aber...falsch gedacht. Die haben uns trotzdem aufgespürt. Anhand der GPS-Daten des Mietwagens wohl. Dann haben sie den Freund meiner Begleitung bedroht und wollten ihn töten. Er ist Ranger und hat uns eine Hütte in den Bergen zur Verfügung gestellt."

„Der Ranger ist aber noch am Leben, nehme ich an?"

„Ja, ist er...wir konnten sie überwältigen, bevor sie..."

Er warf ihm einen vielsagenden Blick zu.

„Man hat drei von ihnen verhaftet. Was ist mit den anderen beiden passiert. Mantis war unter den Verhafteten."

„Ihr kennt die?"

„Ja, eine gefährliche Söldnertruppe. Denen geht's nur um Geld. Vollkommen skrupellos und brutal. Die machen vor nichts und niemandem halt. Mantis, Clum und noch einer sind aus dem Gefängnis entflohen..."

Rainer erschrak und dachte sofort an James.

„Was?! O Gott, James..."

„Wer ist James?"

„Der Ranger."

„Vielleicht sind sie an ihm gar nicht interessiert. Ich vermute eher, die nehmen deine Spur wieder auf und wollen sich nicht noch mehr Ärger aufhalsen. Mantis ist keiner, der so schnell aufgibt. Er hat noch alle Aufträge erledigt. – Wo sind denn die anderen beiden abgeblieben?"

„Sie wollten nicht auf uns hören...jetzt hören sie gar nichts mehr..."

Maurice sah seine Freunde an. Sie dachten in diesem Moment alle dasselbe. Vielleicht doch ein ehemaliger Agentenkollege?

„Okay. Vielleicht sollte jemand den Ranger warnen. Mantis wird den Verlust zweier Männer nicht so einfach hinnehmen."

Rainer nickte. Das war ihm auch klar. Aber Mantis und seine Männer waren auch nur ein Problem von vielen. Maurice beobachtete seine Reaktion auf die Nachricht, aber er konnte nicht feststellen, dass Rainer sichtlich nervöser geworden war. Er war erstaunt und konnte Rainer noch immer nicht richtig einschätzen.

„Nun, bringen wir es einmal auf den Punkt. Du bist auf der Flucht, hinter dir sind jede Menge Killer her und du rennst von einem Ort zum anderen. Von einem Kontinent zum anderen...hast du einen Plan? Wir würden dir gerne helfen, wenn es etwas zu helfen gibt."

„Wirklich? Warum?"

Alle lachten. Cloe grinste ihn an und tätschelte seine Brust.

„Weil wir alle an ein individuelles Schicksal glauben und wir neugierig geworden sind, heraus zu finden, warum du gerade hier, neben Maurice, eine Bleibe gefunden hast. Und warum wir hier alle ausgerechnet die Bekanntschaft mit dir machen. Das ist schon etwas seltsam, wenn wir unsere eigene Vergangenheit betrachten. – Und außerdem mögen wir dich. Du bist genauso, wie wir früher gewesen sind."

„Soll das jetzt was Gutes sein?"

Maurice kratzte sich lachend über das Kinn.

„Gute Frage. Keine Ahnung, aber ich find schon den Gedanken nett."

Sie hörten laute Stimmen und drehten sich um. Die ersten Touristenströme waren eingetroffen und begutachteten den gigantischen Wave Rock.

„Ich denke, wir werden die Unterhaltung woanders fortsetzen. Also, noch einmal, Henry. Wir sind keinesfalls deine Feinde und wir haben absolut kein Interesse an den verschissenen Millionen. Wir haben unser Auskommen, das vollkommen genug ist. Ich glaube, wir können dir helfen. Aber nur, wenn wir einen konkreten Plan ausarbeiten. Du bist im Moment in einer Lage, die dein Leben nicht großmächtig verändern wird. Vielleicht bist zu sogar in Perth eine Weile sicher, aber garantieren kann das eben auch niemand. Ich biete dir unsere Hilfe an, unsere Kontakte und unsere Erfahrung. Nimm´ es oder lass´ es. Wir möchten dich weder bedrängen noch überreden. Das ist nur ein Angebot. Du kannst alles selbst entscheiden, so wie du bis jetzt auch alles selbst entschieden hast. Ich schlage vor, wir fliegen zurück und reden heute Abend bei einem Bier darüber. Einverstanden?"

Rainer nickte. Mit einem leichten Grummeln in der Magengegend wusste er auch selbst, dass ein Alleingang nicht unbedingt die Chancen auf ein verlängertes Leben erhöhen würde. Die fünf Menschen, die ihn immer noch lächelnd ansahen, waren Profis, die die kriminelle Welt mit all seinen Tücken und Fallen bis ins Detail kennen mussten. Er konnte nur profitieren – und er musste ihnen vertrauen. Er wollte ihnen auch vertrauen. Ohne Vertrauen würde sich nichts weiter entwickeln. Er wusste das, auch wenn sein Misstrauen nach wie vor die Oberhand behielt und ihn immer wieder an den Ohren zog, wenn er zu nachlässig wurde.

Rainer war in seinem Bad und sah sich selbst lange in die Augen. Er stand vor einer Zäsur seiner selbst. Abgesehen von Jane waren diese fünf Menschen die ersten, die ihn unterstützen wollten. Zum hundertsten Male fragte er sich selbst, ob er ihnen vertrauen sollte. Sie waren ehemalige Agenten, hatten bestimmt auch Mordaufträge bekommen und geheime Befehle von Regierungen, die wohl besser ungesagt bleiben sollten. Sie konnten ihm auf jeden Fall helfen. Natürlich konnten sie das. Wenn er wirklich Celotini töten wollte, um die Jagd auf ihn zu beenden, brauchte er einen detaillierten Plan. Und er brauchte unbedingte Hilfe. Alleine konnte er diese Aktion wahrscheinlich nicht durchführen. Viel zu viele Dinge waren zu beachten, die er wahrscheinlich nicht einmal kennen konnte – und er war alles andere als ein Profi. Nur weil er es geschafft hatte, bis jetzt zu überleben, prädestinierte ihn das keinesfalls für einen Angriff auf eine sprichwörtliche Festung. Er war weder Söldner noch Soldat geschweige denn ein Agent.

Er schlug mit beiden Händen auf die Badkommode und beugte sich weit vor. Zwei Zentimeter vor dem Spiegel sah er sich intensiv in die Pupillen. Der Kobold in ihm und sein Antagonist kämpften immer noch. Dann hatte er sich entschieden. Er trat zwei Schritte zurück und erblickte einen Mann mit Entschlossenheit und Zuversicht. Es wurde Zeit, mit dem Davonlaufen aufzuhören und den Spieß umzudrehen. Jetzt war die passende Gelegenheit dazu da und jetzt war er auch soweit, dies ohne Zweifel oder Bedenken durchzuziehen.

Gianni Fabuzzi würde dem ohne Zögern zustimmen.

*

Als Rainer auf die Terrasse trat, saßen die anderen bereits am Tisch und hatten Gläser und Teller vor sich stehen. Maurice stand am Grill, hantierte mit Gemüse und brutzelte Lammkoteletts, Rib-Eye-Steaks und Angus Beef. Es roch phantastisch und sofort wurde Rainer hungrig.

„Henry, nimm´ dir ein Bier und setz´ dich. Was willst du? Steak, Lamm oder Angus?"

„Steak wäre klasse…"

Er setzte sich neben Cloe, die ihn wie immer anlächelte und ihm einen Stoß in den Oberarm gab. Irgendwie hatte sie einen Narren an ihm gefressen.

„Na, alles schon verarbeitet? Warst ganz schön schockiert, was?"

„Allerdings. Ich dachte schon, meine Menschenkenntnis ist jetzt total verschwunden…"

„Nein, keine Sorge, du bist mental ganz auf Linie. Hast dich gut unter Kontrolle. Das hilft ungemein, wenn es darauf ankommt, Nerven zu behalten."

Rainer zuckte die Schultern.

„Ich bin nicht sicher. Hatte ich denn eine Wahl?"

„Nein, natürlich nicht. Das gibt's bei uns nicht…" sagte sie fröhlich.

„Hör´ auf, ihm Angst zu machen, Cloe. Henry kann sonst nicht gut schlafen…"

Riley fing an zu lachen.

„Als deine Hand im Rucksack war, dachte ich schon, du knallst uns alle ab. Einen Moment hatte ich tatsächlich Bedenken, das muss ich schon sagen."

Doch Rainer hob schnell die Hände.

„Nein, bestimmt nicht. Bis jetzt habe ich doch nur geschossen, wenn man auf mich geschossen hat. Oder wenn klar war, dass man mich töten wollte."

Riley grinste und verzog das Gesicht. So ganz nahm er ihm das nicht ab.

„So, Fleisch ist durch…antreten zur Fressorgie. Mädels, was kann ich euch anbieten?"

Maurice zwinkerte Mia und Cloe zu, die sofort aufsprangen und mit ihren Tellern vor ihm standen. Während des Essens plauderten sie munter drauflos, so als ob nichts Bemerkenswertes an diesem Tag passiert wäre. Rainer spürte, wie diese innere Anspannung, die ihn im Verlauf des Tages begleitet hatte, langsam verschwand, sich setzte und nun gänzlich am Auflösen war. Die sternenklare Nacht, die angenehmen Temperaturen und die lockere und fröhliche Stimmung ließen ihn nun selbst langsam davon überzeugt sein, dass er sich inmitten dieser sehr besonderen Gruppe sicher fühlen konnte. Mehr noch, er genoss mit zunehmender Dauer tatsächlich den Abend und verlor ganz schleichend und unbemerkt diese so plötzlich wieder einmal aufkommenden dunklen Gedanken, die ihn so erschreckt und frustriert hatten.

Sie räumten nach dem Essen das Geschirr weg und saßen nun im Garten um die riesige Feuerschale, die Maurice entzündet hatte. Prasselnd knisterte das brennende Holz und Rainer konnte sich kaum erinnern, wann er das letzte Mal solch ruhige Entspanntheit spüren durfte. Fast war er glücklich.

„Also, Henry...die Fakten liegen ja nun auf dem Tisch. Ich hoffe, du zweifelst nicht an uns. Wie sind deine Pläne für die Zukunft? Was hast du vor? Oder hast du gar nichts vor?"

Rainer sah von einem zum anderen. Das war die Gretchenfrage. Was hatte er vor?

„Ich...natürlich habe ich nicht vor, darauf zu vertrauen, dass ich hier sicher bin. Es ist dieses Scheißgefühl in mir, das ich irgendwann einmal loswerden möchte, um ein Leben zurück ins Leben bringen zu können. Ich habe mir dauernd überlegt, was ich tun kann, um den Auftrag zu löschen…"

Maurice nickte.

„Ja, das würde ich auch überlegen. Vielleicht ist jetzt auch die Zeit, aus dem Gejagten einen Jäger zu machen. Denn die permanente Furcht wird dich bald irre machen."

Rainer hob den Kopf und sah dann einen nach dem anderen an. Er sah in Gesichter, die ihn neugierig und gespannt beobachteten. Er konnte auch erkennen, dass sie nur mit einer Antwort rechneten.

„Ich denke, wenn die Schlange den Kopf verliert, kann sie nicht mehr angreifen. Wenn ich wirklich da raus kommen will, werde ich wohl Carlo Celotini töten müssen. Er ist der Kopf und er hat den Befehl erteilt. Außerdem ist Ludovico Celotini sein Neffe und schon deswegen hat er ein persönliches Interesse. Ich glaube nicht, dass er den Auftrag zurückzieht, nur weil mich bis jetzt niemand erwischt hat. Und ich kann mir auch nicht vorstellen, dass er dies tun wird, wenn ich ihn höflich darum bitte. Und ich befürchte, selbst eine Bedrohung seines Lebens wird ihn nicht umstimmen. Ich kenne diesen Mann nicht, aber umsonst ist er nicht der Patron."

„Das ist richtig," sagte Mick bestätigend. „Celotini ist jemand, der es als seine Ehre und Pflicht ansieht, den Tod von Familienmitgliedern zu rächen. Wahrscheinlich hat er es auch seinem Bruder versprochen…"

„Du kennst seinen Bruder?"

„Nein, das nicht. Aber es ist bekannt, dass Fernando Celotini nie beteiligt gewesen ist an den Geschäften von Carlo. Im Gegenteil hat er sich immer schon vehement geweigert, irgendwelche Gefälligkeiten von ihm anzunehmen. Er hat sein Geschäft ohne irgendwelche Unterstützung von Carlo aufgebaut."

„Und was war mit Ludovico?"

„Der wollte schon frühzeitig bei seinem Onkel einsteigen. Allerdings nur als derjenige, der die fiskalen und digitalen Strippen zieht. Innerhalb kürzester Zeit war er für Carlo einer der wichtigsten Mitarbeiter und praktisch unersetzlich. Carlo hat ihn wie seinen eigenen Sohn behandelt. Er hat ja selbst zwei eigene Söhne, die Ludovico immer neidisch auf seinen Erfolg betrachteten. Sie haben trotzdem noch nie eine große Rolle gespielt."

Rainer nickte. Egal, wie man es sah, ob gefährlich oder nicht. Es würde nur nur noch einen Weg geben.

„Der Celotini-Clan ist mächtig, das muss dir klar sein, Henry," ergänzte Maurice, als ob er ihn daran erinnern wollte, mit wem er sich anlegen würde.

Rainer nickte wieder. Es war ihm vollkommen klar.

„Das weiß ich schon. Wenn ich das mache, muss es schnell gehen, leise und ohne Aufsehen. Rein, raus und weg…und zwar völlig unbemerkt."

Cloe lachte.

„So einfach wird das nicht funktionieren, mein Freund. Celotini ist besser geschützt als der Präsident. An den kommt man nicht so einfach heran. Der hat eine kleine Armee um sich versammelt, die ihn ständig überwachen. Er hat viele Feinde und er ist sich darüber vollkommen im Klaren."

„Das leuchtet mir ein. Darum muss ich zuerst die gesamte Umgebung sondieren, brauche einen Plan über Grundstück, Haus, Personal, Sicherheitstechnik und die täglichen Routinen. Jeder hat einen spezifischen Tagesablauf, der im Kern immer gleich ist. Je besser ich den kenne, desto eher kann man die Zeitfenster ausmachen, in denen ein Zugriff möglich sein wird."

„So ist es. Das bedarf einer detaillierten und minutiösen Planung und Vorbereitung. Es müssen alle Eventualitäten einkalkuliert werden. Und vor allem brauchst du mehrere Optionen eines Fluchtplans. Was hast du dir überlegt?"

„Ich werde zunächst einmal über Frankreich einreisen. Das fällt nicht auf. Ich denke, Flugdaten sollten keine entstehen dürfen. Das heißt, mindestens vier Wochen vorher, um die Planung auf den Punkt zu bringen. Dann Recherche vor Ort, das Sicherheitsnetz hacken und wenn nötig, umfunktionieren. Wenn alles erledigt ist, habe ich ein Zeitfenster von nur wenigen Minuten. Ich gehe davon aus, dass er nachts um zwei schlafen wird. Die Zeit der Tiefschlafphase. Die Wachen haben dann einen toten Punkt und sind nicht mehr so aufmerksam wie vorher oder auch nachher."

Die Gruppe nickte. Bis hierher gut. Rainer hatte gut überlegt - bis hierhin.

„Okay...weiter..."

„Wichtig ist, unbemerkt wieder aus dem Gebäude zu kommen. Zuerst zu Fuß, dann mit einem E-bike, dann mit dem Auto. Nach Osten. An der Küste entlang nach Norden.

Keine öffentlichen Verkehrsmittel und keinesfalls trampen. Flugplätze und Häfen dürfen nicht benutzt werden."

Er sah in die Runde und wartete auf Einwände. Aber überraschenderweise kamen im Moment keine.

Maurice nickte.

„Okay. Ich würde vorschlagen, nicht nach Rumänien oder Kroatien. Auf keinen Fall nach Deutschland oder Österreich."

Rainer lachte laut auf.

„Natürlich. Dann gibt's aber nicht mehr viele Möglichkeiten, Maurice. Irgendwohin sollte ich schon. In Italien zu bleiben, halte ich jetzt nicht für die beste Idee. Ich sollte so schnell wie möglich das Land verlassen, bevor die sich organisiert haben."

„Ja, das ist schon richtig. Zurück nach Frankreich. Ich habe dort jemand, der dich in einem Safehouse unterbringen kann. Dort bleibst du für die nächsten Wochen, bis sich die öffentliche Aufregung gelegt hat."

„Ja, das ist gut. – Dann...dann werde ich mal versuchen, so viel wie möglich über das Celotini-Anwesen in Erfahrung zu bringen..."

Mick winkte ab.

„Nicht nötig. Wir können dir Satellitenbilder besorgen. Hochauflösend. Darauf kannst du ein Rosenblatt erkennen. Das Sicherheitssystem ist etwas anderes. In sich geschlossen. Das geht nicht von hier. Wir könnten zwar in Erfahrung bringen, mit was für einem System die arbeiten, aber ich befürchte, es wurde bestimmt stark verändert und angepasst. Ludovico war da ein wirklicher Spezialist."

Jetzt winkte Rainer ab.

„Mach´ ich alles vor Ort. Das ist das kleinste Problem."

Die anderen sahen sich ein bisschen überrascht und erstaunt an. Das komplexe Sicherheitssystem des Mafiabosses soll das kleinste Problem sein?

Da verwechselte Rainer doch irgendwas.

„Wie meinst du das? Das Sicherheitssystem ist das Wichtigste und der entscheidende Punkt. Das muss ausgeschaltet werden, sonst kommst du da nie rein."

Mia sah ihn ein bisschen zweifelnd und ungläubig an. Rainer´s Aussage grenzte schon ein bisschen an Überheblichkeit.

„Ja, ich weiß. Wie gesagt, kein Problem. Sicherheitssysteme sind relativ überschaubare Konstruktionen mit ähnlichen Grundstrukturen. Wenn man einmal eingeloggt ist, kann man schalten und walten, wie man möchte. Also, kein großes Problem…"

„Wie gut kennst du dich denn mit so was aus? Das sind komplexe hochkomplizierte Systeme, die sind nicht einfach so auszuschalten."

Maurice hatte den Eindruck, als ob Rainer das zu locker betrachtete oder sich einfach maßlos überschätzte.

„Ja, für die meisten vielleicht. Für mich nicht. Ich war Banker und habe für das, für was ich eben geschnappt worden bin, meinen eigenen Algorithmus entwickelt. Celotinis Bank hab ich genauso infiziert wie die Zugangscodes der verschlüsselten Anwendungsplattformen. Es ist anscheinend nicht aufgefallen. Ich weiß schon, wie ich ein Sicherheitstool umgehen kann, ohne dass es irgend jemandem auffallen könnte. Aber natürlich hast du recht, dass es kompliziert sein könnte."

„Ja, aber alles wird permanent zusätzlich mit Störmeldern gecheckt und auf den Bildschirmen überwacht. Jede Störung wird in der Regel sofort Alarm auslösen, ohne dass du das mitbekommst."

„Natürlich, das ist auch gut so. Dann vertrauen sie voll und ganz auf das System und die Zugriffsauslöser. Ganz normal. Es ist ein Kinderspiel, ein Bild einzufrieren, sodass die Kameras nichts aufzeichnen – ohne dass man das merkt.

Und...es wird kein Alarm ausgelöst. Kann man blockieren."

„Du vergisst die Zeiteinblendung, denn daran kann man sehen, ob es ein reales Bild ist oder nicht."

„Läuft weiter. Ist unabhängig von den Bildpixels."

„Und die Alarmbarrieren? Du weißt doch nicht, wie viele und vor allem wann sie ausgelöst werden."

Rainer winkte ab.

„Doch. Wie gesagt, wenn ich eingeloggt bin, kann ich alles abschalten. Sogar zeitlich festlegen. Das richtig Knifflige ist das Log-in. Normalerweise wird ein direktes Eindringen sofort vermeldet. Also muss das anders gestartet werden. Sozusagen durch die Hintertür. Wenn ich dort bin, werde ich das schon sehen. Wie gesagt, es ist wirklich nicht das primäre Problem, das ihr hier gerade seht. – Welcher Dilettant hat euch denn ausgebildet? Ist ja gruselig."

Rainer grinste breit und sah sie fragend an. Und Riley lachte brüllend drauflos, auf das die anderen sich anschlossen.

„Na gut, ich lasse mich gern belehren. Wir können auch nicht alles wissen und können. – Dann mal weiter...deine Ausbildung. Die sollte so schnell wie möglich beginnen."

„Was??! Was für eine Ausbildung?" fragte Rainer.

„Na, du musst für so ein Projekt nicht nur gut vorbereitet, sondern vor allem auch topfit sein. Körperlich wie geistig und mental. Das können wir bewerkstelligen, wir wissen alle, wie das geht."

„Das soll heißen?"

„Das soll heißen, wir trainieren dich zuerst für den Kampf, dann Waffenausbildung und das Wichtigste: die Kunst, sich ruhig und konzentriert verhalten zu können, auch wenn die Situation noch so gefährlich ist. Du musst lernen, deine eigene Angst zu beherrschen. Angst blockiert das Denken. Keine Panik aufkommen lassen, auch wenn mal etwas schiefgeht. Und es werden Dinge schiefgehen, das garantiere ich dir. Unvorhergesehene Dinge. – Aber....

zunächst brauchst du Djalu."

„Djalu? Was soll das sein?"

„Nicht was, sondern wer. Djalu wird dein erster Lehrer sein. Er wird deinen Geist schulen und vorbereiten. Und noch ein bisschen mehr."

„Aha. Und wer ist der Mann? Einer von euch?"

Maurice lachte und schüttelte den Kopf.

„Nein, wirklich nicht. Aber er ist jemand, der dich in andere Sphären tragen kann. Vorausgesetzt, er nimmt dich an, denn das ist noch gar nicht sicher."

„Na gut. Wann geht's los?"

„Ich werde ihn morgen aufsuchen. Dann machen wir ein Treffen aus. Wenn er dich annimmt, werden wir in der Zwischenzeit alles Wissenswerte zusammenstellen."

„Wie lange würde ich denn mit dem Mann zusammen trainieren?"

Maurice zuckte die Schultern.

„Das weiß niemand. Er bestimmt das. Während der Unterweisungen. Kann durchaus ein paar Wochen dauern… und ein Training ist das eigentlich nicht, eher eine ääh…eine Unterweisung, eine Übung…."

„Wie bitte? Ein paar Wochen? Aber…"

„Keine Sorge. Er ist ein ganz besonderer Mensch. Er wird dich Dinge lehren, die du noch nicht kennst und die dir eine große Hilfe sein werden. Du musst vertrauen, denn ohne Vertrauen funktioniert das nicht. Okay?"

Er sah in die Runde. Alle nickten. Sie kannten diesen Djalu wohl schon gut.

„Ja, okay…soll ich mal gespannt sein?"

„Unbedingt, Henry, unbedingt."

Djalu war einer der Aboriginal People. Einer der australischen Ureinwohner, wie man sie aus Filmen kennt. Er hatte so schwarze Haut und so dunkle Augen, dass er in der Nacht sicher von niemandem gesehen werden konnte. Grauschwarzes Haar, das völlig wirr bis auf die Schultern fiel, ließ seinen Kopf wie einen gebrauchten Wischmob aussehen. Sie sahen aus wie ein mehrfarbiges Drahtgeflecht, das sich vor Jahren ineinander verschlungen hatte und niemand es je geschafft hatte, es zu entwirren. Er hatte eine khakifarbene Hose an, die kurz unter dem Knie in Fransen überging und bestimmt schon weit bessere Tage gesehen hatte. Seine Schuhe erinnerten Rainer an ein früheres Laufschuhpaar, das er sich vor vielen Jahren gekauft hatte und ähnlich ausgesehen hatte. Nach zweimaligem Training hatten seine Fußsohlen gebrannt wie Feuer, weil die Sohle dünn wie Seidenpapier war. Aber vielleicht waren diese Schuhe für Djalu ein gewaltiger Luxus. Einzig das Hemd sah relativ neu aus. Weiß, mit Kragen, geöffnet bis zur Brust, mit langen Ärmeln. Er trug einen breitkrempigen Hut, der mit einem Fellband verziert war. Im krassen Gegensatz zu seiner körperlichen Erscheinung strahlte ein blendend weißes Gebiss aus seinem breiten Mund. Wie alt er war, wusste er wahrscheinlich selbst nicht. Es konnten fünfzig Jahre sein – oder auch hundert. Eigentlich machte er den Eindruck eines lebenden Fossils, das man wiederbelebt hatte. Djalu war wahrscheinlich schon für seine Mitmenschen ein Mystikum, für Rainer war er einer der Ureinwohner, die den Kontinent bereits vor mehr als 40 000 Jahren bewohnt hatten. Und zwar genauso, wie er jetzt vor ihm stand. Wahrscheinlich hatte man ihn damals mumifiziert und jetzt in dieser Zeit wieder ausgegraben. Und dieses Unikum sollte ihm etwas beibringen? Rainer hatte immense Zweifel, weil sein erster Eindruck bereits ein geistiges Endprodukt hergestellt hatte.

Zusammen mit Cloe und Maurice hatte Riley sie immer weiter in den australischen Outback geflogen. Rainer hatte keinen blassen Schimmer, wo sie sich befanden. Wenn er aus dem Fenster sah, konnte er nur die gleiche Landschaft erkennen. Wüste, Steppe, wieder Wüste. Mal steinig, mal sandig, mal mit wunderschönen Dünen, mal mit spärlicher Vegetation, mal mit tiefen Schluchten. Trocken. Rot. Das konnte man schon von oben sehen. Trockenheit über Trockenheit. Kein See, kein Fluss – nichts als endlose Leere. Weitgehend flach, aber von oben war es schwer, etwaige Erhebungen oder Täler richtig einzuordnen.

Jetzt stand Maurice mit Djalu etwas abseits und unterhielt sich mit ihm. Ab und zu zeigte er auf Rainer, nickte dazu und fing ein paarmal auch zu lachen an. Cloe, Riley und er warteten immer noch beim Flugzeug und beobachteten die beiden bei ihrem etwas einseitigen Gespräch. Im Grunde genommen redete nur Maurice. Man konnte kaum ausmachen, ob Djalu irgendwann seinen Mund aufmachte und hören konnten die drei sowieso nichts. Irgendwann nickte Djalu. Einmal, das war's. Für Maurice wohl genug, denn er drehte sich zu Rainer um und winkte ihm zu. Ein seltsam fremdes Gefühl meldete sich in Rainer, als er sich langsam den beiden näherte. Djalu musterte ihn mit einem unbewegten, starren Gesicht, das keine auszumachende Miene oder gar eine sichtbare Emotion offenlegte. Es war nicht erkennbar, ob er sich freute, ärgerte oder ob er nur schlecht gelaunt war. Sein Gesicht sagte gar nichts. Ausgenommen die Augen versprühten eine gewisse leichte Neugierde, aber Rainer konnte sich auch täuschen. Er stellte sich zum wiederholten Male die Frage, auf was er sich da eingelassen hatte und was zum Teufel er von einem australischen Ureinwohner lernen konnte, das ihm in irgendeiner Weise für seine Mission hilfreich sein würde. Gerade hier, in einer Einöde, die er so noch niemals erlebt und gesehen hatte. Ringsum war nichts als Staub, Trockenheit, Wüste, Steppe, roter Sand und Steine. Flach wie ein Brett, sah man einmal vom unglaublich weit

248

entfernten Horizont ab, an dem schemenhaft zaghafte Erhebungen sichtbar waren. Dann stand er vor ihm, wollte schon eine Begrüßung sagen, aber Maurice kam ihm zuvor.

„So, Henry, das ist Djalu. Wie du siehst, ist er Aborigine. – Djalu, ich darf dir Henry vorstellen. Kümmer´ dich um ihn und nimm´ ihn dahin mit, wo er lernt."

Djalu sah Rainer in die Augen und plötzlich lächelte er. Er murmelte unverständliche Worte und lachte Maurice an.

„Ja, ich weiß. Darum ist er ja hier," sagte Maurice und begann auch zu lachen. Djalu hob die Hand, tätschelte die Brust Rainers und nickte mit dem Kopf. Nicht ohne das monotone Murmeln wieder einzustellen.

„G´day, Henry," sagte er dann relativ deutlich. Gott sei dank, dachte Rainer, er kann ein bisschen englisch.

„Hallo," quetschte er heraus und versuchte ein schiefes Lächeln. Dann sah er Maurice an.

„Was hat er denn zu dir gesagt?"

„Er hat gesagt, du siehst aus wie einer der verweichlichten reichen Städter, die nach zwei Kilometern in der Wüste umkippen und sofort ihre gesamten Wasservorräte aufbrauchen."

„Aha...seh´ ich wirklich so idiotisch aus?"

Maurice lachte wieder und sprach in dieser murmelnden Sprache zu Djalu, der lachend nickte und sofort mit dem Kopf wackelte. Es sah aus, als ob die Geste seine Aussage relativieren sollte.

„Sein erster Eindruck. Er weiß schon, dass es darauf nicht ankommt, aber er fand´s lustig."

„Na, dann bin ich ja beruhigt, dass ich wenigstens zur allgemeinen Belustigung tauge. Wird bestimmt spannend herauszufinden, was er mir sagen will, wenn er etwas spricht..."

Maurice klopfte ihm auf die Schulter und grinste schelmisch.

„Keine Sorge, ihr werdet euch schon verstehen. – Wir verschwinden wieder. Mach´s gut, Henry. Laß´ dich nicht von seinem Aussehen blenden. Er ist gut und er ist bereit, dich zu unterweisen. Du musst dich darauf einlassen und all deine Zweifel und dein Misstrauen, die dich immer piesacken, beiseite legen. Öffne einfach deinen Geist, alles andere kommt von selbst...okay?"

Rainer zuckte die Schultern.

„Na klar. Ich bin gespannt und werde es versuchen. Danke erst Mal für deine Hilfe. Auch wenn ich absolut keinen Schimmer habe, was auf mich zukommt…"

Cloe war nähergetreten und lächelte Djalu an. Auch sie sprach in seiner Muttersprache und Djalu freute sich anscheinend sehr, sie zu sehen. Jedenfalls kannten sie sich anscheinend ganz gut. Sie blickte Henry an.

„Du bist in den besten Händen, Henry. Leg´ mal die nächste Zeit alles ab, was dir im Kopf herumspukt. Ich bin sicher, wenn wir uns das nächste Mal treffen, wirst du wissen, was wir gemeint haben. Viel Erfolg dabei…"

„Bei was denn?" fragte Rainer zweifelnd und wusste sofort, dass er als Antwort nur Gelächter ernten würde. Maurice und Cloe drehten sich um und stiegen in die Maschine, nicht um ihm noch einmal zu winken. Rainer hob die Hand, dann startete Riley die Motoren, wendete die Maschine und Augenblicke später hob sie ab, um in den blauen Himmel zu verschwinden. Als sie nicht mehr zu hören war, drehte sich Rainer zu Djalu um, der ihn jetzt offen und freundlich anlächelte.

„Na, ich hoffe, wir können uns irgendwie verständigen, Djalu. Das wird eine Herausforderung, denke ich…"

Er erwartete keine Antwort, sondern bückte sich nach seinem Rucksack, um ihn hoch zu nehmen.

„Keine Sorge, Henry, das kriegen wir schon hin. Ein paar Worte kann ich ja verstehen..."

Überraschung! Djalu sprach englisch. Im selben Moment kam Rainer in den Sinn, dass er sich in Australien befand und englisch die Landessprache ist. Jeder sprach sie – auch die Ureinwohner. Er zog die Augenbrauen nach oben und titulierte sich als Vollidioten. Er schüttelte den Kopf.

„Ich bin ein Vollidiot. Kannst du mir vergeben?"

Djalu begann Tränen zu lachen und klopfte ihm auf die Schulter.

„Erste Lektion, junger Mann. Urteile nie nach deinen eigenen Klischees."

„Natürlich. Danke. Ich werd´s ab sofort nie mehr vergessen…"

„Komm´. Ich zeige dir, wo du heute Nacht schlafen kannst. Morgen früh gehen wir los."

„Wohin? Und was bedeutet bei dir „Früh"?

Djalu war schon voraus gegangen und hielt eine Hand mit vier Fingern hoch. Rainer verzog das Gesicht. Vier Uhr...das ging ja gut los.

Es war stockdunkel, als ihn jemand an der Schulter rüttelte. Erschrocken öffnete Rainer die Augen und hatte einen Augenblick Schwierigkeiten, sich zu orientieren. Schlaftrunken stützte er sich auf die Ellbogen und sah auf den dunklen Schatten, der eine uralte Petroleumlampe in Händen hielt, die ein diffuses Licht in den Raum warf.

„Zeit aufzustehen, Henry. In einer halben Stunde sollten wir aufbrechen...Kaffee?"

Rainer gähnte und nickte.

„Ja, das klingt gut...ich komm´ schon."

Er wälzte sich aus den Decken und schwang die Beine aus dem Bettgestell. Mit beiden Händen rieb er sich die Augen, gähnte noch einmal ausgiebig und begann sich zu strecken. Er sah auf die Uhr und blies die Luft aus den Backen. So früh war er lange nicht aufgestanden.

„Nicht mal halb vier...scheiße, verdammt..." murmelte er kaum hörbar in sich hinein. Dann stand er auf, suchte das Badezimmer auf und klatschte sich eiskaltes Wasser ins Gesicht. Danach fühlte er sich wacher. Als er den Wohnraum mit der Küche betrat, hantierte Djalu gerade mit einer Pfanne.

„Setz´ dich. Kaffee steht auf dem Tisch. Wir nehmen noch ein kräftiges Frühstück ein, dann packen wir zusammen. Wir müssen die kühlen Morgenstunden noch nutzen. Heiß wird es früh genug..."

Rainer nickte und sah sich um. Ein kleiner Rucksack stand in der Ecke. Daneben eine eingerollte Decke und so etwas wie ein Schlafsack. Alles sah sehr gebraucht aus und machte den Eindruck, als ob Djalu immer irgendwo draußen herum wanderte. Er goss sich aus einer verbeulten Kanne Kaffee in seinen Becher. Er war heiß und noch dunkler als Djalu. Vorsichtig setzte er ihn an die Lippen und schlürfte die schwarze Brühe. Wider Erwarten hatte er einen vollen Geschmack und das richtige Aroma. Djalu hatte inzwischen Eier mit Speck gebraten, dazwischen brutzelten Zwiebel und ein undefinierbares Gemüse. Aber es roch gut und Rainer spürte trotz der frühen Stunde Hunger. Djalu stellte ihm den Teller hin.

„So, das vorerst letzte Essen dieser Art. Draußen werden wir das ein bisschen einfacher gestalten müssen. – Warst du schon einmal auf Wanderschaft?"

„Ich war schon wandern. Aber nie länger als zwei Tage...als Junge war ich öfter beim Zelten."

Djalu nickte, während er die Eier schaufelte.

„Dachte ich mir. Dann vergiss´ von jetzt an alles, was du je über die Natur gewusst, gelesen und erfahren hast. Wir beginnen bei Null...kannst du das?"

Djalu hielt mit dem Essen inne und sah ihn prüfend an.

„Ich werde es versuchen..."

Djalu schüttelte den Kopf.

„Nicht versuchen...tue es…"

Rainer presste die Lippen zusammen und nickte.

Es wurde bereits Mittag, als sie anhielten und Djalu erklärte, während der heißesten Mittagsstunden zu rasten und erst am späten Nachmittag weiter zu gehen.

Als die Sonne aufgegangen war, wurde es schnell wärmer. Rainer begann kurze Zeit später zu schwitzen, aber sein Hemd wurde sofort wieder von der Sonne getrocknet. Nach fünf Stunden gemächlichen Laufens spürte er bereits jeden Knochen im Körper. Wiederholt wunderte er sich über den alten Mann, der ohne ein Zeichen der Erschöpfung immer den gleichen Trott beibehielt. Manchmal begann er leise zu summen, ein monotoner Singsang, dessen Text, wenn es denn einer war, sich Rainer nicht erschließen konnte. Er war sich nicht einmal sicher, ob es überhaupt Worte waren, die Djalu sang. Aber der tiefe, fast brummende Ton hatte etwas sanftes, etwas Beruhigendes in sich. Es war der einzige Laut, den Rainer hören konnte und ganz automatisch vermischte er den immer gleichen Singsang mit dem Takt seines Schrittes. Solange, bis er darauf nicht mehr achten musste. Er nahm es nicht einmal mehr wahr.

Sie rasteten in einer kleinen sandigen Mulde, die spärlich mit Gräsern umgeben war. Djalu schritt die wie künstlich aussehenden Ränder mit seinem Stock ab, schlug ab und zu auf den Boden und konzentrierte sich auf die nahe Umgebung seiner Schritte. Dann nickte er und setzte sich in den roten Sand, nahm die Wasserflasche und reichte sie Rainer.

„Bevor wir heute Abend ein Nachtlager bereit machen, musst du noch wissen, welche Tiere sich in dieser Gegend befinden. Besonders die Schlangen können sehr gefährlich sein. Wenn du eine zu sehen bekommst, eine ockerfarbene oder eine braune, mach keine schnellen und hastigen Bewegungen, verhalte dich ruhig und entferne dich langsam."

„Die sind hochgiftig, nehme ich an…"

„Ja, das sind sie. Und leicht reizbar. Das ist auch ihr Land und sie werden es zu verteidigen wissen. Die hellere der beiden ist eine Brown Snake. Äußerst giftig. Wenn du gebissen wirst, hängt dein Leben an einem seidenen Faden. Der Taipan ist eine noch größere Kategorie. Absolut tödlich. Seine Giftzähne können länger als zehn Zentimeter lang werden. Innerhalb von dreißig Minuten bist du tot. Sollte dir einmal eine dieser Schlangen zu nahe kommen, beweg dich nicht, keinen Millimeter. Verfall´ niemals in Panik oder mache unkontrollierte Bewegungen. Dann greifen sie wahrscheinlich nicht an."

„Wahrscheinlich…?"

Djalu zuckte die Schultern und grinste.

„Achte einfach immer auf deine Umgebung. Lerne, jedes Detail erkennen zu können. Dann kann dir nichts passieren. Lerne, Respekt zu haben. Hier draußen kann jede Nachlässigkeit tödlich sein."

„Natürlich. Ich verstehe. Welche Tiere können noch gefährlich sein?"

„Es gibt gefährliche Ameisen und Tausendfüßler. Und leg´ dich keinesfalls mit einem Känguruh an. Du meinst vielleicht, die sind süß, aber die können dir mit einem Tritt das Genick brechen. Noch einmal…behandle die Natur mit allem, was sich darin befindet, mit Respekt und Achtung."

Rainer nickte wieder.

„Wohin werden wir gehen?"

Djalu zeigte nach Nordwesten.

„Dahin…"

„Was ist da?"

„Nichts."

„Aha. Und warum wollen wir dann dahin? Hier ist doch auch nichts…"

Djalu lachte.

„Wir gehen solange, bis es das „Nichts" nicht mehr gibt."

„Wie meinst du das?"

Rainer verstand kein Wort.

„Wenn es soweit ist, wird deine Frage irrelevant sein…hab´ Geduld…wir gehen weiter….!"

Er verfiel bald wieder in seinen brummenden und summenden Singsang, den Rainer sofort in seinen Schritttakt übernahm. Kurz wurde ihm noch bewusst, dass er sich wie unter Hypnose daran anpasste. Aber bevor er noch darüber nachdenken konnte, war seine Konzentration bereits abgedriftet. Es spielte nur eine untergeordnete Rolle.

Die Dämmerung hatte schon eingesetzt, da bereiteten sie ein Nachtlager vor. Djalu entzündete ein Feuer. Überraschend für Rainer hatten sie ein langgezogenes ausgetrocknetes Flusstal erreicht, das mit Buschwerk durchzogen war. Dürres und trockenes Gehölz für ein Feuer gab es genug. Sie hatten die dünnen Matten ausgerollt und saßen nun um die Feuerstelle, lauschten dem Prasseln und dem Zischen, wenn die Funken stoben und knabberten an ein paar Keksen und Trockenobst herum.

„Djalu, darf ich dich etwas fragen?"

„Nur keine Scham, Junge…"

„Was hast du heute gemeint mit dem Nichts?"

„Du meinst, so lange zu gehen, bis es das ´Nichts` nicht mehr gibt?"

Rainer nickte.

„Ja, genau. So wie ich das sehe, werden wir noch Wochen laufen können, bis dieses Nichts, in dem wir jetzt sind, hinter uns sein wird."

Djalu kicherte und blickte in den Himmel, an dem sich schon die ersten Sterne ein Stelldichein gaben.

„Warte noch zwanzig Minuten, dann habe ich eine Antwort für dich."

„Aha...na gut…"

Rainer verdrehte innerlich die Augen. Djalu war ein Rätselmann, der sich einen Spaß daraus machte, sich in unverständlichen Andeutungen zu verlieren. Er nahm einen Schluck aus seinem Becher und starrte wieder in die züngelnden Flammen. Ab und zu lauschte er in die Einsamkeit, hörte öfters ein Rascheln und ein leises Schleifen. Ansonsten war es absolut still. Trotzdem war es Rainer nicht ganz wohl bei dem Gedanken, dass er die Nacht nur auf einer dünnen Matte und einer Decke verbringen sollte. Ohne Schutz oder wenigstens einer Art Vorwarnung, die ihn rechtzeitig handeln lassen könnte. Er hatte keine Angst vor Schlangen, aber die Vorstellung, dass ein Taipan sich entscheiden würde, die Nacht unter seiner Decke zu verbringen, verursachte eine leichte Gänsehaut auf seinem Körper. Ganz abgesehen von dem anderen Getier, das sich hier tummelte. Vielleicht Spinnen, riesige Insekten oder diese Ameisen, die so gefährlich sein sollten. Er hatte wie die meisten Menschen eine gruselige Abneigung gegen alle Spinnen. Keine direkte Angst, aber ein Ekelgefühl, das ihm einen kalten Schauer den Rücken hinunter jagte.

„Meinst du, dass wir hier sicher sind? Ich meine, vor den vielen giftigen Tieren, die hier rumkreuchen. Irgendwie fühle ich mich ein bisschen beunruhigt."

„Bleib´ nah am Feuer, da bist du relativ sicher. Es gibt zwar nicht wenige giftige Tiere bei uns, aber man bekommt sie relativ selten zu Gesicht. Wir gehören ja auch nicht zu deren Beuteschema."

Er lachte laut auf, als wenn er einen besonderen Witz erzählt hätte. Das war sein Land, das er genau kannte. Und das er genauso liebte, wie es war.

„Das beruhigt mich nicht gerade."

„Keine Angst. Dieses ungute Gefühl wirst du bald abgelegt haben. Das ist ganz normal, wenn man noch nie im Freien übernachtet hat. - Also hier im Outback, meine ich."

Er hob den Kopf und sah in den Himmel.

„Sieh dir lieber das hier an," sagte er leise und zeigte nach oben. Rainer hob den Kopf. Die Nacht war so schnell über sie gezogen, dass er es gar nicht richtig bemerkt hatte. Für einen Augenblick hielt er unwillkürlich den Atem an. Noch niemals hatte er so viele Sterne gesehen. Es schien fast so, als ob es keine Atmosphäre mehr gab und sie einen vollkommen freien Blick in das Universum geschenkt bekommen hätten. Die Milchstraße war ein flimmerndes Band von Milliarden von Sternen, die funkelten wie die Kristallkugel einer Discothek. Kein künstliches Licht trübte diesen Blick. Nur der kleine Feuerschein erhellte ihre unmittelbare Umgebung. Rainer blieb vor lauter Staunen der Mund offen stehen. Noch niemals zuvor hatte er den Sternenhimmel in seiner Klarheit so rein gesehen wie in diesem Moment und er wunderte sich, dass er dieses Gefühl der Klarheit in den Wochen, die er im Outback unterwegs war, nicht gehabt hatte. Hatte sich womöglich sein Sinn dafür sensibilisiert? Er spürte die entstehende Begeisterung hochkommen, dieser Enthusiasmus, der es vollbrachte, jedwede störenden Gedanken außer Kraft zu setzen und er fühlte, wie gerade jetzt die Zeit stehengeblieben war. Sein Blick hatte etwas Entspanntes angenommen und der funkelnde Sternenhimmel schaffte es sogar, dass er sein Unwohlsein in dieser für ihn fremden Wildnis vollkommen vergaß.

Djalu hatte ihn beobachtet und lächelte leicht vor sich hin. Diesen Gesichtsausdruck hatte er schon oft gesehen. Es war jede Nacht ein gigantisches einmaliges Feuerwerk und auch wenn er dies schon so viele hundert und tausend Male bewundert hatte, war es doch niemals gleich gewesen.

Allerdings musste er auch feststellen, dass vielen Menschen der Blick und die innere Wertigkeit dafür völlig fehlte, wenn sie in die Sterne blickten. Er konnte erkennen, wenn Menschen bewundernd und begeistert nach oben sahen. Er konnte erkennen, wenn in diesem Moment die Ruhe einkehrte und alle vorher bestehenden Probleme und Sorgen keinen Raum mehr einnehmen konnten, weil der Fokus ausschließlich dem riesigen Universum galt. Rainer war auch so ein Mensch, der sich dem Allumfassenden ohne irgendwelche Blockaden hingeben konnte. Das freute Djalu, weil es ihm auch sagte, dass dieser junge Mann lern- und aufnahmefähig war.

„Beeindruckend, nicht wahr? Dieses Nichts..." fragte er ihn.

Rainer nickte und lächelte bestätigend. Dann verstand er, was Djalu mit dem ´Nichts` andeuten wollte.

„Das ist es, tatsächlich. Ich verstehe...dieses ´Nichts`. Nur für den, der nicht sieht, gibt es ein Nichts. Ich werd´s noch lernen...Den Sternenhimmel in so einer Klarheit zu sehen, ist auch für mich neu. Auf Hawaii hat mich das schon beeindruckt, aber hier, ohne irgendwelche anderen Lichter, ist das wirklich absolut perfekt. Fantastisch."

Djalu begann zu lächeln. Rainer begann schon zu lernen. Und er war zufrieden.

Rainer fühlte eine lange nicht empfundene Ruhe, die sich ausbreitete. Die permanente Unruhe, das dauernde Misstrauen und die nie abgelegte Vorsicht der vielen Monate hatte ihn vergessen lassen, dass es auch noch ein Gefühl absoluter Entspanntheit gab. Er spürte aber auch die aufkommende Müdigkeit, die sich über ihn legte. Er war erschöpft. Das ungewohnte Laufen in der Hitze war anstrengender gewesen, als er sich das eingestehen wollte. Ganz kurz wurde ihm bewusst, dass das wohl alles Teil seiner Unterweisung sein sollte. Er gähnte und war plötzlich so müde, dass er sich auf seine Matte legte und wieder den so nah wirkenden Weltraum beobachtete. Aber länger als zwei Minuten konnte er die Augen nicht mehr offen halten, dann fiel er bereits in einen tiefen Schlaf. Er wollte noch eine Gute Nacht wünschen, aber die Worte kamen nur noch als leises Murmeln über seine Lippen. Sein letzter Gedanke war der, dass er hoffte, am Morgen nicht unwillkommene Besucher in seinem Schlafsack vorfinden zu müssen. Aber selbst dieser Gedanke wurde nicht mehr zu Ende gedacht. Er verabschiedete sich in seine eigene Traumwelt und nur das Unterbewusstsein teilte ihm subtil mit, dass er sich in einer seltenen Abgeschiedenheit und einer noch selteneren Stille befand. Kein Laut war zu hören außer manchem Rascheln und Schaben, die eine nachtaktive Hüpfmaus auslöste, wenn sie nach kleinen Insekten suchte. Aber das nahm nicht einmal Djalu wahr. Er beobachtete noch eine Weile seinen schlafenden Schützling, dann begab auch er sich zur Ruhe, legte sich auf seine Matte und zog die Decke über seinen Körper. Nachts konnte es empfindlich kühl werden.

Am nächsten Morgen weckte Rainer das Hantieren mit Geschirr. Er öffnete die Augen und nahm sofort den paradiesischen Geruch von Kaffee wahr. Er drehte sich um und sah in den blauen Morgenhimmel. Die Sonne war noch nicht aufgegangen, aber es war bereits taghell geworden. Erfrischt wie selten wollte er sich gerade aus seiner Decke wälzen und richtete sich auf. In diesem Moment jagte der Gedanke des Vorabends durch sein Gehirn, dass vielleicht in der Nacht doch noch eine Schlange oder ein anderes Getier den Weg unter seine Decke gefunden haben könnte und er erstarrte in der Bewegung. Nicht bewegen, hatte Djalu zu ihm gesagt, wenn es zu einer Begegnung kommen sollte. Er hob den Kopf und sah Djalu an, der ihn lachend beobachtet hatte.

„Guten Morgen, mein Freund. Keine Angst, kein Besuch unter deiner Decke…"

Er lachte immer noch und beschäftigte sich wieder mit seiner Kaffeekanne.

„Guten Morgen...ääh, ja, man weiß ja nie…," versuchte er eine Erklärung für seinen morgendlichen Schreck. Trotzdem schlug er vorsichtig die Decke zurück und atmete innerlich auf. Keine Schlange, keine Spinne, kein ekliges Getier. Er stand langsam auf und streckte sich ausgiebig. Er hatte zwar gut geschlafen, aber schlecht gelegen. Er spürte jeden Knochen und jeden Muskel im Körper.

An den ungewohnten harten Untergrund musste er sich erst noch gewöhnen. Djalu gab ihm einen Becher mit dampfendem Kaffee und sie setzten sich um das Feuer. Es war noch kühl am frühen Morgen, aber er wusste, dass es bald wieder heiß werden würde. Keine einzige Wolke trübte den klaren Himmel. Nach einem kargen Frühstück packten sie schweigend zusammen und brachen wieder auf. Djalu folgte zuerst dem Flussbett und bog nach ein paar Stunden nach Süden ab. Sie sprachen kaum etwas. Nachdem sie aufgebrochen waren, hatte er Rainer nochmals daran erinnert, seine Umgebung immer im Auge zu behalten und seinen Blick auf die Details zu schulen. Doch mehr als die ersten zaghaften Versuche konnte Rainer nicht bewerkstelligen. Es war anstrengend, sich permanent zu konzentrieren.

„Wird sich die Aufmerksamkeit einmal automatisieren, Djalu?" fragte er ihn nach einer Weile.

„Natürlich. Wie alles braucht auch dies dauernde Übung. Man kann sich das aneignen, damit sich die Konzentration nicht erschöpft. Eigentlich sollte man eben genau das vermeiden können. Die Erschöpfung der eigenen Konzentration. Geduld, Rainer, Geduld. Manche brauchen Monate dazu. Nutze die Aufmerksamkeit der Wachheit.

Deines Geistes genauso wie deines Körpers. Bald wird sich das alles von selbst einstellen."

„Na gut, ich werd´s versuchen...nein, halt!! Ich tue es…"

Djalu drehte den Kopf und lachte laut auf.

„Gut, Junge, gut...gib´ dich niemals mit Versuchen zufrieden…"

Seit vier Tagen waren sie mittlerweile unterwegs. Tatsächlich hatte Rainer es geschafft, das monotone Laufen und die Aufmerksamkeit gleichsam zu verbinden. Er spürte, wie das Land ihm näher kam. Es war nicht mehr dieses fremde, unbekannte Gebilde, das ihm anfangs so wild und menschenfeindlich gegenüber gestanden war. Es hatte sich angenähert. Vielleicht hatte auch er sich angenähert, weil die Vorsicht und dieses unbehagliche Gefühl fast verschwunden waren. Die Einöde sah menschenfeindlich aus, aber gleichzeitig auch schön und beruhigend.

Sie hatten am frühen Nachmittag einen Canyon erreicht, an dessen Rand sie standen und nun hinunterblickten. Ein glitzernder kleiner See mit türkisfarbenem und teils dunkelblauem Wasser strahlte sie wie eine paradiesische Oase an. Rings um den See wuchsen Bäume und Palmen, Sträucher und blühende Büsche. An der gegenüberliegenden Seeseite ragten die Felswände in die Höhe. Rainer verschlug es die Sprache, in dieser wüsten- und steppenartigen Einöde ein natürliches Kleinod vorzufinden, das aus der Ferne nicht zu erkennen gewesen war. Er sah Djalu an.

„Wahnsinn. Das ist ja wunderschön…"

Der See glitzerte wie ein Diamantencollier und verbreitete augenblicklich Freude und Sehnsucht. Die Uferränder waren grün bewachsen.

„Ja, wir werden hierbleiben. Zumindest die nächsten zwei Tage. Das Wasser ist trinkbar und man kann dort unbehelligt schwimmen. Es gibt sogar Fische darin."

„Echt super…" murmelte Rainer, der Djalu folgte, der schon den Weg nach unten eingeschlagen hatte.

Das erste, was Rainer tat, als sie einen Lagerplatz gewählt hatten, war ein Bad in dem glasklaren See. Niemals zuvor hatte er es so genossen, schwimmen zu gehen. Seit Tagen hatten sie sich weder waschen geschweige denn duschen können. Das kühle Wasser mitten in der Wüste war ein wahrer Jungbrunnen, der die Lebensgeister neu hochfahren konnte. Erfrischt und enthusiastisch stieg Rainer wieder aus dem See und zog sich an. Djalu hatte mittlerweile tatsächlich zwei Fische gefangen und nahm sie gerade aus. Er bohrte ein paar Äste in den Boden und steckte die Fische auf Spieße. Dann zauberte er aus seinem Rucksack Salz und Pfeffer, würzte sie und hing sie dann über das Feuer. Gemeinsam setzten sie sich auf den Boden und warteten, bis ihre Mahlzeit fertig war.

Nach einer Weile sah ihn Djalu aufmerksam an.

„Weißt du noch, was ich dir über das Verhalten gegenüber den Tieren hier bei uns erzählt habe?"

Rainer nickte.

„Natürlich. Ich soll mich ruhig verhalten, keine hastigen Bewegungen machen und mich langsam entfernen…"

„Richtig. Wenn es zu einer Begegnung kommt, rührst du dich keinen Millimeter, zuckst nicht einmal und hältst deinen Geist unter vollständiger Kontrolle."

„Ja, ich weiß…"

„Das machst du jetzt…"

Rainer verzog das Gesicht und verstand nicht ganz. Das Nichtverstehen dauerte nur einen winzigen Moment, dann stellte es sich als Verstehen ein. Djalu sah ihm intensiv und ernst in die Augen. Er spürte auf seinem Rücken eine Berührung, die jetzt stärker wurde. Etwas bewegte sich und sein Herz blieb für einen Augenblick stehen. Er erstarrte augenblicklich, hielt den Atem an und spürte, wie sich sämtliche Körperhärchen aufstellten. Djalu beobachtete ihn jetzt intensiv und ganz genau. Rainer hörte ein leises Zischeln und die sanfte Bewegung, die jetzt bis auf seiner Schulter angekommen war. Sein Herz schlug wie verrückt und er war überzeugt, das Reptil musste den Herzschlag hören und wahrnehmen, aber er saß still wie eine Statue.

„Ganz ruhig. Nicht bewegen. Sie will nichts von dir, hat sich nur verlaufen…"

Mittlerweile schlängelte sich ein braunes langgezogenes Etwas über seine Schulter und wieder nach unten. Er sah den stromlinienförmigen Kopf mit den dunklen Knopfaugen, wie es sich langsam über seine Oberschenkel und quer über seinen Schoß bewegte. Der ganze Körper nahm gar kein Ende. Sie war unglaublich groß, diese Schlange. Dunkelbraun. Ein Taipan. Ein ausgesprochen prachtvolles ausgewachsenes Tier. Und absolut tödlich. Aber so, wie Djalu schon erläutert hatte, interessierte sich das giftigste Reptil auf diesem Kontinent nicht für einen Menschen. Mit eleganten unaufgeregten Bewegungen entfernte sie sich von Rainer, der erst wieder aufatmete, als sie im Buschwerk verschwunden war und nichts mehr von ihr zu sehen oder zu hören war.

„Oh, verdammt, ich habe gerade alles ausgeschwitzt, was ich an Flüssigkeit noch in mir hatte…," murmelte er keuchend.

Er wischte sich über die schweißnasse Stirn und atmete mehrmals heftig aus. Djalu nickte nur und beschäftigte sich schon wieder mit seinen Fischen. Die Begegnung erregte ihn nur am Rande.

„Tja, so etwas kann eben vorkommen. Hast vernünftig und ruhig reagiert. Kein Tier will was von dir. Sie greifen nur an, wenn sie sich attackiert oder bedroht fühlen. Du hast ihr keinen Grund gegeben, also alles okay."

„War das ein Taipan?"

„Ja, das war er. Der King unter den Giftschlangen. Hätte er dich gebissen, würde ich jetzt ein Grab ausheben…"

Djalu begann zu lachen, als wenn er sich darüber köstlich amüsieren würde.

„Du hast gar keine Schaufel dabei," konterte Rainer und fing zu grinsen an. Seine Aufregung hatte sich wieder gelegt. Das war wohl seine Feuertaufe gewesen. Und Djalu lachte noch lauter.

„Du hast gute Nerven, Rainer. Das gefällt mir. Du lernst, ohne dass du merkst, dass du lernst. Das ist ausgezeichnet."

„Ich glaube, ich versuche nur, mich anzupassen. Hat das was mit Lernen zu tun?"

„Durchaus. Hast du Hunger?"

Rainer sah auf die Fische. Ja, jetzt hatte er Hunger.

„Ja, und wie…"

„Willst du witchetty grubs dazu? Ich habe vorhin einen Witchetty-Busch entdeckt und ein paar ausgegraben."

Rainer ahnte Schlimmes und drehte zweifelnd den Kopf.

„Was soll das sein? Wurzeln?"

„Maden. Sehr eiweißreich und sehr bekömmlich. Gerade im Outback ist das eine willkommene Nahrung."

„Was? Maden? Ernsthaft?"

Djalu nickte nur.

„Natürlich. Solltest du probieren, wenn du schon in Australien bist. Die sind wirklich gut…schmecken nach Mandeln."

Gerade wollte Rainer dankend ablehnen, aber als Djalu aus der Feuerasche ein paar davon hervorholte, überwand er seinen zivilisatorischen Ekel und nickte. Schließlich hatte er sich auf diese Abenteuer gänzlich eingelassen.

„Na gut…wenn ich schon mal hier bin…"

Zweifelnd nahm er die geröstete Made in die Hand, sah noch einmal Djalu an, der ihm aufmunternd zunickte und biss zögerlich hinein. Langsam begann er zu kauen. Sie hatte tatsächlich einen Mandel ähnlichen Geschmack. Aber gleichzeitig war er sich auch sicher, diese Ernährung nicht in seinen zukünftigen Speiseplan einzuarbeiten. Djalu grinste und kaute seinerseits auf dem gerösteten Getier herum. Dann nahm er die Fische vom Feuer und überreichte einen davon Rainer.

Mit Genuss verspeisten sie den gegrillten Fisch. Rainer konnte sich kaum erinnern, je einen Fisch mit einer solchen Begeisterung genossen zu haben.

„Hier...zur Nachspeise...habe ich vorhin entdeckt...“ sagte Djalu und holte etwas aus seiner Tasche. Er warf ihm eine rundförmige Frucht zu.

„Was ist das?“ fragte Rainer. „Sieht aus wie ein Pfirsich...“

„Richtig. Quandong. Ist ein wilder Pfirsich. Hat wesentlich mehr Vitamin C als eine Orange.“

Rainer nickte und biss hinein. Es schmeckte süß und absolut paradiesisch, vor allem, wenn man sich bewusst machte, wo sie sich gerade befanden.

„Ausgezeichnet...“

Djalu holte aus seinem Rucksack eine kleine Dose hervor.

„Heute gönnen wir uns etwas ganz Besonderes. Ein Getränk aus Wattleseed. Schmeckt nach Kaffee und Schokolade. Wird dir schmecken.“

„Bin gespannt.“

Es wurde langsam dämmrig. Ein eigenartiges Licht fiel auf den See, in dem sich bereits die ersten Sterne reflektierten. Kein Windhauch rührte sich. Der See lag da wie ein gigantischer Spiegel, der die rot-, orange- und Blautöne des Himmels ablichtete wie ein hochauflösendes Foto. Rainer sah in den Himmel, der sich fern jeglichen Klischees offenbarte und ihn zur inneren Ruhe brachte. Die aufkommenden Geräusche der Umgebung machten ihn nicht mehr nervös und unsicher. Heute konnte er es mit allen Sinnen genießen. Trotz der Begegnung mit einer

Giftschlange und trotz der schweißtreibenden Situation. Sie saßen um das Feuer und beobachteten den Schein auf der Wasseroberfläche. Was für ein wunderbarer Abend an einem noch wunderbareren Ort, dachte Rainer. Ein Ort voller Stille und einer machtvollen magischen Ausstrahlung. Djalu hatte sich eine Zigarette gedreht und übergab sie Rainer.

„Rauchst du?"

„Gelegentlich...eigentlich bin ich Nichtraucher. Vielleicht ist heute ein guter Tag, mal wieder eine zu rauchen."

Er nahm sie, zündete sie mit einem glühenden Stock an und beobachtete Djalu, wie er noch eine drehte. Er nahm einen Zug und spürte sofort eine Wirkung.

„Was ist das für ein Tabak? Riecht und schmeckt anders als ich das kenne…"

„Ist eine Mischung aus Tabak, Pituri und Asche."

„Was? Asche?...und was ist Pituri?"

„Pituri ist ein natürliches Nikotin. Etwas stärker – wie ein Narkotikum...die Asche verstärkt die Wirkung. Es ist ein … wie sagt man? Bewusstseinserweiterndes Instrument...Wird oft eingesetzt, um einen bestimmten Bewusstseinszustand herzustellen. Hilft beim Lernen…"

„Wie sollte Tabak beim Lernen helfen...willst du mir damit sagen, dass das eine Droge ist? Dass ich gerade einen Joint rauche?"

„Nur in recht abgeschwächter Form. Keine Angst, es wird dir helfen, deinen Geist offen zu halten."

Rainer war skeptisch und sah zweifelnd auf die glühende Zigarette. Er nahm noch einen Zug und erinnerte sich daran, als er wirklich einmal einen Joint geraucht hatte. Er spürte gerade eine ähnliche Wirkung. Wie eine sanfte, weiche Welle, die jegliche Bedrohung, Sorgen und Probleme mit sich nahm und ihn selbst leicht machte. So als ob er einen Rucksack voller Ballast langsam abstellte.

„Mhmm...na gut. Vielleicht hilft´s ja…"

„Eigentlich soll es Schmerzen lindern und die Müdigkeit vertreiben. Wir nehmen das während des Walkabouts. Man kann es auch kauen."

„Die Müdigkeit sollte es jetzt aber nicht vertreiben."

„Keine Angst. Die Dosis ist gerade so groß, dass du vollkommen entspannt wirst."

Rainer nickte und versuchte, diese körperliche Ruhe in sich wahrzunehmen.

Er nahm noch einen Zug, warf einen Blick auf den See, auf die Sterne, dann auf Djalu, der mit überkreuzten Beinen vor dem Feuer saß und im Moment aussah wie ein in sich ruhender Guru.

„Erzähl mir etwas über dein Volk, Djalu. Was für eine Zeit ist die Traumzeit? Was bedeutet das?"

„Die Traumzeit bezeichnen wir als Zeit der Entstehung der Erde und der Menschheit. Es ist die Zeit der Schöpfung. Sie ist der Kern unserer Kultur. Wenn wir schlafen, kehren wir im Traum zum Ursprung der Schöpfung zurück – zusammen mit den Seelen der Verstorbenen. Das Träumen ist die Philosophie meines Volkes."

„Verstehe. Es ist quasi der Rahmen, in dem ihr euren Platz auf dieser Welt definiert…"

„So ähnlich…wir sehen darin unseren Platz im Universum, unsere Beziehung zu den Verwandten und unsere Verbindung zum Land."

„Ist das eure Religion?"

„Durchaus. Es ist ein umfassendes komplexes System, in dem Tiere, Pflanzen, Menschen und Naturerscheinungen gleichgestellt sind. Niemand kann sich darüber stellen – alles ist gleich. Durch unsere Verwandtschaftssysteme sind wir mit dem Land eng verbunden. Unsere höchsten kulturellen Aspekte finden sich in Familie, Land, Recht und Sprache. Im Groben könnte man sagen, dass es das Land ist, was uns definiert."

„Darum das mit dem Respekt und Achtung vor allen Lebewesen?"

Djalu nickte.

„Ja, vor allem die Achtung vor dem Land. Das Land ist uns nicht feindlich gesinnt, eher im Gegenteil. Wir müssen es verstehen lernen. – So wie du gerade…"

„Wäre schön, wenn alle Menschen so viel Respekt vor ihrem Land hätten…"

Djalu lachte.

„Das ist auch ein Traum, mein Freund. Aber ein anderer…"

„Ja, leider. Hat dann eure Religion einen Namen oder Bezeichnung?"

„Eigentlich ist es ein Totemismus. Die Gleichstellung von allem. Basierend auf der Wechselbeziehung zwischen allen Menschen und allen Dingen. Aus der Liebe zum Land beziehen wir unsere spirituelle Kraft."

„Das kommt mir bekannt vor. Auf Hawaii begrüßt man gute Freunde und Bekannte mit ´Aloha a´ina`, was so viel bedeutet wie ´Liebe zum Land`. Der Grundgedanke ist so ähnlich wie hier."

„Siehst du, die jeweiligen Ureinwohner wissen genau, auf was es ankommt. Wir müssen das Land schützen, von ihm und mit ihm leben, nicht ausbeuten. Denn dann wird uns eines Tages das Land vernichten. Es war vor uns da und wird auch noch nach uns da sein."

„Ganzheitliches Denken…ich glaube, das nennt man holistisch, wenn ich mich noch recht erinnere."

Djalu zuckte die Schultern.

„Keine Ahnung, wie die Weißen das nennen. Es bedeutet dasselbe – wie auch immer."

„Wie und wo bist du denn aufgewachsen, wenn ich das fragen darf."

„Genau hier in diesem Territorium. In einem großen Familienclan. Ich gehöre zu den Anangu, der Stamm des

Zentrums. Ich habe schon früh meinen Walkabout gemacht, weil ich so schnell wie möglich etwas erreichen wollte, um unabhängig zu werden."

„Walkabout? Was soll das eigentlich sein?"

„Wenn die Jungen erwachsen werden, müssen sie, um das unter Beweis zu stellen, das Land durchwandern. Wenn sie es schaffen, ihre eigene Spiritualität zu erkennen, dann sind sie zum Mann geworden. Man muss seinen Geist zähmen und in seine tiefsten Tiefen führen. Wenn es dann noch gelingt, in diesem Zustand der Trance die Regenbogenschlange erkennen zu können, ist der Übergang abgeschlossen. Wir nennen diese Wege Songlines, weil mit Hilfe eines gesungenen Liedes der Weg besser beschritten werden kann."

„Aha. Und wie lange warst du unterwegs?"

„Vier Monate. Dann hatte ich die Vision der Regenbogenschlange."

„Ist das ein Gott oder so was?"

„Nein. Es ist unser Ahnenwesen, das im Mittelpunkt der Traumzeitgeschichte steht. Sie verkörpert als zentrale Figur die kreative Lebenskraft, die die Welt geformt hat. Die Regenbogenschlange ist der Schöpfer der Welt, so wie wir sie wahrnehmen."

„Habt ihr überhaupt Götter in unserem Sinne?"

Djalu nickte bestätigend.

„Ja, die gibt es natürlich. Sie kamen vom Himmel oder der Erde, um alle Dinge zu erschaffen. Sie sind die Schöpfer der Traumzeit – Altjira, Julunggul, Marmoo und Eingana."

„Das wusste ich alles nicht und habe nie davon gehört...ist wirklich interessant."

„Das ist unsere eigene Geschichte. Wir Alten versuchen, sie am Leben zu erhalten und die Kultur an die nächsten Generationen weiter zu geben. Es ist schwierig, auch wenn vieles besser geworden ist. Nach wie vor leben zu viele von uns in schwierigen und ärmlichen Verhältnissen. Aber die Verhältnisse und Chancen der Indigenen werden dir ja bekannt sein. Wie überall auf der Welt. Wie überall in den Nationen, in denen die Ureinwohner unterdrückt, vertrieben und kolonialisiert worden waren. Wir sind da bestimmt keine Ausnahme…"

Rainer nickte. Natürlich wusste er darüber Bescheid.

„Ich weiß…ich hoffe, das alte Wissen wird nicht irgendwann ganz verschwinden, weil manche meinen, darauf verzichten zu können. Ich war schon immer überzeugt, dass die indigenen Völker ein Wissen besitzen, das die heutige Zivilisation nicht einmal ansatzweise ermessen kann. Die Geheimnisse der Natur bleiben der zivilisatorischen Welt verschlossen, weil sich erstens niemand mehr dafür interessiert und zweitens das zweifelhafte Vertrauen in Technologie und Fortschritt alles überschreibt. Mit etlichen Ausnahmen natürlich...ob so oder so…"

Djalu hatte ihm schweigend zugehört und nickte.

„Darum sind wir jetzt auch hier. Damit du etwas über die Natur lernen kannst. Und natürlich auch über dich selbst… was im Grunde genommen dasselbe ist."

„Dafür bin ich auch wirklich dankbar. Ich habe in den paar wenigen Tagen schon mehr begriffen als in den letzten Jahren. Zumindest kommt es mir so vor."

„Das ist gut. Wir haben noch einen langen Weg vor uns. Übermorgen gehen wir weiter. Morgen können wir uns noch ausruhen...wie schmeckt der Schokokaffee?" wechselte er plötzlich das Thema.

„Sehr gut. Was ganz spezielles hier im Outback…"

„Ja, stimmt…"

Er nahm einen tiefen Schluck und sah wieder Djalu an.

„Woher kennt ihr euch eigentlich? Maurice, Cloe und du."

„Sie sind irgendwann gestrandet und haben den Weg gesucht."

„Welchen Weg?"

„Aus dem Irrweg heraus. Wenn sich ein Weg oder eine Überzeugung als Sackgasse herausstellt, die einem alles Weitere versperrt, braucht man einen Ausweg. Einen neuen Weg. Sie haben mich gebeten, diesen Pfad mit ihnen ausfindig zu machen."

Rainer hatte Mühe zu folgen, aber er ahnte den Kern der Metapher.

„Kennst du die Vorgeschichte der beiden?"

Djalu nickte.

„Sie haben es erzählt."

„Alles?"

„Ja, von Anfang an. Sie wollten etwas abschließen – vor allem Maurice. Es war die Voraussetzung für den richtigen weiteren Lebensweg. Sie sind ihn gegangen…"

„Verstehe ich das richtig, dass sie einen Walkabout gegangen sind?"

Djalu lachte.

„Ein guter Vergleich. Man könnte es schon so bezeichnen. Sie haben den hohen Geist in sich gesucht."

„Anscheinend wurden sie ja fündig…wenn ich das beurteilen kann."

„Ja, tatsächlich. – Sie waren drei Monate unterwegs."

„Du hast sie wirklich drei Monate begleitet?"

„Nicht ganz. Die letzten fünf Wochen haben sie allein verbracht. In dieser Gegend übrigens. Als sie wieder zurück gekommen sind, hatten sie wieder ein Lebenslicht in sich. Eine Hoffnung, eine Motivation und eine Vorstellung."

„War es so schlimm? Wegen dieses Jobs?…"

„Muss wohl so gewesen sein. Sie haben beide viele schlimme Dinge erlebt und vieles, das sie getan hatten, auf das sie weder stolz noch irgendwie zufrieden gewesen sind. Sie sind in allen möglichen Bereichen enttäuscht worden und man hat sie anscheinend aussortieren wollen."

„Wer ist ´man`?"

Djalu zuckte die Schultern.

„Ich weiß nicht alles und habe nie gefragt. Es war auch nicht wichtig. Wichtig war nur, einen neuen hoffnungsvollen Weg zurück zu finden. Aus der Destruktion und aus dem intuitiven Hass auf die eigene Naivität. Lange Zeit hatte Maurice in einer Illusion gelebt und war überzeugt gewesen, das Richtige zu tun. Er musste erst wieder lernen, sich nicht selbst zu hassen, nur weil er naiv und illusorisch gewesen war. Ich glaube, das war sein größter Kampf."

„Das kann ich mir vorstellen. Kennst du die anderen der Gruppe auch?"

„Nein. Außer Riley, der Pilot. Sie haben nie über die anderen gesprochen."

„Und warum bin ich jetzt hier? Was hat Maurice dir erzählt? Oder Cloe."

Djalu sah ihn abschätzend an. So, als ob er überlegen würde, was er ihm zu antworten hatte.

„Sie haben nur gesagt, dass du auf eine ganz spezielle Mission vorbereitet werden sollst. Mental, körperlich, spirituell. Dies soll deine Fähigkeit steigern, Kontrolle über deinen Körper, deinen Geist und auch deine Seele zu bekommen. Auch soll sich dein Horizont so erweitern, dass du jederzeit Zugriff auf den unendlichen Raum bekommen kannst. Einfach gesehen, was so viel bedeutet wie sich jederzeit kontrollieren zu können, um die denkerischen Blockaden zu umgehen."

„Eine Mission...ja, so könnte man es auch benennen…" murmelte Rainer leise und senkte den Kopf.

„Sie sagten, du bist seit langer Zeit auf der Flucht und hast beschlossen, diesen Zustand zu verändern."

Rainer nickte bedächtig.

„So ähnlich, ja...dauernd in Furcht zu leben, ist nicht das, was ich mir unter Leben vorstelle."

„Und diese Mission soll das verändern?"

„Das hoffe ich."

„Was, wenn du scheiterst?"

Rainer starrte in die Dunkelheit.

„Dann wird es keine Rolle mehr spielen…"

„Warum?"

„Weil ich dann tot bin."

„Das heißt, du musst erfolgreich sein, um wieder Frieden finden zu können?"

„So ungefähr. – Maurice dachte wohl, dass ich hier in der Wildnis die mentale Kraft dafür bekomme."

Djalu nickt zustimmend.

„Da hat er recht. Die Wildnis, das Land und die Einsamkeit können das sehr gut bewerkstelligen. Man ist nur noch mit sich selbst beschäftigt. Ein starker Gegner, den man nicht bekämpft, sondern eine Übereinkunft schafft…"

„Davon bin ich mittlerweile überzeugt. Danke, dass du mir dabei hilfst."

„Wir sind noch nicht fertig damit…"

„Ich weiß. Aber ich spüre, wie gut mir das hier tut. Vielleicht ist die Einfachheit das Geheimnis, sich selbst zu finden und sein eigenes wichtiges Zentrum zu entdecken."

„….und aus dem sich dann alles bildet," setzte er hinzu.

Djalu lächelte ihn an, nahm noch ein paar trockene Hölzer in die Hand und warf sie ins Feuer.

„Du hast jetzt viel gesprochen, Henry. So funktioniert Pituri. Stärkt die Lernfähigkeit, das erweiterte Denken und die Möglichkeit, die Dinge so zu sehen, wie sie nun mal sind. – Morgen machen wir weiter. Deine Träume werden dich in die Essenz der Schöpfung führen…lass´ sie einfach zu…Gute Nacht…"

Damit legte er sich hin und schloss die Augen.

„Gute Nacht, mein Freund," flüsterte Rainer leise und legte sich seinerseits auf seine Matte. Er lauschte in sich hinein, ob er noch ein Unwohlsein verspürte, weil er im Freien nächtigte, im Kreis der Natur und seinen vielen verschiedenen Kreaturen und stetigen Gefahren. Aber seine subtile Furcht war verschwunden. Vielleicht machte das auch der Wirkstoff in der Zigarette. Egal...Sein Blick heftete sich auf das funkelnde Firmament, seine Gedanken rasten noch durch sein Gehirn. Dann wurde alles leichter, schemenhafter. Eine bleierne Schwere erfasste ihn und ließ Muskeln und Anspannung erschlaffen. Die Augen fielen ihm schließlich zu und er schlief ein. Und so, wie Djalu ihm es prophezeit hatte, reiste er im Traum zurück zu einer spirituellen Schöpfung, zu dem Anbeginn alles Entstehenden und der ursprünglichen Balance zwischen dem Land, seinen Bewohnern, den Tieren und den Pflanzen, dem roten Sand, den Bergen, den Schluchten und dem Busch. In seinem Traum kreierte sich ein zusammengehöriges Gebilde der Harmonie und der abhängigen Wechselbeziehungen. Selbst das Universum wurde Teil des Ganzen. Das Verständnis stellte sich ein und er sah in ein Verstehen, das sich als klare Selbstverständlichkeit etablierte. Im Fokus spürte er die Verbundenheit mit allem und fühlte die Explosion in seinem Herzen, das die Enge verließ und in die unendliche Weite floss, um letztendlich erkennen und erfassen zu können.

Als er erwachte, stand bereits die Sonne am Himmel. Ein paar Wolken zogen vorüber, aber sie würden sich wohl die nächsten Stunden auflösen. Er sah sich um und suchte Djalu. Er war nicht da. Seine Decken und sein Rucksack fehlten auch. Stattdessen lag ein Zettel auf dem Boden, bedeckt mit einem Stein, damit er nicht davonfliegen konnte. Rainer stand auf, hob ihn auf und erwartete eine geschriebene Nachricht. Stattdessen sah er lediglich auf eine kleine gemalte Karte mit Pfeilen und Hinweisen. Er hob den

Kopf und rief Djalu´s Namen. Ein schüchternes Echo hallte von der Felswand gegenüber des Sees zurück, aber er erhielt keine andere Antwort. Er war alleine hier. Noch einmal sah er auf die Karte. Es war der See markiert, an dem er sich gerade befand. Ein Pfeil zeigte in Richtung Nordwest und irgendwo konnte er das Ziel herauslesen. Dazwischen waren Landschaftsformen gezeichnet, Dünen, Busch, Hügel, Steilhänge, Berge und Ebenen. Die Zeichnung war klar, aber keine Hinweise, wie weit alles voneinander entfernt lag. Rainer hatte keine Vorstellung, außer dass Entfernungen in Australien ein Vielfaches bedeuteten als auf anderen Kontinenten. Er atmete tief ein und aus. Djalu hatte ihm eine Aufgabe gestellt. Er war wohl voraus gelaufen und nun sollte Rainer den Weg alleine angehen.

„Du bist ein Fuchs, Djalu…," flüsterte Rainer vor sich hin.

Er hatte nichts gesagt, nichts angedeutet und ihn nicht vorbereitet. Er ließ ihn, den Wildnisneuling, alleine hier draußen seinen Weg finden. Ein Test? Vielleicht. Aber dann war es ein gefährlicher Test. Was, wenn er einen Unfall hatte, sich ein Bein verletzte und nicht mehr weiter laufen könnte? Was, wenn er von einer Schlange gebissen würde? Er konnte sich nicht selbst dabei helfen. Ihm fehlte jegliche Ahnung, wie man einen Schlangenbiss behandelte. Er hatte von den Dingos gehört, die in Rudeln jagten und manches Mal auch Menschen anfielen. Nicht einmal eine Waffe war in seinem Besitz. Wie sollte er sich verteidigen? Mit einem Mal bekam Rainer Angst. Was, wenn er die Karte falsch las? Dann würde er die falsche Richtung ansteuern und möglicherweise in die Wüste laufen, in der außer dem Nichts nur noch nichts war. Er war längst nicht so weit, dass er sich ein „Überlebenstraining" zutrauen würde. Eigentlich war er wirklich nur ein Novize.

Aber dann beruhigte er sich. Sollte das möglicherweise sein Walkabout werden? Wenn ja, dann musste er sich zusammenreißen, seinen Geist zentrieren und sammeln und sich den Gegebenheiten anpassen. Wie um sich selbst zu bestätigen, nickte er, dann packte er seine Sachen zusammen, füllte die vier Wasserflaschen bis zum Rand auf, ging noch einmal schwimmen, um sich zu erfrischen – dann brach er auf.

Als er oben am Rand angekommen war, sah er noch einmal zurück. Fast tat es ihm leid, diesen wunderbaren Ort wieder verlassen zu müssen. Er hob den Kopf, sah in die Sonne und steckte einen abgebrochenen Ast in den Boden. Es war noch früher Vormittag, der Schatten fiel noch lang. Wenn die Sonne weiter wanderte, wanderte auch der Schatten. Er zeigte dann aber nicht nach Norden wie in Europa, sondern nach Süden. Südhalbkugel. Entgegengesetzt. Er wartete eine halbe Stunde, um ganz sicher die Himmelsrichtungen festlegen zu können. Dann konzentrierte er sich wieder auf die Karte, legte den Kurs fest und lief los. Die nächsten Stunden kontrollierte er immer wieder den Weg, um wirklich sicher zu gehen. Regelmäßig steckte er den Stock in den Boden. Sein Blick war geradeaus gerichtet. In der Ferne erkannte er so etwas wie Erhebungen, aber die Luft flirrte in der brütenden Hitze derart, dass er nie sicher war, dass es auch so war. Nach einer Stunde war der effizienteste Trott gefunden, der ihn nicht übermäßig anstrengte. Er hatte sich sein Halstuch um den Nacken gebunden, um ihn zu schützen. Rainer fühlte sich gut und stark. In regelmäßigen längeren Abständen nahm er ein paar Schluck Wasser – so wie ihm Djalu das beigebracht hatte. Er versuchte, nicht zu denken, seine Gedanken festzuhalten und eins zu sein mit dem Land und seinem Weg. Ab und zu gelang es, aber viel zu oft musste er an mögliche Gefahren und Schwierigkeiten denken. Doch er hielt seinen Schritt bei.

Am späten Nachmittag begann sich die Landschaft zu verändern. Rainer fiel es zuerst nicht auf. Es wurde zaghaft buschreicher, Schatten bildeten sich. Termitenhügel tauchten auf, seltsame Gebilde, architektonische Meisterwerke von natürlichen Bauherren, die wie Türme aus dem Boden ragten. Sie stießen aus winzigen Sanddünen empor und sahen aus wie Monumente einer längst vergangenen Epoche. Das Buschwerk nahm zu, ab und an ragte bereits ein Baum nach oben, in dessen Schatten Rainer pausierte, um die Muskeln zu entlasten. Die Hitze hatte zugenommen und er musste achtgeben, sich nicht zu viel zuzumuten. Bevor er sich im Schatten eines Baumes niederließ, untersuchte er die Umgebung nach Schlangen. Erst dann setzte er sich.

Die Schatten wurden langsam länger und Rainer sah sich intensiv nach einem Schlafplatz für die Nacht um. In einer kleinen Senke, die mit rotem Sand bedeckt war, schien es ihm sicher und angenehm zu sein. Er absolvierte sein Schlangensuchritual und sammelte trockene und abgefallene Zweige, um ein Feuer zu machen. Schnell kam die Dämmerung über das Land und er überprüfte noch seinen Wasservorrat. Er hoffte, bis zum Ziel, das auf der Karte angegeben war, damit gut auskommen zu können. Dann bereitete er sein Nachtlager vor, sammelte noch Holz für später und entzündete ein kleines Lagerfeuer. Die Sonne war schon untergegangen und ein paar Trockenfrüchte und Kekse waren die einzige Mahlzeit, die er zusammen mit einem Becher Wasser zu sich nahm. Er wollte nicht zu viel von seinem Proviant verbrauchen. Wer weiß, wie lange er damit auskommen musste.

Kurz vor Sonnenuntergang wurde noch einmal der Kurs kontrolliert, damit er sicher war, auf dem richtigen Weg zu sein. Das beginnende Buschland, das auch auf der Karte eingezeichnet war, bestätigte ihm die Richtigkeit. Mit verschränkten Beinen saß er auf seiner Decke und beobachtete den rötlich-orangen Abendhimmel, der sich ganz sachte und sanft in ein stahlblaues Etwas verwandelte. Djalu hatte ihm noch ein paar der seltsamen Zigaretten dagelassen. Er zündete sich eine an, lauschte in die unglaubliche Stille – und war fast glücklich, ungeachtet der für ihn vollkommen fremden Situation. Er blickte sich um, erkannte die dunklen Schatten der Umgebung, hörte leise Geräusche, manchmal ein Schleifen und leises Scharren – er hörte ohne irgendwelche Angst. Weit und breit war er der einzige Mensch in dieser weiten Gegend, sah man einmal von Djalu ab, der jetzt irgendwo war und wahrscheinlich grinsend auf ihn wartete. Als die Nacht hereingebrochen war, stand er auf, nahm einen langen Stock und klopfte die nähere Umgebung um den Feuerschein ab. Aber er scheuchte keine Schlange auf. Auch kein anderes Getier. Es war still wie in einem Grab. Nur ein ab und zu aufkommender Wind streifte sachte über die Sträucher und Bäume und verursachte ein raschelndes Geräusch, wenn die Äste aneinander gerieten.

Bald legte er sich schlafen, spürte die intensive Müdigkeit, die der lange Tag mit sich brachte und schlief schnell ein. Ohne Träume, ohne eine imaginäre Reise, ohne Störung. Der Schlaf war tief und traumlos.

Bis er mitten in der Nacht aufschrak, augenblicklich hellwach war und sich mit klopfendem Herzen umblickte. Etwas hatte ihn geweckt. Ein Geräusch, das bis jetzt nicht hierher gehörte. Er wälzte sich auf die Knie und versuchte, die Nacht zu durchdringen. Das Feuer war bereits heruntergebrannt und glühte nur noch an einigen Stellen auf, wenn ein leichter Windhauch darüber strich. Sein Gehör konnte im Moment nichts wahrnehmen, aber er war sicher, dass ihn etwas geweckt hatte. Sein Unterbewusstsein hatte geläutet – irgend etwas war da draußen. Fast meinte er, sich doch getäuscht zu haben, vielleicht war es ein Traum, der die Einbildung hervorbrachte, aber instinktiv ahnte er, dass dem nicht so war. Er lauschte intensiv in die pechschwarze Nacht, deren Sterne hinter einer Wolkendecke verborgen waren. Die Dunkelheit hatte die Landschaft unter ihrer Wolkendecke verborgen. Da, jetzt hörte er es wieder. Es klang wie ein leises Keuchen, ein vorsichtiges Getappel und leise, fast quietschende Töne. Seine Nackenhaare stellten sich auf und ein tiefer Schrecken durchzuckte ihn. Schnell bückte er sich, holte sein Feuerzeug aus der Tasche und zündete einen Ast an. Augenblicklich erhellte der winzige Schein die kleine Senke. Er legte die anderen vorbereiteten Äste auf die Feuerstelle und den brennenden Ast mitten unter das aufgehäufte trockene Holz. Sofort entstand eine große Flamme, die die Umgebung in ein fast schon mystisches flackerndes Licht tauchte und den nahen Busch lebendig erscheinen ließ. Und jetzt hörte er auch das Keuchen ganz deutlich. Nicht nur aus einer Richtung, sondern rings um seine Lagerstätte. Dingos! Es konnten nur Dingos sein. Ein Rudel. Ein kalter Schauer überkam ihn, wenn er an die Schauergeschichten dachte, die man sich über jagende und streunende Dingos erzählte. Sie sollen Babys aus ihren Bettchen stehlen oder aus den Kinderwägen. Sie verschleppten sie und töteten sie, um sie zu fressen. Auch Berichte von überfallartigen Angriffen auf einsame Wanderer wurden unter vorgehaltener Hand geflüstert. Die meisten Erzählungen waren reine Horrorgeschichten, die so nie stattgefunden hatten. Aber es war bekannt, dass Dingos aggressiv und gefährlich sein konnten. Vor allem, wenn sie ausgehungert waren, konnten sie unberechenbar sein. Man hatte sich in Acht zu nehmen, wenn man ihnen begegnen sollte. Sie sind wild und angriffslustig und können im Rudel leicht einen erwachsenen Menschen töten. Normalerweise sind Dingos scheu und meiden den Menschen, aber bei falscher Verhaltensweise ihnen gegenüber kann die natürliche

Wildheit sehr schnell in den aggressiven Jagdinstinkt umschlagen.

Rainer nahm den Stock in die Hand, den er in der Nacht griffbereit neben sich liegen hatte. Er war mehr als zwei Meter lang und kräftig genug, sich damit wehren zu können. Auf einmal hörte er ein kurzes Heulen, dann ein zweites, ein drittes. Es schien fast so, als ob sie miteinander kommunizierten, wie sie den Eindringling vertreiben könnten. Oder töten. Zu töten, um daraus ein Nachtmahl zubereiten zu können. Auf jeden Fall war sich Rainer jetzt sicher, dass ein Rudel Dingos ihn aufgespürt hatte und möglicherweise zum Angriff übergehen würde. Er warf noch ein paar Zweige auf das Feuer, um besser sehen zu können. Sein Nerven und Muskeln waren aufs Äußerste gespannt, fest umklammerte er den Stock mit beiden Händen. Er konzentrierte sich auf sein Gehör und auf seinen Sehsinn. Aufmerksam beobachtete er intensiv den Busch. Nun hörte er auch, wo sie umher schlichen. Wie viele es waren, konnte er lediglich schätzen. Es fehlte die Erfahrung in der Wildnis, um dies genauer festzustellen. Langsam drehte er sich im Kreis, immer darauf vorbereitet, angegriffen zu werden. Dann stand wie aus dem Nichts einer dieser Wildhunde zwischen zwei kleinen Grasbüscheln. Dingos sind nicht besonders groß, dafür drahtig und schlank. Fast sehen sie wie kleine Hofhunde aus. Ihr Gesichtsausdruck ist eigentlich nur aggressiv, wenn sie die Zähne fletschen. Jedenfalls waren das die dürftigen Informationen, die Rainer noch behalten hatte. Er wusste, dass er jetzt nicht darauf vertrauen konnte, dass sie nur hier waren, um gestreichelt zu werden. Er packte den Stock noch fester, um sofort zuschlagen zu können. Er spürte, wie sie näher kamen und ihn einkreisten. Sie jagten zusammen, um effektiver sein zu können. Rainer wartete. Kein einziger ablenkender Gedanke unterbrach seine Aufmerksamkeit.

Er war im Augenblick und absolut präsent.

Als der erste auf ihn zusprang, machte er nur einen kleinen schnellen Schritt zur Seite. Gleichzeitig wirbelte der Stock nach oben und traf den Dingo blitzschnell hart gegen den Unterkiefer. Jaulend fiel er zu Boden und überschlug sich. Rainer wirbelte bereits herum, weil das wilde Keuchen in seinem Rücken ihm keine Zeit lassen würde. Auf keinen Fall auf die Knie gehen, brüllte ihn ein Gedanke noch an. Dann wirbelte der Stock gegen die Hundekörper. Einer flog direkt in das lodernde Feuer. Sein grelles und kreischendes Jaulen übertönte das Keuchen und Hecheln der anderen um ein Vielfaches. Der andere lag auf dem Boden und versuchte blitzartig, hochzukommen und einen erneuten Angriff zu starten. Der Stock war massiv und wuchtig landete das lange Ende auf der Stirn des Tieres. Zwei weitere Tiere stürmten auf ihn zu, er ließ kraftvoll und schnell den Stock kreisen und traf einen an den Vorderläufen, sodass er einknickte und mit der Schnauze in den Sand stieß. Der andere empfing einen schnellen Schlag auf die Ohren und wich sofort zurück. Jaulend stoben sie davon, die anderen rannten noch hin- und her und waren anscheinend unschlüssig, ob sie noch einen Angriff wagen konnten. Einer knurrte noch ein bisschen, aber als Rainer laut brüllend auf ihn zu rannte, drehte er sich ängstlich mit großen Augen ab und stob davon.

Anscheinend war es doch nur eine kleinere Gruppe gewesen, denn er konnte kein weiteres Tier mehr ausmachen. Noch zehn Minuten stand er vor dem Feuer, mit dem Stock in der Hand, bereit, die Dingos zu bekämpfen, aber sie waren tatsächlich verschwunden. Er konnte nichts mehr hören. Was wahrscheinlich nicht viel bedeutete, denn sie könnten sich auch in der Nähe versteckt haben und auf einen erneuten Angriff lauern. Erst jetzt spürte er den Schweiß, der ihm in Strömen das Hemd hinunter gelaufen war. Sein Körper begann leicht zu zittern und seine Muskeln entspannten sich. Er legte noch ein paar Äste auf das Feuer, um den Lichtschein so groß wie möglich zu halten. An Schlaf war jetzt nicht mehr zu denken. Er hätte auch viel zu viel Angst, einzuschlafen. Mit durchgebissener Kehle am Morgen aufzuwachen, war kein erstrebenswertes Ziel. Also setzte er sich wieder ans Feuer und lauschte in die Nacht. Ab und zu richtete er den Blick in den Himmel, der immer noch wolkenverhangen war. Es war dunkel wie in einer Höhle. Nach wie vor konnte er kaum weiter sehen als bis zum nächsten Busch oder Baum. Er zog seine Uhr aus dem Rucksack. Es war 4:23 Uhr. In etwa zwei Stunden würde es hell werden. So lange konnte er wach bleiben und darauf achten, ob das Rudel noch einmal zurückkommen würde.

Er blieb nicht wach. Im Sitzen war er eingeschlafen und irgendwann langsam zur Seite gekippt, ohne dass er das gemerkt hätte. Als die morgendliche Helligkeit die Nacht langsam verdrängte, wachte er auf, erschrak über sich selbst und sah sich schnell um. Aber es war genauso friedlich wie die vergangenen Tage auch. Nichts deutete auf irgendeine Gefahr hin. Keine Dingos, keine gefährlichen Tiere. Das Feuer war wieder herunter gebrannt und ließ nur noch erahnen, dass unter der Asche noch Glut vorhanden war. Langsam erhob er sich, sah sich um und gähnte. Was für eine aufregende Nacht, dachte er. Niemals hätte er einmal erwartet, sich gegen ein Rudel Dingos verteidigen zu müssen. Kopfschüttelnd suchte er Holz für das Feuer. Djalu hatte ihm die Dose mit den Wattleseeds da gelassen und einen kleinen Topf, mit dem er Wasser erhitzen konnte. Mit etwas Mühe errichtete er ein wackeliges Dreibein und hing den Topf über die Flammen. Als das Wasser heiß genug war, gab er die Samen dazu und wartete einige Minuten, bis sie sich auflösten. Zusammen mit ein paar Keksen schlürfte er das schmackhafte Gebräu und wünschte sich sehnsüchtig ein ausgiebigeres Frühstück.

Am übernächsten Tag erreichte er die Steilhänge, die auch auf der Karte eingetragen waren. Er fühlte sich überraschend leicht, sein Schritt strengte ihn nicht an und das Laufen verlangsamte wirklich seinen Puls und den Herzschlag. Was sich auch auf sein Denken und seinen Geist auswirkte, die sich energiesparend nur auf das Wesentliche fixierten. Seine Wasservorräte waren bis auf eine Flasche verbraucht und er machte sich langsam Sorgen. Wenn er nicht bald Wasser fand, wurde es gefährlich. Gestern war der Himmel fast den ganzen Tag bedeckt gewesen. Die Sonne war zwar nicht mehr so stechend, aber an den Temperaturen änderte das wenig. Auch musste er endlich etwas Nahrhaftes essen, denn die Trockenfrüchte waren aufgegessen und er hatte nur noch eine Packung Kekse und zwei Müsliriegel.

Nun stand er vor dem steil abfallenden Hang und suchte einen Pfad, den er hinunter nehmen konnte. Er konnte ein ganz leises fernes Geräusch wahrnehmen und lauschte weiter, aber dann glaubte er, sich getäuscht zu haben. Er nahm noch einen Schluck aus der Wasserflasche. Es schmeckte schal und löschte nur den augenblicklichen Durst. Vorsichtig stieg er den Steilhang hinunter, immer darauf achtend, den richtigen Schritt zu machen und gleichzeitig auf versteckte Schlangen in den Felsennischen ein Auge zu haben. Als er den kaum bewachsenen Grund erreichte, wandte er sich nach rechts, um eine Felsennase zu umrunden. Und nach einer halben Stunde stand er staunend vor einer flachen rotgelben Ebene, durch die sich eine Piste zog. Daneben standen Häuser, eine Tankstelle, andere kleinere Gebäude. Nicht viel. Es war einer der winzigen Orte, an denen man seine Vorräte auffüllen konnte und vor allen Dingen den Tank zu füllen. Ein Schild wies auf eine Bar und Übernachtungsmöglichkeiten hin. Hinter den Gebäuden begann der Busch. Ein paar Bäume spendeten Schatten und ein gewaltiger Lastzug stand neben einigen Pickups. Für Rainer war das der ultimative Anblick des Paradieses. Vor seinem geistigen Auge schwirrte ein riesiges kühles Bier vorbei, gefolgt von einem riesengroßen Steak, Kartoffeln und Gemüse. Er stöhnte leicht und sehnsüchtig auf, wenn er daran dachte. Grinsend setzte er sich wieder in Bewegung, blieb noch einmal stehen und holte die Karte hervor. Tatsächlich war da etwas eingetragen, das Rainer als Berg- oder Hügelkette interpretiert hatte. Das sollten Häuser sein. Rainer schüttelte den Kopf über seine Blödheit. Wo zum Teufel sollten hier auch Berge herkommen? Denken und Hitze vertragen sich schlecht, schleuderte ihm ein innerer Clown dies durch das Gehirn. Er freute sich wie ein Kind, als er sich der Station näherte. Eine unglaubliche Begeisterung hatte ihn erfasst und ließ augenblicklich alle vorherigen Bedenken ins Unendliche abdriften. Drei Tage war er alleine durch das Outback gelaufen. Allein durch die brütende Hitze, allein in der Nacht, allein gegen die Dingos. Er verspürte schon ein kleines bisschen Stolz in sich und bemerkte das verstärkte Selbstbewusstsein, das sich gebildet hatte. Die ganze Zeit hatte er tatsächlich keinen einzigen Gedanken daran verschwendet, aus welchen Gründen er überhaupt in Australien war. Die absolute Präsenz der Wildnis verhinderte das. Ganz kurz streifte ihn diese verdrängte Erkenntnis. Aber das war jetzt auch nicht wichtig. Wichtig war ein kaltes Bier und ein riesiges Steak. Jedenfalls etwas richtiges zu essen. Er bemerkte ein paar Gestalten auf der überdachten Terrasse und eine Person, die im Schatten einer der großen Bäume saß. Es war Djalu, der auf einem klapprigen Holzstuhl Platz genommen hatte und mit geschlossenen Augen in den Himmel starrte.

Die Leute auf der Terrasse hatten ihn schon bemerkt, als er aus dem Canyon heraus gekommen war. Er überquerte die staubige Piste und nickte den Männern zu, die aufgestanden waren und ihn staunend und fragend anblickten.

„Wo kommst du denn her?" fragte einer und musterte Rainer mit einer Mischung aus Respekt und Verständnislosigkeit.

„Von da," sagte Rainer und zeigte grinsend hinter sich.

„Bist du spazieren gegangen?" fragte ein anderer lachend.

„So ähnlich…"

„Wie lange?"

„Das ist der zwölfte Tag."

„Allein? Wo hast du das Wasser her?"

„Allein war ich nur die letzten drei Tage. Wir waren zu zweit…"

„Wo ist denn dein Partner?"

Rainer zeigte auf Djalu, der zu schlafen schien und gar nicht bemerkt hatte, dass Rainer hier war.

„Da ist er. Schläft wohl und träumt wahrscheinlich von einem umherirrenden Städter…"

Die drei sahen Djalu an, dann wieder Rainer - und lachten sich dröhnend fast kaputt.

„Oh, Mann, Djalu, hast du wieder einen deiner Touristen in die Wüste geschickt?…"

Djalu hatte sich inzwischen aufgerichtet und grinste Rainer an.

„Hallo, Henry. Alles soweit okay? Siehst gut aus…"

„Klar. Muss ich wieder mal als Clown herhalten?"

Die Männer lachten noch lauter. Sie amüsierten sich königlich. Anscheinend machte das Djalu mit seinen Schützlingen öfter. Einer stand auf und trat die Stufen zu Rainer hinunter. Er hatte einen Vollbart und Hände wie Bratpfannen. Seine Füße steckten in halbhohen staubbedeckten Stiefeln. Er grinste freundlich.

„Siehst ganz gut aus für jemanden, der da draußen allein gewesen ist. Ich wette, dir spukt ein kühles Bier im Kopf herum."

„Nur eins?"

Wiederholtes Gelächter. Der Mann gab ihm lachend die Hand.

„Ich bin John und führe diese Station. Komm´ mit...jetzt gibt's was Anständiges zu trinken. Hast du Hunger?"

„Wie ein Wolf. Fast hätte ich einen Dingo geschlachtet. Ich bin Henry…"

„Freut mich. Wie wär´s mit Känguruhsteak, Bratkartoffeln, Zwiebel und Gemüse? Dingos schmecken beschissen…"

Er grinste nach wie vor und sah ihn an.

„Klingt absolut himmlisch."

„Dachte ich mir."

Er klopfte ihm auf die Schulter und ging voran. Im Gastraum setzte sich Rainer an einen Tisch und grüßte die anderen Gäste.

„Trish, der junge Mann fällt vom Fleisch…Djalu hat ihn drei Tage allein marschieren lassen."

Die Frau namens Trish lachte und sah Rainer fröhlich an.

„Du siehst auch aus, als ob du gerade aus dem Busch gekommen bist. Bist du einer seiner Schützlinge?"

„So ist es. Ich bin Henry."

„Freut mich, Henry. Ich bin Trish und mit diesem Büffel verheiratet."

Sie zeigte auf John, der grinsend gerade ein Bier zapfte. Trish holte eine Karaffe, goss kaltes Wasser hinein, warf eine ganze frisch aufgeschnittene Zitrone dazu und stellte sie mit dem Bier auf Rainers Tisch. Die Karaffe mit dem Wasser war für Rainer so etwas wie der göttliche Trank, der ihn unsterblich machen würde.

„So, Cheers erstmal. Ich bring´ gleich etwas zu essen. Siehst hungrig aus…"

„Kann man wohl sagen. Kekse und Trockenfrüchte sind auf Dauer keine Lösung. Und Witchetty Grubs hab ich nicht gefunden."

„Endlich mal einer, der sich auskennt. Da wird man noch hungriger. Keine Angst, bald ist das vorbei…"

Rainer nahm die Wasserkaraffe und füllte das Glas. Langsam trank er in kleinen Schlucken und war sich sicher, niemals zuvor etwas Besseres getrunken zu haben. Als er seinen größten Durst gestillt hatte, leerte er das Bier mit einem Zug. Grinsend sahen ihm die Männer an der Bar zu.

Djalu betrat den Raum und lachte in die Runde. Sie kannten sich alle. Und erfreulicherweise konnte Rainer keine schiefen Blicke oder diskriminierenden Kommentare hören, als er herein kam.

John kam mit dem nächsten Glas Bier, hob die Augenbrauen ein wenig und stülpte die Unterlippe nach oben. Selten hatte er jemanden ein Bier so schnell trinken sehen.

„Hat dir wohl geschmeckt?" sagte er.

Rainer nickte. Das war untertrieben.

„Ich hab nicht gewusst, wie geil ein Bier schmecken kann. Ich sollte öfter durch die Wildnis wandern, das sensibilisiert die Geschmacksnerven."

John lachte schon wieder. Er war eine Frohnatur hier draußen. Djalu setzte sich an den Tisch und Trish brachte ihm ein Glas Wasser mit Eis und Zitrone.

„Danke, Trish," sagte er artig und verzog sein Gesicht bis hinter beide Ohren.

„Essen kommt gleich, Henry…"

„Ich freu´ mich…"

Er sah Djalu an, dessen Blick wieder so gleichmütig war, wie er es auch die letzten beiden Wochen gewohnt war. Anscheinend sah er nichts Verwerfliches daran, ihn alleine gelassen zu haben. Wahrscheinlich betrachtete er es als ganz normale Übung, so die Wildnis kennen zu lernen.

„Hättest mich auch vorwarnen können," maulte Rainer ein bisschen.

„Das wäre doch am Sinn der Übung vorbei gegangen. Hattest du Probleme? Oder Angst? Warst du überfordert?"

Rainer schüttelte den Kopf und nahm einen Schluck des herrlich kalten Bieres.

„Nein, das nicht. Aber ein bisschen unwohl habe ich mich ab und zu schon gefühlt, das gebe ich zu."

„Wie war es denn so? Hast du etwas dazu gelernt?"

Djalu sah ihn neugierig an.

„Ich weiß nicht...ich habe gelernt, effizient zu laufen – glaub ich jedenfalls...und…"

„Wie viel Wasser hast du noch?" unterbrach ihn Djalu.

„Die letzte Flasche ist noch halbvoll. Lange hätte ich nicht mehr durchgehalten."

Djalu nickte. Das überraschte ihn, dass Rainer so diszipliniert sein Wasser einteilen konnte.

„Wirklich? Kaum zu glauben. Sehr gut eingeteilt, Henry… wie oft hast du dich verlaufen oder warst unsicher, ob du auf dem richtigen Weg bist?"

„Ich hab mich nicht verlaufen. Bis ich hier oben am Canyonrand gestanden bin. Da war ich dann nicht mehr sicher. Ich habe Berge oder irgendwelche Hügel gesucht."

Djalu sah ihn verständnislos an.

„Was? Welche Berge? Und welche Hügel? Ich hab keine aufgezeichnet."

Rainer schüttelte den Kopf und winkte ab.

„Natürlich nicht. Deine komischen Häuser haben so ähnlich ausgesehen...du musst dringend an deiner Zeichenkunst arbeiten."

„Was? Die Häuser? Berge?…."

Djalu fing schallend zu lachen an. Vielleicht sollte er doch noch an seiner künstlerischen Veranlagung arbeiten, denn noch nie verwechselte man Häuser mit Bergen. Also seine.

„Weißt du, wie lange du laufen müsstest, um irgendwelche Berge zu erreichen?"

„Genau das hat mich ein bisschen unsicher gemacht. Aber bis hierher habe ich gut gefunden. Wie du siehst…"

Er zuckte die Schultern und grinste breit.

„Ja, ich war nicht ganz sicher, ob ich dir helfen sollte. Aber nach dem Vorfall mit den Dingos ist das nicht mehr nötig gewesen. Das bist du mutig angegangen…ich bin stolz auf dich. Hast in kürzester Zeit sehr viel gelernt. Mit einem offenen Geist, der die Blockaden gut eliminieren kann."

„Woher weißt du denn von den Dingos?"

Rainer war sehr erstaunt und hatte das Glas, das er zum Mund führen wollte, wieder abgestellt.

„Meinst du, ich lasse dich völlig unbeaufsichtigt durch die Wildnis laufen? Ich muss doch auf dich aufpassen, das habe ich Maurice versprochen. Nur weil du ein paar Tage dort draußen gewesen bist, heißt das längst nicht, dass du jetzt ein Buschmann geworden bist."

„Was soll das heißen? Du warst immer in meiner Nähe oder was?"

„Natürlich…ich muss doch wissen, welche Schwächen und welche Stärken du hast. Nur dann können wir die Unterweisung weiterführen."

„Warum hast du mir dann nicht geholfen, als mich die Dingos angegriffen haben?"

Rainer war ein klein bisschen entsetzt und enttäuscht. Schließlich war der Kampf mit ihnen tödlicher Ernst und kein Spiel gewesen.

„Es war ein unkalkulierbarer Zwischenfall. Wie so vieles im Outback. Du hast das doch sehr gut gemeistert. Hilfe war absolut nicht nötig…"

„Und wenn es doch nötig gewesen wäre?"

„Es war ein kleines Rudel mit jungen unerfahrenen Tieren. Es war nicht notwendig einzugreifen."

„Tsss...na, du hast die Ruhe weg. Für mich war das ganz schön beängstigend. Und gefährlich. Wenn mich einer der Köter erwischt hätte, dann..."

„Hat er aber nicht. Du hast instinktiv das Richtige getan. Das Feuer, der Stock. Du hast nicht gezögert und vor allem, du hast deine Angst und deine Panik unter Kontrolle gehabt. Es war eine aufschlussreiche Prüfung. Hast du gut gemacht, Junge."

Djalu grinste ein anerkennendes Lächeln und nahm einen Schluck aus seinem Glas. Trish kam mit dem Teller, der größer als ein Sombrero war. Vollbeladen mit den köstlichsten Dingen, die sich Rainer vorstellen konnte. Augenblicklich lief ihm das Wasser im Mund zusammen.

„Oh, Wahnsinn...sieht fantastisch aus. Danke, Trish."

„Lass´ es dir schmecken, mein Junge. Djalu, auch was?"

„Nein, danke. Ich bin noch satt von vorhin."

Henry begann zu säbeln und zu schaufeln, als ob ihm jemand gleich alles wieder wegnehmen würde. Mit großen Augen sah Djalu ihm zu.

„Sieht so aus, als ob du ausgehungert bist. So hab ich noch nie jemanden futtern sehen."

„Na ja, hungrig...," nuschelte Rainer mit vollem Mund. Man sah ihm an, dass es schmeckte. Zwischendurch nahm er einen Schluck Bier und bevor Djalu dahinter kam, wie er das machte, waren der riesige Teller und das Glas leer. John stand hinter dem Tresen und machte große Augen. Dann drehte er den Kopf zu den anderen Männern.

„Habt ihr das gerade gesehen? Der Junge hat den Teller weggeputzt wie das erste Glas Bier..."

„Trish ist eben eine Meisterköchin, John..." rief einer zurück.

Rainer sah ihn unschuldig an und hob noch einmal das leere Glas.

„Eins könnte ich noch vertragen, John."

Als Trish verwundert das Geschirr abräumte, war Rainer satt, zufrieden, glücklich und vollkommen ausgeglichen. Er lehnte sich zurück und legte den Kopf in den Nacken. Was für eine tolle Erfahrung, dachte er in diesem Moment.

„Das war königlich. Super gut…" sagte er zu Trish, die lächelnd das Geschirr mitnahm. Dann sah er wieder Djalu an.

„Hat man gesehen. – Wir müssen uns überlegen, wie wir weitermachen, Henry."

„Weitermachen? War das nicht das Ziel? Hier zu sein?"

„Noch nicht. Du hast einen guten Anfang gemacht. Jetzt gehen wir ins Detail und runden ein paar Fähigkeiten ab. Einverstanden?"

„Äh...ja, klar. Ich bin bereit…"

„Morgen geht's los...kannst noch duschen…"

Rainer nickte.

„Na gut. Wenigstens kann ich mal wieder in einem Bett schlafen...Trish, ihr habt doch noch ein Zimmer frei, oder?" fragte er laut in den Raum.

„Na klar. Zieht ihr morgen weiter?"

„Ja, sieht so aus…"

„Ich richte nachher alles her. Dann kannst du dich waschen. Wird wohl höchste Zeit…," lachte sie.

Rainer sah an sich herunter. Er war staubig, dreckig, verschwitzt und sah schon ein bisschen zerlumpt und abgerissen aus.

„Seh´ ich wirklich so schlimm aus?" fragte er Djalu, der ihn grinsend musterte.

„Nicht so sehr...ein bisschen. In ein Restaurant in Sidney würde man dich wohl nicht lassen."

„Sieht so aus...okay, dann werde ich mich mal aufhübschen."

„Eitler Pfau," nuschelte Djalu und verzog das Gesicht.

Sie brachen am frühen Morgen wieder auf. Rainer fühlte sich wunderbar erfrischt. Er hatte geduscht, ausreichend gegessen, getrunken und in dem frisch bezogenen Bett geschlafen wie ein Engel. Tief und traumlos. Als er sich am frühen Abend hinlegte, spürte er erst, wie ihn die vergangen beiden Wochen beansprucht hatten. Es war keine körperliche Erschöpfung, sondern die permanente Aufmerksamkeit, die ihn seine unbewusste Substanz anzapfen ließ.

Ihr Weg führte weiter nach Nordwesten. Viele Stunden durch Buschland, bis sie eine wüstenhafte Ebene erreichten, die nur durch etliche Grasinseln unterbrochen wurde. Abends suchten sie sich einen Nachtplatz, den sie routinemäßig kontrollierten. Das Feuer wurde schweigsam entzündet. Es war nicht mehr nötig, irgendwelche Anweisungen und Ratschläge zu geben. Jeder Handgriff war bereits eingeübt. Djalu verzichtete auf jedweden Kommentar. Sein Schützling entpuppte sich als aufmerksamer Lehrling, der sich auch die banalsten Hinweise merken konnte.

Während des nächsten Tages holte er ein ovales Stück Holz hervor, um das sich ein dünnes Seil wand.

„Das ist ein Nurmi," klärte er Rainer auf. „Ihr würdet es ein Schwirrholz nennen. Eigentlich bekannt als ein Instrument, um Frauen anzuziehen. Im Grunde ist es die spirituelle Stimme eines großen Ahnengeistes. Mitunter funktioniert es aber auch als Telefon."

„Telefon? Ich kenn´ das irgendwoher...wird es nicht im Kreis gewirbelt? Da entsteht doch ein Ton, oder nicht?"

Djalu nickte.

„Richtig. Willst du mal probieren?"

Sie hielten an und er reichte das Holz weiter. Rainer wickelte es auf und begann, es über seinen Kopf im Kreis zu drehen. Und je schneller es rotierte, desto lauter erklang ein seltsam heller sirenenhafter Ton. Rainer erinnerte es an dieses flexible Rohr, das sie als Kinder gehabt hatten und das auch so einen röhrenden Ton verursacht hatte, wenn man es schnell genug rotieren ließ. Ein paar Minuten wirbelte er es noch herum, dann wurde sein Arm lahm und er gab es wieder zurück. Im selben Moment hörten sie aus der Ferne ein Heulen, als ob der Wind durch die Bäume oder durch Schluchten strich. Djalu lauschte. Jemand antwortete.

„Was ist das jetzt?" fragte Rainer.

„Es ist jemand in der Nähe...wir gehen weiter. Vielleicht ist es Verwandtschaft."

„Das ist euer Telefon?"

„Hier draußen schon. Hat schon manchen das Leben gerettet. Mal sehen, wer in der Nähe ist."

Sie gingen weiter in die Richtung, aus der das Heulen gekommen war. Ab und zu blieb Djalu stehen und wirbelte das Nurmi wieder umher. Die Antwort folgte prompt. Diesmal weitaus näher.

Mittlerweile hatten sie ein Felsengewirr erreicht. Alles war rot. Der Sand, das Land, die Felsen. Nur unterbrochen durch Gras und Busch, niedrige Bäume, die selten durch massive große Eukalypten unterbrochen wurden.

Djalu kletterte auf einen Felsen und beobachtete die Umgebung. Anscheinend hatte er etwas oder jemanden gesehen, denn er hob die Hand. Dann stieg er wieder herunter und nickte.

„Gut...es sind drei, die auf der Jagd sind...gehen wir."

Während sich Djalu mit den drei Männern unterhielt, musterte Rainer sie genauer. Ihre Oberkörper waren nackt, sie trugen nur eine Hose, die gerade die Knie bedeckte. Ihre Gesichter und Oberkörper waren traditionell bemalt, zumindest interpretierte er es so. Das Aborigial Dot Painting war ihm bekannt – diese besondere Kunstform der Indigenen. Aber so weit ihm bekannt war, trugen sie sie nur bei offiziellen Anlässen oder rituellen Festen. Bevor er noch weiter nachdenken konnte, verabschiedeten sie sich, nickten Rainer noch zu und verschwanden wieder im Busch.

„Doch keine Jagd? Sie hatten nichts dabei…" fragte er.

„Doch, sie gehen nach dem Corroboree jagen. Sie sind gerade auf dem Weg dorthin."

„Auf dem Weg wohin?"

„Corroboree. Ein Treffen der Ältesten und eine Kultzeremonie."

„Aha…sie kamen mir recht aufgeregt vor…"

„Das waren sie auch. Sie haben den Fußabdruck eines Yowie gefunden."

„Wollten sie ihn jagen?"

Djalu lachte laut auf.

„Nein. Der Yowie ist eine mystische Gestalt, niemand hat ihn je gesehen, nur seine Fußabdrücke."

„Ein Tier?"

„Vielleicht. Man weiß es nicht. Vielleicht so eine Zwischenkreatur – Mensch und Tier…"

Djalu zuckte die Schultern.

„Und was ist so besonders an diesem Yowie?"

„Die Fußabdrücke. Sie sind viel größer als die eines Menschen. Sie haben unterschiedliche Formen und Zehenzahlen. Er ist affenähnlich, groß…zwischen 1,80m und 3,30m. Nach den Aussagen derjenigen, die ihn gesehen haben wollen…"

„Hört sich nach Yeti an. Oder Bigfoot…"

Rainer grinste. Anscheinend hatte jeder Kontinent sein eigenes mystisches Fabelwesen. Von einem Yowie hatte er jedenfalls noch nie gehört.

„So ähnlich…die Fußspuren sind jedenfalls echt. Sie hatten Angst und haben die Jagd abgebrochen."

„Scheint ein kleines bisschen Mumpitz zu sein. Glaubst du an diese Kreatur?"

Djalu zuckte die Schultern.

„Hab´ ihn nie gesehen."

„Und Spuren?"

„Vor Jahren hatte ich einmal Spuren entdeckt. In den Steilhängen und an den Stellen, an denen die Erde so fest war, dass der Wind nichts verwehen konnte. Da habe ich sie gefunden."

„Soll das ein Witz sein?"

Rainer verzog das Gesicht, weil er gerade wirklich nicht wusste, ob sich Djalu über ihn lustig machen wollte.

„Nein, ich habe wirklich solche Spuren gefunden. – Vielleicht waren es auch die Mimihs, die sich einen Spaß machen wollten."

„Was ist jetzt das schon wieder?"

„Das sind die winzigen Geister, die schon immer in den Steilhängen leben. Nur so groß wie ein Streichholz, aber genauso dünn…"

„Hast du die schon gesehen?"

Djalu schüttelte den Kopf.

„Nein, sie verbergen sich. Sie sind nur sichtbar, wenn sie gerufen werden."

„Von wem?"

„Von denen, die fähig sind, Verbindungen aufzubauen. Die Ältesten. Manchmal auch Menschen, die eine besondere Gabe in sich tragen. Eine spirituelle Gabe."

„So wie ich etwa?"

Rainer grinste ihn an und Djalu nickte bestätigend. Für ihn war alles denkbar.

„Das halte ich für durchaus möglich…"

„Das würde mir noch fehlen, auch noch Verbindungen zu einer anderen Welt aufbauen zu können…"

Rainer fing an zu lachen.

„Wer weiß, wer weiß, Henry. Vielleicht trägst du wirklich etwas Besonderes in dir und weißt es noch gar nicht."

„Ja, genau...der Stadtfuzzi und sein geheimnisvolles Talent." Djalu hob sein Bündel auf und grinste ihn an.

„Nichts ist unmöglich...gehen wir?"

Rainer nickte und folgte ihm. Wie immer eben.

Die nächsten beiden Wochen lernte er, wie man im Busch überleben kann. Wie man Wasser findet, wie man jagt, wie man verschiedene Pflanzen und Insekten zubereitet, um nicht zu verhungern. Wie man Feuer macht, wenn kein Streichholz oder Feuerzeug zur Verfügung stand. Er lernte die gefährlichen Tiere kennen, denen man tunlichst ausweichen sollte und er lernte, zu jagen. Zusammen erlegten sie ein Känguruh und dann musste Rainer mit Djalu es ausweiden und zerteilen. Pausenlos verspürte er den Reflex zu würgen und hatte Mühe, sein Übelkeitsgefühl zu unterdrücken, sie hängten die Teile über das Feuer und irgendwann war das Känguruhfleisch durchgebraten. Etwas widerwillig und mit einem komischen Schuldgefühl versuchte er es. Djalu beobachtete ihn genau.

„Du hast noch nie ein Tier getötet und es dann gegessen?"

„Nein, natürlich nicht...das hat mir verständlicherweise widerstrebt und es war ja auch niemals nötig gewesen. Ich bin kein Schlachter oder Metzger."

„Aber essen tust du Fleisch trotzdem."

„Ja. Ab heute wahrscheinlich mit einer anderen Motivation…"

„Ich habe einmal einen Bericht über die nordamerikanischen Indianer gelesen. Über die Jagd in alten Zeiten. Sie hatten sich nach der Jagd immer bei dem erlegten Tier bedankt und diesen Dank einem speziellen Ritual unterzogen. Das hat mir sehr gefallen, weil sie damit Respekt und Achtung vor dem Lebewesen gezeigt haben. Sie haben nur gejagt, um zu überleben."

„Ich verstehe. Du meinst, ich soll dem Känguruh gegenüber auch meine Achtung und Respekt zeigen?"

„Ja, das ist notwendig, um seine Verbundenheit unter Beweis zu stellen. Es zeigt, dass alles in Abhängigkeit zueinander steht."

„Gibt´s dafür auch ein Ritual?"

„Nein, das kann nur aus dir selbst kommen. Es ist unnötig, dies nach außen hin zu zeigen. Dazu ist nur deine innere Überzeugung und dein Respekt wichtig."

Rainer hatte die Hand mit dem Fleisch sinken lassen und sah Djalu nachdenklich an.

„Es ist eigenartig, aber ich verstehe langsam, was du mir beibringen willst…"

„Eigentlich muss ich dir nur verschiedene Strategien beibringen. Dinge, die du natürlich nicht wissen kannst, weil deine Welt nichts mit der Wildnis hier draußen zu tun hat. Aber den Kern hast du längst verstanden. Spätestens seit den Dingos. Sie haben dich sehen lassen...ist es nicht so?"

„Ja...ja, es ist so. Seitdem sehe ich viele Dinge anders, größer und zusammenhängender. Warum die Dingos? Was hat es ausgelöst?"

„Sie haben dich in den Ursprung zurückgeführt. In eine Welt, in der noch andere Regeln gelten. Einfache Regeln und auch einfache Überzeugungen. Das Leben im Outback ist etwas Einfaches, etwas Natürliches. Man muss es nur verstehen und sich zu eigen machen. Es ist ein dauerndes Ausbalancieren der Natur. Unnatürlich und kompliziert ist nur die Zivilisation – auch wenn sie das Maß aller Dinge beansprucht."

Rainer nickte. Ja, so war es. Das war der Kern des Ganzen. Die Einfachheit. Die natürliche Einfachheit. Das zu erkennen bedeutete auch den Ursprung zu sehen.

„Ich verstehe...jetzt verstehe ich. Danke, Djalu."

Djalu lächelte.

„Du warst ein sehr guter Schüler, Henry. Voller Inbrunst, Enthusiasmus und Neugierde. Du hast einen neuen Weg entdeckt. Du hast deinen eigenen Walkabout erkannt. Das ist sehr gut und wird dich in schwierigen Situationen führen und leiten. Auch wenn wir nur wenig Zeit hier verbracht haben, ist ein Anfang getan und hat sich eingenistet in deinen Wesenskern. Da wird er bleiben – für immer."

Rainer nickte. Gedankenverloren starrte er in die züngelnden Flammen, aß sein Känguruhfleisch und hatte das erste Mal seit Wochen wieder Gedanken über die Zukunft. Tatsächlich stellte er fest, dass er sich hier draußen in dieser Einsamkeit, dieser wunderbaren Stille und einer gleichzeitig gefährlichen Wildnis ruhig und präsent gefühlt hatte.

Wahrscheinlich wie niemals zuvor. Es war so neu und unverbraucht, diese Wochen mit Djalu. Sicher war, dass er daraus gestärkt hervorgehen würde. Mit einem neu erlebten Selbstverständnis und einem Selbstbewusstsein, das er vorher nicht gekannt hatte. War es das, was Maurice bezweckt hatte und das er vorher schon andeutete? Eine mentale Erneuerung, die dazu diente, seine gefährliche Mission auch ohne Zweifel und Zögern antreten zu können. Wenn, dann war diese Zeit der Unterweisung mehr als erfolgreich gewesen. Er hob den Kopf und sah in den Himmel, der übersät war mit Milliarden von Sternen. Von nun an würde er diesen Anblick mit anderen Augen sehen.

„Jetzt ist dein Blick ein ganz anderer als in den ersten Tagen," sagte Djalu, der ihn genau beobachtet hatte.

„Die Faszination ist dieselbe, aber die Erkenntnis hat sich etwas gewandelt. Ich sehe die gleichen Sterne, aber viel tiefer…"

„Genauso soll es sein. Wenn der Geist sich öffnet, kann das Universum eindringen und ein grenzenloses Verständnis entfalten."

Er sah ihn mit einem festen Blick an.

„Gut gemacht, Henry, sehr gut gemacht. Maurice hat dafür mehrere Monate gebraucht."

Rainer lachte belustigt auf.

„Endlich bin ich mal mit etwas besser als er…"

„Wenn es ein Wettbewerb wäre, würde ich zustimmen, aber…"

„Natürlich, war nur ein Witz."

„Ich weiß. Du stehst nicht in Konkurrenz zu anderen. Außer zu dir selbst. – Morgen werden wir am Treffpunkt sein. Dann ist unsere Zeit zu Ende."

Rainer nickte.

„Schade…kann ich wiederkommen, wenn es nötig wäre?"

Er sah den Aboriginal fest an, der sofort nickte.

„Natürlich. Du kannst immer wiederkommen. Neugierde ist immer ein guter Grund, etwas Neues zu lernen oder das Gelernte zu erweitern und zu erneuern. Und es gibt noch viel zu entdecken…"

„Danke, Djalu."

Er nickte.

„Bist du nun bereit für deine Mission?"

„Das war ich schon vorher. Aber jetzt mit einem neuen Verständnis dafür…ich…ich muss…"

Djalu winkte ab.

„Es ist nicht notwendig, mir etwas zu erklären, Henry. Das gehört auch nicht zu unserem Deal. Das geht nur dich etwas an. Ich hoffe, du machst das Richtige."

„Ich habe kaum eine andere Wahl. Es ist das Richtige, auch wenn es sich so fremd anfühlt."

Sie plauderten noch über dies und das, dann legten sie sich schlafen. Rainer hatte immer noch den Stock neben sich liegen, er wollte immer vorbereitet sein. Er drehte sich auf den Rücken und beobachtete den Sternenhimmel über sich. Manche blinkten fortwährend und andere standen völlig bewegungslos am Firmament. Zum wiederholten Male fiel ihm auf, wie viele er davon hier sehen konnte und wie unglaublich groß dieser kleine Ausschnitt des Universums war. Die Sterne verursachten in ihm den aufkommenden Mut, den verstärkten Willen und einen unumkehrbaren Positivismus. Auch einen flammenden Enthusiasmus, der sich mit einem Anflug von leiser Wut paarte. Wut darüber, dass er sich genötigt fühlte, der Gewalt und dem Verbrechen mit noch größerer Gewalt zu begegnen, um nicht unterzugehen. Aber das Hadern damit, das ihn früher immer grübeln hatte lassen, wich einer neuartigen Durchschlagskraft, die ihn vereinnahmte und seine bisherigen Zweifel und auch Ängste vollständig eliminierte.

*

Der Blick aus dem Fenster war wie der Blick auf eine Lehrplattform, die ihn auf alles im Leben vorbereitet hatte. Das Land unter ihm sauste vorbei und es schien fast so, als ob sich doch nichts veränderte. Roter Sand, roter Fels, Buschland, kaum Hügel, kaum Senken, keine Berge. Flach wie der Sixpack eines Sportlers. Er hob wieder den Kopf und bemerkte den Blick Cloe´s, die ihn neugierig musterte. Sanft lächelte sie ihn an. Seine Veränderung war ihr sofort aufgefallen, als sie ihn am Treffpunkt abgeholt hatten. Auf einer staubigen Piste mitten im Outback waren sie gelandet. Umgeben von Wüste, Steppe, Hitze und auch Anzeichen des Busches. Djalu und er saßen auf einem Baumstamm und sahen ihnen lachend entgegen. Als Maurice Rainer und Djalu fröhlich begrüßte, hielt er einen Moment inne. Rainer sah tatsächlich aus, als ob er monatelang durch den australischen Busch gewandert sei. Braungebrannt, ein bisschen abgerissen, staubig – aber mit einem neuen Ausdruck im Gesicht und diesem Funkeln in den Augen.

Maurice erkannte es sofort und warf Cloe einen wissenden Blick zu. Sie hatte die Augenbrauen hoch gezogen und war gleichsam sehr überrascht. Da stand nicht mehr der Henry ihnen gegenüber, den sie vor fast sechs Wochen hierher gebracht hatten.

„Na, Djalu, wie hat er sich denn geschlagen?" fragte er, den Blick immer noch auf den lächelnden Rainer geheftet.

„Ich nehme an, das ist eine rein rhetorische Frage, nicht wahr?"

Djalu grinste Maurice an und hatte den Kopf gedreht, so als ob er sagen wollte: Ist diese Frage ernst gemeint?

„Ich wusste, dass du ihn formen kannst. Unübersehbar…"

Nachdenklich sah er jetzt Djalu an, der immer noch grinste und dann nickte. Kurz zuckte er mit den Schultern.

„Es war nicht schwer. Henry hat alles sehr gut gemeistert und mit einer außergewöhnlichen Hingabe die Dinge gelernt. – Erinnerst du dich noch an deine Zeit hier?"

„Wie sollte ich das je vergessen?"

„Auch den Zeitpunkt, als du verstanden hast, in Einigkeit mit allem zu sein? Als sich alles gelöst hatte?"

Maurice nickte.

„Natürlich. Es hat ein paar Monate gedauert, aber dann…"

„Henry war vor zwei Wochen schon soweit."

„Wirklich?"

Völlig erstaunt sah er Rainer an. Verwundert, bewundernd, überrascht. So etwas wie Respekt konnte Rainer in seinen Augen erkennen.

„Wahrscheinlich waren die letzten Wochen das richtige Mittel, mich wieder auf Linie zu bringen," sagte Rainer fröhlich und lachte Djalu an.

„Echt erstaunlich," murmelte auch Cloe. Das war nicht zu erwarten, nachdem, was sie über Rainer wussten. Das war schon eine konkrete Transformation.

Dann hatte sich Rainer von Djalu verabschiedet.

Kurz, schmerzlos, aber mit der Vorgabe, dass sie sich nicht das letzte Mal getroffen hatten.

„Was ist, Cloe? Alles in Ordnung?" fragte er sie, als er ihren Blick sah. Sie hatte ihn intensiv gemustert, beobachtet – so als ob sie hinter seine Stirn sehen wollte, was in seinem Geist vorgegangen war und wo er jetzt stand.

„Ich kenn´ dich gar nicht wieder, Henry. Das hat dir richtig gut getan und es sieht so aus, als ob es dich auch verändert hat. Erzähl´ mal, wie war es. Was hat es ausgemacht?"

„Ich...ich weiß gar nicht genau. Es war wirklich wunderschön. Anstrengend, aber wunderschön. Diese Ruhe...ich habe solch eine Ruhe noch niemals erlebt. Und die Sterne...so unwirklich klar. Ja, das hat mich alles verändert. Und Djalu ist ein großartiger Lehrer, bei dem ich immer den Eindruck hatte, dass er mich von Anfang an durchschauen konnte. Und es hat mich nicht einmal gestört."

„Ja, das ist er. Aber was war denn der Auslöser für...für...tja, für was eigentlich. Was ist jetzt anders?"

Maurice mischte sich ein.

„Nichts ist anders. Die Welt ist größer geworden, aber immer noch die gleiche. Die Weitsicht hat sich gedehnt und gleichzeitig die Details freigelegt, die man plötzlich erfassen kann. Das ist neu und bedeutsam."

Rainer starrte ihn überrascht an. Er hätte es nicht besser ausdrücken können.

„Ganz genau...woher?…"

Fragend starrte er ihn an.

„Das ist die Konsequenz, wenn man sich ohne Wenn und Aber einlässt. Das Land kommt näher, hat man den Eindruck. Denn nicht du kommst dem Land näher, es nimmt dich gefangen und lässt dich nicht mehr los. Es entsteht eine Verbindung und eine Übereinkunft."

„Ja...ja, tatsächlich...so ist das...ein schleichender Prozess. Irgendwann war das so. Da habe ich eine Verbundenheit mit dem Land verspürt. Mit dem Himmel, den Pflanzen, den Tieren...am Anfang hatte ich immer Angst gehabt, dass mir ein Taipan in meinen Schlafsack kriecht..."

Maurice lachte.

„Ja, kenn´ ich gut. Hat lange gedauert, bis ich nicht mehr so ängstlich war."

„Ich glaube, es war der Augenblick, als tatsächlich ein Taipan über meine Schulter gekrochen ist. Da habe ich zuerst gedacht, jetzt ist es wohl vorbei. Aber er hat nichts von mir gewollt und danach war diese Angst nicht mehr so stark. Jetzt weiß ich, wie ich damit umgehen muss. – Die Dingos haben mir dann alles Ängstliche genommen. Ich glaube, da habe ich verstanden, was der Sinn dieser Wochen gewesen war."

„Die Dingos? Was war mit den Dingos?"

„Djalu hat mich ein paar Tage alleine laufen lassen. Irgendwann am Morgen war er verschwunden, hat mir nur einen Zettel mit einem ungefähren Plan dagelassen. Und in der Nacht haben mich Dingos angegriffen."

„Djalu hat dich tatsächlich alleine gelassen?"

Maurice und Cloe richteten sich neugierig auf und sahen ihn fast ungläubig an. Das war neu.

Rainer nickte.

„Ja, zuerst wusste ich nicht, warum. Ich bin drei Tage alleine gelaufen. Als ich mich mit den Dingos rumschlagen musste – allein - war ich zuerst schon enttäuscht gewesen, dass er mich einfach alleine zurück gelassen hat. Aber danach war ich einfach ich selbst, unabhängig, sicherer, selbstsicherer."

„Und dann?"

„Ich bin seinem Plan gefolgt und habe dann die Piste und die Station gefunden. Djalu war auch da. Ich habe ihn natürlich gefragt, warum er mich alleine gelassen hat. Er hat nur gesagt, dass das eine gute Bestätigung für meine Hingabe gewesen war. Er war nie weit weg, hat immer aufgepasst auf den naiven Neuling."

Rainer lachte laut auf.

„Hat er dir dann nicht gegen die Dingos geholfen? Die können sehr aggressiv und gefährlich sein."

Rainer winkte ab.

„Es war nicht nötig. Ich habe sie alleine geschafft. Es war nur eine kleinere Gruppe mit unerfahrenen jungen Tieren. Aber es war natürlich nicht ungefährlich. Nur in diesem Moment denkst du darüber nicht nach."

„Das hat er noch nie gemacht – jemanden alleine gelassen. Er muss sehr viel von dir halten."

„Das beruht auf Gegenseitigkeit. Er hat mir einiges über sein Volk erzählt. Ich habe viel gelernt. Über die Traumzeit, die Rituale, die Lebensweise - aber vor allem über mich. Es war eine fantastische Zeit...ich danke euch für diese tolle Erfahrung…"

Er sah von einem zum Anderen.

„Und meinst du, dass sich in dir etwas geändert hat?"

„Ja, ich bin selbstbewusster – und ich bin bereit."

„Sieht so aus, Henry. – Dann werden wir jetzt das Training weiterführen. Bist du bereit dazu?"

„Natürlich...was für ein Training denn?"

„Zuallererst Waffenkunde. Den Umgang damit und das Wissen über verschiedene Waffensysteme. Ich gehe nicht davon aus, dass du davon viel Kenntnisse hast."

„Nein, eigentlich habe ich keine Ahnung. Also, ich habe schon mal abgedrückt, aber ich kann dir nicht mal sagen, was für eine Waffe das gewesen ist."

„Dachte ich mir. Gut, im Zuge damit werden wir dich im Kampftraining so gut es geht fit machen. Zum Schluss gehen wir ins technische Detail und geben dir ein paar

Tipps, unsichtbar zu werden und zu bleiben. Vieles wird dir bekannt vorkommen, aber es muss automatisiert werden. Das erfordert Training und Übung, Aufmerksamkeit und kontrollierte Vorsicht."

„Ich verstehe."

„Wir haben Verschiedenes schon vorbereitet. Du hast zwei neue Pässe und die zugehörigen Kreditkarten. Ein bisschen technische Spielereien gehören auch dazu."

„Ich bin gespannt…"

Maurice nickte.

„Zum Schluss müssen wir einen exakten Plan aufstellen. So, wie du das ja schon ausgeführt hast. Aber erst einmal das andere...einverstanden?"

„Natürlich. Ich bin bereit für alles."

„Das musst du auch sein. Schließlich geht es um deine Zukunft…," sagte Cloe und sah in diesem Moment sehr ernst aus.

*

Auf dem Tisch lagen sieben verschiedene Waffen. Sechs Handfeuerwaffen und ein Gewehr.

„So, wir haben diese Modelle rausgesucht, weil sie einfach zu handhaben sind und gut in der Hand liegen. Auf einen Revolver haben wir verzichtet, weil diese Dinger zu klobig sind und zu wenig Kugeln zur Verfügung haben. Die Durchschlagskraft von diesen hier ist vollkommen ausreichend. Schließlich muss so eine Waffe leicht und handlich sein, nicht zu groß, aber effektiv. Das Gewehr soll nur eine Option sein. Aus großer Entfernung das sicherste, aber damit musst du sehr geübt sein und darüber hinaus ein erstklassiger Schütze."

„Okay. Große Unterschiede sehe ich jetzt auf Anhieb nicht. Was wäre die einfachste für mich?"

„Das werden wir sehen. Ich erkläre dir zuerst die Handhabung und manche Vorteile. Entscheiden wirst du selbst müssen. Sie muss in deine Hand passen und du musst dich sicher damit fühlen. Auch wenn sich das jetzt ein bisschen abgehoben anhört, wirst du eine Verbindung damit eingehen müssen. Du musst absolutes Vertrauen zu deiner Waffe haben. Sie wird deine Lebensversicherung sein und dein persönliches Werkzeug. Verstanden?"

„Ja, natürlich, ich verstehe…"

Maurice sah ihn ein bisschen zweifelnd an, dann nickte er.

„Also, das hier ist ein Colt 1911. Kaliber 22, sehr zuverlässig. Single Action. Also durchladen und schießen...wir werden das noch üben. Das Magazin fasst zwölf Patronen."

Er nahm sie in die Hand.

„Gewicht etwa 930 Gramm. Durchschnittlich und schwer genug, sicher in der Hand zu liegen. Das Kaliber hat den Vorteil, nur einen geringen Rückstoß zu haben. Je nachdem, welche 22er Patronen verwendet werden. Gut auf kurze Entfernung."

Er legte den Colt wieder zurück und nahm die nächste.

„Shadow 2 Blue Grip Luger. 9 mm. Neunzehn Patronen, etwa 1330 Gramm. Wesentlich schwerer, da muss man sich auch erst daran gewöhnen. Aber hat Durchschlagspower. Und die neunzehn Patronen sind ein wichtiges Argument. Aber eben schwerer als die anderen."

Er machte eine Pause und sah Rainer an. Die nächste Waffe. Rainer kam sie bekannt vor, er meinte, sie schon öfter gesehen zu haben.

„Die kenn´ ich irgendwoher…," sagte er.

„Kann sein. Das ist eine Glock 17 Gen 5. Neun Millimeter. Siebzehn Patronen. Amerikanische Polizeipistole und sehr zuverlässig. Sie ist sehr verbreitet und hat den Vorteil, dass sie als Allerweltswaffe keinen Rückschluss auf den

Schützen freigibt. Mit 945 Gramm durchschnittlich schwer. Kann ich nur empfehlen. – Weiter…"

Er nahm ein kleineres Modell auf.

„Das ist eine FN America 509 Luger. Neun Millimeter. Siebzehn Schuss. Sehr leicht, wie du sehen kannst. 762 Gramm. Ausgesprochen praktisch und ganz leicht zu handhaben. Meine wäre es jetzt nicht, aber das muss jeder selber wissen…"

Rainer zeigte auf die nächste Waffe. Heckler und Koch.

„Deutsch?"

Maurice nickte.

„Genau. Heckler und Koch, neun Millimeter mit einem achtzehn Schuss Magazin. 995 Gramm. Die Besonderheit daran ist die Möglichkeit zur Umrüstung auf Kaliber 45. Sehr zuverlässige Waffe. - Was fehlt, ist die Heckler und Koch USP. Absolut zuverlässig bei allen möglichen Temperaturen. Das wäre meine Empfehlung…"

Rainer nahm sie in die Hand. Er spürte das Gewicht und eine subtile Gefährlichkeit, die davon ausging. Gleichzeitig spürte er auch eine unbekannte Faszination, die ihn augenblicklich einnahm. Ein völlig fremdes wie auch angenehmes Gefühl. Rainer war verwirrt und legte die Waffe wieder auf den Tisch.

„Das ist die letzte. Eine Walther PDP Compact. Ebenfalls neun Millimeter mit fünfzehn Schuss. Vorteil, sie ist sehr klein, man kann sie überall an sich verstecken. Mit 690Gramm die leichteste von den allen."

„Hat die nicht James Bond benutzt?"

Maurice lachte.

„Ja, stimmt. Zuerst die Walther PPK, dann ist sie durch die P99 ersetzt worden. Gut gemerkt, Henry…"

Rainer zeigte auf das Gewehr.

„Und was ist nun damit?"

Maurice nahm es in die Hand.

„Ein Scharfschützengewehr. Die TSR Kaliber 308 Win. Repetierer. Treffsicher auf 500-800m. Beinhaltet eine Mündungsbremse mit Rückstoßdämpfung. Außerdem ist der Druckpunktabzug verstellbar. Das Magazin hat zehn Schuss. Etwa sechs Kilo schwer."

„Meinst du, das wäre etwas für mich?"

Er zuckte die Schultern.

„Möglicherweise, aber das hängt davon ab, wie du vorgehen willst...du wirst das entscheiden müssen, wenn du alle Waffen grundlegend ausprobiert hast."

„Natürlich...das ist neues Terrain für mich. Keine Ahnung, wie ich mich anstellen werde."

Maurice legte ihm die Hand auf die Schulter.

„Fühlt sich zuerst ein bisschen fremdartig an, aber je öfter du damit übst, desto sicherer wirst du auch damit umgehen können. Geduld, Geduld…."

Sie packten das Arsenal wieder in den Koffer zurück, verschlossen ihn und Maurice stellte ihn dann beiseite.

„Morgen gehen wir an den Schießstand. Keine Angst, der ist nicht öffentlich. Wir haben einen eigenen, wo uns niemand sieht und hört. Da können wir feuern, wie wir lustig sind…"

„Okay...dann bis morgen?"

In diesem Moment kamen Riley und Mick herein, hörten noch die letzten Worte Rainer´s und fingen zu lachen an.

„Training, Junge, Training...wir machen duales Training."

„Aha, gut...und das heißt jetzt?"

„Wir gehen in den Garten. Jetzt. Mal sehen, was du so drauf hast…wir sollten keine Zeit verlieren."

Er grinste ihn fröhlich an.

„Wie? Drauf hast...was soll das bedeuten?"

„Kampftraining...auf geht's…"

Auf der Terrasse saßen Cloe und Mia in den Schaukelstühlen und schlürften irgendwelche bunten Cocktails.

„Wir sind das Publikum, Henry. Lass´ dir nichts gefallen, die sind auch aus der Übung…"

Mick kniff die Augen zusammen und machte ein beleidigtes Gesicht.

„So schlimm ist das auch wieder nicht."

Im Garten war ein Parcours aufgebaut. Sandsäcke, die von den Bäumen baumelten, senkrecht stehende Schlagpolster und eine große Matte, die die Form eines Boxrings hatte. Rainer schluckte und befürchtete Anstrengung und Schmerz. Aber tapfer versuchte er, sich seine leicht aufkommende Nervosität nicht anmerken zu lassen. Schließlich sollte er lernen, sich zu beherrschen. Mick trat auf die Matte und winkte Rainer zu sich.

„So, zuerst müssen wir wissen, was du für Schwächen und Stärken hast. Wir simulieren verschiedene Angriffe mit einem oder mehreren Gegnern. – Zieh´ die Handschuhe an." Maurice überreichte ihm leichte Handschuhe, die so gepolstert waren, dass keine üblen Verletzungen entstehen konnten.

„Versuch´, konzentriert zu bleiben…," sagte Maurice und klopfte ihm aufmunternd auf die Schulter. Rainer trat auf die Matte.

„Also, ich werde einen Angriff starten und du versuchst, ihn abzuwehren. Vorerst nur eine Bewegung, okay?"

„Okay…dann los."

Mick hob die Fäuste und tänzelte locker vor Rainer herum. Zu seiner Überraschung rührte sich der keinen Millimeter, sondern fixierte ihn nur. Seine Hände waren erhoben, die linke etwas weiter vorne als die rechte. Die Ellbogen leicht angehoben. Dann schoss seine Faust vor, blitzschnell, genau zwischen Rainer´s Armen hindurch. Doch er kam damit lediglich bis zu den Handgelenken. Rainer´s Linke machte eine leichte Drehung nach außen und gleichzeitig durchbrach seine Rechte ohne Widerstand die gegnerische

309

Deckung. Bevor Mick auch nur registrierte, dass er hier jemanden gewaltig unterschätzt hatte, spürte er den leisen Hauch der Faust, die einen Zentimeter vor seiner Nase zum Halten gekommen war. Völlig perplex stand er da und starrte auf Rainer, der nur ein kleines bisschen den Kopf geneigt hatte. Die Überraschung war perfekt und unerwartet. Riley hatte sich erhoben und sah die beiden Frauen an, die mit großen Augen auf die seltsame Situation der beiden Männer starrten.

Mick hatte sich wieder gefangen, trat einen Schritt zurück und nickte.

„Sehr gut, Henry. Du bist schnell. Versuchen wir noch einmal etwas…"

„Gut…"

„Bisschen Kontakt?" fragte Mick.

„Meinetwegen…"

Er begann wieder zu tänzeln, täuschte einen Angriff an, einen Schritt zur Seite, einen zurück, einen vor. Rainer rührte sich immer noch nicht, lediglich die Hüfte und die Fußstellung folgten kaum sichtbar Micks Bewegungen, ansonsten stand er still, die Hände genauso erhoben wie vorher.

Mick griff an, diesmal noch schneller und noch vehementer. Wieder meinte er, Rainer´s Deckung durchbrochen zu haben und wieder schoss seine Faust ins Leere. Die Linke folgte blitzschnell, doch mit einem einfachen schnellen Hebel überkreuzte Rainer die Arme von Mick. Die Schnelligkeit und die Wucht des Schlages wurde augenblicklich vernichtet, stattdessen befand sich Rainer´s Faust schon wieder vor der Nase seines Gegners. Diesmal gleichzeitig mit der linken Faust. Die Ellbogen verhinderten, dass Mick rechtzeitig die Arme wieder hochnehmen konnte. Rainer hatte lediglich einen schnellen, kaum wahrnehmbaren Schritt zur Seite gemacht, die Hüfte gedreht und stand nun in einem spitzen Winkel zu Mick, der Mühe hatte, diesen Gegenangriff zu analysieren. Er war maßlos erstaunt, während Rainer einen Schritt zurück ging und ihm zunickte. Mick sah ein bisschen verständnislos zu seinen Freunden, die mittlerweile alle aufgestanden waren. Überrascht und unerwartet hatten sie die paar Sekunden eines Kampfes verfolgt. Mick kratzte sich am Kopf. Hatte er zuerst gedacht, dass Rainer mit seiner Aktion Glück hatte, so setzte sich jetzt langsam etwas anderes fest.

„Hast du schon einmal gekämpft, Henry? Ich meine, als Training oder Sparring…"

„Ja, aber nur so nebenbei...nicht so richtig…"

„Aha...nicht so richtig...verstehe…"

Er kratzte sich diesmal am Kinn und überlegte. Dann sah er wieder Rainer an.

„Sollen wir mal ein richtiges Sparring machen? Mit Fäusten, mit Kicks und so…? Ich habe Ausrüstung dabei."

„Klar, warum nicht?"

Mick drehte sich um und holte aus einer Sporttasche die Schutzausrüstung. Kopfschutz, Fußpolster, Tiefschutz und einen leichten Brustpanzer. Dann gab er die Teile Rainer und sie legten sie an. Maurice hatte die Lippen zusammen gepresst und ahnte nichts Gutes.

„Passt aber auf, hört ihr? Wir können uns keine Verletzungen leisten."

Rainer lächelte.

„Ich verletze ihn schon nicht," sagte er, sah Cloe und Mia an und zwickte ein Auge zusammen. Die beiden Frauen begannen zu grinsen.

Dann standen sie sich gegenüber.

„Okay soweit?" fragte Mick. Rainer nickte.

Diesmal griff Mick mit einem frontalen Kick auf die Brust an. Wieder ins Leere. Das Knie – abgewehrt. Fauststoß – abgewehrt. Doublette – wieder abgewehrt. Roundhousekick

– daneben. Sprung und Fauststoß...und dann fand er sich auf dem Boden wieder. Er hatte den Kick von Rainer nicht kommen sehen. Er traf ihn im richtigen Moment mitten auf die Brust und ließ ihn hart auf der Matte landen. Er konnte nur noch einen dunklen Schrei hören.

„Woahh…" dröhnte Riley.

Er drehte den Kopf und sah seinen Freund grinsend auf der Terrasse stehen. Daneben Maurice und die Frauen. Alle grinsten. Er drehte den Kopf. Rainer grinste nicht. Er stand gebückt über ihm und reichte ihm die Hand, die er ergriff. Dann standen sie sich gegenüber und Mick fing zu lachen an.

„Und was soll ich dem jetzt noch beibringen? Oder habt ihr gemeint, er sollte mir etwas beibringen?" wandte er sich an die Freunde.

Maurice kam die Stufen herunter und sah Rainer an.

„Hättest uns ja auch vorwarnen können, dass du dich verteidigen kannst," sagte er grinsend.

„Du irrst dich. Ich weiß doch, dass ich aus dem Training bin. Außerdem wollte ich nur feststellen, was ich noch kann. Und wenn ich unterschätzt werde, kann ich das am besten. Mick, ich glaube, das nächste Mal wird das nicht mehr so ausgehen, oder?"

„Mal sehen. Jedenfalls bist du alles andere als ein Anfänger. Das erleichtert unser Training ungemein."

Er schlug ihm auf die Schulter und nickte ihm anerkennend zu. Dann legte er die Schutzausrüstung wieder ab und wandte sich an Maurice.

„Dann legen wir mal Augenmerk auf Kraft, Ausdauer und Schnelligkeit. Natürlich Flexibilität. Das Sparring verfeinern wir."

„Gut. Damit sparen wir eine Menge Zeit. – Henry, morgen geht dein Training los."

„Bin bereit."

Die Ausgangsbasis war absolviert. Die nächsten Wochen würden für Rainer herausfordernd werden, aber irgendwie freute er sich auch darauf. Sein Vertrauen in die Gruppe war stark gewachsen und er fühlte sich nicht nur aufgehoben, sondern auch sehr wohl damit.

Sechs Wochen waren seit diesem Tag vergangen. Rainer wurde gefordert wie noch nie in seinem Leben. Mick und Riley waren seine Krafttrainer, Maurice kümmerte sich ausschließlich um das Ausdauerworkout und Mia und Cloe quälten ihn mit Flexibilitätsanforderungen. Dazwischen immer wieder Sparring und Kampftraining.

Alle zusammen nahmen Yoga- und TaiChi-Stunden, um den Geist und die Konzentration zu schulen. In der siebten Woche fühlte sich Rainer stark und absolut fit. Zum Abschluss sollte er gleichzeitig mit allen kämpfen, stellte fest, dass keiner von ihnen träge geworden war und nahm schmerzhafte Treffer als notwendig hin. Er verlangte ihre ganze Konzentration ab, versuchte, zentriert zu bleiben und effizient. Am Schluss lagen er, Riley und Mick am Boden und hechelten wie Hunde. Maurice stemmte sich hustend auf seine Oberschenkel und Cloe wischte sich pausenlos den Schweiß von der Stirn. Nur Mia stand da und lächelte respektvoll.

„Sehr gut, Henry. Ich würde sagen, du bist auf einem perfekten Level. Aber in deinem Alter war ich das auch."

Sie grinste und Maurice sah sie mit verzogenem Gesicht an.

„Angeber...warst du nicht..." keuchte er.

Schwitzend und vollkommen außer Atem setzten sie sich auf die Terrasse. Mia hatte eine riesige Wasserkaraffe mit Eis hingestellt und langsam kamen sie wieder zu Atem.

„Mann, so fertig war ich schon lange nicht mehr," meldete sich Mick und sah die anderen an, die sich den Schweiß von der Stirn wischten und langsam wieder zu Atem kamen.

„Ich denke, damit ist Part drei abgeschlossen. – Für welche Waffe hast du dich entschieden, Henry?"

„Ich glaube, die Heckler und Koch. Damit habe ich die besten Ergebnisse erzielt und die erscheint mir passend. Liegt gut in der Hand…"

Maurice nickte und starrte den jungen Mann vor ihm nachdenklich an. Henry hatte sich als wahres Naturtalent im Schießen entpuppt. Nachdem er gelernt hatte, jede Waffe auseinander zu nehmen, sie wieder zusammen zu setzen, zu laden und zu schießen, fiel er durch eine Zielsicherheit auf, die weit über dem Durchschnitt lag. Er verschoss mit jeder Pistole zwei Magazine, dann wusste er schon, welche Macken, welchen Rückschlag und welchen Lärm sie besaßen. Er begeisterte die Freunde mit ganz wenigen Fehlschüssen. Die Heckler und Koch etablierte sich als seine Lieblingswaffe, mit der er die besten Ergebnisse erzielt hatte. Fünf Zielscheiben, achtzehn Schuss, kein einziger Fehlschuss. Maurice hatte anerkennend genickt und war sich mit Riley, dem Waffenfachmann, einig, dass Henry einer der sichersten Schützen war, die sie je gesehen hatten. Es schien fast so, als ob seine ausgesuchte Waffe das Teil war, das ihn erst jetzt als den zeigte, der vorher allen verschlossen war. Maurice hatte das erkannt und gehofft, dass Rainer mit diesem neuen Wissen und Können nicht auf die dunkle Seite seines Wesens abdriftete.

„Manche haben so ein seltenes Talent. Wie schaffst du das bloß, diese Trefferquote?" hatte er ihn nach dem Training auf dem Schießplatz gefragt.

Rainer hatte nur die Schultern gezuckt. Er wusste es ja selbst nicht. Die Waffe in seiner Hand fühlte sich vertraut an, obwohl sie eigentlich etwas sehr Fremdes sein sollte. Für ihn war das alles leicht, einfach und selbstverständlich. So als ob er mit diesen Waffen schon jahrelang hantiert hätte.

„Ich finde das sehr einfach. Ich zeige mit dem Finger auf das Ziel und die Waffe ist die Verlängerung. Mehr ist doch nicht zu tun."

„Absolut erstaunlich…" hatte Maurice nur gemurmelt.

Das Training war abgeschlossen. Jetzt wurde die Aktion geplant. Jetzt war Erfahrung, Weitsicht, Vorsicht und analytisches Denken gefragt. Gepaart mit Strategie, zeitlichen Vorgaben und aller möglichen Eventualitäten. Maurice war ein Meister darin. Gemeinsam mit Cloe, die ihm in diesen Dingen nicht nachstand, entwickelte er einen Plan, der nicht dem kleinsten Zufall Raum gab. Rainer erfuhr, dass die beiden in ihrer aktiven Zeit etliche Missionen zusammen geplant und erfolgreich durchgeführt hatten. Sie waren im Kern die absoluten Profistrategen und überließen tatsächlich nichts dem Zufall. Rainer hatte manchmal den Eindruck, fast schon Teil einer wissenschaftlichen Forschung zu sein. Er fühlte sich absolut behütet, beschützt und extrem gut vorbereitet.

Die letzte Besprechung war vorbei, alles war gesagt und geplant, es gab keine Fragen und keine Unwägbarkeiten mehr. Cloe nahm ihn danach zur Seite.

„Wollen wir ein bisschen spazieren gehen?" fragte sie ihn. Rainer nickte.

„Klar. Gehen wir in den Garten?"

„Nein, wir fahren woanders hin. Einverstanden?"

„Okay…wohin?"

„Irgendwohin…ich fahre…"

Er fand sich am Hafen wieder und sie schlenderten in den angrenzenden Park. Es war schon dunkel geworden, aber noch früh am Abend. Gemütlich überquerten sie die Rasenflächen.

„Wir haben jetzt alle das in die Schale gegeben, was wir wissen. Wie fühlst du dich jetzt und was denkst du?"

Er kratzte sich nachdenklich am Kopf.

„Gut. Ich fühle mich gut. Ich weiß nicht, wie ich euch danken kann."

„Ganz einfach...bleib´ am Leben und halte dich an das, was du kannst und weißt und was die Planung vorgibt."

„Na klar. Das ist ja Voraussetzung. Wie siehst du die ganze Sache?"

„Du musst dir darüber im Klaren sein, dass bei einem Erfolg du ein anderer sein wirst. Weißt du das? Kannst du dir das vorstellen?"

„Ich denke schon... ich weiß es natürlich nicht, aber die Prioritäten liegen längst fest. Ich sehe keine andere Möglichkeit, wenn ich wieder frei sein möchte. Innerlich frei, im Herzen frei…verstehst du?"

„Ich weiß, was du meinst. Ich will nur, dass du auch in Betracht ziehen musst, dass sich in dir etwas verändern könnte. Und nicht zwingend zum Besseren…"

„Ich verstehe nicht ganz…"

„Hast du auf deiner Flucht Menschen töten müssen?"

Er sah sie etwas erstaunt an. Das wurde er noch nie gefragt. Vor allem von ihr nicht. Eigentlich wollte er nicht darüber reden, weil die Erinnerungen daran ihn belasteten, auch wenn er sich in einer Notlage befunden hatte. Das Gewissen machte da so gut wie keinen Unterschied.

„Ich...ja, es war notwendig gewesen, wenn ich nicht sterben wollte…"

„Wie hast du dich danach gefühlt?"

„Es hat mich belastet und belastet mich immer noch. Aber noch mehr hätte es mich belastet, wenn ich mich ohne Gegenwehr ergeben hätte. Eigentlich gab es gar keine Option für etwas anderes. Es passiert ganz automatisch, ich habe nicht darüber nachgedacht, weil dazu gar keine Zeit war."

„Du hast dich verteidigt. Spontan, ohne zu überlegen. Dein Überlebenswille hat dich geführt."

„Ja, so ungefähr…"

„Die meisten würden so handeln. Es ist Notwehr. Eine Reaktion. Du wurdest nicht gefragt. Jetzt befindest du dich in einer Aktion. Du bist der Handelnde, du steuerst es und du bist in diesem Falle der, der tötet. Das muss dir bewusst sein."

Rainer nickte. Viele Male hatte er darüber schon nachgedacht.

„Das weiß ich. Und oft genug war ich damit im Zwiespalt."

„Was war es, das dich entscheiden hat lassen, dies jetzt zu tun? Schließlich hättest du auch die Möglichkeit, unterzutauchen. Die Chancen, dich hier zu finden, sind schon äußerst gering. Oder nicht?"

„Vielleicht. Aber ein „Vielleicht" ist nicht das, was ich will. Ich will, dass der Auftrag verschwindet. Solange noch die geringste Chance besteht, mich zu finden, werde ich niemals richtig frei sein. Ich habe mein Zuhause verloren und möchte diese Freiheit, die ich momentan habe, so wie ich sie mir vorstelle, nicht auch noch verlieren. Das wäre nicht das Leben, das ich leben möchte."

„Ich weiß schon. Ich will nur, dass du dich nicht in etwas verrennst, das dich möglicherweise nicht dahin bringt, wo du hinwillst."

„Nein, tu ich nicht. Ich verstehe, was du mir sagen willst. Ich habe wirklich sehr lange und sehr intensiv darüber nachgedacht. Die Zweifel waren groß. Zuerst. Dann, nachdem ich mit Djalu diese intensive Zeit verbracht habe, waren sie verschwunden."

Cloe lächelte. Sie war stehen geblieben und sie sah ihm in die Augen.

„Dann ist es gut. Djalu hatte recht gehabt, dass er in dir etwas Besonderes gesehen hat. Du hast eine seltene Gabe, dich aus einem ausgeglichenen Mix aus Vernunft, Emotion und Voraussicht heraus leiten zu lassen. Das ist perfekt -

Ich hoffe, es ist das Richtige, das du entschieden hast."

„Ich hoffe das längst nicht mehr…"

„Wie bitte?"

„Ich weiß es seit langem."

Sie nickte verstehend.

„Ja, das konnte man sehen. Was wirst du tun, wenn es geschafft ist?"

„Ich weiß es noch nicht. Ich fühle mich hier zuhause. Aber auf Kauai habe ich mich auch zuhause gefühlt. Ich muss es abwarten...dafür habe ich noch keinen Plan. Ich wollte auch keinen machen und habe diesen Gedanken verdrängt. Es wird sich alles zeigen…im Moment auch nicht wichtig."

„Ich möchte dich noch etwas anderes fragen...du brauchst nicht zu antworten, wenn du nicht willst."

Sie waren wieder weiter gegangen.

„Frag´ einfach…"

„Diese Frau...du hast nicht mehr über sie gesprochen. Die dich begleitet hat...wie stehst du zu ihr?"

„Ich...ich bin nicht sicher...es ist kompliziert. Wir...wir stehen uns sehr nahe. Wirklich sehr nahe...aber die Umstände lassen es nicht zu."

„Würdest du mit ihr zusammen sein wollen?"

Er nickte, ohne zu zögern.

„Ja, das wäre schön...aber es geht nicht."

„Warum?"

„Weil sie...weil sie auf einer anderen Seite steht."

„Wieso? Welche andere Seite? Ist sie ein Ermittler? Von einer Behörde? Oder ein Kopfgeldjäger?"

„So ähnlich...wie gesagt, es ist kompliziert. Und ein Kopfgeldjäger ist sie bestimmt nicht."

„Ich verstehe. Wie hoch sind die Chancen, dass die Kompliziertheit keine mehr sein wird?"

„Es liegt nicht nur an mir, Cloe."

„Wird es eine Chance geben können?"

Er zuckte die Schultern. Er wusste es selbst nicht. Er hatte darauf keine Antwort.

„Hoffnung ist unser Sinn, den wir ständig verfolgen, Henry."

„Ja, sicher. – Im Moment kann das aber keine Rolle spielen."

„Vielleicht irgendwann einmal...ich wollte dich eigentlich nur noch einmal darauf hinweisen, dass es auch ein Danach geben wird."

„Ich weiß. Ich danke dir dafür. Euch allen kann ich nicht genug danken. Da ist sehr viel mit mir passiert, diese letzten Monate. Viel Schönes und Aufschlussreiches...das hat auch sehr viel mit Sinn zu tun gehabt."

Lachend hing sie sich an seinen Arm.

„Du bist ein poetischer Denker, Henry. Auch ein Grübler. Und ein Paradox."

„Was? Warum das denn?"

„Weil du gleichzeitig eine Frohnatur bist. Und du weißt sehr wohl, wie man genießen kann. Du vereinst sehr viele konträre Bereiche in dir. Das ist das Großartige, das bei einem Menschen so selten ist. Ich wünsche dir, dass all das, was du jetzt noch vermisst, eines Tages real sein wird. Das wünsche ich dir wirklich…"

„Danke. Wenn es einmal so sein sollte, wirst du die Erste sein, die es erfährt. Versprochen."

„Versprechen darf man nicht brechen. Du weißt das schon, oder?"

Rainer lachte.

„Natürlich. Diesen Satz habe ich schon einmal gehört. Von einem kleinen hawaiianischen Mädchen."

„Und? Hast du es gebrochen?"

„Natürlich nicht. Das ist eine Frage der Ehre. Und die habe ich noch."

„Ja, das weiß ich. Verlier´ das nicht."

„Niemals."

Die Gedanken an Jane hatten ihn niemals losgelassen und oft erwischte er sich dabei, sich ein weiteres Leben mit ihr zusammen vorstellen zu können. Und dann? Dann verschwanden die Bilder wieder in den weiten Räumen der Luftschlösser. Es war so weit entfernt wie der Mars. Und er verdrängte diese Gedanken, weil sie ihn nur behinderten und seine Aufmerksamkeit beeinflussten. Jetzt galt es nur, seine Mission anzugehen und zum Ende zu bringen.

*

Es war früher Morgen. Das schmiedeeiserne Tor öffnete sich und eine dunkle Limousine verließ das Areal der Celotinis. Die Seitenscheiben waren verdunkelt, man konnte nicht erkennen, wer und wie viele Personen in dem Wagen saßen. Doch Rainer war sich sicher, dass der Patron selbst sein Haus verließ, um seine Geschäftsräume aufzusuchen, die sich in den vornehmeren Randbezirken Neapels befanden. Mittlerweile hatte er einen täglich sich wiederholenden Ablauf festlegen können, wie Carlo Celotini seine Zeit verbrachte. Seit sechs Wochen beobachtete er den riesigen Landsitz des Mafiabosses. Eingerahmt von einer drei Meter hohen Mauer, auf der nagelspitze Metallbolzen eingearbeitet worden waren, war das gesamte Grundstück uneinsehbar. Kameras verschiedener Bauart waren ringsum installiert und Rainer hatte etliche Nachtsichtgeräte ausfindig machen können. Er zweifelte nicht daran, dass in regelmäßigen Abständen die zeitweise sichtbar fliegenden Drohnen zum Abwehrschirm des Sicherheitssystem gehörten. Schon in der ersten Woche hatte er sich in dieses System gehackt und die digitale Umgebung inspiziert und durchleuchtet. Tatsächlich war Celotini auf dem neuesten technischen Stand einer Überwachungssoftware, die Rainer trotzdem schon bekannt war. Sie war individuell angepasst worden, aber hatte für einen professionellen Hacker die gleichen Lücken wie viele andere Systeme auch. Auch wenn diese Ausführung qualitativ sehr hochwertig war und Rainer sein ganzes Wissen und Können aufbringen musste, um die Log-in-Hürden umgehen zu können. Nach zwei Wochen war er soweit, die ersten Manipulationsversuche starten zu können. Zufrieden hatte er beobachtet, wie Bildschirme das Überwachungsbild verloren hatten und das Personal sich sichtlich bemühte, den Fehler zu finden. Es dauerte viel zu lange. Für Rainer ein Vorteil, aber er gab sich keinen Illusionen hin. Wenn es soweit war, musste er hochkonzentriert arbeiten und durfte sich keinen Flüchtigkeitsfehler erlauben.

Er hatte der Limousine Celotinis einen winzigen Tracker verabreichen können, um die Wege nachzuvollziehen, die er täglich zurücklegte. Jetzt, nach über sechs Wochen Observation, wusste er, wie sich ein normaler Tagesablauf abspielte und wo er in welcher Zeit sich befand. Über den Hack auf das System hatte er auch Zugriff auf die Personalstärke und den Wechsel, die die Männer in regelmäßigen Abständen vornahmen. Ein großer Fehler, wie er fand, weil es ein leichtes war, eventuelle Zeitfenster für einen optimierten Zugriff vorzubereiten. Er beschloss, noch eine Woche zu beobachten und dann einen Termin festzulegen.

*

Gianni Fabuzzi wurde zu Carlo Celotini gerufen. Als er das Büro betrat, saß der hinter seinem Schreibtisch und telefonierte. Er winkte ihn heran und zeigte auf den Ledersessel, auf dem der Anwalt Platz nehmen sollte. Celotini schien genervt zu sein. Gianni sah es ihm an, dass er wütend war. Als er den Hörer auf die Station knallte, war es bestätigt.

„Gibt es Probleme?" fragte er.

„Kann man wohl sagen. Der Stadtrat hat die Baugenehmigung der nördlichen Areale verweigert…"

„Warum?"

„Angeblich will man dieses Gebiet auf einmal renaturieren und jetzt streiten sie darum, ob man das auf eine Agenda setzen soll. Was sind das nur für Idioten?"

„Ich dachte, Romano hat das längst unter Dach und Fach…was ist schief gelaufen?"

„Ein paar Grüne meinen wohl, sich besonders hervorheben zu müssen, haben ihr Veto eingelegt und nun müssen weitere Gutachten eingereicht werden. Verdammt, die Pläne sind fertig, wir könnten sofort anfangen…"

„Vielleicht sollten wir die betreffenden Personen überzeugen, dass die Freigabe für alle ein Gewinn sein wird. Ich glaube, die würden das verstehen."

Er hatte ein falsches Grinsen aufgesetzt. Celotini wusste, was er meinte. Aber er schüttelte den Kopf.

„Nein, das würde zu viel Aufmerksamkeit erregen. Die ganze Sachlage wird schon länger sehr genau verfolgt. Die Polizei passt auf, dass alles seinen vorgesehenen Gang nimmt. Und es sind schon zu viele im Rat, die zweifeln. Das würde nur viel Staub aufwirbeln. Ich möchte nicht, dass wir namentlich genannt und in Verbindung gebracht werden."

Fabuzzi zuckte die Schultern.

„Wie Sie meinen."

Celotini war aufgestanden und wanderte vor dem Bücherregal auf und ab. Er schien intensiv über etwas nachzudenken. Dann blieb er stehen und sah seinen Anwalt an. Er sah aus, als ob er entschieden hätte.

„Ja, das meine ich. Wir werden uns diesmal zurückhalten. Auch wenn ich mich über alle Maßen ärgere, aber ich möchte nicht, dass wir ins Visier irgendwelcher Ermittler kommen. Das Risiko ist mir im Moment zu groß."

„Vor gar nicht allzu langer Zeit haben Sie nicht viel auf irgendwelche Risiken gegeben, wenn ich das mal erwähnen darf…"

„Was wollen Sie damit sagen, Gianni?" blitzte ihn Celotini an. Er war immer noch verärgert. Nichts ließ ihn so aus der Haut fahren, wenn ein bereits fertig gestellter Plan noch einmal zur Diskussion gestellt wurde.

„Nichts, mir fällt nur seit einiger Zeit auf, dass Sie sehr überlegt die Geschäfte tätigen und immer darauf bedacht sind, sie flach und verborgen zu halten."

„Soll das jetzt eine Kritik sein, dass ich zu weich geworden bin?"

Fabuzzi schüttelte vehement den Kopf.

„Nein, natürlich nicht. Im Gegenteil. Viele Dinge kann man wesentlich besser erledigen, wenn man schon im Vorfeld sämtliche Risiken minimiert. Ich habe das doch schon immer für den besseren Weg gehalten. Aber manchmal ist es eben unerlässlich, etwas Druck auszuüben, damit die Dinge vorankommen."

„Also doch Kritik?"

Celotini verzog das Gesicht und Fabuzzi zuckte die Schultern.

„Ich bin nicht nur Ihr Anwalt, sondern auch Ihr Berater und Freund. Ich bin hier, aufzupassen, dass unsere Linie nicht in Räume abdriftet, die wir nicht oder zu wenig kontrollieren können. – Und ich glaube nicht, dass Sie um sich Vertraute wollen, die zu allem Ja und Amen sagen. Das wollten Sie noch nie und darum bin ich immer noch Ihr Anwalt, Signore."

Der Patron nickte und winkte ab.

„Natürlich. Sie wissen das und ich weiß das auch. Ich schätze Sie, Gianni, weil Sie nicht emotional entscheiden, sondern pragmatisch und faktisch klug. Ich weiß, dass ich mich in der Vergangenheit oft irrational verhalten habe und es manches Mal bereut hatte, nicht auf Sie gehört zu haben."

„Das gehört der Vergangenheit an. Ich muss feststellen, dass das die letzten Jahre anders geworden ist. Ich finde das gut und richtig."

Celotini setzte sich wieder hinter seinen Schreibtisch, lehnte sich zurück und verschränkte die Arme vor der Brust.

„Ich nehme an, ich bin nicht nur wegen dem Bauprojekt hier. Was liegt Ihnen noch auf dem Herzen?" fragte Fabuzzi, der seinen Boss sehr gut kannte und sofort wusste, wenn noch etwas zu klären war. Celotini lächelte. Fabuzzi war ein echter Vertrauter, der ihn wirklich gut kannte.

„Nun gut, Sie haben recht. Mir spukt immer noch dieses deutsche Arschloch im Kopf herum. Warum gibt es noch keine Neuigkeiten über ihn? Benito hat sich auch nicht mehr gemeldet. Was ist da los? Habt ihr ihn verloren?"

„Ja, so könnte man es nennen. Noldau ist spurlos verschwunden und niemand hat auch nur eine Ahnung, wo er sein könnte. Die Spur hat sich in den Staaten verloren. Wir vermuten, er hat sich eine ganz neue Identität zugelegt und ich befürchte…"

Er stockte, aber seine Miene war Antwort genug.

„Was? Was befürchten Sie? Dass wir ihn und das Geld niemals finden werden?"

Fabuzzi nickte und neigte leicht den Kopf.

„So ist es. So schmerzlich es ist zuzugeben, aber dieser Kerl hat uns genarrt und ist uns überlegen. – Wir…wir sollten darüber nachdenken, ob wir dieses Kapitel nicht einfach schließen sollen und vergessen. Man kann nicht immer nur gewinnen."

„Kommt nicht in Frage," sagte Celotini sofort.

„Die ganzen auflaufenden Kosten stehen in keinem Verhältnis mehr. Ist das wirklich den ganzen Aufwand noch wert? Dieser Mann hat nur Leichen hinterlassen...selbst die Erhöhung der Prämie hat niemanden weiter gebracht."

„Erhöhen Sie das Kopfgeld."

„Wirklich? Es sind bereits vier Millionen. Kein Mann ist das wert..."

„Ich will darüber nicht diskutieren. Erhöhen Sie das Kopfgeld, setzen Sie die Besten darauf an, die auf dem Markt sind. Ich muss diesen Mann haben. Ich will diesen Mann haben. Unbedingt."

„Seien Sie vorsichtig, sich nicht darin zu verrennen, Patron. Ich habe doch schon einmal angedeutet, dass die Möglichkeit besteht, dass dieser Mann das Weglaufen satt hat und eine Entscheidung herbeiführen will. Bitte vergessen Sie das nicht. Wollen Sie wirklich das Kopfgeld erhöhen? Wo soll das hinführen?"

„Gianni, Sie sind zwar mein Anwalt und ich schätze Ihre Meinung, aber in diesem Fall bestehe ich darauf, alles Mögliche zu tun, um den Mörder meines Neffen zu fassen."

„Im eigentlichen Sinne ist er ja kein Mörder..."

„Was?!"

„Er hat sich doch bisher nur verteidigt. Das müssen wir so sehen. Er ist kein Mörder im sprachlichen Sinne. Aber mein Gefühl sagt mir, dass sich das auch ändern könnte."

Celotini grinste.

„Ihr Gefühl? Ich dachte, Sie entscheiden immer nur anhand der Fakten?"

„In diesem Falle spricht meine Intuition mit. Weil es keine neuen Fakten gibt und ich jede Möglichkeit ins Auge fasse."

„Gianni, Sie sind der Einzige, mit dem ich so eine Diskussion führe. Aber auch das wird irgendwann beendet sein. Erhöhen Sie das Kopfgeld um eine Million. Es muss doch jemanden geben, der eine Spur finden kann..."

„Gut, wie Sie wollen. Ich werde alles Notwendige in die Wege leiten. – Brauchen Sie mich sonst noch?"

„Nein, das war´s eigentlich...halten Sie mich weiterhin auf dem Laufenden. Und in die Stadtratssitzung mischen wir uns im Moment nicht ein. Ich sage Ihnen, wenn wir agieren müssen."

„Okay."

Er stand auf und verabschiedete sich. An der Türe drehte er sich noch einmal um.

„Bitte seien Sie in nächster Zeit aufmerksam. Ich habe da ein wirklich seltsames Gefühl, das mir in der Vergangenheit immer Recht gegeben hat."

„Keine Sorge," erwiderte Celotini.

Dann schloss sich die Türe und er war wieder allein im Büro. Er stand auf und trat ans Fenster. Sein Blick suchte den Horizont auf dem Meer, aber seine Gedanken erfassten ihn nicht. Er dachte an das, was ihm sein Anwalt gesagt hatte. Natürlich hatte er grundsätzlich recht mit dem, was er über den Fall Noldau dachte. Aber hier ging es um wesentlich mehr. Er konnte und wollte nicht, dass der Tod Ludovicos ungesühnt bleiben würde. Das war in seiner Auffassung von Ehre, Kodex und Familie völlig unmöglich. Gleichzeitig wusste er auch, dass ein Kopfgeld von fünf Millionen Euro das alles niemals rechtfertigen würde. Er konnte sich nicht erinnern, jemals so ein hohes Kopfgeld auf einen dahergelaufenen Möchtegern ausgesetzt zu haben. Er konnte sich nicht einmal erinnern, dass irgendjemand diese Kopfgeldhöhe jemals angesetzt hatte. Er redete sich schon wieder in diese unaufhaltsame Wut, wenn er darüber nachdachte, dass so viele seiner Leute auf der Spur eines einzelnen Mannes waren und derjenige alle zum Narren hielt und die Kosten immer weiter in die Höhe trieb.

Er drehte sich wieder um und stellte sich vor, diesem Mann einmal von Angesicht zu Angesicht gegenüber zu stehen und sich dadurch endlich seinem Triumph hingeben zu können. Es blieb bei der Vorstellung.

*

Carlo Celotini ließ sich am frühen Abend nach Hause fahren. Irgendwie fühlte er sich unwohl, erschöpft, verärgert und launisch. Heute war so ein Tag gewesen, den man schnell hinter sich bringen wollte. Nichts war erledigt worden, manches entwickelte sich zu langsam und die Lieferung aus Kolumbien wurde zudem auch noch von den Behörden beschlagnahmt. Ein Frachter aus Kolumbien hatte zwar Genua erreicht, aber durch einen Insidertipp konnte die Polizei einen Schlag gegen die Drogenmafia landen. Vier Tonnen des gefährlichen weißen Pulvers mit einem Straßenverkaufswert von circa 65 Millionen Euro konnte er in den Wind schreiben. Den ganzen Tag nur grenzenloser Ärger. Es fühlte sich an wie der Vorbote von noch mehr miesen Überraschungen. Er war mürrisch, wütend und überaus schlecht gelaunt. Seine Haushälterin und Köchin hatte ihm deswegen ein opulentes Abendessen zubereitet, das ihn zumindest wieder einigermaßen ausgeglichener machte. Danach hatte er einige Freunde zum abendlichen Beisammensein eingeladen, die sich aber schon nach zehn Uhr verabschiedeten. Es wurde Zeit, sich zu entspannen. Ein heißes Bad würde ihm guttun. Und tatsächlich fühlte er nach ein paar Minuten, wie er sich beruhigte und sich seine Muskeln entkrampften. Er schloss die Augen und versuchte, an nichts zu denken und sich erst am nächsten Tag um die anstehenden Dinge zu kümmern. Nach einer halben Stunde spürte er, wie sich die Müdigkeit breitmachte und er stieg aus der Wanne, trocknete sich ab und band sich ein großes Handtuch um die Hüften. Als er aus dem Bad kam und in das Wohnzimmer ging, war es dort dunkel. Er hatte doch das Licht angelassen, oder etwa nicht? Irgendwie konnte er sich nicht mehr erinnern.

Er wollte den Schalter betätigen, doch in der Bewegung hielt er inne und erschrak. Die kleine Lampe auf dem Beistelltisch erstrahlte und beleuchtete den fremden Mann, der daneben in dem Sessel saß. In seiner Hand befand sich eine Pistole, auf der ein Schalldämpfer aufgeschraubt war. Die Mündung zeigte auf ihn. Er sagte nichts, sondern sah ihn nur unbewegt an. Einen überaus langen Augenblick starrte Celotini auf den unbekannten Mann und fragte sich, wie er in sein Haus eindringen konnte, ohne dass es seine Wachen bemerkten. Ein kalter Schauer glitt ihm den Rücken hinunter, aber schnell hatte er sich wieder in der Gewalt.

„Wer sind Sie und wie sind Sie herein gekommen? Wer hat Sie herein gelassen?"

Die Waffe zeigte auf den anderen Sessel, auf dem Kleidung lag. Carlos Kleidung.

„Ziehen Sie sich an. Ich habe die Sachen dahin gelegt. Ich hoffe, das sind auch Ihre."

„Ja..a…"

„Dann los!"

Der Befehl klang eine kleine Spur schärfer. Celotini ging langsam zu dem Sessel und zog sich an. Nicht ohne den Blick von dem Fremden zu nehmen, der nach wie vor regungslos in seinem Sessel saß und ihn emotionslos beobachtete. Die unbekannte Situation machte Celotini unsicher und nervös.

„Setzen Sie sich," sagte der Mann leise und wedelte leicht mit seiner Waffe. Celotini setzte sich und eine Frage war in seinem Gesicht geschrieben. Doch der Mann sagte weiterhin nichts. Er sah ihm nur in die Augen. Sein Blick war kalt.

„Wer sind Sie und was wollen Sie?"

„Ich will, dass Sie den Auftrag zurückziehen."

„Welchen Auftrag?"

Celotini hatte keine Ahnung, von welchem Auftrag er sprach. Der Mann klärte ihn auch nicht auf, sondern bohrte diesen durchdringenden Blick noch tiefer in seine Augen. Dann, nur einen Moment später, dämmerte es ihm und seine Augen weiteten sich. Jetzt wusste er, wer da vor ihm im Sessel saß. Die Warnung Fabuzzis strömte blitzartig durch seinen Geist.

„Sie sind das? Sie sind dieser Noldau?"

Der Mann nickte.

„So ist es. Nun? Werden Sie den Auftrag zurückziehen, bevor noch mehr Menschen sterben müssen?"

Celotini gewann seine Fassung wieder zurück, jetzt, da er wusste, wer sein Gegenüber war. Er wusste immer noch nicht, wie dieser Mann unbemerkt sein Heiligtum betreten konnte. Ganz kurz überlegte er, ob er nach den Wachen rufen sollte, aber die auf ihn gerichtete Waffe ließ diesen Gedanken sofort wieder ersterben.

„Hmm, das wird wohl nicht so einfach sein, befürchte ich. Schließlich schulden Sie mir noch zwanzig Millionen Euro."

„Sie werden´s verkraften…es ist nur Geld."

„Erwarten Sie wirklich, dass ich Sie so gehen lassen werde? Ohne dass ich mein Geld wieder bekomme? Sie leben in einer gefährlichen Illusion."

„Das sagt man mir dauernd. Schon seit über einem Jahr. Abgesehen davon, dass Sie gerade nicht in der Position sind, irgendwelche Bedingungen zu stellen, habe ich eine Frage: Wenn ich Ihnen Ihr Geld wieder geben würde, wäre dann der Auftrag gestrichen?"

„Man könnte darüber reden…"

„Worüber?"

„Sie haben keine Ahnung, mit wem Sie sich angelegt haben, stimmt´s?"

„Zuerst nicht, das stimmt. Aber dann hat man mir es ja unmissverständlich mitgeteilt, was mein Schicksal sein wird. Ich habe es verstanden – und mich nur gewehrt. Völlig unabhängig davon, ob Sie Ihr Geld wieder bekommen oder nicht. Das waren die Worte aller - die nunmehr tot sind."

Celotini schielte nach seiner Bar.

„Kann ich Ihnen wenigstens etwas zu trinken anbieten? Wein, Scotch, Wasser vielleicht? Wahrscheinlich werden wir nicht mehr so oft Gelegenheit dazu haben."

Wider Erwarten nickte Rainer.

„Gern. Was trinken Sie normalerweise?"

„Wäre ein italienischer Roter in Ordnung? Ich habe einen vorzüglichen Barolo. Etwas Besonderes...von einem Weingut, das ich sehr schätze."

„Einverstanden. Bewegen Sie sich bitte so, dass ich Ihre Hände sehen kann."

Celotini nickte und stand vorsichtig auf. Er begab sich zu seiner Bar und spürte sein Herz heftiger schlagen. In der Bar hatte er einen Revolver versteckt. Langsam trat er hinter den Tresen und stellte die Weinflasche sichtbar auf die Ablage. Er griff nach unten, um den Korkenzieher zu holen und wollte unauffällig die Schublade aufziehen. Ein Ruf ließ ihn innehalten.

„Die Waffe ist nicht da. Bemühen Sie sich nicht."

Celotini sah ihn an und hob beide Hände, so dass Rainer sie sehen konnte. Dann nickte er.

„Sind Sie ein Weinkenner?" fragte ihn Celotini.

„Wahrscheinlich nicht so wie Sie."

Er hob die Flasche hoch und zeigte ihm das Etikett. Rainer nickte.

„Ein sehr guter Wein. Das kann sogar ich beurteilen."

Celotini zog den Korken aus der Flasche und schenkte zwei Gläser ein. Dann kam er wieder und wollte das Glas Rainer überreichen. Der schüttelte den Kopf.

„Stellen Sie das Glas auf den Tisch und setzen Sie sich."

Rainer hatte das Glas noch nicht angerührt. Er sah Celotini an, der gerade einen Schluck nehmen wollte.

„Ich nehme an, Sie werden weiter Killer auf mich hetzen."

„Das kommt darauf an. Warum haben Sie Ludovico umgebracht?"

„Ich habe ihn nicht umgebracht. Er wollte mich töten. Das hat er mir sogar selbst noch gesagt. Ich hatte die Millionen bereits transferiert. Vorher hat er mir versichert, dass dann die Angelegenheit erledigt wäre. Er hat sich nicht an sein Wort gehalten. Ist das die Vorstellung von Ehre, die Ihre Organisation vorgibt? Das hat mich ehrlich gesagt enttäuscht von jemandem, der von sich behauptet, ehrenhaft zu sein. Der Preis einer Lüge kann manchmal sehr hoch sein."

„Was meinen Sie damit, ihn nicht umgebracht zu haben? Er ist tot, das ist wohl nicht von der Hand zu weisen. Und seine Männer auch."

„Ja, sie mussten deswegen alle sterben. Es spielt keine Rolle mehr. Sie haben mir noch keine richtige Antwort auf meine Frage gegeben…"

„Sie werden mich schon erschießen müssen, wenn Sie glauben, ich würde nicht versuchen, Sie zu erwischen."

„Wenigstens sind Sie ehrlich…"

Celotini hob sein Glas.

„Ich trinke auf die Ehre und den Kodex."

„Trinken Sie, auf was Sie wollen. Zum Wohl."

Rainer hob sein Glas an und nickte Celotini zu, der das Glas auf einen Zug leerte.

„Ich werde Sie nicht erschießen. Keine Angst. Im Übrigen bin ich kein Mörder. Ich habe mich bis heute nur verteidigt. Von Anfang an hat man mir nicht einmal die Wahl gelassen. Alle wollten mich töten. Ob sie nun das Geld bekommen hätten oder nicht. War das Ihre Vorgabe? Mich töten zu lassen? Geht es Ihnen wirklich nur um Rache, diese seltsam verworrene vorgeschobene Ehre oder einen völlig verblödeten, längst überholten Kodex?

Dann lassen Sie mir ja nicht einmal jetzt eine Wahl."

„Ich muss dem Kodex meines Ehrgefühls und meiner familiären Loyalität folgen. Ich erwarte nicht, dass Sie das verstehen. Es ist die Pflicht für Genugtuung und ausgleichender Gerechtigkeit. Es ist eine Frage der Tradition."

Rainer lachte spöttisch auf.

„Korrekt. Das verstehe ich nicht. Tradition und Loyalität schieben Sie doch nur als Ausrede vor. Auch wenn Sie das jetzt nicht interessiert, war das ganze im Grunde genommen nicht gewollt. Es hat sich lediglich in einem falschen Moment angeboten und wie hätte ich wissen können, dass diese Firma zur Mafia gehört? Da haben viele Missverständnisse und manche Unwissenheit mitgespielt. Sei es wie es sei. Sie werden nicht aufhören, mich töten zu wollen. Das Geld spielt dabei doch gar keine Rolle mehr. Sie sind nur maßlos beleidigt, dass jemand es gewagt hat, Sie herauszufordern. Dazu noch unwissentlich. Ich werde das Geld behalten, Signore Carlo Celotini. Und wenn Sie wirklich so mächtig sind, wie viele sagen, wird vielleicht Ihr Tod dafür sorgen, dass der Auftrag zu den Akten gelegt wird. Ihr Anwalt hatte da schon den richtigen Gedanken. Ich bin das alles und diesen ganzen Aufwand doch nicht mal ansatzweise wert."

„Woher wissen Sie das mit Fabuzzi? Niemand hat darüber gesprochen…"

Celotini war schockiert. Wurde er etwa belauscht? Abgehört?

„Ich weiß es…Sie hätten auf ihn hören sollen," sagte Rainer leise. Er kniff etwas die Augen zusammen und fixierte den Mafiaboss noch intensiver.

Celotini starrte ihn an. Er fühlte sich auf einmal träge und irgendwie schwach. Seine Glieder wurden ganz langsam schwer und das Atmen begann, ihm spürbar anstrengender zu werden. Rainer saß immer noch in dem Sessel und verzog keine Miene. Er saß da wie eine Statue, die Waffe in der Hand, die auf den Paten zeigte.

Celotini rann mittlerweile der Schweiß über den Rücken, er konnte ihn auf seiner Stirn spüren und das Atmen fiel ihm immer schwerer. Er konnte kaum noch richtig durchatmen. Dann begriff er. Etwas Mächtigeres als er übernahm jetzt die Macht.

„Was...was haben Sie mit mir gemacht?"

„Sie haben gerade ein Glas Wein mit einem ungesunden neutral schmeckenden Cocktail getrunken. Ein schwer nachweisbares Nervengift. Nun beginnen die einsetzenden Lähmungserscheinungen Ihrer Muskeln. Alle Muskeln, außer dem Herzmuskel. Aber da Sie bald nicht mehr atmen können, wird auch Ihr Herz die Arbeit einstellen. Wissen Sie, ich habe Ihnen die Wahl gelassen, aber Ihre Arroganz und Ihr Machtanspruch lässt das einfach nicht zu. Jetzt stehe nämlich ich zu meinem Wort, Sie nicht zu erschießen…"

Er stand auf und steckte die Waffe in den Hosenbund.

„Aber...die Flasche...sie war nicht geöffnet worden…wie?.." keuchte Celotini.

„Das ist der Vorteil eines Korkens. Die Einstichstelle ist nicht sichtbar. Nur wenn man ganz genau hinsieht, könnte man es an der Banderole entdecken. Aber niemand sieht da genauer hin."

„Woher...wussten Sie, dass es … dass es der Barolo…?"

„Sie sind ein Weinliebhaber und ein großer Kenner großer Weine. Es war nicht sonderlich schwer…"

„...Cleverer Bursche…"

Seine Stimme wurde schwächer und das Atmen hatte sich in ein heftiges Keuchen verwandelt.

„Sie haben noch etwa fünf Minuten. Nutzen Sie sie und bedenken Sie der vielen Menschen, denen Sie das Leben genommen haben oder dafür verantwortlich waren.

Bedenken Sie des Leides, das Sie über Familien gebracht haben. Man sagt, im Augenblick des Todes sieht man das Leben am Klarsten. Leben Sie wohl, Signore Celotini."

„Wa...warten Sie...bitte, ich...ich..."

Er wollte den Arm heben, aber er schaffte es nicht mehr. Das Gift breitete seine Wirkung rasend schnell aus. Er kippte aus dem Sessel und sank zu Boden. Keuchend, hektisch nach Luft schnappend. Die Atmung stellte ihre Arbeit ein. Carlo Celotini starb angstvoll, panisch und unfähig, die letzten Minuten zu einer wie auch immer gearteten inneren Rückschau zu nutzen. Dann war es vorbei. Zurück blieb ein sich zusammen gekrümmter Körper, die großen aufgerissenen Augen, die die immense Angst zeigten und die im Todeskampf krallenartig verkrampften Finger.

Rainer starrte noch ein paar Sekunden auf den toten Mafiaboss, suchte in seinem Inneren nach einem Gewissen, das ihm Schuld auflasten würde. Aber etwas anderes teilte ihm mit einer unumstößlichen Klarheit mit, dass hier kein guter Mensch gestorben war. Er hatte Leid und Angst verbreitet, er hatte durch den Drogenhandel tausende Menschen in den Abgrund gezogen und so vielen die Lebensgrundlage entzogen. Rainer konnte kein großes Mitleid mit diesem Mann haben. Aufkommende Wellen der Schuld drängte er ins Abseits, doch sie kamen trotzdem – unabhängig davon, was für ein Mensch Celotini gewesen war. Er hoffte, dass sie bald nicht mehr erscheinen würden.

Als am Morgen die Haushälterin in das Zimmer trat, gellte ein kreischender Schrei durch das ganze Haus. Die Wachen stürmten herein und blieben wie angewurzelt stehen. Die unnatürlich geweiteten Augen starrten leer auf den Teppich, auf dem Celotini lag. Selbst ein Laie konnte erkennen, dass der zusammengekrümmte Körper ein schmerzvolles Ende ertragen musste. Die Männer suchten nach einer Blutlache, nach einem Einschuss oder nach einer anderen Verletzung. Sie fanden nichts und kamen zu dem Schluss, dass der große Pate einen Herzanfall erlitten hatte. Lange Augenblicke harrten sie auf ihrer Position aus und wussten nicht, was sie nun als erstes unternehmen sollten. Das vertraute Gefüge hatte sich urplötzlich gewandelt und hinterließ eine Liste von Fragen. Wer hatte jetzt das Sagen? Wer übernahm die Führung und was sollte jetzt eigentlich geschehen?

Fabuzzi stand in der Türe und verfolgte die Arbeit der Sanitäter und des Leichenbestatters. Auch der Notarzt konnte nur noch den Tod feststellen, ohne dass er mit Sicherheit behaupten konnte, was die Ursache gewesen war. Er spekulierte auch mit einem Herzanfall und es klang auch schlüssig und nachvollziehbar. Er war zu Fabuzzi getreten und sah ihn fragend an.

„Gab es irgendwelche Anzeichen, dass es ihm nicht gut ging?"

„Nein, ich habe nichts festgestellt. Gestern war eigentlich alles wie immer gewesen…"

„Na ja, aufgrund seines Lebensstiles, dem offensichtlichen Übergewicht und seines Alters ist die Chance für einen Herzinfarkt durchaus gegeben. Auch ohne Vorzeichen. Das kann von einem Moment auf den anderen gehen…"

„Hmm…ja, wahrscheinlich…," murmelte Fabuzzi nachdenklich.

Der Arzt sah ihn prüfend an.

„Sie glauben das nicht?"

Er zuckte die Schultern.

„Ich bin kein Arzt, nur grundsätzlich misstrauisch. Ich möchte Gewissheit haben."

„Sind Sie berechtigt, eine Obduktion zu beantragen? Also, vorausgesetzt, die Polizei fände das wider Erwarten nicht für nötig. Nur dann könnte ich sicher sagen, an was genau er im Endeffekt gestorben ist."

„Vielleicht. Warten wir zuerst den Polizeibericht ab. Wenn sie keine Obduktion anordnen, dann wäre ich schon dafür, dass es getan wird."

„Was haben Sie für Zweifel, Signore Fabuzzi?"

Celotinis Anwalt sah den Arzt an.

„Ich glaube, ich brauche Ihnen nicht zu sagen, welche Zweifel ich habe. Carlo Celotini war kein Mann ohne Feinde. Denn die hatte er zur Genüge. Es würde mich ja nicht überraschen, wenn dieser scheinbare Herzinfarkt doch keiner war."

„Alles ist möglich. Seine Söhne sind diejenigen, die das entscheiden können. Sprechen Sie einfach mit denen. Auf Sie werden sie hören."

Er drehte sich um und nahm seinen kleinen Koffer. Dann nickte er ihm zu und verabschiedete sich. Fabuzzi sah noch einmal auf den Leichnam, der gerade in einen Metallsarg gehoben wurde. Dann nahmen ihn die Männer mit. Die Spurensicherung der Kriminalpolizei hatte bereits Möbel, Bar und Gläser nach Fingerabdrücken untersucht und beendeten ihre Arbeit. Sie gingen davon aus, dass Celotini alleine gewesen war. Rainer hatte das zweite Glas, bevor er gegangen war, gesäubert und wieder ins Regal gestellt. Niemand sollte den Verdacht haben, dass noch eine zweite Person im Raum gewesen war. Er hatte nichts angefasst und die ganze Zeit hautenge leichte Handschuhe getragen. Niemand konnte von ihm Fingerabdrücke finden. Den Rest des Weines hatte er in die Blumenkübel auf der Terrasse gekippt, um zu vermeiden, dass sich andere damit vergiften konnten.

Gianni Fabuzzi beschäftigte etwas anderes. Als er erfahren hatte, dass sein Boss verstorben war, blitzte sofort dieser Gedanke wieder auf, dass dieser Mann, den sie nicht erwischen konnten, seine Befürchtungen wahr gemacht hatte und nun Celotini vom Leben zum Tode befördert hatte. Ohne irgendeinen Beweis oder nur ein Indiz für seine Gedanken zu haben, spann er die Vorstellung davon weiter. Sollte Noldau wirklich Carlo Celotini getötet haben, dann stellte sich zuerst einmal die Frage, wie er überhaupt hier eindringen konnte, ohne eine Spur zu hinterlassen oder das komplexe Alarmsystem auszulösen. Das war nahezu ausgeschlossen. Er verließ den ersten Stock und begab sich in den Überwachungsraum, in dem sämtliche Informationen, Bilder und Daten zusammen geführt wurden. Ein paar Männer saßen auf den Tischen herum und wussten nicht so recht, was sie nun tun sollten. Als Fabuzzi hereinkam, standen sie sofort auf und sahen ihn neugierig und abwartend an.

„Wer hatte heute Nacht Dienst?" fragte er.

„Ich," meldete sich eine Stimme. Ein Mann vor einem Bildschirm hatte sich auf seinem Sessel umgedreht und die Hand gehoben.

„War irgend etwas ungewöhnlich? Oder hat es Probleme mit dem System gegeben? Hatte Celotini Besuch?"

„Ja, er hatte schon Besuch. Mattara, Contrato und Belinoce waren bis etwa zehn Uhr da. Wie immer eben. Ich habe sie kommen und gehen sehen."

„Und Maria?"

„Maria ist bereits um acht gegangen. Ab zehn war der Boss alleine. Kein Besuch, keine Anrufe. Zumindest nicht auf dem Festnetz."

„Okay. Was ist danach passiert? Also nachdem die drei wieder weg waren."

„Kurz vor elf hat der Boss noch den Weckruf um sieben angeordnet. Das war's dann…"

„Haben Sie die Überwachung die ganze Zeit im Auge gehabt?"

Der Mann nickte.

„Natürlich. Wir wechseln uns dabei immer ab. Einer am Bildschirm, die anderen zwei drehen regelmäßig ihre Runden."

„Also nichts Ungewöhnliches?"

„Nein, bestimmt nicht, Signore Fabuzzi. Wir bekommen doch schon eine Meldung, wenn eine Katze auf die Mauer springt. Es war alles in Ordnung. Das System arbeitet einwandfrei."

„Würden Sie einen Hack mitbekommen?" fragte er dann und sah den Mann genau an. Der lachte kurz auf.

„Das hier ist ein geschlossenes unabhängiges System. Darauf kann man nicht zugreifen."

„Sind Sie sicher?"

„Natürlich bin ich sicher…"

„Es wird von hier aus gesteuert?"

„So ist es."

„Theoretisch könnte man aber darauf zugreifen…?"

„Ja, theoretisch. Ohne die Codes geht das aber nicht."

„Und mit den Codes? Könnte man dann von außen einen Zugriff bekommen?"

„Ja, schon, aber…"

„Es ist also möglich? Es ist nicht unmöglich…"

„Nichts ist unmöglich, aber dann bräuchte man einen aktuellen Tagescode. Ohne den geht gar nichts."

Fabuzzi nickte.

„Gut, ich verstehe…wer bestimmt den Tagescode?"

„Niemand. Das System verändert ihn täglich aus einem Zufallsprinzip heraus. Kein Algorithmus. Einfach gesagt, es gibt dabei kein Muster."

„Gibt es noch andere Möglichkeiten, Zugang zum System zu bekommen?"

„Mir ist keine bekannt…"

Er zuckte nur mit den Schultern.

Das heißt nicht, dass es doch noch Möglichkeiten gibt, dachte sich Fabuzzi. Aber er beließ es dabei und fragte nicht weiter.

„Nun, Sie werden die nächsten Tage genauso Ihre Arbeit machen wie bisher. Ich werde Sie unterrichten, wenn die Nachfolge geregelt ist. Wir gehen davon aus, dass die Geschäfte im Moment Benito Strato weiterführt. Aber dazu gebe ich Ihnen noch Bescheid."

Er wollte schon gehen, da fiel ihm noch etwas ein.

„Ach, noch etwas. Bitte überprüfen Sie noch einmal die Aufnahmen von gestern Abend bis etwa ein Uhr. Nein, noch besser, zwei Uhr. Sehen Sie sich alles genau an, ob es Auffälligkeiten gibt. Ich möchte dann Bescheid bekommen…"

Mit einem Nicken verabschiedete er sich und stieg in seinen Wagen. Er musste ins Büro und einige Telefongespräche führen. Es gab Etliches zu tun. Aber als erstes sollte er Fernando Bescheid sagen, dass sein Bruder verstorben ist.

Seine Gedanken rasten wieder zu Rainer Noldau zurück. Er konnte die Vorstellung nicht verdrängen, dass seine Intuition richtig gewesen war. Obwohl nichts dafür sprach und es auch keinerlei Hinweise gab, ließ sich dieser Verdacht nicht einfach aus seinem Gehirn löschen. Er beschloss, auf jeden Fall eine Obduktion zu beantragen. Es ließ ihm keine Ruhe, absolut sicher zu sein, wie sein Chef zu Tode gekommen war. Und je mehr er darüber nachdachte, desto mehr kam er zu der Überzeugung, dass ein natürlicher Tod durch einen Herzinfarkt nur eine alternative und die einfachste Erklärung sein konnte.

Die gläserne Bürotüre ging auf und James Harrison trat herein. Wortlos legte er Jane Dansfield die Tageszeitung auf den Tisch. Sie sah ihn kurz an und nahm sie in die Hand.

„Zweite Seite. Lesen Sie und staunen Sie."

Sie blätterte um und las den Artikel, der gleich eine halbe Seite einnahm.

´Mafiaboss tot aufgefunden,` las sie. Als sie den Bericht zu Ende gelesen hatte, hob sie den Kopf und blickte Harrison an.

„Da steht, dass er einem Herzinfarkt erlegen ist."

Harrison nickte mit einem Blick, der ihr sagte, dass er diese Erklärung keinesfalls glauben konnte.

„Das stimmt. Äußerst schnell und etwas überstürzt, kommt es mir vor. So alt war er nun auch wieder nicht. Ich vermute stark, da wurde nachgeholfen."

Jane zuckte die Schultern.

„Was soll das uns angehen? Interessanter ist wahrscheinlich seine Nachfolge und was derjenige strukturell verändern wird."

„Ja, schon richtig. Es wird vermutet, dass Benito Strato übernehmen wird. Das war eigentlich schon lange klar. Vielleicht wollte er nicht warten...wer weiß das schon."

„Ich weiß immer noch nicht, auf was Sie eigentlich hinaus wollen…"

„Gibt´s was Neues von unserem Freund Rainer Noldau?"

„Ääh...nein. Nicht dass ich wüsste. Wissen Sie vielleicht mehr? Er ist untergetaucht und ich habe seit dem Vorfall in den Staaten keinen Kontakt mehr zu ihm gehabt. Ich weiß nicht, wo er ist."

„Nun...wir glauben, dass Celotini umgebracht worden ist. Sein Anwalt hat eine Obduktion zusammen mit den Söhnen beantragt. Also glaubt er das auch. Sollte Celotini an diesem Abend Besuch gehabt haben, dann hat derjenige das gesamte Alarmsystem leerlaufen lassen. Das wäre schon eine Meisterleistung. Wenn das so war, dann komme ich nur auf unseren Freund Noldau. Ich bin sicher, das könnte nur jemand wie er vollbringen. Sie kennen ihn...geben Sie mir Recht?"

In Jane´s Gehirn begann es zu rattern. Harrison sprach tatsächlich eine reale Möglichkeit aus.

„Die Möglichkeit besteht natürlich...aber Rainer Noldau ist kein kaltblütiger Killer. Er ist doch nur davon gelaufen und hat um sein Leben gekämpft...er hat viel Glück gehabt."

Harrison schüttelte den Kopf.

„Sein Glück waren Sie, Jane. Ansonsten wäre er doch längst tot."

Er sah sie intensiv an. Sie hatte ihm natürlich nur die halbe Wahrheit erzählt. Nur das, was er wissen musste, sonst nichts. Aber so, wie sie Harrison kannte, war er wahrscheinlich nicht sicher, dass auch alles so war, wie sie in ihren Berichten geschrieben hatte. Vor allem konnte er niemals glauben, dass dieser Mann, dieser Amateur, ihr entwischen konnte. Er war überzeugt, dass sie ihn hatte gehen lassen. Aber nie würde er diesbezüglich etwas verlauten lassen.

„Er ist schlau, James. Schlauer als es nach außen hin scheinen mag."

„Mag´ sein. Trauen Sie ihm so einen Schachzug zu? Einen mächtigen Mafiaboss zu töten? Ist er dazu in der Lage?"

Sie überlegte lange. Sie sagte es nicht, aber nachdem sie den Artikel gelesen hatte, war sie sicher, dass Rainer diese Idee, die er ihr einmal anvertraut hatte, wahr machte. Er sagte, nur bei Celotinis Tod hätte er eine Chance, wieder frei leben zu können.

„Nun, was meinen Sie?"

„Ja, ich halte das für möglich. Rein technisch gesehen hat er die Qualifikation. Ob er auch die Nerven dafür hat, kann ich unmöglich sagen. Wir dürfen nicht vergessen, dass er ein ganz normaler Bürger gewesen ist. Ohne eine gewisse Skrupellosigkeit stürmt man nicht eine Festung wie die von Celotini. Und alleine eigentlich schon gar nicht. Ich weiß es wirklich nicht..."

„Vielleicht sah er keinen anderen Ausweg als diesen. Auf ihn ist ein Kopfgeld ausgesetzt, das schon einem hochrangigen Terroristen gleichkommt. Das ist vollkommen irreal. Celotini muss das alles mehr als persönlich genommen haben."

„Wieso? Wie hoch ist denn das Kopfgeld?"

„Inzwischen fünf Millionen Euro…"

Jane sprang auf.

„Wie bitte?!! Fünf Millionen Euro? Das kann doch nicht sein...warum denn das?"

Harrison zuckte die Schultern.

„Keine Ahnung. Niemand weiß, warum in dieser Höhe, aber alle wollen natürlich fünf Millionen reicher sein. Da ist mittlerweile eine ganze Armee hinter ihm her."

„Wissen Sie, ob der Auftrag exklusiv ist?"

„Er ist offen. Es sollte ja eine kleine Armee entstehen. Je mehr Jäger, desto höher die Chancen auf Erfolg."

Jane setzte sich wieder. Hatte sie vorher noch vage Zweifel an Rainers Beteiligung gehabt, so setzte dieses unglaubliche Kopfgeld die ganze Sache in ein klareres Licht. Sie sah wieder Harrison an.

„Ist das immer noch unser Fall?"

Harrison nickte.

„Er steht immer noch auf der Fahndungsliste. Aber wir haben bestimmt Wichtigeres zu tun, als einem Mann hinterher zu jagen, den die halbe Mafia jagt. Ich wollte Sie nur darüber informieren…"

„Ja, danke…"

Er kratzte sich nachdenklich am Kinn und fixierte ihren Blick. Sein Blick sprach jetzt Bände.

„Er wäre immer noch von einem enormen Wert für unsere Cyberarbeit, Jane."

Jane lachte laut auf. Endlich kam er auf den Punkt. Sie hatte es schon geahnt.

„James, warum sagen Sie denn nicht gleich, was Sie wollen. Sie haben wirklich ein außergewöhnliches Talent, manchmal so lange um den heißen Brei herum zu reden, bis er kalt ist."

Harrison grinste und zuckte nur bedauernd die Schultern.

„Ich wollte eben nicht mit der Tür ins Haus fallen…"

„Also gut, konkret…"

„Wollen Sie ihn suchen? Sie sind die einzige, der ich es zutraue, ihn auch zu finden."

„Okay, wir gehen mal davon aus, dass er – wie auch immer er das bewerkstelligt hat – Carlo Celotini in das andere Reich geschickt hat. Gut - ich werde ihn suchen. Ich verstehe schon…"

Harrison grinste und wandte sich zur Türe. Dort drehte er sich noch einmal um.

„Verlieren Sie ihn nicht wieder…," sagte er und zwinkerte ihr zu. Dann schloss er die Türe hinter sich.

Jane lehnte sich zurück. Sie brauchte die Obduktionsergebnisse, um ganz sicher sein zu können. Ihre innere Stimme gab zwar ihrer Intuition recht, aber der letzte Zweifel blieb bis zur Beweisführung bestehen. Sie versuchte sich vorzustellen, unter welchen Kriterien er seine Entscheidung gefällt hatte. Irgendwie war sie sicher… Rainer hatte es tatsächlich getan. Sie konnte es zwar kaum glauben, aber im Grunde genommen war sie längst überzeugt davon. Er hatte doch von Anfang an einen Ausweg aus diesem gefährlichen Dilemma gesucht. Die Fragen begannen sich aufzutürmen. Wie um alles in der Welt hatte er es alleine geschafft, spurlos und unbemerkt an Celotini heran zu kommen?

*

343

Jane konnte nicht ahnen, dass Rainer die ganze Mission zusammen mit seinen neuen Freunden geplant hatte. Maurice und Cloe hatten ihn begleitet. Zuerst nach Frankreich, dann mit dem Auto nach Genua und weiter mit dem Zug bis Neapel. Zu dritt hatten sie sich die Observierung aufgeteilt und einen minutiösen Tagesablauf Celotinis erstellt. Dass sich eine wiederholende Struktur erst nach Wochen erfassen lassen konnte, war ihnen von Anfang an klar gewesen. Die technischen Abläufe hatte Rainer selbst übernommen und nach Beendigung seiner Mission das Sicherheitssystem wieder zurück gestellt. Niemand hatte etwas bemerkt. Als er zu ihrer Unterkunft zurück gekommen war und nur genickt hatte, registrierte er die anerkennenden Blicke beider. Aber große Freude kam hierbei nicht auf. Er musste die ganze Zeit an das Gespräch mit Cloe denken, die ihn vorgewarnt hatte, dass es ein gewaltiger Unterschied sei, in Notwehr zu töten oder einen Menschen vorsätzlich umzubringen. Obwohl ihm klar war, dass seine Tat nichts anderes als eine überlebensnotwendige Notwehr gewesen war, konnte er diesen galligen Nachgeschmack nicht loswerden. Cloe hatte ihn genau beobachtet und wusste, wie es in ihm aussah.

„Es wird vergehen, aber laß´ trotzdem die Wertigkeit nicht absinken. Mit der Zeit kannst du damit umgehen. Es gibt keine Schuld," hatte sie nur gesagt.

Er hatte sich nicht geäußert. Nur genickt. Es gab im Moment nichts darüber zu sagen und weder Cloe noch Maurice ließen sich dazu hinreißen, nachzufragen.

Dann waren sie aufgebrochen. Mit der Fähre nach Sardinien, dann wieder nach Rom. Mit dem Zug zurück nach Frankreich, wo sie von einem Freund mit einem Wagen versorgt wurden. In Gordes in der Provence kam Rainer in einem Landhaus unter, in dem er die nächsten drei Wochen verbrachte. Maurice und Cloe hatten sich nach einer Woche verabschiedet und waren wieder zurück nach Australien geflogen. Der Abschied war emotional. Rainer wusste, dass er ohne ihre Hilfe das niemals geschafft hätte.

„Also, Henry, pass´ auf dich auf und genieß´ diesen Ort. Er ist wirklich wunderschön und kann dich wieder auf dein normales Level bringen. Wir würden uns sehr freuen, dich weiterhin in unserer Runde begrüßen zu können."

Sie gaben sich die Hände, mit Daumen an Daumen umklammernd. Dann zog Maurice ihn an seine Schulter. Ein Gruß zwischen besten Freunden. Cloe zögerte nicht lange und umarmte ihn. Dann sah sie ihm in die Augen, lächelte und tätschelte seine Brust. Rainer kam es immer so vor, als ob sie ihn von vorne bis hinten durchschauen konnte.

Es machte ihm nichts aus. Im Gegenteil.

„Gut gemacht, Henry. Ich hoffe, wir werden uns wieder sehen…"

„Ich werde alles dafür tun...versp...ja, du weißt schon."

Sie lachte herzlich auf und nickte.

„Ja, ich weiß. Mach´s gut, mein Freund."

„Noch etwas...ich weiß nicht, wie ich euch für das alles danken soll. Ich...ich dachte immer, alleine sein ist etwas Gutes und für mich perfekt geeignet. Ihr habt mir bewiesen, dass ich damit vollkommen falsch lag. Ich danke euch für eure Freundschaft. Das ist … das ist wirklich etwas Unbezahlbares…"

„Bevor wir in Abschiedstränen ausbrechen, steigen wir mal ein, Henry. Cloe...gehen wir?" lachte Maurice.

Sie nickte lächelnd.

„Das ist für uns genauso, Henry. Es ist wichtig und essentiell. Und es ist das, was ein Leben erst lebenswert macht...bis bald…"

Sie stiegen ein, winkten noch einmal, Rainer winkte zurück und hätte fast noch eine Träne hervor gepresst. Dann waren sie schon verschwunden. Er setzte sich auf die kleine

hölzerne Bank vor der Eingangstüre und blickte in die
Ebene hinunter. Erst jetzt, im Bewusstsein dieser Ruhe,
lösten sich die Betonmauern in ihm und fielen in sich
zusammen wie bröseliger Staub. Erst jetzt nahm er tief in
sich wahr, was die letzten Wochen geschehen war. Und wie
ein Blitzschlag meldete sich ein Bild in seinen Gedanken.
Das Bild von Jane. In diesem Moment wünschte er sich wie
nichts anderes auf der Welt, dass sie bei ihm sein könnte.
Eine seltsame Sehnsucht packte ihn und zum ersten Mal
empfand er das Alleinsein als Last und Bürde. Fast eine
Stunde lang saß er nachdenklich auf der Bank und tat sich
schwer, seine Gedankengänge zu ordnen und zu
strukturieren. Er war aufgewühlt wie selten in seinem Leben
und hatte den Eindruck, an einem unumstößlichen
Scheideweg angelangt zu sein. Was fast schon lächerlich
wirkte angesichts der letzten mehr als zwölf Monate auf
einer Flucht, die so in seinem Lebensplan nicht
vorgezeichnet war. Nachdenklich stand er irgendwann auf
und ging ins Haus, zündete ein Feuer im Kamin an und
öffnete eine Flasche Wein. Leise Musik begleitete ihn, der
Wein und der leise Feuerschein ließen ihn ruhiger werden
und als spät am Abend die Flasche geleert war, konnte er gut
beschwipst und etwas lockerer schlafen gehen. Zwei
Wochen hatte er jetzt Zeit, zurückzufahren, sich einmal
anderen Dingen hinzugeben und zu versuchen, Vergangenes
besser zu bewältigen und aufzuarbeiten. Es begann eine
innere Zäsur, langsam und schleichend, aber zielstrebig und
konstruktiv. Er merkte es kaum und das war auch nicht
notwendig. Ein natürlicher Vorgang setzte ein, der die vielen
Knoten langsam entwirrte und ein neues, effektiveres Netz
zu flechten begann.

*

Benito Strato war ehrlich schockiert gewesen über diese Nachricht von Carlos Tod. Gianni Fabuzzi hatte ihn sofort informiert und ihn gebeten, die führungsrelevanten Mitglieder zu versammeln und die Entscheidungen der Nachfolge zu treffen. Die Geschäfte konnten nicht warten, denn sie interessierten sich nicht für Todesfälle. Im Gespräch mit Carlos Anwalt hatte er sich nicht geäußert, ob er an einen Herzinfarkt glaubte oder nicht. Fabuzzi hatte nur angedeutet, dass eine Obduktion durchgeführt werden würde. Dass er im nötigen Falle dies selbst beantragen würde, sagte er nicht. Und Benito fragte nicht nach. Für ihn spielte das nur eine untergeordnete Rolle.

Nachdem er ein Treffen vereinbart hatte, rief er noch einmal Fabuzzi an, um ihm den genauen Zeitpunkt mitzuteilen. Meinte er lange Zeit, dass Gianni Fabuzzi Ambitionen für die Organisationsleitung anmelden würde, versicherte ihm der Anwalt, dass dies kein Anlass zur Sorge sein sollte. Er blieb das, was er war. Benito war beruhigt. Eine interne Schlammschlacht war das letzte, was er anstrebte. Außer irgend jemand würde ihm dazwischen funken.

Es klopfte. Sein Adjutant trat ein.

„Dieser Mantis mit seinen Leuten möchte Sie sprechen. Er wartet draußen. Soll ich ihn wieder wegschicken?"

Benito sah ihn einen Moment überlegend an, dann nickte er.

„Nein, schon gut. Soll reinkommen…"

„Seine Leute auch?"

„Meinetwegen. Das geht alle an."

Bernardo nickte und holte die Männer herein. Als Jeffrey Mantis eintrat, nickte er ihm nur kurz zu.

„Setzen Sie sich…ich nehme an, Sie wissen bereits, was passiert ist…" sagte Benito und zeigte auf die beiden Sessel vor seinem Schreibtisch.

Mantis nickte.

„Wir haben es erfahren. Was ist passiert?"

347

„So wie es aussieht Herzinfarkt. Die Situation wirft gerade eine Menge Fragen und noch mehr Entscheidungen auf."

„Ich verstehe…"

Benito blickte ihn ausdruckslos an.

„Sie waren weitgehend erfolglos, so weit ich informiert bin."

„Es...es hat einige Schwierigkeiten gegeben, das stimmt. Was nicht heißt, dass wir gescheitert sind."

„Doch. Das heißt es. Aber es spielt jetzt keine Rolle mehr."

„Wie meinen Sie das?"

„Ich meine damit, dass der Auftrag zurückgezogen wird. Es gibt keinen mehr."

„Wie bitte? Ich habe zwei Männer verloren und eine Menge Geld investiert. Wer kommt für meine Auslagen auf?"

„Das ist Ihr Problem, Mantis. Sie haben versagt, dieser Mann ist immer noch auf freien Fuß. Unsere Vereinbarung war klipp und klar. Tot oder lebendig. Vorauszahlung fünf Prozent, Rest bei Lieferung. Die Vorauszahlung können Sie behalten. Lieferung hat nicht stattgefunden, also auch keine Zahlung. Der Auftrag ist hiermit gecancelt und das Kopfgeld zurückgezogen. Er existiert nicht mehr."

Mantis kniff die Augen zusammen. Er war wütend und wollte sich mit dieser Aussage nicht einfach so abspeisen lassen.

„Hören Sie, das war ein Rückschlag, heißt aber nicht, dass wir dies nicht bereinigen können...ich…"

„Es gibt nichts mehr zu bereinigen. Es ist erledigt!! Verstanden?!"

Benito sah ihn mit einem Blick an, der ihm mitteilte, dass die Unterredung beendet war.

„Na gut, wie Sie wollen. Ich dachte, der Kerl wäre wichtig gewesen…"

„Nicht für mich. Das war eine rein persönliche Sache zwischen Carlo Celotini und diesem Burschen. Ich wollte nur behilflich sein. Das alles hat bereits zu viele Kosten verursacht, ohne dass es uns irgendwie weiterbringen würde. Carlo ist tot, ich werde die Geschäfte übernehmen. Wenn Ihre Dienste irgendwann wieder gebraucht werden, bekommen Sie Bescheid. – Sie sagten, Sie hätten zwei Männer verloren...doch nicht durch diesen Möchtegernbanker?"

„Es...er war nicht allein gewesen. Sie haben uns...überrascht. Das war alles."

Benito verzog das Gesicht. Er gönnte Mantis diese Niederlage. Seine Arroganz hatte ihn schon immer gestört. Eigentlich mochte er ihn nicht besonders.

„Na, dann haben Sie eben auch einmal den Kürzeren gezogen. Siege machen einen Mann nicht weise, Mantis. Es sind die Niederlagen, aus denen er lernt und die ihn lehren, sein übersteigertes Ego in der Balance zu halten. – Ich habe noch viel zu tun...bei Bedarf werden Sie kontaktiert. Schönen Tag noch…"

Damit war Mantis verabschiedet. Mit einem kantigen Gesicht verließ er das Büro, sagte kein Wort, aber Danny Clum konnte seinen Ärger und seine Wut förmlich spüren. Mantis war vorgeführt worden und das konnte er nicht akzeptieren. Er war beleidigt und sein Ego war aufs Höchste verletzt.

Als sie wieder in ihrem Wagen saßen, war die Stimmung angespannt.

„Was jetzt? Wir können nicht einmal in die Staaten. Viel zu gefährlich…"

Clum sah Mantis an, dessen Kiefer mahlten. Stur sah er geradeaus und schwieg.

„Jeff! Was machen wir? Uns ist gerade ein Millionendeal durch die Lappen gegangen...und der Oberboss hat den Löffel abgegeben. Schöne Scheiße, kann ich da nur sagen, ich…"

„Ja, ist ja gut. Das weiß ich alles selbst…," bellte Mantis.

„Wer kann denn ahnen, dass der Auftrag einfach platzt, nur weil Strato keine Lust mehr darauf hat…ich bin auch kein Hellseher, verdammt!"

Mantis war sauer, wütend, wild und bitter enttäuscht. Er war tödlich beleidigt und konnte dies nicht gut verarbeiten.

„Wenn ich dieses Arschloch in die Finger kriege, wird er wünschen, nie geboren worden zu sein," murmelte er mit einem bösen Unterton in der Stimme.

„Welches Arschloch meinst du denn?"

„Na, diesen Noldau. Und seine Schlampe, dieses Drecksweib…"

„Vergiß´ die doch. Mit denen können wir kein Geld mehr verdienen."

Mantis sah ihn wild an.

„Ich soll die vergessen? Hast du ´nen Knall? Die haben unsere Kumpels abgeknallt und dafür gesorgt, dass wir in den Knast wandern…Vergessen?! Ich nicht…Nein, ganz bestimmt nicht!!"

Clum war ein klein bisschen zurück gezuckt angesichts des Gefühlsausbruchs von Mantis. So hatte er ihn noch nie erlebt. Selbst Alfonso hatte die Augen geweitet.

„Was ist denn mit dir los? Gehen dir jetzt die Nerven durch? Jetzt ist halt mal ein Auftrag weg…na und? Es wird andere geben. Und was in Colorado passiert ist, da haben wir schon auch selbst schuld. Wir haben die gewaltig unterschätzt, Mann. So etwas darf einfach nicht passieren. Wir müssen besser aufpassen und auch wenn du jetzt wieder am Ausflippen bist, wir sind definitiv zu hochmütig geworden. Das, was jetzt passiert ist, kann uns nur wieder dahin bringen, wo wir schon einmal waren. Also, beruhig´ dich jetzt mal und lass uns überlegen, wie wir weitermachen können. Dass sich einiges ändern wird, ändern muss, liegt auf der Hand. Okay??!"

Alfonso hatte ihn angesehen und genickt. Er war einer Meinung mit Clum.

„Seh´ ich auch so…" sagte er.

Doch Mantis wollte nicht einfach die Sache abhaken. Er fühlte sich hochgradig gedemütigt.

„Siltic und Johannson waren unsere Freunde. Also kann ich mich schon mal aufregen, wenn alles den Bach runtergeht. Ich beruhig´ mich schon wieder, keine Sorge…"

Er sah zum Seitenfenster hinaus und schwieg. Nach einer Weile atmete er tief ein und aus und sah seine Kumpels an.

„Ich möchte, dass wir den Tod der beiden rächen. Vielleicht könnt ihr das so hinnehmen, ich bin dazu nicht bereit. Diese beiden Arschlöcher müssen sterben und ich glaube, wir sind es unseren Kumpels schuldig…meine Meinung."

Clum sagte nichts. Er fuhr den Wagen und starrte auf den Verkehr. Es arbeitete in ihm. Mantis hatte natürlich recht mit dem, was er sagte, aber ein inneres Gefühl lehnte diesen Vorschlag rigoros ab. Irgendwie war ihm dieser ganze Fall längst nicht mehr geheuer. Es war alles schief gegangen, sie hatten alles zu leicht genommen und waren auf dem Boden der Tatsachen gelandet. Rainer Noldau und diese geheimnisvolle Frau hatten keinen guten Einfluss auf sein Schicksal. Auf das Schicksal ihres ganzen Teams, das jetzt nur noch aus drei Mitgliedern bestand. Ein innerer Kobold warnte ihn, die Finger da heraus zu lassen und den Tod nicht herauszufordern.

„Ich bin nicht sicher, ob uns das weiterbringt, Jeffrey…"

„Es wird uns nicht weiterbringen, aber ich finde, wir haben eine moralische Verpflichtung. Ansonsten wären wir doch nur Marionetten, deren Seile irgendwelche Auftraggeber ab und zu bewegten, so dass wir funktionieren. Das wollte ich nie sein, Danny. Willst du das sein?"

„Nein, natürlich nicht, aber…Alfonso, was meinst du?"

Er sah in den Rückspiegel in die Augen des Kolumbianers.

„Vielleicht hat Jeffrey recht damit. Schließlich waren wir so was wie eine Familie. Da, wo ich herkomme, lässt man Familienmitglieder nicht einfach abknallen. Wir sollten sie rächen…"

Clum presste die Lippen zusammen.

Er war ganz anderer Meinung, aber er sagte nichts. Wenn sie zusammen entschieden, musste er sich der Mehrheit beugen. Auch wenn er das Argument einer Familie für absoluten Blödsinn hielt. Sie waren nie eine Familie, höchstens eine Gruppe krimineller Individuen, die das gleiche Ziel hatten. Er antwortete nichts, sondern nickte nur. Mantis nickte auch. Er wirkte wieder zufrieden. Doch eine dunkle Ahnung in Danny Clum rumorte in ihm wie ein Krebsgeschwür.

*

Das Schicksal ist ein ungerechter Zeitgenosse, der sich nicht an die moralischen Richtlinien der Menschen hält. Manchmal scheint es so, als ob es zur eigenen Belustigung fremde Wege und unverständliche Situationen einschlägt, um nur keine Langeweile aufkommen zu lassen. Abstruse Zusammenkünfte in sich deckenden Zeitabläufen gehören hier vorrangig dazu. Treffen, die außerhalb jeglicher Wahrscheinlichkeitsrechnung liegen.

Rom war dazu auserkoren worden, den Beginn einer kausalen Kette anzuschieben. Jane war in Neapel gewesen, um festzustellen, ob Carlo Celotini eines natürlichen Todes gestorben war oder nicht. Sie hatte sich bei dem Gerichtsmediziner als Interpolagentin vorgestellt und die Obduktionsergebnisse zur Einsicht verlangt. Zusammen mit einem Polizeibeamten las sie den Bericht. Ihr Verdacht wurde damit nicht nur bestätigt, sondern sie bekam auch einen Anhaltspunkt, um Rainer zu suchen. Der zuständige Mediziner vervollständigte die Fakten.

„Wir haben ausgesprochen hochkonzentrierte Substanzen von Eisenhut und Eibe gefunden. Als Cocktail zusammen mit noch ein paar anderen Giften musste die orale Einnahme tödlich sein. Muskellähmung, Atemnot, Stillstand und Herzstillstand sind die Folgen. Auf den ersten Blick sieht es nach einem Infarkt aus und wenn die Obduktion nicht angeordnet worden wäre, dann würde auf dem Totenschein auch das stehen. Kurz gesagt, Carlo Celotini wurde vergiftet. Durch was, wissen wir, aber wie er es eingenommen hat, können wir nur vermuten. Wahrscheinlich war es der Wein.“

„Die Proben sind noch im Labor,“ ergänzte er.

Jane nickte. Sie hatte es vermutet.

„Danke, Doktor. Der Verdacht hatte ja schon bestanden, jetzt weiß man wenigstens was genaues.“

Sie verabschiedete sich und verließ mit dem Beamten die Pathologie.

„Was werden Sie jetzt mit diesem Wissen anfangen?“ fragte er.

„Nicht viel. Es legt nur den Verdacht nahe, dass jemand nicht abwarten wollte, bis Celotini von selbst den Platz ebnet. Wir ermitteln im Moment im europäischen Raum, besonders in Deutschland. Es ist immer gut, wenn man schon vorher weiß, wer übernimmt.“

„Ich denke, Benito Strato…“

Jane nickte.

„Nicht mein Problem. Es hat mich nur interessiert. Danke für Ihre Hilfe. Ich werde wieder abreisen.“

Sie gab ihm die Hand.

„Keine Ursache. Gute Heimreise, Miss Dansfield…“

Jane nahm den Zug und fuhr nach Rom. Von dort aus würde sie einen Flug nach Australien buchen. Sie konnte sich erinnern, dass Rainer zur Sicherheit noch einen australischen Pass hatte. Also versuchte sie es dort. Die ganze Zeit grübelte sie noch über den Namen. Sie hatte ihn gewusst, aber sie konnte sich nicht daran erinnern. Er lag ihr auf der Zunge, aber die letztendliche Erleuchtung sollte einfach noch nicht sein.

Als sie ihren Koffer im Hotel auspackte, grübelte sie immer noch. Aber bevor sie ihr Gehirn noch weiter malträtierte, ließ sie es sein und beschloss, ein bisschen von Rom zu besichtigen. Nach dem Dom, Kolosseum, Basilika und Sixtinische Kapelle wollte sie noch etwas bummeln gehen. In der Fußgängerzone spazierte sie durch die Geschäfte, setzte sich mittags in eine Pizzeria und schlenderte dann an den Schaufenstern vorbei. Vor einer Galeria blieb sie stehen, bewunderte die tollen Kleider – und die tollen Preise – und sah dann nach oben, um den Namen dieses Modeshops zu lesen. ´Henry´s` stand in bunten Lettern über dem Schaufenster und urplötzlich fiel ihr wieder ein, welcher Name in dem australischen Pass von Rainer stand. Henry William Fenton. Genau das war er. Sie erinnerte sich wieder ganz genau. Schnell holte sie ihr Handy hervor und tippte den Namen in die Adressdatei, damit er ihr nicht noch einmal entfallen würde.

Im Hotel klappte sie den Laptop hoch und versuchte, den Mann in Australien zu finden. Es gab mehrere Henry Fenton und auch einige William Fenton. Einen Henry William Fenton gab es lediglich in Melbourne, in Canberra, in der Nähe von Cairns und in Perth. Wobei sie natürlich nicht sicher sein konnte, ob Rainer sich überhaupt irgendwo gemeldet hatte. Trotzdem, sie musste es versuchen.

Aber zuerst ließ sie das Interpolprogramm laufen, das nach Henry William Fenton in den europäischen Flugdateien suchte. Sie legte den Zeitraum des Filtersystems fest und ließ das Suchprogramm starten. Es dauerte nicht lange, da wurde sie fündig. Doch es wurde nur ein Weiterflug angezeigt. Abflughafen Paris. Zielflughafen La Paz,

Bolivien. Wann er in Europa angekommen war, wurde nicht angezeigt. Sie erweiterte die Suchkriterien. Gespannt saß sie vor dem Bildschirm. Dann ein Aufblinken. Das Programm stoppte. Gefunden! Sieben Wochen vor Celotinis Tod war Rainer schon in Europa eingetroffen. In Paris. Wie er von da aus nach Italien gereist war, konnte sie nicht wissen, aber klar war, dass er wochenlang den Tagesablauf Celotinis beobachtet hatte. Eine lange Zeit, wie sie fand. Er wollte wohl auf Nummer sicher gehen und kein Risiko eingehen. Was der Akt mit dem Gift eindrucksvoll belegte. Er hatte anscheinend absolut exakt geplant.

Aber warum jetzt La Paz? Warum war er nach Bolivien geflogen? Sie schloss den Laptop und überlegte nicht lange. Wenn er unter seinem australischen Pass gebucht hatte, dann würde er auch unter diesem Namen in Bolivien einchecken. In einem Hotel, mit einer Kreditkarte, mit irgendeinem Dokument, das ihn sichtbar werden ließ. Kurzentschlossen buchte sie einen Flug. Sie wollte keine Zeit mehr verlieren. Heute war Mittwoch. Am Freitag ging wieder ein Flug nach Südamerika in die bolivianische Hauptstadt. Den würde sie nehmen.

Ihr Handy bimmelte. Es war James Harrison.

„Hallo, James, was gibt's?"

„Neuigkeiten. Der Auftrag Noldau wurde von der Mafia gecancelt. Er existiert nicht mehr…"

„Woher….?"

„Insidertipp. Es geht gerade eine große Enttäuschung durch die Reihen der Kopfgeldjäger. Anscheinend hat das Benito Strato durchgesetzt."

„Das wundert mich, aber macht mir alles leichter…"

„Schon eine Spur?"

„Ich gehe einer nach. Weiß noch nicht, was bei rauskommt."

„Okay. Melden Sie sich, wenn Sie etwas benötigen."

„Klar. Danke für die Nachricht."

„Viel Glück…"

Sie legte auf. Das war eine ausgesprochen gute Nachricht und sie hoffte, dass es wirklich keinen Auftrag mehr gab. Am liebsten hätte sie das Rainer persönlich mitgeteilt. Jetzt, auf der Stelle. Wahrscheinlich würde er gar nicht wissen, dass die Jagd auf ihn eingestellt worden war.

*

Danny Clum hatte vorgeschlagen, nach Hawaii zu fliegen. Vielleicht war Noldau wieder dahin zurück gekehrt. Sie mussten jeder Spur nachgehen. Am liebsten wäre er in die Staaten geflogen, zu diesem ominösen Ranger, der offensichtlich mit den beiden gut bekannt war. Aber ihm war dieses Risiko viel zu groß, dass sie möglicherweise erkannt werden konnten. Und er hatte absolut keine Lust, wieder in den Bau zu wandern. Sie hatten sich für Hawaii entschieden. Erstmal. Wenn dort nichts herauszufinden war, konnten sie immer noch entscheiden, auf Umwegen in die Staaten zu reisen.

Jetzt stand er auf der oberen Etage der Abflughalle des Flughafens und sah gelangweilt auf die Passagiere hinunter, die sich beim Check-in angestellt hatten. Sie hatten noch Zeit. Ihr Flug ging erst in drei Stunden. Lässig hatte er sich auf die gläserne Brüstung gelehnt und beobachtete die vielen Passagiere. Eine Frau fiel ihm auf. Blonde Haare. Schlanke Figur. Sehr elegant gekleidet. Ausgesprochen hübsch. Er fixierte sie genauer. Von oben konnte er nur vage ihr Gesicht erkennen. Dann drehte sie den Kopf, sah sich um, hob den Kopf – und Clum erstarrte augenblicklich. Niemals würde er dieses Gesicht vergessen, das ihn damals mit einer Eiseskälte angeblickt hatte, die fremd für ihn gewesen war. Er erkannte sie sofort. Es war die Frau, die Noldau begleitete. Die niemand kannte und von der niemand irgend etwas wusste. Sie war die große

Unbekannte, die ihnen die Tour vermasselte. Sie war das Unvorhergesehene, das niemand einkalkulieren konnte. Ein nicht existenter Faktor, der genauso unbekannt wie tödlich gewesen war.

Clum hatte sich aufgerichtet und spürte, wie eine Welle der Aufregung über ihn glitt. Er holte das Handy hervor und rief Mantis an.

„Danny? Was gibt's? Wir haben noch Zeit…"

„Du wirst das jetzt nicht glauben. Ich habe gerade diese Frau entdeckt, die…."

Er stockte kurz, weil die Schlange unter ihm weitergegangen war.

„Was für eine Frau? Von was redest du?"

„Die Frau, die bei Noldau war. Diese unbekannte Frau…sie ist hier. Ich sehe sie gerade…"

„Was?!! Bist du sicher? Wo bist du?"

„In der oberen Etage der Abflughalle. Ich würde sagen, nimm´ mal die Beine in die Hand."

„Ich bin gleich da…"

Es dauerte keine zwei Minuten, da rannte er keuchend zu ihm hin. Clum zeigte mit dem Kopf hinunter.

„Da. Da ist sie. Kannst du sie erkennen?"

Mantis sah hinunter und konnte sie sofort sehen. Angestrengt fixierte er sie, konnte den Blick nicht senken.

„Das gibt's doch nicht. Was für ein unglaublicher Zufall. Los! Wir müssen schauen, wohin sie fliegt. Hast du Noldau auch irgendwo gesehen?"

Clum schüttelte den Kopf. Er hatte konzentriert die Menge beobachtet, aber Noldau war nicht dabei.

„Nein. Sie ist allein. Ich konnte niemanden erkennen, der mit ihr reist…los, komm´, aber vorsichtig, damit sie uns nicht entdeckt…"

Alfonso hatte sie mittlerweile erreicht. Sie verteilten sich und verließen einzeln das Stockwerk. Als sie auf der Ebene standen, hielten sie sich im Hintergrund, ohne Jane aus den Augen zu lassen. Mantis sah auf die Anzeige.

„La Paz. Bolivien…" murmelte er.

Er wechselte einen Blick mit Clum. Der nickte. Auch er hatte gesehen, welchen Flug sie nahm. Jane hatte sie nicht bemerkt. Gerade gab sie ihren Koffer auf und erhielt die Bordkarte. Sie wandte sich zum Sicherheitscheck und verschwand aus dem Blickfeld der Männer.

Die drei Männer sahen sich an. Der Zufall hatte ihnen in die Hände gespielt.

„Wir müssen umbuchen…," sagte Mantis.

„Gut. Wir holen unsere Sachen und versuchen, einen Flug zu bekommen."

Ein weiterer Zufall kam ihnen zu Hilfe. Sie konnten noch Last-Minute-Tickets ergattern und hofften, nicht gerade in ihrer Nähe die Plätze bekommen zu haben.

Wieder hatten sie Glück. Jane hatte Business-Class gebucht und Mantis saß mit seinen Männern Economy. Sie bekamen sie nicht zu Gesicht und die Gefahr war gering, während des Fluges eine Begegnung zu haben. Jane ahnte nichts. Sie besaß nicht diese Gabe einer inneren Ahnung kommender Gefahren, so wie Rainer sie entwickelt hatte. Aber sie war auch niemals auf der Flucht gewesen, die das hätte auslösen können. Kein Gedanke kam ihr in den Sinn, dass ausgerechnet diese Männer sie nun verfolgten. Es bestand keinerlei Anlass, dass sie überhaupt überwacht wurde, denn im eigentlichen Sinne war sie es, die grundsätzlich überwachte. Die Situation katapultierte sich ins Paradoxe, ohne dass sie jemals in Betracht ziehen würde, in das Fadenkreuz eines Killerteams zu gelangen.

*

Alfonso stieg wieder in den Fond des Wagens. Clum und Mantis hatten sich umgedreht und sahen ihn an.

„Und?"

„Sie hat unter dem Namen Jane Dansfield eingecheckt. Allein. Sie hat niemanden getroffen und mit niemandem gesprochen. Noldau ist nicht hier."

Clum nickte.

„Sehr gut. Wir werden sie überwachen. Ich bin sicher, sie wird bald Kontakt aufnehmen. – Übliche Vorgehensweise?"

Er suchte den Blick von Mantis, der sofort nickte.

„Ja. Ich übernehme die erste Schicht…"

Die ersten entscheidenden Kausalpunkte der Kette wurden gesetzt. Das Schicksal begann, das Rad in Bewegung zu setzen. Wo es zum Stillstand kommen würde, stand in den Sternen. Niemand wusste es und niemand konnte die Zukunft vorhersagen. Aber dass sich irgend etwas ereignen würde, war so klar wie der tägliche Sonnenaufgang.

*

Rainers Gründe, nach Bolivien zu fliegen, waren die gleichen wie die letzten vierzehn Monate verschiedener Flugreisen. Er wollte etwaige Verfolger abschütteln oder sie zumindest dadurch erkennbar machen. Bolivien hatte er ausgesucht, weil er niemals in Südamerika gewesen war und weil dieses Land mittig auf dem Weg nach Australien liegt. Er freute sich darauf, wieder nach Hause zu kommen. Als er diesen Gedanken bewusst dachte, fing er leise zu lachen an. Er konnte sich nicht daran erinnern, wann er das letzte Mal einen Ort als sein Zuhause bezeichnet hatte. Es war neu – und es war aufregend schön. Er beschloss, ein oder zwei Wochen hier zu verbringen, ein paar Touren zu unternehmen und bei Gefallen den Aufenthalt zu verlängern. Vielleicht würde das die Vorfreude noch steigern, wieder nach Perth zurück zu kehren. Er ahnte nicht, dass die Jagd auf ihn bereits zurück gepfiffen worden war. Die Hoffnung darauf hatte sich zwar in seinem Geist festgesetzt, aber dieser Gedanke war noch lange nicht in der Lage, sein etabliertes Misstrauen und seine automatisierte Vorsicht einzustellen.

Niemals zuvor waren ihm so viele Farben auf so engem Raum begegnet. Staunend stand er auf der Straße mit unzähligen aufgehängten bunten Schirmen. Es war alles bunt. Die romantischen Gassen, die Häuserfassaden, die Schirme, die Menschen. Er konnte sich nicht sattsehen an einer nie erlebten Vielfalt, die, zusammen mit diesem vollkommen irrealen Blau des Himmels sämtliche Sinne stimulierten und eine innere Freude entstehen ließ, die nicht einmal exakt definiert werden konnte.

Mit bester Laune stieg er in die Seilbahn ein, die über der Stadt schwebt und den allerbesten Überblick über die ganze Umgebung freigibt bis hin zu dem schneebedeckten Illimani mit seinen fast 6500m. Sie brachte ihn auf fast 4100m in die Höhe, wo er ausstieg und begeistert das Tal mit der bolivianischen Hauptstadt vor sich liegen hatte. Die ungewohnte Höhe setzte ihm zu, ließ ihn schwerer atmen und er beschloss, sich wieder hinunter ins Zentrum zu begeben. La Paz als höchst gelegene Hauptstadt der Welt hat zwischen den Stadtteilen eine Höhendifferenz zwischen 3200m und 4100m aufzuweisen. Dementsprechend haben die Touristen bei Ankunft auch Probleme mit der Anpassung.

Auf der Plaza Murillo vor dem Präsidentenpalast setzte er sich auf eine Stufe und beobachtete fasziniert die quirlige Stadt. Er spürte eine leichte Unruhe und eine Beklemmung in der Brust. Noch hatte sich sein Organismus nicht an die Höhe gewöhnt. Aber er vernahm noch etwas anderes. Vielleicht waren es auch die vielen Menschen in ihrem oft auffällig bunten Aussehen, dass er dieses Gespür hatte, das ihm suggerierte, etwas sei nicht ganz in Ordnung. Kleine Glöckchen begannen leise zu klingeln. Ganz leise, aber durchaus zu vernehmen. Es war schwer einzuordnen. Noch hatte er sich an diesen ungewöhnlichen Ort noch nicht gewöhnt. Er wurde abgelenkt von so vielen Dingen. Die vielfältigen Märkte mit ihren unbekannten Kräutern, Gewürzen und Gerüchen. Die unterschiedlichen Farben und die fremde Sprache nahmen ihn vollständig in seiner Aufmerksamkeit gefangen. Zwar hatte er vor Jahren begonnen, spanisch zu lernen, aber zu mehr als zu einem Basiswissen hatte es nicht gereicht. Insofern tat er sich manchmal schwer, mitzuteilen, was er wollte. Wenigstens konnte er sich gerade hier in La Paz oft mit Englisch weiterhelfen.

Eine Woche später hatte Jane nach vielen Telefonanrufen herausgefunden, in welchem Hotel Rainer abgestiegen war. Sie hatte noch nicht bemerkt, dass sie über die ganze Zeit von Mantis und seinen Männern genau beobachtet worden war. Wüsste sie es, dann würde sie sich wahrscheinlich fragen, welcher abgrundtiefer Hass diese Männer antrieb, dass sie ihr über den halben Erdball folgten. Mantis und seine Kameraden spulten das hunderte Male einstudierte Programm einer im Hintergrund arbeitenden Überwachung perfekt ab. Es waren Profis mit einer bemerkenswerten Gabe der Geduld und einem unsichtbaren Verhalten. Sie waren überzeugt, dass sie sich irgendwann mit Rainer Noldau treffen würde. Und sie waren sich sicher, dass das hier in La Paz geschehen sollte. Mantis und seine Kameraden zogen nicht einmal in Betracht, dass der Aufenthalt von Jane nichts mit Rainer zu tun haben könnte. Genauso wenig würden sie auf eine Interpolagentin schließen.

Unter so vielen Menschen fiel man nicht auf, ging unter und wurde ein Teil der Menge. Sie wussten auch nicht, dass Jane bis dahin keine Ahnung hatte, wo er sich aufhielt und sie wussten nicht, dass auch Rainer keine Ahnung hatte, dass sie ganz in seiner Nähe war. Die gesamte Situation war etwas unübersichtlich, weil niemand alles wusste. Bis zu dem Zeitpunkt, als Jane beschloss, Rainer aufzusuchen, um ihn zum Einen zu überraschen und zum Anderen, ihm mitzuteilen, dass Benito Strato den Auftrag vollständig aufgehoben hatte und er ab jetzt nicht mehr dem gewaltsamen Tod unbekannter Killer geweiht war. Dass die ausgeschriebene Fahndung national und international trotzdem noch Bestand hatte, war angesichts dieser neuen Position lediglich ein Grund, nie mehr nach Deutschland zurückzukehren und seinen ursprünglichen Namen zu vergessen.

Der Nachmittag war bereits fortgeschritten, da verließ sie ihr Hotel und machte sich auf den Weg. Mantis, Clum und Alfonso folgten ihr unauffällig. Keinesfalls wollten sie das Risiko eingehen, von ihr entdeckt zu werden. Der finale Plan war, beide gleichzeitig zu erwischen. Sie hielt ein Taxi an und stieg ein. In der bolivianischen Hauptstadt gibt es keine geregelten Taxistände. Man hält einfach eins an. Vor Rainers Hotel stieg sie aus. Ihre Verfolger verteilten sich sofort an neuralgischen Punkten in Sichtweite des Hoteleingangs. Sie begab sich an die Rezeption, an der sie ein freundlicher Mann begrüßte.

„Hallo, ich bin mit meinem Freund, Señor Henry Fenton verabredet. Könnten Sie ihn bitte anrufen, dass ich da bin?"

Der Portier nickte lächelnd.

„Selbstverständlich, Señora, einen Moment bitte…"

Er wählte die Zimmernummer, aber niemand schien abzuheben. Er legte wieder auf und zuckte bedauernd die Schultern.

„Es tut mir leid. Er ist wohl nicht auf seinem Zimmer. Sie können gerne in unserem Café warten, wenn Sie möchten."

„Danke, wahrscheinlich ist er schon Essen gegangen. Ich werde ihn suchen. Welche guten Restaurants sind denn in der Nähe?"

Der Portier zählte ein paar auf und sie verließ das Hotel. Das nächste Restaurant war eine Straße weiter, hatte eine einheimische Küche und bot auch internationale Gerichte an. Langsam spazierte sie die Straße entlang und erreichte bald die Straßenecke, an der sie nach links abbiegen musste. Noch immer war sie sich nicht bewusst, dass sie nicht mehr alleine diesen Weg einschlug.

Zur selben Zeit hatte Rainer bereits bezahlt und war im Begriff zu gehen. Er wandte sich zur Türe, als er vom Kellner zurückgerufen wurde.

„Señor, Sie bekommen noch Geld zurück…"

Rainer lächelte und hob die Hand.

„Ist schon gut. Behalten Sie´s…," antwortete er. Mit einem Grinsen verbeugte sich der Mann.

„Muchas Gracias…"

Er drehte sich wieder um und drückte die Türe auf. In diesem Moment spürte er diese tief in ihm sitzende Ahnung wieder, diesen inneren warnenden Klang, der immer lauter wurde. Aber jetzt pochte er wie ein Hammer tief in seiner Brust. Abrupt blieb er stehen und versuchte, die vorbei laufenden Menschen zu erfassen. Ein, zwei Schritte und er stand auf dem Gehweg. Die Unruhe nahm immer mehr zu und er war aufs Äußerste gespannt. Sein Blick schweifte nach links, dann auf die andere Straßenseite, er wollte gerade den Kopf nach rechts drehen, da nagelte ihn etwas an der gegenüberliegenden Seite fest. Vollkommen unerwartet erkannte er sofort Jeffrey Mantis, der ihn in diesem Augenblick genauso konsterniert anblickte. Er hatte ihn jetzt genau hier ebenso wenig erwartet, obwohl er gehofft hatte, ihn zu finden. Der Moment war seltsam eingefroren, keiner von beiden bewegte sich. Sie starrten sich nur endlos scheinende Bruchteile von Sekunden an.

Gleichzeitig war Jane am Restaurant angekommen und hob den Kopf, um den Namen zu lesen. Rainer hatte sie noch gar nicht bemerkt, aber sie ihn. Gerade wollte sie etwas sagen, da entging ihr nicht dieser starre und ungläubige Blick, der geradeaus auf die andere Straßenseite gerichtet war. Sie folgte ihm und war in diesem Moment genauso überrascht, Mantis hier zu sehen. Sofort war ihr blitzschnell klar, dass das unmöglich ein Zufall sein konnte und genauso schnell suchte sie die beiden Kumpane des Kopfgeldjägers. Hinter Rainer erkannte sie Alfonso, den Kolumbianer, der in diesem Moment eine durchgeladene Waffe in der Hand hatte und auf Rainer zuging, immer den Blick auf ihn gerichtet. Mantis und auch Rainer hatten ihre Schrecksekunde überwunden und reagierten beide gleich schnell. Mantis sah Alfonso, der bereits seinen Arm gehoben hatte und Rainer folgte augenblicklich seinem Blick. In Sekundenbruchteilen erfasste er die tödlich gefährliche Situation. Alfonso war bereits im Begriff, die Waffe in Anschlag zu bringen und Mantis Griff hinter seinen Rücken war der finale Auslöser, dass Jane ihrerseits die Waffe aus ihrer Innentasche gezogen hatte. Mantis war schneller und feuerte mitten unter den Menschen seine Waffe ab. Schreiend rannten die Leute auseinander. Die Kugel verfehlte Jane und sie warf sich hinter ein parkendes Auto. Und Rainer hatte sie immer noch nicht bemerkt, da seine ganze Aufmerksamkeit Alfonso galt, der mit gezogener Waffe ihm immer näher kam.

Der wollte in diesem Moment den Abzug ziehen, aber in der Bewegung hielt er plötzlich inne und blieb stocksteif stehen. Mit einem ungläubigen Blick sah er dem Mann, den er gerade töten wollte, in die halb zugekniffenen Augen. Er stand keine zehn Meter von Rainer entfernt. An Rainers

Hüfte kräuselte sich Pulverdampf aus der Waffe, die er in der rechten Hand hielt. Schneller als das Auge sehen konnte, hatte er die Pistole in der Hand, brauchte erst gar nicht zu zielen, sondern drückte in der Bewegung ab. Es sah aus wie ein sich ewig wiederholendes Duell in einem Western. Surreal und schon gar nicht in die Zeit passend. Sein natürliches Talent, das ihm schon Riley bescheinigt hatte, rettete ihm nun das Leben. Seine Kugel traf Alfonso mitten in die Brust und stoppte den Killer, als wenn seine Füße im Bruchteil einer Sekunde zu Beton mutiert wären. Dessen Hand war herunter gesunken, die Waffe fiel zu Boden. Er spürte wie in Trance, wie die Lebensenergie und die Kraft ihn fast schon fluchtartig verließen, konnte es nicht glauben, dass jetzt, in diesem Moment, die Reihe an ihm war, diese Welt zu verlassen. Der pressende Schmerz in der Brust lähmte den Atem, das Denken und den Herzschlag. Dann fiel er auf die Knie und vornüber auf sein Gesicht. Er war nicht mehr fähig, sich noch irgendwie abzufangen. Wenige Augenblicke röchelte er noch den verlassenden Atem auf den Gehsteig, nahm weit entfernte Schreie wahr, die immer leiser wurden – dann verdunkelte sich die Welt und er starb.

Rainer bekam dieses tödliche Drama nicht mehr mit. Als er sah, dass er Alfonso mitten in die Brust getroffen hatte und er bereits strauchelte und die Waffe fallen ließ, wandte er sich schon um zu Mantis, der bereits gefeuert hatte. Aber nicht auf ihn, Rainer, sondern viel weiter rechts von ihm. Er sah gerade noch, wie sich eine blonde Frau zu Boden warf. Jane! Es war Jane. Die Millisekunde reichte vollkommen aus, sie zu erkennen. Er konnte auch die Waffe in ihrer Hand sehen und dachte nur noch an sie. Keine einzige Frage bildete sich, warum sie in diesem Augenblick hier war. Kein Gedanke kam auf, warum die Killer hier waren. Nur ein einziger etablierte sich. Wo war der dritte Mann? Instinktiv sank Rainer in die Knie und spürte die Kugel, die über ihn hinweg pfiff und in die Hauswand eindrang. Mauerstücke spritzten auf den Gehsteig. Dann warf er sich zur Seite und suchte den Schützen.

Danny Clum hatte wie gelähmt in diesen entscheidenden Bruchteilen von Sekunden dem Geschehen vor ihm zugesehen. Er registrierte den Treffer, diesen wortwörtlichen Blattschuss, der Alfonso von den Beinen holte und er hörte die dumpfen Detonationen der Waffen von Mantis, Jane und Rainer. Sein Geist hatte genau mitbekommen, mit welcher magischen Geschwindigkeit Rainer seine Waffe in der Hand hatte. Er konnte hinterher nicht mehr sagen, wie sich diese Bewegung abgespielt hatte. Erst dann, als sein Gehirn alles verarbeitet hatte, war er endlich in der Lage zu reagieren. Sein Arm sauste nach oben und er drückte ab. Es waren vielleicht zehn oder zwölf Meter, die er von Rainer entfernt war und er konnte eigentlich gar nicht danebenschießen. Triumph begann sich auszubreiten, aber ungläubig musste er sehen, dass seine Kugeln lediglich die Mauer des Gebäudes trafen. Bevor er den Abzug durchdrückte, hatte sich Rainer schon auf die Knie fallen lassen und war herum gewirbelt. Zwei-, dreimal drückte er ab, aber Clum hatte sich schon hinter einen Betonpfeiler geworfen. Rainer war bereits wieder auf den Beinen und rannte über die Straße. Im Rennen feuerte er dreimal so schnell hintereinander, dass es sich wie ein einziger Schuss anhörte. Gleichzeitig spürte er einen gewaltigen Schlag an seiner Hüfte, der ihn taumeln ließ. Danny Clum war ein Profi, der sofort nach seiner Deckung ein neues Ziel suchte. Er sah Rainer über die Straße rennen, hob den Arm, zielte kurz und drückte ab. Er konnte sehen, wie er taumelte, aber nicht fiel.

Mantis war inzwischen über die Straße gehetzt, um Jane zu überraschen. Als er um den Wagen stürmte, war sie nicht mehr da. Stattdessen sah er Rainer taumeln und gegen eine Mülltonne stolpern. Er verlor das Gleichgewicht und fiel der

Länge nach hin. Mantis wollte diese Chance sofort nutzen, achtete nicht mehr auf die Frau, sondern konzentrierte sich nur noch auf diesen Mann, der sie alle viel zu lange genarrt hatte, der einen seiner Kumpels auf dem Gewissen hatte und der ihn vorgeführt hatte wie niemand vorher. Sein unverhohlener Hass und seine Wut meldeten sich und der explodierende Wunsch, diesen Mann jetzt endlich eigenhändig zu töten. Egal, ob das die Menschen hier mitbekommen würden oder nicht. Es kümmerte ihn nicht mehr. Alle Vorsicht war vergessen und verschwunden, hatte keinerlei Priorität mehr in seinem aggressiven Gedankengang. Er war vollkommen weggetreten in seinem grotesken Verlangen zu morden. Ohne auch nur seine unmittelbare Umgebung wahrzunehmen, sprang er auf die Straße, wollte losstürmen und hatte den Gesichtsausdruck eines Amokläufers. Er sah keine anderen Menschen mehr, er sah seine Kumpane nicht, er sah Jane nicht, er war völlig irre in seinem Tötungswahn. Er sah und hörte auch nicht den Bus, der angeschossen kam. Völlig ungeschützt und unvorbereitet prallte der schwere Bus mit ihm zusammen. Er wurde wie eine Puppe zu Boden geschleudert, der Busfahrer stieg auf die Bremsen, doch es war zu spät. Jeffrey Mantis fiel so unglücklich, dass sein Kopf genau unter den Reifen kam. Mit einem hörbaren Knacken brach die Hirnschale entzwei und Hirnmasse spritzte in einer grausamen Fontäne auf die Fahrbahn. Er konnte nicht einmal mehr schreien, weil sich alles unglaublich schnell abspielte. Kreischende Schreie waren zu hören – außer für Mantis. Er konnte nichts mehr hören. Er war auf der Stelle tot. Die Menschen wandten entsetzt die Gesichter ab, Rainer kniff die Augen zusammen und Jane hatte sich hinter einem zweiten Auto erhoben, die Waffe immer noch in der Hand und spürte das Grauen, das über sie herfiel. Selbst sie hatte solch einen schrecklichen Unfall noch nie gesehen.

Danny Clum war der ganzen irrealen Szene gefolgt und war sekundenlang wie gelähmt. Der Arm mit der Waffe war längst gesunken. Der intensive Schock des Entsetzens hatte ihn gepackt und für einen Augenblick war er unfähig zu denken. Er hörte die schrillen Schreie der Menschen und er konnte ein weit entferntes Sirenensignal wahrnehmen. Er bemerkte Jane, die ihn entdeckt hatte und nun auf ihn zu rannte, die Waffe nach wie vor in der Hand.

Und dann hatte Danny Clum genug. Er sprang auf, steckte die Waffe in seinen Hosenbund und rannte, so schnell er konnte, einfach davon. Er wollte nur noch weg von hier. Ständig verfolgte ihn das grausame Bild des zerplatzten Kopfes seines Freundes, daneben entstand das irre Zerrbild des sterbenden Alfonso...und weit entfernt erinnerte er sich an diese vorhersehenden Gedanken damals, als er überzeugt war, dass dieser Auftrag und ihre Entscheidung, die toten Freunde zu rächen, kein gutes Ende nehmen würde. Hätte er nur auf seine Intuition gehört, dachte er noch. Er rannte in eine kleine Gasse, wechselte in die nächste, stoppte nicht, spürte, wie er kaum noch Luft bekam, aber hielt nicht an. Zum ersten Mal in seinem Leben erlebte er hautnah, was Panik in einem Menschen anrichten kann. Er hatte plötzlich fürchterliche Angst. Irgendwann konnte er nicht mehr. Er musste sich an eine Hauswand lehnen und bekam kaum noch Luft. Ihm wurde schwindlig und es wurde ihm schwarz vor Augen. Die Anstrengung und die große Höhe forderten ihren Tribut. Er sah sich vorsichtig um. Die Frau war ihm nicht gefolgt. Niemand war ihm gefolgt. Langsam bewegte er sich weiter, versuchte, seinen Atem zu beruhigen und lief noch stundenlang durch die bunten Gassen, um dann in seinem Hotel seine Sachen zusammen zu packen und schnellstens zu verschwinden. Kein einziger Gedanke, der mit Rache, Loyalität, Auftrag, Mord und Geld zu tun hatte, war noch in seinem Geist wahrzunehmen. Der

Fluchtgedanke übernahm alle Führung. Ein neues Gefühl wurde geboren, das sich aus Panik, Angst und Furcht zusammensetzte. Im Moment konnte er es nicht beiseite schieben.

Jane hatte die Straßenseite gewechselt und Clum beobachtet, der davon gelaufen war. Sie überlegte noch kurz, ob sie die Verfolgung aufnehmen sollte, aber Rainer war jetzt wichtiger. Er hatte sich an die Hausmauer gelehnt und hielt eine Hand auf die Wunde an der Hüfte. Die ganze Seite war blutverschmiert und Jane stürmte voller Sorge auf ihn zu. Inzwischen war die Polizei und ein Notarztwagen eingetroffen. Zwei Polizisten sahen sich kurz um, erkannten die beiden Toten und jagten auf den am Boden liegenden Rainer zu. Jane hatte ihn bereits erreicht und kniete neben ihm. Mit gezückten Waffen erreichten sie die Beamten. Jane hatte bereits die Waffe wieder in ihrer Jackentasche verschwinden lassen und ihren Interpolausweis gehoben.

Ein weiterer Beamter in Zivil war hinzu gekommen und sah beide regungslos an. Er nahm ihren Ausweis in die Hand und begutachtete ihn. Hinter ihm kamen bereits die Sanitäter und schoben die Schaulustigen beiseite.

Rainer sah Jane verwundert an. Er sagte nichts. Sein Atem war beschleunigt, aber sonst zeigte nichts in seinem Gesicht, dass er Schmerzen hatte oder im Begriff war, seine psychischen und körperlichen Grenzen zu übertreten. Jane lächelte ihn an und legte ihm die Hand auf die Schulter.

„Es wird alles gut, mein Freund...alles wird gut…"

„Tatsächlich? Wenn ich mich so umschaue, wirst du mir gewisse Zweifel lassen müssen…"

Der Arzt war neben ihm in die Knie gegangen, zog seine Hand von der Wunde und schnitt vorsichtig das Hemd auf. Die Wunde blutete stark, aber eine Kugel schien nicht eingedrungen zu sein. Er nahm eine Kompresse und legte sie auf die blutende Wunde.

„Sieht nach einem tiefen Streifschuss aus. Wir werden das in der Klinik feststellen. Zuerst müssen wir die Blutung stoppen. Wie fühlen Sie sich? Sie sehen jung und stark aus. Das wird schon wieder…"

„Jung und stark? Komisch, ich fühle mich wie hundert…" sagte er leise.

Der Arzt lachte.

„Ein Witzbold, das mag´ ich…ich werde Ihnen jetzt einen Druckverband anlegen, dann fahren wir los. Bereit?"

„Ja, natürlich, danke…"

Rainer sah Jane an. Versuchte zu lächeln, was gründlich misslang.

„Feuriges Wiedersehen. Ich glaube, wir haben einiges zu bereden…"

„Später. Jetzt wirst du erst einmal richtig versorgt. Wir sehen uns im Krankenhaus. – Ich denke, die Beamten hier wollen dringend wissen, was hier los gewesen ist."

Sie sah den Mann in Zivil an, der die Augenbrauen hochzog und nickte. Er gab ihr den Ausweis zurück.

„Das wäre wohl nötig, Señora…ich bin Commissario Perez. Begleiten Sie mich? Wir werden noch Ihre Identität überprüfen müssen und dann sollten Sie mir erklären, was hier geschehen ist."

Sie stand auf.

„Natürlich. Ich bin Jane Dansfield. Interpol London."

Sie stieg zu den Beamten in den Wagen und sie verließen den Schauplatz. Andere Polizeibeamte riegelten den Tatort ab und befragten die Umstehenden nach Zeugen. Rainer wurde in den Krankenwagen gebracht und ins Krankenhaus transportiert. Jane begleitete den Commissario aufs Revier, um das Protokoll der Schießerei aufzunehmen. Sie dankte ihrem Ausweis, der ihr zu einem glaubhaften Status verhalf. Als sie Perez am Schreibtisch gegenüber saß, schüttelte der nur den Kopf.

„Schießerei mitten unter Passanten. Was haben Sie sich dabei gedacht, Señora Dansfield?"

„Ich war auf dem Weg zu meinem Schützling - Señor Fenton. Diese drei Killer waren auf ihn angesetzt und hatten einen Mordauftrag. Henry Fenton soll gegen eine kriminelle Organisation aussagen und diese Männer wollten das verhindern. Vermutlich sind sie mit falschen Pässen eingereist. Der Mann, der unter dem Bus gestorben ist, heißt Jeffrey Mantis, ein entflohener Strafgefangener aus den USA. Der andere Tote ist Alfonso Martinez, Kolumbianer und der, der geflüchtet ist, heißt Danny Clum. Alle drei sind aus dem Gefängnis in Colorado geflohen und stehen seither auf der Fahndungsliste. Sie können meine Angaben gerne bei meiner Dienststelle überprüfen – oder im Bundesstaat Colorado. Ich denke, die werden sehr überrascht sein, wenn Sie ihnen mitteilen, dass zwei von ihnen tot sind. Im Übrigen haben diese Männer den Schusswechsel begonnen. Sie haben mich wohl überwacht und verfolgt, um durch mich an Mister Fenton heran zu kommen…"

„Ein Zeuge sagt, dass dieser Henry Fenton den anderen Mann erschossen hat. Diesen Kolumbianer, wie Sie sagen…"

Jane nickte.

„Ja, das ist richtig. Ich habe Mister Fenton eine meiner Waffen zur Sicherheit gegeben, weil wir vermuteten, dass es ein Informationsleck gegeben hat. Mister Fenton sollte eigentlich in ein Safehouse gebracht werden, um eben gegen diese Organisation im ausstehenden Prozess auszusagen."

„Ich verstehe. Und um was geht es?"

„Tut mir leid. Top Secret. Bitte haben Sie dafür Verständnis."

Perez lehnte sich zurück.

„Wissen Sie, wir haben hier genügend Probleme mit Kriminalität. Wir sind nicht sehr erfreut, wenn

Auseinandersetzungen von ausländischen Individuen sich in unserem Land abspielen und wir uns auch noch darum kümmern müssen. Warum machen die das nicht in ihrem eigenen Land?"

„Haben sie...deshalb waren sie auch eingesperrt..."

Perez winkte ab und schüttelte den Kopf.

„Das war eine rein rhetorische Frage. Nichts für ungut."

„Natürlich. Das heute war auch in keiner Weise beabsichtigt. Nichts liegt mir ferner als so etwas. Wir sind auf dem Weg nach Australien und ich dachte, wir sind sicher. Aber in diesem Falle wurden wir Opfer eines Mordanschlags. Wir haben uns nur verteidigt."

„Na gut, ich verstehe schon. Bitte halten Sie sich die nächsten Tage noch zu unserer Verfügung, bis wir die Dinge, die Sie und Señor Fenton betreffen, überprüft haben. Ich lasse Sie unterrichten, wenn alles zur Aufklärung erledigt ist."

Jane stand auf und gab ihm die Hand.

„Ich danke Ihnen, Commissario. Ich hoffe, Sie finden den dritten Mann."

„Wir überwachen Flughafen, Ausfallstraßen und Bahnhöfe. Wir finden ihn schon. Er kann nicht entkommen..."

Sie verabschiedete sich, ließ die Verbindungsdaten hier, verließ das Revier und nahm ein Taxi zum Krankenhaus.

Rainer wurde ordentlich versorgt, die Wunde gereinigt und genäht. Jetzt lag er in einem weiß bezogenen Bett und starrte die Decke an. Er sollte noch zwei oder drei Tage hierbleiben, um sicher zu sein, dass sich nichts entzünden würde. Viele Fragen hämmerten durch seinen Geist. Wie konnte Mantis ihn finden? Und Jane? Wie hatte sie es schon wieder geschafft, ihm auf die Spur zu kommen? Und woher zum Teufel kannte sie seinen australischen Namen? Er verstand es nicht und brauchte dringend Aufklärung. In diesem ganzen fragenden Gedankenkatalog öffnete sich die

Türe und sie kam herein. Lächelnd trat sie an das Bett und setzte sich auf einen Stuhl.

„Wie geht's dir? Wie schlimm ist die Verletzung? Was sagt der Arzt?"

„Sah tatsächlich schlimmer aus, als es ist. Aber nur ein Zentimeter weiter und es wäre wirklich problematisch geworden. Ich soll noch drei Tage zur Beobachtung hierbleiben. Glück gehabt, sagte der Arzt."

Er sah sie an und sein bohrender Blick wollte jetzt Antworten haben. Jane nickte.

„Ich bin froh, dass es nicht so schlimm ist. Du fragst dich sicher, wie...warum..."

Sie stockte und presste die Lippen zusammen.

„Ja, das frage ich mich. Wie konnten die mich finden? Ich verstehe das noch nicht...und wie hast du mich gefunden?"

„Sie haben dich nicht gefunden. Sie haben mich gefunden. Ich weiß nicht, wie...vielleicht durch einen blöden Zufall. Ich kann es nicht sagen. Jedenfalls bin ich sicher, dass sie mir gefolgt sind und darauf gesetzt haben, dass wir uns treffen. Aber selbst ich stell´ mir eine ganz entscheidende Frage. Warum? Warum waren die so darauf aus, uns aus dem Weg zu räumen? Es gab überhaupt keinen Grund mehr."

„Wie bitte? Es gibt drei Millionen Gründe, denke ich."

Sie schüttelte den Kopf.

„Nein, nein...und wenn, dann schon fünf Millionen..."

Er richtete sich erschrocken auf.

„Wie bitte?! Fünf??"

„Ja...aber keine Angst. Es waren fünf. Erinnerst du dich noch, als wir am Lake Michigan waren und du mir sagtest, dass die einzige Möglichkeit, aus diesem Dilemma wieder heraus zu kommen, der Tod Celotinis sein könnte?"

„Jaaa...."

Er stockte und sah sie unsicher an.

Etwas zugeknöpft sah er ihr in die Augen und ahnte schon wieder, dass sie etwas wusste.

„Du hattest recht. Nach dessen Tod hat Benito Strato die Organisation übernommen und den Auftrag vollständig storniert. Es gibt keinen mehr. War ihm wohl zu aufwändig und zu teuer, dir hinterher zu jagen. Es war eine rein persönliche Sache zwischen Carlo Celotini und dir. Indirekt auch mit mir…"

„Der Auftrag ist gecancelt? Wirklich? Bist du ganz sicher?"
Sie nickte und lächelte dabei.

„Ja…ääh, hat er dir angeboten, dich zu verschonen, wenn du ihn nicht tötest?"

Ein Schuss ins Blaue. Rainer sah sie noch überraschter an. Er wusste ja noch nicht, dass eine Obduktion stattgefunden hatte und bereits bekannt war, durch was der Mafiaboss verstorben war.

„Gianni Fabuzzi, der Anwalt, hatte von Anfang an Zweifel am Herzinfarkt. Er und die Söhne haben eine Obduktion beauftragt. Unter Umständen hätten die Behörden den Herzinfarkt sogar so stehen lassen, aber Fabuzzi wollte es auf jeden Fall wissen. Ich glaube, er hatte sofort einen Verdacht."

Rainer nickte. Was wusste Jane eigentlich nicht?

„Fabuzzi hat mehrfach angedeutet, das alles gegen mich einzustellen, weil die Kosten dafür in keiner Relation mehr standen. Aber Celotini war das völlig egal gewesen. Eigentlich war er nur tödlich beleidigt, dass so ein Niemand wie ich ihn genarrt hatte. Tsss…dabei war das gar nicht meine Absicht…er hat mir nicht geglaubt, war vollkommen borniert in seinen Rachegedanken. Und irgendwie war er auch ein bisschen irre, weil er tatsächlich überzeugt war, unangreifbar zu sein. Hat zu lange Gott gespielt, scheint mir. Er war wirklich kein guter Mensch…"

Sein Blick glitt in die Leere, in der Bilder entstanden.

„Verstehe. Wie hast du das mit dem Wein gemacht? Das wurde nie geklärt, so viel ich weiß."

Er drehte die Augen nach oben und presste die Lippen zusammen.

„Darf ich ein kleines Geheimnis behalten? Du weißt doch eh schon alles andere."

Sie lächelte und nickte.

„Okay...ausnahmsweise."

Sanft tätschelte sie seine Schulter.

„Was ist mit diesem Clum? Ist er entwischt?"

„Die Polizei fahndet nach ihm. Vielleicht erwischen sie ihn. Er ist davon gelaufen..."

„Ich verstehe das trotzdem nicht so ganz. Die müssten doch gewusst haben, dass kein Auftrag mehr besteht. Warum verfolgen die mich dann noch? Um die halbe Welt...da ist nichts mehr zu verdienen. Meinst du, die waren scharf auf die zwanzig Millionen?"

Jane zuckte die Schultern.

„Keine Ahnung. Vielleicht. Aber nachdem, wie die sich auf der Straße verhalten haben, denke ich eher nicht. Die wollten uns nur töten, das war offensichtlich. Die wollten bestimmt nicht mehr reden. Vielleicht waren sie auch sauer, dass wir sie in den Knast gebracht haben. Oder sie wollten einfach nur ihre toten Kumpels rächen. Was ich jetzt nicht ganz glauben kann. Zwischen solchen Typen existiert bestimmt keine große Loyalität. Denen geht's nur ums Geld. Aber ich bezweifle, dass sie sich mit der Mafia anlegen würden, um das Geld von dir zu bekommen. Alles ein bisschen mysteriös und verfahren, das stimmt schon...egal. Wir werden es nicht mehr erfahren."

Er sah sie intensiv an.

„Was machst du eigentlich in La Paz? Bist du hier, um mich zurück zu bringen? Nach Deutschland? Der Haftbefehl existiert ja immer noch."

„Ja und Nein. Das Angebot von Interpol steht immer noch und ich bin hier, dich zu überzeugen, dass es für dich gut ist. Es wäre die Chance, den internationalen Haftbefehl aufzuheben. Getrickst wird doch überall. Mein Chef hat mir einen Auftrag gegeben."

„Wie hast du mich eigentlich gefunden?"

Er ging auf ihre Erläuterung gar nicht ein, winkte schnell ab.

„Was frag´ ich denn..."

„Dein Pass. Ich habe damals deinen australischen Pass gesehen, aber deinen Namen vergessen. In Rom ist er mir wieder eingefallen. Dann habe ich gesucht. Irgendwie hast du ja Europa wieder verlassen müssen. Paris. Dort habe ich deine Ausreise entdeckt…"

Rainer schüttelte den Kopf.

„Dir kann man nicht entkommen, Jane. Was auch immer ich anstelle…," sagte er zweideutig.

„Nein, nein, ohne deinen Namen hätte ich dich doch nie gefunden. Es ist nicht möglich, Millionen Passagiere zu überprüfen. Du hast deine Spuren immer gut verbergen können. Es war wirklich nicht einfach. Dass Mantis hier war, kann nur reiner Zufall gewesen sein. Also, ich meine, sie haben mich irgendwo wieder erkannt und mich dann überwacht. Schließlich bin ich in Neapel gewesen und habe Gespräche mit der Polizei gehabt. Vielleicht sind sie informiert worden und haben mich verfolgt."

Er sah wieder an die Decke und nickte.

„Wie geht es jetzt weiter? Stehen wir wieder vor derselben Frage wie damals am See?"

„Vielleicht...was meinst du?"

Er sah sie wieder an. Sie war einfach bezaubernd. Nichts hatte sich an der Faszination geändert. Im Grunde genommen war er froh, dass sie bei ihm war. Sie hatte ihm schon wieder das Leben gerettet. Es wird langsam zur Gewohnheit, dachte er sich.

„Ich bin nicht sicher…"

„Was hast du eigentlich die ganzen Monate gemacht? Warst du in Australien?"

„Ja. Ich habe dort…ich glaube, das ist ein guter Ort für mich."

„Ich verstehe…ein Ort für länger? Oder gar für immer?"

Er zuckte die Schultern. Das konnte er im Moment unmöglich sagen.

„Alles ist möglich. Schließlich hat sich jetzt die Situation grundlegend verändert. Zumindest was eine dauernde Flucht angeht."

Sie nickte, sah ihn nur an. Dann stand sie auf, weil der Arzt herein kam.

„Ich seh´ morgen noch einmal rein. Jetzt ruhst du dich erst einmal aus, dann sehen wir weiter."

„Okay, bis morgen dann…"

Drei Tage später war Rainer wieder in seinem Hotel. Er stand am offenen Fenster und sah auf die Straße hinunter. Die größte Gefahr, die er in der Person von Mantis und seinen Kumpanen gar nicht erwartet hatte, war vorüber. Er hatte wieder einmal überlebt. Aber trotz allem verschwand sein leises, warnendes Gefühl in ihm drinnen, das er nun schon so lange kannte, nicht. Er überlegte, ob Danny Clum nicht doch noch versuchen wollte, die ursprünglichen Mordabsichten der reduzierten Gruppe zu einem Abschluss zu bringen. Aber irgendwann, nach langen Überlegungen, kam er zu dem Schluss, dass er höchstwahrscheinlich alles unternehmen würde, aus dieser Stadt unerkannt zu verschwinden. Schließlich wurde nach ihm gesucht. Ob er wirklich so viel Zorn in sich verspüren würde, ihn und Jane zu liquidieren, um seine Freunde zu rächen, bezweifelte Rainer. Nein, seine Anspannung hatte einen anderen Grund und er wusste nicht, welchen. Aber ihm war klar, dass er weiterhin wachsam sein musste. Nur weil die Mafia keinen Auftrag mehr offenlegte, hieß das längst nicht, dass keiner mehr bestand. Vielleicht wurde unter der Hand jemand geschickt, der ihn leise und ohne Aufhebens erledigte. Vielleicht wollte sich auch jemand die zwanzig immer noch ausstehenden Millionen besorgen. Die Situation war nach wie vor unübersichtlich und mit irgendwelchen Jägern musste immer noch gerechnet werden.

Er ging auf die Straße und wollte sich ein bisschen bewegen, um die schon verheilende Wunde ein wenig zu belasten und sanft zu dehnen. Eine Woche sollten die Fäden bleiben, dann würde sie der Arzt wieder entfernen. Bis dahin sollte alles schon soweit verheilt sein, dass es auch keine Entzündungsprobleme mehr aufwerfen würde. Aufmerksam betrat er den Gehsteig, sah sich links und rechts um und wandte sich in Richtung Zentrum. All zu weit wollte er sich nicht entfernen. Die Höhe setzte ihm immer noch zu und er wollte die frische Wunde nicht mehr belasten als notwendig. Außerdem würde er sich noch mit Jane zum Abendessen treffen. Jane. Er war sich immer noch nicht vollkommen sicher, um was es ihr eigentlich ging. So nah sie sich auch emotional waren, so seltsam fremd kam sie ihm manchmal vor. Eigentlich hatte er schon öfter Vorstellungen, mit ihr zusammen sein zu wollen, aber dann kamen immer wieder Zweifel auf, ob das auch gut für sie beide war. Wenn man realistisch war, konnte das gar nicht sein, da er nach wie vor auf der Flucht war. Die nationalen und internationalen Behörden hatten immer noch einen Haftbefehl gegen ihn vorliegen, der sich nicht einfach in Luft auflöste. Sie konnten gar nicht zusammen sein. Außerdem hatte sie einen Job, der sie vollständig in Anspruch nahm. Ein Leben mit ihr würde wahrscheinlich auch viele Probleme mit sich bringen. Er war unsicher, zweifelnd und gespalten. Sie hatten nicht viel Zeit miteinander verbracht, aber diese Zeit war so intensiv gewesen, dass weiterführende Gedanken einer Zweisamkeit wie von selbst kamen – und auch wieder gingen. Zwangsläufig, weil die Realität ihnen kaum eine Wahl ließ.

Er war auf der Plaza vor der Basilika angekommen und stand vor einem Schaufenster. Er sah zwar hinein, aber er nahm die Dinge darin nicht wahr. Seine Gedanken schweiften dauernd ab zu dieser Frau, die sein Leben so sehr beeinflusst hatte und die ehrlicherweise genau die Frau war, die sich Rainer immer gewünscht hatte. Nur die Umstände waren dermaßen verquer, dass er so manches Mal den Kopf schütteln musste, weil sich dies alles fast schon surreal anfühlte.

Das Schaufenster war groß und er konnte alles, was sich hinter ihm abspielte, genau verfolgen. Er konnte auch den Mann unter dem Baum neben einer Bank stehen sehen. Er hatte einen Hut mit einer schmalen Krempe auf. Ein grünes Hutband zierte die graue Farbe. Der Hut war ihm schon vor dem Hotel aufgefallen. Da war dieser Mann auch gestanden. Er war ganz sicher. Seine Beobachtungssinne hatten sich auch mit seiner Ahnung verstärkt. Sein Alarmsystem meldete sich und klingelte mit einem dumpfen untergründigen Ton. Der Mann war ihm offensichtlich gefolgt. Vom Hotel bis hierher. Und jetzt beobachtete er ihn. Rainer spürte die Hitze, die aufstieg. Er ließ seinen Blick über die ganze Schaufensterscheibe gleiten, suchte andere Beobachter, aber es fiel ihm niemand auf.

Er beschloss, wieder zum Hotel zurück zu laufen und später mit Jane zusammen zu besprechen, wie man diesen Schatten entlarven konnte. Konzentriert beobachtete er die Umgebung, war aufmerksam und blieb ab und zu vor einem Fenster stehen, um zu beobachten, was sich hinter seinem Rücken abspielte. Seine Hand steckte in seiner Jackentasche. Der Griff der Pistole verbreitete in ihm

Sicherheit. Er konnte diesen Mann wieder ausmachen. Jetzt war es absolut sicher, dass er verfolgt und beschattet wurde. Der Mann machte keinerlei Anstalten, ihm zu nahe zu kommen. Er beobachtete aus sicherer Entfernung und nutzte die natürlichen Deckungen der Straße. Rainer versuchte, sich seine aufkommende Nervosität nicht anmerken zu lassen, ließ sich Zeit, beschleunigte nicht seinen Schritt, sondern behielt seine Umgebung unauffällig im Blick. Jederzeit bereit, zu reagieren. Er tastete nach der Wunde. Sie zog und schmerzte noch, aber war mittlerweile verschorft. Die Heilung würde sich noch hinziehen.

Als er wieder in seinem Hotelzimmer war, rief er Jane an. Sie hatten die Telefonnummern wieder getauscht, um ständig in Verbindung sein zu können.

„Rainer, alles in Ordnung?"

„Eher nicht. Ich werde verfolgt. Ein einzelner Mann. Er ist allein."

„Bist du sicher? Ist es Clum?"

„Nein. Ein unbekannter Mann. Er ist alleine, ich habe niemand anderen entdecken können. Jetzt steht er in der Nähe des Hotels. Ich kann ihn vom Fenster aus sehen."

„Verdammt, wir müssen herausfinden, wer das ist und für wen er arbeitet."

„Wie?"

„Lass´ mich mal machen. Wie sieht er aus? Kann ich ihn erkennen?"

„Ja, er hat einen grauen Hut auf mit einem hellgrünen Band. Ich habe bereits ein Foto gemacht. Nicht sehr gut, aber ich glaube, er ist erkennbar. Ich schick´s dir…"

Jane hatte ihn mit einem Taxi abgeholt und zusammen fuhren sie in ein Restaurant im Zentrum. Sie saßen an einem kleinen Tisch an der Wand, von dem aus sie den Eingang beobachten konnten. Das Restaurant hatte zusätzlich eine lange Bar, an der etliche Menschen saßen und sich unterhielten.

Die Türe ging auf und ein Mann mit einem grauen Hut trat ein.

„Er ist gerade herein gekommen. Grauer Hut, grünes Band. Sieh nicht hin, warte noch ein bisschen damit."

Rainer nickte und beschäftigte sich weiter mit seinem Teller.

„Ist er allein?"

„Ja, er hat sich an die Bar gesetzt. An das Eck. Er kann uns jederzeit beobachten…"

„Mir kommt da eine Idee…"

Sie sah ihn an.

„Ja?"

„Wenn wir sicher wissen wollen, ob er alleine arbeitet, muss ich ihn rauslocken. Wenn ich die Stadt verlasse, dann werde ich ja sehen, ob er mir alleine folgt oder nicht."

„Das könnten wir tun."

Er schüttelte den Kopf.

„Nein. Nicht wir. Ich. Wenn ich alleine fahre und er mir folgt, dann wissen wir, dass er nur hinter mir her ist. Vielleicht wartet er nur darauf, dass wir nicht mehr zusammen sind."

„Viel zu gefährlich. Aber ich könnte dir folgen…"

„Nein. Es ist wichtig zu erfahren, ob du eine Rolle dabei spielst. Wenn die mir folgen und dich niemand observiert, dann geht's nur um mich. Ich muss wissen, ob der Mafiaauftrag wirklich nicht mehr existiert. Darum fahre ich alleine."

„Aber…"

Er sah sie mit einem beschwörenden Blick an.

„Versteh´ doch. Wenn du wirklich beobachtet wirst und mir folgst, dann wissen die, dass wir wissen, dass uns jemand verfolgt. Ich möchte den Mann – oder mehrere – so in Sicherheit wiegen, dass die glauben, ich merke nichts. So habe ich immer einen Vorteil und kann mich darauf vorbereiten. Ich möchte immer einen Schritt voraus sein."

„Okay, klar...aber das gefällt mir ganz und gar nicht..."

Rainer grinste.

„Das weiß ich. Hast du einen besseren Vorschlag?"

„Ich würde den Mann einkassieren. Dann wissen wir auch, wer sein Auftraggeber ist."

„Aber dann könntest du auch nie sicher sein, wie viele dir folgen. Wenn ich aus der Stadt bin, dann weiß ich, wie viele mir folgen und ob du auch unter Beobachtung stehst. – Jane, ich will nichts mehr dem Zufall überlassen oder auf irgendwas spekulieren, das ich nicht sicher weiß. Ich brauche unbedingte Klarheit."

„Du gehst ein großes Risiko ein, das eigentlich nicht kalkulierbar ist."

„Mittlerweile mache ich das bereits seit über fünfzehn Monaten..."

Sie nickte.

„Ja, ich weiß...trotzdem. Ich mache mir Sorgen, Rainer...Sorgen um dich."

Etwas überrascht hob er den Kopf. So direkt hatte sie selten gesprochen.

„Vielleicht...wenn das alles vorbei ist...vielleicht sollten wir dann einmal über etwas ganz anderes sprechen."

„Über was denn?"

Sie hatte das Besteck beiseite gelegt und sah ihn an. Jetzt war es derselbe Ausdruck in ihren Augen wie damals an der Bar in der Discothek, an der sie sich das erste Mal kennen gelernt hatten. Seltsamerweise konnte er sich an diesen Ausdruck in ihren Augen genau erinnern.

„Über uns...ich...ich glaube, wir haben eine ganz besondere Beziehung zueinander, unabhängig von der ganzen verdammten Situation. Du spukst permanent in meinem Kopf herum. Von Anfang an. – Unterbrich mich, wenn ich total falsch liege, aber ich muss das jetzt endlich loswerden..."

„Du liegst nicht falsch."

Schon unterbrach sie ihn.

„Nicht?"

„Nein."

„Und? Könnten wir dann einmal davon sprechen, wie eine mögliche Zukunft aussehen könnte? Mit uns beiden - zusammen?"

Vorsichtig sah er sie an. Er hatte fragend ein bisschen den Kopf gedreht und die Lippen zusammen gepresst. Sie sagte nichts, sah ihm nur in die Augen. Dann nickte sie. Langsam, aber stetig.

„Ja, das können wir...wenn das alles erledigt ist, hinter uns liegt und du sicher sein kannst, unterzutauchen, ohne permanent auf alles Mögliche vorbereitet zu sein."

„Gut...dann habe ich ja endlich ein Ziel vor mir, das greifbar sein kann…"

Sie senkte wieder den Blick.

„Der Mann hat gerade bezahlt und geht."

„Okay...dann machen wir es so, wie ich gesagt habe?"

„Ja, wir machen es so...aber nur unter Protest."

Rainer nickte.

„Gut. Zur Kenntnis genommen…"

*

Die Straße verlief endlos Richtung Süden. Er fuhr die RN 4 und machte Halt in Kemalla, einem kleinen Ort nicht weit vor Oruro, der nächstgrößeren Stadt. Ein Wagen war ihm von Anfang an gefolgt. Zwischendurch war er verschwunden und ein anderer fuhr in größerem Abstand hinter ihm. Dann war auch der verschwunden, aber dafür hing wieder der erste Wagen an ihm. Immer weit genug entfernt, so dass er zwar den Wagen erkennen konnte, aber weder eine Autonummer noch irgendwelche Menschen, die darin saßen. Jedenfalls war offensichtlich, dass sie sich abwechselten, um nicht verdächtig zu erscheinen. Also waren es mehrere Verfolger. Wie viele Männer in den Fahrzeugen saßen, konnte er nicht wissen. Also hielt er vor einem Supermarkt an und stieg aus. Er ließ sich Zeit zum Einkaufen und beobachtete aufmerksam die ankommenden oder durchfahrenden Fahrzeuge.

Zuerst fuhr der erste Verfolger auf den Parkplatz, dann konnte er den zweiten Wagen erkennen, der einfach weiterfuhr. Ein Zeichen für Rainer, dass ein möglicher Zugriff unmittelbar bevorstehen musste. Er stand vor einem Regal und konnte sehen, wie die Seitentüre geöffnet wurde. Der Mann mit dem grauen Hut stieg aus. Aus dem Fond stieg ein weiterer Mann. Mit dem Fahrer waren es also drei. Er rechnete auch damit, dass in dem vorbeifahrenden Wagen drei Männer sitzen mussten. Insgesamt also sechs, mindestens. Rainer schüttelte den Kopf. Sechs oder acht Männer – nur wegen ihm? Was mussten sie für eine Angst vor ihm haben, dass sie eine halbe Armee aufboten, um ihn zu überwältigen? Ein diabolisches Grinsen überzog sein Gesicht. Er hatte sich anscheinend über die Zeit Respekt verschafft mit seiner Fähigkeit, so lange überlebt zu haben.

Mit seinen paar Artikeln ging er zur Kasse, bezahlte und steuerte wieder seinen kleinen Offroader an. Er öffnete die Heckklappe und verstaute die Sachen im Kofferraum. Vorsichtig sicherte er alle Seiten. Links, rechts, vor ihm, hinter ihm. Nichts entging seinem Blick. Nichts ließ erahnen, dass er gespannt und vollkommen aufmerksam war. Die Waffe steckte in seinem Hosenbund, der von der Jacke völlig verdeckt war. Er war jederzeit bereit. Dann setzte er sich wieder in seinen Wagen und verließ den Parkplatz. Ständig sah er in den Rückspiegel, bis er seine

Verfolger wieder wahrnehmen konnte. Er beschloss, die Initiative zu ergreifen und nicht abzuwarten, bis diese Männer etwas unternahmen. Weit vor ihm konnte er seinen zweiten Verfolger sehen, der gerade aus einer Parkbucht fuhr. Aha, dachte er, sie haben gewartet.

Vier Kilometer weiter machte die Straße eine Kurve. Man konnte den weiteren Verlauf nicht erkennen. Eine Parkbucht tauchte auf und einer inneren Intuition folgend fuhr er spontan hinein. Er sprang aus dem Wagen und rannte hinter ein paar Büsche und Felsen am Straßenrand. Keine Sekunde zu spät, denn der Wagen erreichte in dem Moment die Parkbucht. Wie erwartet, stoppte er und die Türen öffneten sich. Es waren tatsächlich doch nur drei Männer, die ausstiegen. Der Beifahrer war sein bekannter Verfolger aus La Paz, die anderen hatten ein südamerikanisches Aussehen, aber er konnte sich auch täuschen. Es spielte keine Rolle. Die Männer sahen sich um, hatten Waffen in den Händen, die sie unter ihren Jacken verbargen. Suchend blickten sie sich um. Der Mann mit dem Hut sprach ein paar kurze Befehle und die Männer wollten gerade damit beginnen, sich zu verteilen.

In diesem Moment trat Rainer aus einer plötzlichen Eingebung heraus aus seiner Deckung hervor. Er hatte die Waffe in der Hand, vor sich mit gesenktem Arm, den Finger am Abzug. Das linke Handgelenk lässig über das rechte gelegt. Fast gleichzeitig sahen ihn die Männer und drehten sich überrascht um. Alle konnten die Waffe in Rainer´s Hand sehen. Der Mann mit dem Hut kniff die Augen zusammen und er zog langsam seine Hand aus der Jackentasche. Sie war leer. Aber Rainer war sicher, dass er seine Waffe griffbereit irgendwo stecken hatte. Eine abstruse Situation war entstanden, die die Männer nicht einordnen konnten. Der Verfolgte wusste, dass er verfolgt wurde und stand nun wie selbstverständlich vor den Verfolgern.

„Mister Noldau, Sie überraschen immer wieder aufs Neue. Woher wussten Sie, dass wir Sie verfolgen?"

„Amateure und Dilettanten erkennt man immer sofort," sagte Rainer ohne einen Anflug von Nervosität oder gar Sarkasmus.

Der Mann hatte ein akzentfreies Englisch gesprochen. Augenblicklich war sein leichtes Lächeln eingefroren aufgrund der maßlosen Beleidigung. Er war eitel und darum sofort tödlich beleidigt.

„Ich denke, Ihr Weg ist hier zu Ende. Eigentlich wollte ich Sie überzeugen, mir die zwanzig Millionen zu übergeben, aber ich glaube, das sparen wir uns…"

Er hatte sich schon wieder gefangen und lächelte ein kaltes Lächeln, das die Augen nicht erreichte.

„Eines würde mich trotzdem noch interessieren…," fuhr er fort.

„Nur zu. Ich werde beantworten, was ich kann."

„Wer sind Sie wirklich? Und wer ist diese bezaubernde, gut aussehende Frau, die Sie immer wieder kontaktiert?"

Rainer beobachtete, wie die Männer unauffällig ihre Waffen fester umklammerten. Einer zog mit dem Daumen den Hahn zurück. Ganz langsam, ohne auch nur mit der Wimper zu zucken. Aber Rainer konnte das alles wahrnehmen. Aus dem ehemaligen, fast schon spießigen Banker war ein Vollprofi geworden. Jetzt konnte er auf Djalus kleine Lehre der geistigen Kontrolle zurückgreifen. Kein Muskel zuckte in seinem Gesicht und er war in diesem Moment höchster Anspannung die Ruhe selbst. Er kontrollierte die Situation, ohne dass die drei Männer das begriffen hätten.

„Wer ich bin? Das spielt eigentlich keine große Rolle mehr. Wichtiger ist, wer ich sein werde. Die Frau? Sie ist Agentin von Interpol, wird mich verhaften und zurückführen."

Der Mann mit dem Hut war im Moment völlig perplex und lachte laut auf.

„Was? Wie bitte? Sie wollen mich verarschen...Interpol? Was für ein Schwachsinn."

Rainer schüttelte leicht den Kopf.

„Kein Schwachsinn. Sie haben mich gefragt, ich habe geantwortet. Wer ich wirklich bin? Ich bin auf jeden Fall Ihr Schicksal...und wer sind Sie, wenn ich fragen darf? Wer hat Sie beauftragt? Celotini ist tot und Benito Strato hat den Auftrag gecancelt. Er ist nicht mehr existent. Also, was haben Sie davon, mich zu verfolgen?"

Jetzt blitzten die Augen des Mannes wütend auf. Man sah ihm an, dass er sich beherrschen musste.

„Das ist richtig. Es gibt keinen Auftrag mehr und niemand würde durch Ihren Tod eine Belohnung verdienen. Mein Name ist Mario Cesny und Ludovico Celotini war mein Freund seit Kindertagen. Es ist meine Pflicht und meine Aufgabe, seinen Tod zu rächen. Ich scheiß´ auf das Geld, Mister Noldau."

„Oje, diese Worte habe ich schon einmal gehört. Es ist noch gar nicht so lange her, da hat mir dasselbe auch ein Celotini gesagt. Auch er wollte mich töten – jetzt ist er selbst tot…"

Die Augen des Mannes weiteten sich.

„Sie? Sie haben den Patron getötet? Sie waren das? Wie…?"

Rainer nickte.

„Es war die einzige Möglichkeit, diesen wahnwitzigen Auftrag endgültig zu eliminieren. Ich habe damit gerechnet, dass Benito Strato und Fabuzzi nicht mehr gewillt sind, die Kosten und diesen Aufwand weiter in die Höhe zu treiben. Nur wegen einem Niemand wie ich es bin."

„Sie sind kein Niemand. Und ich will endlich wissen, wer Sie wirklich sind!"

Rainer erkannte die mörderische Wut in den Augen dieses Mannes, der sich als Mario Cesny vorgestellt hatte. Jeden Augenblick würde es soweit sein.

„Wie gesagt, Ihr letztendliches Schicksal…"

Seine Stimme war leise geworden und sein Gesichtsausdruck eisig. Die Gedanken waren zum Stillstand gekommen und es war nur noch der absolute Augenblick wichtig.

In diesem letzten blitzartigen Gedankengang zog der Mann die Waffe. Die beiden anderen hatten sie schon in der Hand und legten auf Rainer an. - Und dann erschoss er sie. Blitzschnell, ohne eine ersichtliche Bewegung, die wahrgenommen werden konnte. Die drei Detonationen gingen nahtlos ineinander über und waren nicht unterscheidbar. Als der leichte Pulverdampf sich verzogen hatte, senkte er den Arm, ließ aber den Finger am Abzug. Langsam trat er an die am Boden liegenden Männer heran. Sie waren alle tot. Rainer´s Kugeln hatten zwei mitten in die Stirn getroffen. Der dritte Mann wurde durch einen Treffer ins Herz getötet. Er schüttelte den Kopf und warf einen Blick auf die Pistole in seiner Hand. Es war alles so selbstverständlich verlaufen. Der ausgestreckte Arm und die schnelle Schussfolge. Das Ziel. Er hatte schon vorher gewusst, dass er keinen Fehlschuss haben würde. Keiner der Männer hatte auch nur einen Schuss abgeben können. Die ganze Aktion dauerte nicht einmal eine Sekunde. Ein leichtes Frösteln überzog ihn und er zuckte die Schultern, um dieses Frösteln wieder loszuwerden. Seine Schusswunde zog wieder, weil er so angespannt gewesen war. Jetzt bildete sich auch wieder ein rationaler Gedankengang. Der andere Wagen. Die Männer würden sich wundern, wo sie blieben. Kurz entschlossen steckte er die Waffe wieder in den Hosenbund, packte die Leichen und zog sie in ihren Wagen zurück. Er setzte sie so, dass es aussah, als würden sie ein Nickerchen machen. Vielleicht verschaffte ihm das ein bisschen mehr Zeit zu verschwinden.

Schnell setzte er sich wieder in sein Fahrzeug, wollte gerade starten und zusehen, von diesem Parkplatz wieder weg zu kommen. Aber dann stoppte er, zog den Zündschlüssel ab und wollte noch einmal aussteigen. Doch dann zögerte er. Der Gedanke, das ganze Auto abzufackeln, war durch seinen Geist geströmt. Aber ein Schuss in den Tank würde dazu nicht ausreichen. Er hatte keine Zeit, einen Kurzschluss in der Elektrik zu verursachen. Kopfschüttelnd zog er die Türe wieder zu und verließ den Parkplatz. Nach etwa drei Kilometern sah er den zweiten Wagen entgegen kommen. Sie waren wohl schon misstrauisch geworden und wollten der Sache auf den Grund gehen. Stoisch sah Rainer geradeaus. Er hatte eine Sonnenbrille aufgesetzt. Die Männer in dem entgegen kommenden Wagen konnten nicht sehen, dass er sie ganz genau beobachtete. Sie drehten ihrerseits nicht die Köpfe, um ihn anzustarren, sondern taten so, als ob er vollkommen uninteressant wäre.

Rainer sah in den Rückspiegel und stellte fest, dass sie nicht wendeten und ihn verfolgten. Dann trat er aufs Gas, um so viele Kilometer wie nur möglich zwischen ihn und die Männer zu bringen. Wahrscheinlich würde es dauern, bis sie sich entscheiden würden, was zu tun war. Er ging davon aus, dass Cesny das Sagen gehabt hatte, so wie er sich bei ihm vorgestellt hatte. Vielleicht würden ihn die verbliebenen Männer – mangels Boss - gar nicht mehr verfolgen…

Er beschloss, weiter nach Süden zu fahren und Oruro, eine ziemlich große Stadt mit fast dreihunderttausend Einwohnern, hinter sich zu lassen. Die Straße führte direkt bis zur Salar de Uyuni, dieser riesigen Salzebene. Vielleicht war das gerade der Ort, an dem er nicht vermutet werden würde. Niemand würde darauf kommen, in eine Wüste zu flüchten, die glatt wie eine Glasscheibe war und man viele Kilometer weit sehen konnte. Ein paradoxes, aber gerade deswegen ein optimales Versteck, wenigstens vorübergehend…

*

...die schwarze Kaffeebrühe hatte ihm noch immer nicht die Frage beantwortet, was denn der beste Weg aus seinem Dilemma sein konnte. Er hob den Kopf und zwickte die Augen zusammen. Die Sonne war aufgegangen und strahlte aus einem wolkenlosen Himmel. Die weiße Ebene verstärkte noch das gleißende Licht und erlaubte einen atemberaubenden Blick in die endlose Weite, in der nur das azurblau des unendlichen Himmels und das schneeweiße Pendant dazu eine herrliche Symbiose grandioser natürlicher Vollkommenheit darstellte. Er stand auf und ließ seinen Blick bis zum Horizont gleiten. Er drehte sich im Kreis und suchte eine Bewegung, ein Fahrzeug oder irgend etwas, das nicht natürlich war. Es war nur ein faszinierendes Nichts zu sehen. Er war allein auf dieser unglaublich schönen, schon perfekt zu bezeichnenden Hochebene, die trotz oder gerade dieses Nichts wegen eine unbekannte Wildheit entstehen ließ.

Seine Gedanken kreierten das Gesicht von Jane, ihr Lächeln, ihre Stimme, ihre Zärtlichkeit und gleichzeitig diese Eiseskälte, die sie entwickeln konnte. Ohne Übergang, ohne irgendein Vorzeichen. So als ob ein innerer Schalter umgelegt wurde, der aus dieser so attraktiven Frau eine emotionslose Kämpferin machen konnte. Warum verliebte er sich ausgerechnet in eine Agentin? Und warum spielte sie ausgerechnet in einer für ihn so aussichtslosen und tödlichen Situation eine geradezu maßgebende Rolle? Ist das Schicksal wirklich so ein mitleidloser Zyniker, der Spaß an solchen Spielchen mit der menschlichen Psyche hatte? Wahrscheinlich, dachte er, sonst wäre ja sein Leben in den letzten fünfzehn Monaten nicht so ruhelos verlaufen. Er konnte wahrlich nicht sagen, dass es langweilig geworden war. Er hatte aus einer Laune heraus ein Spiel ins Leben gerufen, dessen Regeln von anderen aufgestellt wurden. Sein Einfluss darauf war sehr begrenzt gewesen. Bewusst wurde es eigentlich erst wahrgenommen, als man ihn das erste Mal direkt mit dem Tode konfrontiert hatte. Und dann? Er musste lernen, dass das Leben beileibe kein Spiel war. Es war bitterernst, ungerecht, nicht voraussehbar und fordernd. Die Schule dafür war hart, unberechenbar und verzieh keine Nachlässigkeit. Der Überlebenswille wurde permanent geschult und sorgte dafür, immer präsent zu sein. Er hatte lernen müssen, auf seine inneren Alarmsysteme zu hören und sie richtig zu interpretieren. Ein unvorstellbarer Lernprozess wurde ihm ungefragt auferlegt, der ihn dahingehend lehrte, entweder unterzugehen oder in einer unbekannten Stärke aufzustehen und sein Leben ganz neu zu ordnen, zu lenken und völlig neu zu kalibrieren.

Und jetzt? Es waren immer noch Jäger hinter ihm her. Er hätte Cesny fragen sollen, wie er ihn gefunden hatte. Aber eigentlich spielte das im Moment keine Rolle mehr. Eine Entscheidung musste gefällt werden. Er würde wieder nach La Paz zurück fahren. Wenigstens wusste er, was das für Männer waren, die ihn überwachten und verfolgten. In La Paz musste er mit Jane besprechen, ob sie in Erwägung ziehen könnte, mit ihm nach Australien zu gehen. Kurz entschlossen packte er die Sachen zusammen, verstaute sie im Auto und fuhr ohne zu zögern davon. Er hoffte, dass die verbliebenen Männer seiner Verfolger keine Lust mehr auf eine Fortsetzung hatten, nachdem ihr Boss so plötzlich verschieden war. Jetzt hatte er nur noch einen Gedanken. Eine bildhafte Vorstellung, mit Jane Dansfield vielleicht doch in ein zukünftiges gemeinsames Leben eintreten zu dürfen. Die Freunde in Perth würden ihm helfen, unerkannt zu bleiben. Es wurde Zeit, sie endlich wieder zu sehen.

*

Sie hatten den Lanza Markt besucht und standen nun auf der Plaza San Francisco vor der gleichnamigen San Francisco Kirche. Wie frisch verliebte Teenager waren sie händchenhaltend durch die Gassen geschlendert und fühlten sich seit langer Zeit richtig glücklich und entspannt. Rainer wurde nicht verfolgt, er konnte nichts außergewöhnliches wahrnehmen und seine Alarmglocken blieben still. Er hatte sich umgedreht und die Kirche bis zum Giebel bewundert. Mit der Hand schirmte er die Augen gegen das grelle Sonnenlicht ab.

Der dumpfe Knall eines Schusses war inmitten des Lärms der vielen Menschen und des Verkehrs kaum wahrnehmbar, aber er wurde trotzdem gehört. Die Menschen zuckten zusammen und suchten den Ursprung der Detonation. Gleichzeitig wurde ein zweites Mal geschossen. Jane sah entsetzt, wie sich die Weste Rainers plötzlich rot färbte, gleich darauf schlug die zweite Kugel in dessen Brust. Ungläubig starrte er sie an, dann sank er auf die Knie, hob die Hand, wollte an seine Brust fassen, aber kippte seitlich auf das Pflaster, das sofort tiefrot gefärbt wurde. Jane´s Schrei ging im sich überschlagenden Schreien der Umstehenden unter. Sie sank auf die Knie und schrie ihn an, die Augen zu öffnen. Es war völlig umsonst. Irgend jemand hatte bereits Polizei und Notarzt gerufen, die wider Erwarten nach wenigen Minuten schon mit lauten Sirenen auf dem gut frequentierten Platz ankamen und sich einen Weg durch die schaulustige Menge bahnten. Ein Sanitäter und ein Arzt knieten neben Rainer und untersuchten ihn. Dann hob der Arzt den Kopf und sah den Polizisten an, der neben ihm stand. Er schüttelte nur den Kopf. Hier war nichts mehr zu tun.

Niemand sah den Mann auf dem gegenüberliegenden Dach, der schnell das Gewehr herunter genommen hatte und es nun mit routinierten und sicheren Griffen zerlegte und in einem flachen kleinen Koffer deponierte. Dann verschwand er unerkannt in der Menschenmenge. Und niemandem fielen die beiden Männer auf, die in unmittelbarer Nähe in einem Café auf dem Platz Jane und Rainer aufmerksam beobachtet hatten und vollkommen überrascht den Anschlag verfolgten. Als der Arzt den Kopf geschüttelt hatte, sahen sie sich an, nickten und standen auf. Langsam und unaufgeregt entfernten sie sich. Sie hatten keine Ahnung, wer der Attentäter gewesen war, aber er hatte ihnen eine Aufgabe abgenommen, die sie nicht unbedingt erledigen hätten wollen. Die Sache war erledigt. So oder so…

*

Es war eine kleine, fast einsame Beerdigung. Lediglich die Totengräber, der Pastor, Jane und zwei Polizisten waren anwesend. Es war der Commissario Perez mit einem seiner Mitarbeiter.

Als der Sarg in das Grab gesenkt wurde, standen die paar Anwesenden mit gefalteten Händen da und hörten den Worten des Pastors zu. Jane flossen Tränen die Wangen herunter und sie wirkte vollkommen aufgelöst. Die Zeremonie war kurz aber ansprechend. Danach gab ihr der Pastor die Hand und entfernte sich. Sie konnte sich in aller Ruhe von Rainer verabschieden. Perez trat zu ihr.

„Es tut mir außerordentlich leid, Señora Dansfield. Anscheinend hatte ihr Freund zu viele Feinde. Ich nehme an, dass die Mafia ihre Finger im Spiel hat. Es ist eine aggressive Krake mit langen Fangarmen. Wir fahnden noch nach dem Täter, aber ich befürchte, das war wirklich ein Profi. Wir haben zwar den Ort gefunden, von dem aus er geschossen hat, aber keinerlei hilfreiche Spuren. Ich fürchte, das wird ein aussichtsloses Unterfangen…es tut mir leid."
Jane nickte.

Ihre Augen waren rot unterlaufen von dem vielen Weinen.

„Ich verstehe...ich bin lang genug in diesem Geschäft, dass ich weiß, wann man verloren hat."

„Was werden Sie nun tun?"

„Ich werde meine Dienststelle informieren und dann zurückfliegen. Vielleicht nehme ich auch meinen Urlaub und bleibe noch eine Weile in diesem Land. Ich glaube, ich brauche jetzt Ruhe und Abstand."

„Was nicht das Schlechteste wäre. Es gibt interessante Orte, die Sie vielleicht von den schrecklichen Geschehnissen ablenken werden. Ich würde es Ihnen wünschen."

„Danke. Ich werde es in Betracht ziehen."

„Warum wird die Leiche eigentlich nicht zurückgeführt nach Australien?"

„Es gibt keine Familie, keine Verwandten, niemand, der Interesse daran haben könnte. Ich glaube, es ist gut so…"

„Verstehe...noch einmal...es tut mir leid."

Er gab ihr die Hand und sah ihr in die Augen. Es schien, als ob er wirkliches Mitgefühl empfand.

„Leben Sie wohl und alles Gute. Vielleicht werden Sie unser Land trotzdem in guter Erinnerung behalten. Denn das Land kann nichts für das Schlechte im Menschen."

Sie nickte zustimmend.

„Da haben Sie wohl recht. Leben Sie wohl, Commissario und danke für Ihre Hilfe."

Er nickte ihr zu und verließ den Friedhof. Jane blieb noch eine Weile, dann ging sie zu einem Taxi und ließ sich zu ihrem Hotel zurückbringen. Ihre Gedanken rasten immer noch wie wild, aber sie hoffte, dass die nächsten Tage ihre innere Aufgewühltheit wieder zur Ruhe bringen würden.

*

Ihr Weg führte geradewegs nach Süden. La Paz hatte sie längst hinter sich gelassen. Die Hochebene war faszinierend und karg zugleich. Die Gebirgskette der Anden begleitete sie und der grenzenlose blaue Himmel erschien ihr wie ein Hoffnungsstrahl, der das Leben über den Tod stellen konnte. Sie hatte eine Ortschaft durchfahren, an dessen Name sie sich nicht mehr erinnern konnte, als sie wieder herausfuhr. Nach ein paar Kilometern krümmte sich die Straße nach Osten. In der langgezogenen Kurve sah sie einen Anhalter am Straßenrand stehen. Er hatte einen großen Rucksack neben sich stehen, die rechte Hand streckte den Daumen nach Süden. Seine Kleidung war staubig und abgetragen. Der Hut und die Sonnenbrille verstärkten den Eindruck eines Abenteurers und Weltenbummlers. Sie steuerte an die Seite und hielt an. Das Seitenfenster fuhr herunter und ein grinsender Kopf erschien. Die Sonnenbrille hatte er abgenommen und fröhliche Augen sahen sie an.

„Buenos dias, wohin fährst du?"

„Nach Süden."

„Wie weit?"

Sie zuckte die Schultern.

„Bis die Straße endet...willst du mit?"

„Ganz schön weit. Die Straße endet erst in Ushuaia."

„Ja, das ist korrekt."

„Feuerland ist ein schönes aufregendes Ziel. Das sind aber noch mehr als fünftausend Kilometer."

Sie zuckte noch einmal die Schultern.

„Mag schon sein...hast du keine Zeit?"

„Ich hab genug Zeit…wird bestimmt interessant. Ich komme gern mit."

„Dann steig´ ein."

Er deponierte den Rucksack auf der Rückbank und setzte sich auf den Beifahrersitz. Jane legte den Gang ein und fuhr los. Sie sah ihn an. Er lächelte immer noch ein fast schon hintergründiges Lächeln. Den Hut hatte er abgenommen und warf ihn nach hinten auf seinen Rucksack. Nach ein paar Minuten legte sie ihre Hand sachte und zärtlich auf seine und drückte sie dann ganz fest.

„Deine Beerdigung war klein, aber feierlich. Es waren genauso viel Beobachter wie Gäste da. Genug jedenfalls."
Er nickte.
„Ich weiß. War ja dabei…"
„Maurice ist wirklich ein hervorragender Schütze…," sagte sie leise. Anerkennend stülpte sie die Unterlippe nach oben.
„Ja, das ist er. Und ein wahnsinnig guter Freund. Sehr selten...alle fünf sind sehr selten. Ich bin ein wahrer Glückspilz..."
„Wie geht's jetzt weiter?"
„Kommt auf dich an..."
Sein Lächeln war einem ernsten Ausdruck gewichen und die Frage in seinem Gesicht war unübersehbar. Sie senkte leicht den Kopf.
„Ich...ich habe meinen Abschied eingereicht…"
Überrascht zog er die Augenbrauen nach oben.
„Wirklich?"
Sie nickte wieder und lächelte ihn an.
„Ist es in Perth schön?"
„Ja, ist es. Ich glaube, das ist ein schöner Ort, um ein gutes Leben leben zu können…"
„Dann werde ich mit dir gehen."
„Hab´ ich dir schon mal gesagt, dass ich dich liebe?"
Heftig schüttelte sie den Kopf.
„Nur durch die Blume…"
„Ich liebe dich, Jane Dansfield."
„Na endlich...und ich liebe dich….puh, jetzt wird's ganz schön kitschig, oder?"
Er schüttelte seinerseits vehement den Kopf.
„Nein, das war doch längst überfällig."

Sie steuerte den Wagen an den Straßenrand und stellte den Motor ab. Dann küsste sie ihn. Eine Minute, zwei Minuten, drei Minuten...mit einem verführerischen Lächeln drehte sie den Zündschlüssel wieder um und fuhr weiter.

„Meinst du, dass Perth die Heimat ist, die du gesucht und nun gefunden hast?"

Rainer nickte bestimmt und vollkommen überzeugt. Sein Gesichtsausdruck drückte absolute Zuversicht und Selbstsicherheit aus.

„Ja, das glaube ich. Das weiß ich. Eine Heimat, die ich mit den besten Freunden teile, die man sich nur vorstellen kann. Und jetzt mit dir..."

„Dann bist du endlich angekommen?"

„Tatsächlich, das bin ich...aber komplett wirklich nur mit dir...was denkst du? Kannst du dir vorstellen, Australierin zu werden?"

„Ich liebe Australien."

„Maurice und die anderen sind schon sehr neugierig und freuen sich riesig, dich endlich kennen zu lernen."

„Darauf freue ich mich ganz besonders."

Er sah wieder nach vorne. Sie passierten ein grünes windschiefes Straßenschild mit weißer zerkratzter Schrift. Ushuaia 5107km, stand darauf. Die Straße lag vor ihnen. Endlos lang, aber mit einem der schönsten Ziele, die es geben konnte.

Ende